出梁庄記

梁鴻 著

照見真實中國的鏡子

郝譽翔

梁鴻教授二〇一〇年的《中國在梁庄》乃至二〇一三年的《出梁庄記》，對於不論是喜愛文學或是關心當代中國的讀者，都可以說是不容錯過的精彩作品，關於這兩本書所涵蓋的豐富層面與深刻意義，實非我這篇短文可以論及，值得以長文另行書之，故我在此僅提出我個人簡單的心得，也期待能引起更多台灣讀者的迴響。

首先是關於當代中國。我們大抵都可以承認，當代中國已經快速膨脹變形，甚而失速成長為一個不可捉摸之巨獸了，故任何試圖去詮釋它，觀察它，或是認識它的努力，往往不免顧此失彼，而流於一種盲人摸象的窘境。並且不僅如此，此刻中國幾座沿海的大城市也正在以驚人的容量和經濟力，發出耀眼的光芒，遮蔽住了這片廣袤土地的風景，甚至主導也主宰了我們對於當代中國的認識。相形之下，農村則彷彿是一個和城市相互對立的存在，它被阻絕在現代化的進程之外，要不就是淪為苦難和落後的象徵，要不就是被城市人美化成為一個遙遠而神祕的桃花源，或是烏托邦。

但當我讀到《中國在梁庄》和《出梁庄記》這兩本書時，卻不禁大為驚喜，梁鴻教授通過她的故鄉梁庄，彷彿為我們打開了一扇窺探當代中國真實面貌的門窗，她不但扭轉了我們慣於將城市與農村一刀兩分，涇渭分明的成見，更透過梁庄子民們的故事，牽引出了中國城市與農村之間千絲萬縷的聯繫。她也點出了中國城市正是以農村為打底的真相，而假如我們無法掌握到這一活生生地躍動於高樓大廈底層，以及柏油高速公路之下的脈搏的話，那麼我們對於城市的論述，也不過只能捕捉到它虛矯的浮光掠影罷了。

因此我特別喜歡這兩本書的書名：《中國在梁庄》以及《出梁庄記》，以「在」：在地和「出」：移動出走，梁教授簡短有力地道出了當代中國的生命之根其實仍在農村——以「梁庄」作為縮影，以及人們又如何為了謀生存，而不得不走出「梁庄」——從農村流浪到各地去打工，因此無數真實而且動人的故事，就在這樣的在地與移動出走之間悄悄誕生了。這也使得這兩本書雖然被歸類為報導文學，卻遠比虛構的小說還要來得好看，扣人心弦。因為在快速變遷的二十一世紀之中，小說家虛構的想像力，早已追不上時代的瘋狂運轉了，而大陸農村所發生的劇烈變遷，以及農民命運戲劇化的轉折，更恐怕要遠超出歷史上的任何一個時代，所以我們何須再以文字去捕捉那些虛幻的空中樓閣？

這或許也是許多文學工作者所正面臨的無力與無奈。梁教授和我一樣出身於文學科系，也在大學任教，但她在《中國在梁庄》前言〈從梁庄出發〉一文開頭所說的：「在很長一段時間內，我對自己的工作充滿了懷疑，我懷疑這種虛構的生活，與現實，與大地，與心靈沒有任何關係。我甚至充滿了羞恥之心，每天在講台上高談闊論，夜以繼日地寫著言不及義的文章，一切似乎都沒有意義。」這些由衷的話語，讓我讀來心有戚戚焉。當代小說（尤其受現代主義美學影響）書寫的無力與貧乏之處，已然疲態俱現，然而梁教授卻通過她的故鄉梁庄，以及一群伴隨她成長的親友村民們，帶領我們重新返回真實人生的血肉，也證明了唯有回到每日親臨的生活現場，才是真正滋養故事的肥沃土壤。

其實自從一九二〇年代魯迅的〈故鄉〉之後，「故鄉」便是中國現代文學中重要的主題。魯迅通過他自己的生命經驗，揭示了中國在二十世紀現代化之初的核心之痛：一個鄉土中國的凋零與失落，乃至一大群扎根於這片地上的人們所面臨的茫然與困阨。魯迅筆下的故鄉，是從傳統過渡到現代轉折過程之中，被摧毀腐朽了的生命之根，而注定要死滅於未來，故長於此的人們，凡是懷抱著點希望的，則莫不是要「走異路，逃異地」，終身成為一個遠離家園，飄泊於城市之中的異鄉人。如今將近百年過去了，鄉土中國的宿命依然沒有改變，這不也是梁鴻教授乃至當今許多青年，乃至生活在台灣的你我的自身生活的寫照？

當「故鄉」化成為紙上的文字時，也正說明了它已陷落在過往之中，再也不可逆轉，有時它彷彿幻化成為一個精神上的烏托邦，如沈從文的湘西；或是一則來自父祖輩民族大義式的傳奇，如莫言的紅高粱。不管如何，它都不再存在於此時與此刻了。然而梁鴻教授卻勇敢地帶領我們重返故鄉，回到那千瘡百孔的現場，她返鄉的矛盾不安一如魯迅，但她雖從個人抒情的角度出發，卻又走得更遠，因為她並不束手旁觀，而是走入這些熟悉又陌生的人群的生活裡，細細探索他們命運之所由來，以及將要何去何從。

其實台灣又何嘗沒有類似的「粱庄」呢？只可惜報導文學這個文類在當前的台灣，已然奄奄一息，以致農村真實的故事似乎還一直無法進入文學的視野。我期待這兩本書能讓更多人憶起了自己的故鄉，並且如梁教授一般，勇而返身去召喚它，召喚那些故事之魂，而不是一任它們淹埋在現代化的灰燼底下。

目錄

寫在前面

二〇〇八年的夏天和冬天，我回到我的故鄉穰縣梁庄，前後住約有五個月的時間。在這五個月中，我對我故鄉的親人們——梁庄的老人、婦女、兒童，對梁庄的自然環境，對梁庄村莊的文化結構、倫理結構和道德結構進行了考察，試圖寫出梁庄人的故事，並勾勒、描述出梁庄在這將近半個世紀的歷史命運、生存圖景和精神圖景。最終，以《中國在梁庄》為名出版。

但是，這並不是完整的梁庄，「梁庄」生命群體的另外重要一部分——分布在中國各個城市的打工者，「進城農民」——還沒有被書寫。他們是梁庄隱形的「在場者」，梁庄的房屋，梁庄的生存，梁庄的喜怒哀樂都因他們而起。梁庄的打工者們進入了中國哪些城市？做什麼樣的工作？他們的工作環境、生存狀況、身體狀況和精神狀況如何？如何吃？如何住？如何愛？如何流轉？他們與城市以什麼樣的關係存在？他們怎樣思考梁庄，想不想梁庄，是否想回去？怎樣思考所在的城市，怎樣思考自己的生活？他們的歷史形象，是如何被規定，被約束，並最終被塑造出來的？只有把這群出門在外的「梁庄人」的生活狀態書寫出來，「梁庄」才是完整的「梁庄」。

二〇一一年一月和七月初，我重回梁庄，著手收集在外打工的梁庄人的聯繫方式，了解梁庄打工者所在的城市、所從事的職業和大致的家庭成員分布狀況。

二〇一一年七月十日～十八日，到西安。採訪福伯家的大兒子萬國、二兒子萬立和其他梁庄人十五位。他們在那裡蹬三輪車，賣菜或做其他小生意。採訪穰縣、吳鎮和其他縣的一些老鄉四十餘位。

二〇一一年七月二十二日～二十六日，在信陽。採訪梁庄老鄉十人。他們在此地蹬三輪車，做工人。

二〇一一年七月二十八日～八月四日，到南陽。採訪梁賢生一家九口人，韓小海一家四人及其他老鄉十二人。賢生的大弟弟賢義在現代都市做了算命者，韓小海傳銷發財。

二〇一一年八月十三日～二十日在穰縣周邊縣城做調研，考察南水北調工程[1]和湍水，考查穰縣傳統戲劇。

二〇一一年八月二十五日～二十七日，到廣州、東莞虎門。採訪開服裝廠的梁萬敏一家，服裝廠工人，採訪在虎門開各種廠的和做工人的吳鎮老鄉十八人。調查虎門小型服裝廠的工作環境和工作模式。

二〇一一年九月二十八日～十月七日，在內蒙。採訪韓恆文一家十二人和其他吳鎮老鄉十人。

二〇一一年十月二十四日～三十日，在青島。採訪梁光亮一家三人，王傳有一家兩人和其他吳鎮老鄉二十三人。梁庄人前後約有四十多人在青島的電鍍廠打過工。福伯的小兒子，我的同歲的堂弟小柱，在此地得重病，最後去世。

二〇一一年十一月二十五日～三十日，二〇一二年五月八日～十一日，在鄭州。採訪富士康工廠和在富士康上班的梁平。採訪梁東、蘭子和其他梁庄人十人。採訪大學畢業在鄭州打工、居住在城中村的年輕打工者五人。

二〇一一年九月至二〇一二年三月，在北京。利用週末，在北京郊區採訪梁庄和吳鎮老鄉五十五位，舉辦工友座談會，採訪年輕工友三十餘位。

二〇一二年一月十四日～二月十四日，北京－鄭州－南陽－梁庄。採訪梁庄打工者六十餘人。

二〇一一年一月二十日～二十五日，二〇一二年四月二十二日～二十四日，廈門。採訪安兜村，「國仁工友之家」，幾家科技電子廠。採訪工人約四十餘人。

二〇一二年四月二十四～五月二日，到台灣。考察台灣農村農民的生存、精神和傳統文化狀態。

二〇一二年五月三日～五月七日，在深圳。採訪梁磊等四人。

在本書中，我以梁庄四個大家庭的子孫們——福伯家，五奶奶家，梁賢生家，韓恆文家——在中國城市的生活軌跡為核心，輻射其他梁庄成員、梁庄親戚和一些吳鎮老鄉，描述進城農民的命運、生活狀態和精神狀態。

書中主要人物

姓名	年齡	曾打工城市	現打工城市	曾從事工種和職業	現職業	外出打工時間(年)
梁紅偉	38	廣州、深圳	梁庄	保安、工人	個體運輸、務農	20
趙豐定	36	安陽、北京、廣州、中山	梁庄	磚廠、養雞場工人、翻砂廠工人、鞋廠工人	個體運輸、務農	23
趙豐樹	38	穰縣、安陽、北京、廣州、中山	梁庄	磚廠、養雞場工人、鐵廠工人、鞋廠工人	病人	24
梁書明	42	曲靖	梁庄	校油泵	病人	20
梁萬青	48	穰縣、山西、信陽、汕頭	梁庄	磚廠工人、三輪車夫、電子廠工人	磚廠工人、帶孫女	28
梁萬國(大哥)	53	北京、河北、廣州、東莞、新疆	西安	保安、翻砂廠工人、煤廠工人、摘棉花、煉油廠	三輪車夫	21
梁萬立(二哥)	51	北京、廣州、新疆	西安	保安	三輪車夫	19
梁正容	50	西安	西安	熟肉店、小攤販、賣菜、開店鋪	店鋪老闆	15
韓虎子	43	西安	西安	賣菜	賣菜	20
王二年	51	西安	西安	三輪車夫	三輪車夫	20
民中	18	廣州、內蒙、西安	西安	工人、汽修廠學徒	三輪車夫	2
梁賢生(已去世)	49	南陽	南陽	工廠工人、個體戶、出租車司機、單位領導	單位領導	32
梁賢義	46	南陽	南陽	建築工人、工廠工人、人力三輪車夫、小攤販等	算命者	30

梁梅蘭（女）	48	南陽	南陽	工廠工人	街道辦事處	32
韓小海	45	北京、北海、廣州、南陽	南陽	保安、蛋糕店老闆、建築工頭、傳銷	客車老闆	28
東子	35	山西、天津	天津	傳銷、開拉麵館	拉麵館老闆	12
小山	40	山西、穰縣、天津、福建	福建	煤礦工人、收廢品、開拉麵館、傳銷	傳銷	20
梁峰（大哥的大兒子）	31	西安、內蒙、新疆	北京	保安、三輪車夫、學徒	玻璃廠工人	11
梁光龍（龍叔）	50	北京	北京	零工	零工	5
梁安（龍叔的兒子）	25	北京	北京	建築工人、小包工頭、小老闆	小老闆	11
梁萬科（三哥）	44	新疆、北京	北京	保安、油井工人	玻璃廠工人	22
王福	53	北京	北京	收廢品、打零工	零工	20
正林	28	北京	北京	設計師	設計師	8
青哥	44	南陽、廣州、信陽、北京	北京	建築工、室內裝修工	裝修工	18
李秀中	42	北京	北京	校油泵	校油泵	16
韓建升	42	西安、北京	北京	工人、保安	保安公司老闆	25
梁時	34	廣州	板芙鎮	鞋廠	服裝廠工人	20
梁清	28	廣州、廈門、青島、鄭州	板芙鎮	電子廠、鍍金廠、服裝廠、塑膠廠	服裝廠車間主任	10
梁萬敏	45	廣西、廣州	東莞	開小飯館、書攤、服裝批發	服裝廠小老闆	15
錢保義	9	湖南	東莞	剪線	剪線	1

姓名	年齡	曾打工城市	現打工城市	曾從事工種和職業	現職業	外出打工時間（年）
金（已去世）	42	荊州、鄭州、廣州、東莞	東莞	賣餅、工地綠化員、服裝廠工人	工人	22
梁磊（二哥的兒子）	28	安陽、北京、成都、上海	深圳	機械製造、認證公司	公司職員	4
梁靜（二哥的女兒）	23	南陽、深圳	深圳	保健品促銷員、會計、網售人員	電話推銷員	1
梁清明	41	北京、西安、新疆、西藏	西寧	保安、苗圃工人、大理石廠工人	校油泵	15
梁一榮	55	西安、新疆	甘肅	建築工人、賣菜、三輪車夫	校油泵	15
向學	28	鄭州、蕪湖、北京、內蒙	內蒙	工人、修車廠學徒、修傳動帶	修傳動帶	8
韓恒文	44	北京、新疆、內蒙	內蒙	小攤販、校油泵	校油泵	20
韓恒武	42	北京、內蒙	內蒙	保安、小生意人、校油泵	校油泵	21
韓朝俠（女）	46	廣州、內蒙	內蒙	工人、小攤販、小生意人、服務員	賣調料	20
梁平（三哥的兒子）	24	廣州、觀瀾、鄭州	鄭州	富士康工人、施工員	施工員	2
梁東（大哥的二兒子）	28	鄭州	鄭州	工程監理	監理	4
梁光亮（五奶奶的三兒子）	47	青島	青島	工人	鍍金廠工人	14
王傳有	42	青島	青島	工人	鍍金廠工人	15
小陽陽	5	青島	青島	幼兒園學生	學生	

小柱（已去世）	39	北京、安陽、廣州、青島	青島	保安、翻砂廠工人、卸煤工人、	鍍金廠工人	23
雲姐（女）	42	廣州、溫州、山西、青島	青島	電子廠工人、食堂工人	乾燥劑廠工人	18
梁蘭子（女）	42	北京、廣州、鄭州等	鄭州	保姆、工人、地下賭場發牌員	網購銷售員	24
梁玉英（女）	44	北京、廣州、安陽、深圳	廣州	保姆、飯店服務員、工人、二奶	工廠工人	24
韓小玲（女）	44	北京、廣州、俄羅斯	北京	保姆、工人、家庭主婦	家庭主婦	24
韓小慧（女）	36	河北、北京	北京	打字員、家庭主婦	家庭主婦	20
梁雅（女）	26	廣州、中山、惠州	中山	服裝廠工人、開荒種地	工人	10

1 南水北調工程就是把中國長江流域豐盛的水資源抽調一部分送到華北和西北地區，從而改善中國南澇北旱的狀態，並試圖解決北方水資源短缺問題。最終，以此促進中國南北經濟、社會、人口等的均衡發展。

第一章　梁庄

閑話

二〇一一年的夏天，穰縣持續暴雨。湍水又漲了。

暴雨之中，濁浪滾滾的湍水把連接南城和北城的兩座石橋沖得搖搖欲墜。有好幾天時間，河水漫過石橋，河岸兩邊的樹抵擋不住洪水的力量，紛紛倒在了河中。大水過後，石橋重又露出水面，石基已經有些動搖，護欄也被沖得無影無蹤。一輛農用車在過橋的時候掉了下去，車毀人亡。政府在橋邊立了一個鮮紅的牌子：「禁止車輛來往」。

一天早晨，人們發現，又一具屍體掛在橋邊不遠處那裸露的交錯的樹根中。屍體被撈了上來，特徵如下：

男性，五十～五五歲，枯瘦，頭髮、鬍鬚皆長至頸部，嘴巴塞滿泥沙，牙齒全無，腿部潰爛。

死者被拍了照，貼在各鄉鎮派出所的廣告欄處。很快，有人傳回信兒來，那死者好像是梁庄的梁軍。梁軍，和我同輩，他們兄弟三個，大哥是興，他是老二，老三已記不起名字，是一名慣偷，常年坐監獄。兄弟三人都是單身漢。他們的姐姐接到信兒，趕緊往派出所跑，看到照片，一屁股坐在地上，哭了起來。跟隨而來的興哥卻沉著臉，一言不發，撥開同去的村人，一個人先回家了。隨後，派出所讓他們去城裡停屍處認屍，興哥死活不去。任誰勸說，只是坐在梁庄小學他那借來的房子裡，抽著紙菸，撓著他那花白頭髮，一動不動。

興哥不去，屍體就無法確認。畢竟，他是最直系的親屬。況且，經過長期飢餓的洗禮，與人隔絕的孤獨和河水的浸泡，那屍體確實具有模糊性。他們的姐姐偷偷去城裡認屍，哭了一場，因為弟弟不認，也不敢擅自確認。更何況，真的確定下來，火化還要花錢。最後，民政局出資火化了屍體，以「無名屍」結案。

關於梁軍如何淹死，梁庄人的說法不一。有人說是餓昏了，栽到了河裡。二〇〇八年我最後一次在田埂上見到軍哥時，他已經是流浪漢，靠撿垃圾為生。在和我對視的時候，他陌生的、惶恐的和躲避的眼神曾讓我頗為迷惑。也許是天生愚笨，他撿到的東西並不多，也賣不到什麼錢，常常是飢一頓飽一頓，有時候幾個月都沒人看見他，大家並不在意。也有人說，可能是去河邊撈東西吃，淹死的。還有人說是晚上睡在堤岸上，被沖下去的。不一而足。

至於興哥為什麼不去認，大家的看法倒非常一致。一旦認了，軍哥就要被銷戶。作為戶主的興哥，要遭受兩重的損失：第一，軍哥的低保不能再向國家要了；第二，軍哥的地他也不能種了。一畝地呢。現在，軍哥雖然不見人影，但也沒有人能證明他死亡，國家就不能隨便銷戶，興哥就可以名正言順地種弟弟的地，吃弟弟的低保了。

我回梁庄的時候，軍哥的屍體剛剛火化，關於這件事的閒言碎語正在村莊祕密流傳。梁庄人對興哥的行為很是看不慣，有責備之意，但並沒有進行過多的道德評價。是興哥太窮了？他，和軍哥在村莊都太微不足道了？抑或是他那未老先衰的花白頭髮，他孤苦一人的生活讓梁庄人的同情大於批判？不管怎樣，這仍然是本埠新聞裡的重要事件。梁庄人邊重複地說了多遍的觀點，邊搖晃著腦袋，表示著不可思議。

在村莊住了一段時間後，我發現，興哥拒認軍哥只是梁庄的小閑話，背後隱藏著一個大閑話。小閑話只是個引子，是戲劇裡的丑角，是一部小說的過渡，是草蛇灰線，最後拉扯出來的才是真正的目標和指向。

建昆嬸小兒子紅偉的房子就蓋在梁庄新老公路的交叉口，這個交叉口是進出梁庄的主要通道。紅偉前幾年從深圳回來，蓋了房子，又貸款買了一個貨車，搞起了運輸。紅偉好客，村裡人，或是鄰村去吳鎮趕集的熟人回來的時候都會到他家坐下喝會兒茶，聊聊天，說會兒閑話。也因此，以他家為中心，輻射周邊幾家，成了梁庄新聞傳播中心。

我回村莊的時候，一群人正坐在紅偉家的大門口，兩個小桌子，一桌在打牌，另一桌在喝茶，七八個小孩子各自一堆兒散落在周邊的沙堆旁玩耍。紅偉在他那輛大貨車下，叮叮噹噹地修補。

初看到我，大家仍然是一臉的怔忡，好一會兒，才誇張地和我打招呼。在接觸到他們眼神的一瞬間，我發現，他們對我還是陌生的，就好像我不是梁庄的閨女，好像我從來不曾回來過，我從來都沒有與他們的生活發生過交叉。

或許，事實也是如此。二〇〇八年和二〇〇九年那幾個月的村莊生活，即使在我，也很遙遠且模糊了。對於梁庄的鄉親們而言，那幾個月甚至連漣漪都沒有泛起，這樣的來來去去太多了，政治、經濟、親人，都是自管自的來了又走，走了再來。

一刹那的陌生之後，我這些哥、叔、嬸、嫂、爺們的表情馬上變得豐富起來，一邊打量著我，一邊和我開起玩笑來。人群逐漸圍攏過來，尤其是年齡大些的嫂子、嬸子、奶奶，看著我，不斷地感嘆，又一次提到我早已去世的母親，慨嘆「麥女兒」人有多好，如果活著該多有福氣。麥女兒，我母親的名字，她那一輩的梁庄人都這樣叫她。

紅偉家左邊斜對面，舊公路的另一邊，是已去世的光河家的大房子。院子一角的刺玫、月季、大麗花，在夏雨的不斷澆灌下，正肆意開放，繁密的花朵把枝條壓得朝向四面八方伸展。大門上貼著黃色的對聯：

迎新春倍思親人
賀佳節緬懷前輩
德高望重

光河是絕食而死的。在死前的兩個月，他就拒絕進食。他每天斜躺在床上，眼睛直直地盯著門口，彷彿在期盼著什麼，又彷彿什麼也沒看，眼神空茫，沒有焦點。他不吃不喝，也不說話，一直這樣一個姿勢，直到虛弱得不能動彈。光河的老婆花嬸把一個軟管插到光河的鼻孔裡，每天用針管往裡面注入流食。只有此時，光河才把頭轉過來，絕望地看著花嬸，他拒絕吞嚥，可是，吸管直接進入他的胃裡，他無力抗拒。梁庄人都說，他是在等著他慘遭車禍死去的那一兒一女來接他。這座宏偉的、用賠償錢蓋起來的房子，是他寶貝女兒和兒子的象徵。他每天躺在兒子和女兒的心臟裡，悲傷地懷念他們。據說最後半個月，他忽然又想活了，拼命地吃東西，每天乞求花嬸給他弄東西吃。他吃完就吐，吐完再吃，吃完又吐，最後，還是死了。二〇一〇年十一月二十一日，光河去世。享年四十八歲。

花嬸也在門口站著。她仍然笑笑的，只是笑容有些勉强和凄涼，說話的底氣也沒有原來那麼足了。她特意站在花叢前讓我照相，笑盈盈的。透過鏡頭，那笑容有一種渙散了的深深的空洞，還有些許一閃而過的羞愧和心虛。她這樣活著，似乎太過強悍。把自己的兒子、女兒、丈夫都活死了，自己還活著。

清立過來了，他的頭髮呈蜂窩狀和鐵鏽色，衣衫破爛骯髒，那把不離身的刀不見了。看到我，裂開嘴，笑了起來，露出了黑洞一樣的嘴巴，他的牙齒幾乎全掉了。去年冬天的時候，他和自己的弟弟發生了衝突，弟弟照著他的臉一拳過去，就成了這個樣子。他的嘴巴朝我動了動，似乎喊一聲「姑」，但又似乎什麼也沒有說出來。那六七個玩耍的孩子，最大的不過十歲，最小的兩三歲的樣子，追著清立，用小手畫過自己的臉，羞清立，一邊唱著喊，「清立不要臉兒，清立不要臉兒。」

以後一段時間，我在村裡走，和別人聊天，在溝渠，在村頭的小房子那裡，都會不期然遇到他。他就像一個魂靈，在梁庄到處閃現。他遠遠站在人群的外圈，滿含期待地看著大家，但是，一旦我把眼神轉向他，他馬上躲避開去。

這將是另外一個軍哥。沒有人朝他看一眼，沒有人在意他，甚至，根本沒有人看到他。奇怪的是，他的臉又有一種平和，沒有那種窮凶極惡的緊張。已經淪為乞丐的清立，嵌在梁庄的內部，被人遺棄，卻又平和地生活。他的神情是安然的、平靜的。

傍晚五點多的時候，幾輛三輪車從鎮上方向往村莊這邊來。最前面的是我一個堂哥的老婆，我們都叫她鳳嫂。車裡面坐著三個大小不一的孩子。看到我在路邊站著，鳳嫂從三輪車上跳了下來，上下打量著我，嘴裡嘖嘖感嘆著。鳳嫂，在年輕時候就已經蒼老，頭髮枯黃，臉盤寬大扁平，不修邊幅，整天都在忙碌幹活，在我的印象中，從來沒見她穿過乾淨、整齊的衣服。現在，也未見更老，只是個頭矮了好多。車上坐著的是她的三個孫子，三個兒子一人一個，不偏不倚。他們剛從鎮上幼兒園放學回來。鳳嫂的車極髒，這是她的賣菜車，泥塊、土堆、沙粒到處都是，孩子們就坐在這灰堆裡，驚奇地望著我。

緊接著來的是一個極瘦的老太太。三輪車裡面坐兩個孩子，一個大點的孩子坐在車擋的平板上，這個孩子的體格已經是成年人的形態了。這三個孩子把車塞得滿滿的，顯得騎車的老太太格外孱弱。她看到我，停了下來，驚喜地抓住我的手，張著嘴，出來的卻是嘶啞、含混的聲音。我詫異地望著她，這是建昆嬸。二〇〇八年還在為老母親被強姦殺害一事風風火火到處告狀的建昆嬸，兩年之間，竟然衰老成這個樣子。而她的聲音是怎麼了？建昆嬸比比劃劃，指著脖頸下面長長的傷疤讓我看，鳳嫂在旁邊加以解釋。好一會兒，我才明白，建昆嬸去年得了食道癌，在穰縣做完手術之後，幾乎失去了說話的能力。她拉著我的手，急切地說著，眼睛緊緊的盯著我，一會兒就含滿了淚水。我知道，她又想起了我的母親和她的小女兒。我母親在世時，她們是好朋友。她的小女兒和我相差一個月出生，在五歲的時候夭折了。死亡的陰影已經盤旋在這個老人的身體上。下次回來，我可能再也見不到她，再也聽不到她講我母親和她女兒的故事了。[1]

回到紅偉家門口，圍坐在茶桌旁的那幾個哥、叔、伯輩的人，正壓低著嗓子，神情緊張、意趣盎然地談著什麼事情。這是真正的閒話時刻。重大新聞正在形成。這是梁庄每天午休時間、傍晚時分或打牌聊天時的必修課。

一個村莊裡的閑話意味著什麼?「閑」，從詞源學上講，原指「木欄的遮攔物」，逐漸引申為道德和法度的規範。《論語・子張》云：「大德不逾閑」。「閑」加上「話」即在特定的時空環境中「背後對別人的批評、議論」。從社會學上講，在一個生活共同體中，「閑話」就是一個公共空間，具有限制力和約束力，通過閑話，共同體中的成員的道德邊界被不斷加强、界定並得以維持，對於一個村莊而言，閑話就是村莊人際關係、社會存在的監控網絡，對村民具有一定的威懾力量，人們可能會考慮到閑話的道德評價而去修正、改變自己的行為。而對於在一個村莊裡缺乏政治和經濟地位的人，「閑話」是製造輿論、進而影響其他村民的基本方式。[2]

果然，他們正在議論興哥不認弟弟屍體的事情。

「要不是為了那一千七百五十元，興哥會恁不像話，連親兄弟也不認了?」

「還不是為那個老女人?一看就不是正經和他過日子的，來了連個門都不出，到興那兒串個門，連個招呼都不打。」

「說的可是，還是親兄弟呢!不過話又拐回來說，要真是認了，軍哥的地就要收了，那這賠償錢該歸誰?」

「歸誰?那還用說，反正興哥是使不上。再說，那可不是一畝地的事兒!」

「一畝地?十畝地，二十畝也不拉倒!人家南水北調是按整塊算的，咱們是按戶頭算的，多出多少地？你敢算一下，光從墳園到公路上那段路能多出來多少地？」

「也夠他們忙的，得編多少假戶口。」

「那憑啥？應該是全村人的地，全村人的錢，憑啥他們幾個占了？說是南水北調，大工程，誰占住光了？還不是他支書一個人買的攪拌車、粉碎機可以去，平頭百姓誰占住光了？」

興哥不認弟弟屍體這件事本身有悖於人倫道德，固然會被村莊的人所議論，然而，當有更重要、更切已的利益迫在眉睫需要解決的時候，這一閑話立馬就有了新的所屬。這涉及到南水北調工程占梁庄土地並賠償的問題。軍哥事件在以新的角度展開。這新的閑話正在以密謀的方式使梁庄充滿了躁動。

如果軍哥不死，就應該有一畝地。軍哥長期流浪，這一畝地實際上為興哥擁有，是興哥的重要收入補貼。這裡面還牽涉到興哥的一件不光彩的事。前幾年，一個「老女人」（梁庄人的形容）和興哥住到了一塊兒，那個女人時來時去，來的時候鑽在興哥的屋子，從來不與梁庄人打交道，但興哥的伙食在那段時間就要好多了。梁庄人一見興哥去吳鎮割肉買菜，就會意味深長地相互看幾眼。興哥花銷大了，一人地兩人吃，當然不夠，他需要弟弟這一畝地。現在，他更不能放棄這一畝地，因為南水北調工程就占住了軍哥的地。政策已經確定下來，梁庄占地，按一畝一年一千七百五十元的標準賠償農戶。一畝一千七百五十元，不用種地，不用擔心旱澇歉收，簡直是天上掉餡餅了。所以，軍哥不能死，興哥也不能認。

南水北調占梁庄多少土地，由國家丈量，占多少賠多少，每戶農民都設一個帳戶，錢直接打到農民帳戶裡，防止截流。這清清楚楚，沒有問題。但是，問題在於，占地面積是整體測量的，按整體面積賠償，而梁庄分到村民的地是一塊一塊的，路，溝，渠，角角落落，屬於村莊的公共空間，沒有分給具體哪一位村民。這樣，當土地被整體測量使用時，就會多出來一些面積。

此後的十幾天時間，我每到一家，只要坐那麼一下午，無論談論的是任何話題，最後，都會歸結到這件事上。首先是懷疑，對一畝地一千七百五十元能否順利到手非常質疑，進而憤怒地說到多出的公共面積和多出的錢。其實到底多出多少，誰也搞不清楚，彼此算出的面積差距也很大。話題由此展開，說到村莊裡的其他事情，這個時候，已經到了破口大罵的程度。

離開梁庄

夏天的村莊中午，總是有著地老天荒的安靜。熱氣蒸騰之中，所有的生物都收聲噤口，疲乏愚鈍。

沿著梁庄的新公路，走過兩邊密集的新房子，走過梁庄小學，走過老煤場，走過王家勝娃的石灰磚廠，再走過一大片綿延的綠色菸葉地，一條直直的、平整的、向遠方無限延伸而去的開闊地，突然從茂盛的莊稼地裡開出，呈現在大地的中心。它如此寬闊，以至於一眼望過去，兩邊的村莊房屋和莊稼都顯得非常遙遠和矮小。那驚人的寬闊充滿著神祕的威力和不可思議的創造力，把大地、植物、時間和空間都逼得狹小且短暫，顯示出一個龐大國度的浩然之氣。舉世矚目的、被稱為「世界上最大調水工程」的南水北調工程正橫穿湍水，跨過梁庄，向大陸腹地延伸而去。

但是，在村莊內部，連續的暴雨肆虐地沖刷著房屋、地基、路、樹木、雜草和莊稼，一切卻都處於無序之中。最明顯的就是村莊內部道路的損傷和混亂。新房在不斷地建起，路卻越來越難找。從公路進梁庄的主路根本無法辨認，道路已經被兩旁的雜草完全遮蔽。我家老屋的左邊原來是一條直路，可以通往村後的莊稼地和韓家，現在，也都被周邊各家的新房所分割，路變成了彎彎曲曲的一條縫兒。

老老支書興隆家的院子半邊已經坍塌，看到我路過，坐在院中樹下乘涼的老老支書站了起來，大眼一瞪，喊我，「小清過來坐啊。」旁邊的大奶奶扶著拐杖，也艱難地站起來。我看到她臉上的神情，嚇了一跳。她的整張臉都垮了下來，就好像裡面的骨頭掛不住外面的肉，五官完全錯位。整個眼珠都散了，看起來很恐怖。她的嘴巴嚅動著，嗚咽著不知道說的是什麼。我心裡像塞了一塊冰，冷得要窒息，急急地逃跑了。老老支書仍然聲如洪鐘，在我們身後喊著，「再來玩啊。」

村東坑塘中間的那條大路地基已經塌陷，一邊低一邊高。坑塘旁邊豐定家門口停著一輛拖拉機，一個輪子幾乎懸在了坑塘的邊沿上。如果單看路的現狀，你無法明白他是怎麼把這個龐然大物開進來的。

上 湍水
下 村中老屋

豐定和老婆去年從中山市回來，買了拖拉機和旋耕耙，掙錢養家，打算不再出門。我好奇地問起他的拖拉機是怎麼進來的，他即刻罵起來，說有錢的在公路邊蓋房子，車想咋放咋放，村裡的路越來越沒人管。這段路是他和哥哥、父親自己拉的石子墊的，勉强把車開了進來。幾場暴雨之後，路又塌了，他還得再墊路。豐定一直想在公路旁找新的宅基地，想蓋新房。但是，村委會怎麼也不給他批地。

找豐定，除了想聽聽他的打工史，想了解他為什麼要回來之外，主要還是想通過他找一找在廣州一帶打工的梁庄人。梁庄在南方打工的人幾乎都是他們兄弟兩人帶出去的。他知道好幾個人的電話，當即打了過去，只聯繫到其中三個，另外兩個手機已經停掉。

在隨後的十來天裡，我一家家的走訪，打聽電話，進行聯繫，始終沒有我想像的那麼順利。我沒有想到，梁庄在外的打工者，他們和家人、村莊的聯繫，如此之少，彼此之間竟然如此的隔膜。

有些家庭整體離開村莊，多年不回村莊，至多春節到墳園上墳燒紙，根本不做停留，只能猜測誰有他們的聯繫方式，這些電話非常難找。有些家庭在村莊的人緣不好，出去打工幾乎不與村莊聯繫，村裡出去打工的人也不會找他們幫忙，久而久之，大家也就遺忘了他們。那些有孩子留在村莊上學的青年夫妻，原來會在春節回來，現在，則在暑假託人把孩子送到打工地點（每到暑假，都有專門做這樣生意的長途汽車，車費要高於正常車費二分之一），孩子在那兒玩一個暑假，再托運回來，自己也不耽誤打工時間。

有的在外打工多年，會忽然回來，起一座「豪宅」，接兒媳，在家過一個春節，然後，又在梁庄消失，繼續在外打工。但這樣的中年打工者，在不久就會回到村莊，因為很快，他們就要開始下一個任務：照顧孫子或孫女兒。萬青和巧玉就是這樣的情況。二〇〇八年我回來的時候，萬青的兒子結婚。二〇〇九年，萬青有了第一個孫女，在汕頭拉三輪車的萬青和在電子廠打工的巧玉只得回來。巧玉照顧孩子，萬青在梁庄磚廠幹活，兒子和兒媳則繼續在外打工。

難以聯繫的另外一個重要原因則是打工者工作調換太快，尤其是年輕人，常常在不同城市幹不同的活兒。每到一個地方，就會廢除之前的號，換當地的手機號。每換一次號碼，就會與一批人失去聯繫，慢慢的，也就越來越少人知道電話。福伯家，梁庄的大家庭，五個兒子，兩個女兒，他的幾個兒子和眾多孫子分布在新疆、西安、鄭州、北京、深圳等各地打工，福伯把兒子、孫子們的電話都記在牆上。我按照電話一個個打過去，結果，有一半都打不通，福伯搞不清楚他的兒子們和孫子們都在哪裡。我問福伯到沒到西安或北京去看過兒子、孫子，知不知道他們在那兒生活得怎麼樣？他詫異地反問我，「誰去那兒幹啥？打個工，還能住啥樣吃啥樣？」

有一種奇怪的感覺，留在梁庄的人對在外打工的親人、族人好像沒有特別的感覺，似乎他們認定在外打工的梁庄人整個心還在梁庄這裡，從來沒有離開過。他們會饒有興趣地講誰誰回來娶媳婦，割痔瘡，做手術，蓋房子，也會以一種特別陌生的、驚訝的口吻談誰誰校油泵發財了，誰誰又賠了，現在回梁庄在做什麼。梁庄始終是中心。在外，只是暫時的，討生活的，最終都會回來。也因此，他們沒有認真地去思考自己的親人在外打工的狀況，即使談起來，也以一種非常模糊的、完全逆來順受的態度。

關於村莊裡出去的一些女孩子，我聽到了很多閑話。一貫高聲大調的梁庄人在談起她們時連說話的聲音都會放低許多，曖昧而不屑。在紅偉家裡，我碰到萬生，他先是在吳鎮開飯館，生意非常好，卻因政府欠帳太多，難以為繼，就關了飯館到西安，在那裡的城中村賣河南燴面，結果還是開不下去。據說是他老婆太不會事兒，得罪了去吃飯的老鄉。我問萬生要他兩個妹妹玉英和玉花的電話，他卻支支吾吾。周圍的人也滿含曖昧之色。在經過一段鋪墊之後，這些女孩子的故事才慢慢地在閑話中，在破碎的證據和相互的爭執中浮現出來。

回鄉的梁庄打工者並非因為本地的經濟吸納力的轉好。他們幾乎都是受傷者或患病者，或因為孩子、家庭的問題不得不回鄉。豐定、永樹兄弟先在廣州郊區打工，後來在中山的鞋廠和高溫塑膠廠一幹好多年，都是嚴重的胃潰瘍患者；豐定的老婆是從十五歲起在鞋廠幹活，二〇〇五年左右，她的頭開始有輕微的顫抖，應該是輕度中毒或中風的標誌。在雲南校油泵的書明被摩托車撞飛，傷了左腿，引起肌肉萎縮，不能再從事任何勞動，回到梁庄，吃老本兒，天天以打牌為樂。而萬青，我在梁庄磚廠看他幹活時，才發現他的左胳膊已經癱瘓，嚴重萎縮。他一直隱瞞得很好。那是一九九四年他在山西一個煤廠幹活時，煤窯倒塌傷住小腦留下的後遺症。

萬青媳婦巧玉和豐定老婆對城市的打工生活非常懷念。巧玉給我算了一筆她和萬青在家生活的成本帳，他們兩口子回來不到一年時間已經花出去了將近兩萬塊錢，而在打工的地方，人情很少，「每個月到時間就有十幾張紅紅的票子發下來，心裡可美」。豐定老婆已經成為鞋廠鞋樣室的員工，比在大車間幹活要乾淨很多，有風扇吹，有水喝。更重要的是，廠裡對她非常重視，工資漲到了二千五百塊錢一個月。但是她們對於打工的城市、鄉鎮卻異常陌生，在說起打工的鎮子時，豐定老婆竟然想不起來小鎮的名字，而她在那兒生活了將近二十年。巧玉在說起汕頭的那個小鎮時，也著急地求助於丈夫萬青，她也想不起來。

實際上，留在梁庄的梁庄人一部分也成了打工者。南水北調把梁庄的一部分土地占用，墳園前後、河坡上那千餘畝地也已經被吳鎮的兩個種菸大戶給租去種了菸葉。梁庄的婦女打工隊隊長喜娟組織了梁庄的十幾個婦女和老弱男人，以一天三十塊錢算。因為幹活快，人又熱心，打工隊慢慢吸引了周邊村莊的一些人，男女都有，三十幾個人，每天在不同的地方幹不同的活兒。他們並不認為自己是在「勞動」，他們直接說自己是「打工」。還有就是在磚廠幹活的，道義磚廠和韓家紅貴磚廠吸納了三十幾個梁庄的勞力。其他家庭有如豐定那樣買了旋耕耙、挖掘機、拉沙車在附近找活兒幹。

梁庄內部的經濟生活正在發生真正的改變。有一定規模的資本經營正在進入梁庄，土地被集中起來，被那些有金錢能力和銷售渠道的人所控制。相關政策部門、金融機構也因利益關係以各種方式參與到這樣的集中化和集約化過程之中，這加快了資本集中的速度。在分田到戶四十幾年後，梁庄人開始在屬於自己的責任田裡給別人打工。

在村莊的十幾天裡，我一家家走訪，一個個打電話，聯繫、寒暄、落實，牽出另外一些人，再打電話，這樣才逐漸理出一些頭緒，並開始確定所要採訪的基本路線。

在將近三十年中，梁庄人的足跡幾乎遍布了中國的大江南北。西邊最遠到新疆的阿克蘇、阿勒泰，西南到西藏的日喀則、雲南曲靖、臨越南邊界的一些城市，南邊到廣州、深圳等地，北邊到內蒙錫林浩特，國外最遠有到西班牙打工的。他們在城市待的時候最長的有將近三十年，最短的才剛剛踏上飄泊之程。

離開家鄉，來到城市，梁庄人也依據官方的說法，認為自己是「盲流」、「打工的」、「進城務工人員」、「進城農民」、「農民工」。[3] 但是，更多的時候，他們會自嘲自己就是一個「要飯的」，「就是進城要碗飯吃，啥好不好的」。

1　二〇一二年二月四日晚，建昆嬸因食道癌於梁庄去世。

2　參考薛亞利：《村莊裡的閑話：意義、功能和權力》，上海世紀出版集團上海書店出版社二〇〇九年版。

3　網上流行這樣一個段子，「請叫我公民——本名農民工，小名打工仔，別名進城務工者，曾用名盲流，尊稱城市建設者，暱稱農民兄弟，俗稱鄉巴佬；綽號遊民，書名無產階級同盟軍，臨時戶口社會不穩定因素，憲法名公民，黨給的封號主人，時髦稱呼弱勢群體。」

第二章　西安

農民的終結？這樣帶著點遲疑，也更審慎。

——H．孟德拉斯《農民的終結》

德仁寨

二〇一一年七月十日，晨，陰雨。我們一行四人，從吳鎮出發，目的地為西安市灞橋區。福伯家的萬國大哥、萬立二哥和王家二年在那裡蹬三輪車；梁家正容在那兒開店鋪做小生意；韓虎子姐弟四個在那裡賣菜。梁庄人來來去去，前後不下幾十人在灞橋打過工。

託高速公路的福，一路順暢，下午不到兩點的時候，我們就到了滬陝公路在西安的收費口。依據萬立二哥所提示的路線，下高速，走紡北路，到幸福路，沿著幸福路，就可以看到華清立交橋。他在華清立交橋下等我們。

說得非常清楚，表哥一路開車，結果卻在紡北路上偏離方向，待覺得路不對，已經過了官廳立交橋。給二哥打電話彙報，他在電話裡大叫，錯了，錯了。二哥在電話裡以極高分貝講著路，還是「幸福路」、「紡織路」、「華清路」，可我們就是不明白。他說不清楚，我們也搞不清楚東南西北。城市裡的每一個立交橋都一模一樣，即使是同一座橋，在不同的方向，也同樣可能碰不到面。又折騰了一陣子，最後決定，二哥站著不動，我們這邊坐上出租車[1]去接他，讓二哥在電話裡給出租車師傅說路。

下午四點多鐘的時候，二哥出現了，紫膛色的大臉，肚子挺得很高，腰帶在肚子下面虛掛著，褲子幾乎要墜下去。二哥胖多了，少說也有一百七八十斤，倒是那兩顆幾乎突出到嘴唇外的大門牙不那麼突了。我有快二十年沒有見過二哥了。他曾經是我的小學老師，梁庄小學四年級的班主任。那時候，二哥還不過三十歲，是梁庄小學的教學骨幹。他對學生非常嚴厲，說話尖刻，不管男生女生，只要犯錯，一律痛罵。還記得一次上課，我和同學說小話，被他發現，「嘩啦」一聲，那個裹著鐵皮的黑板擦直衝我飛過來，重重擊中我的額角。我抬眼看他，只見他如牛一樣的圓眼睛直直地盯著我，怒氣衝天。接著，一堆唾沫夾雜著急速運轉的話朝我鋪天蓋地而來。那時，他的兩顆大門牙還觸目驚心地往外突著，從那裡面噴出來的唾沫比話多。

看見我們，二哥大聲嚷著，「日他媽，變化太大了。前些年在這兒還拉過三輪，這幾年都沒來了，到哪兒都不認識了，路硬是說不清。」然後，上前一把抱住父親，「二大[2]，你可來了，說多少次叫你來你不來。」看著我，咧開大嘴，也開心地笑著，「聽二大說你來，我都不相信，多少年沒見你了？」

父親笑著罵道，「萬立啊萬立，你在西安幾十年了，連路都認不得了？掙錢掙迷糊了？」

我們開著車，沿著二哥指的方向，終於走上了幸福路。遠處是一個小山包，下面是很深的河，從山包到河這邊，是一條極具彎度的、高且瘦的高架橋。二哥說，「九幾年來的時候，根本沒有這條橋。我拉著三輪車從城裡往山那邊送過貨，得繞二十多里地，上千斤，二十塊錢。就這樣，還得認識人才讓你拉。」

在一片歡笑聲中，父親和二哥合編了一個順口溜：

萬立西安二十年，蹬起三輪來掙錢，
大街小巷都轉遍，城裡馬路弄不轉，
人人都說我迷登，一心掙錢供學生。

從華清橋下來，轉一個彎，是一段有圍牆的長長的路。圍牆刷的是劣質白粉，比臨時工地圍起來的高度要高一些，結實一點，但又比做為固定建築的牆差很多，上面加著一個青瓦的頂，歪歪扭扭，圍牆的高度、長度和那粗鄙厚重的形態，結合在一起，有一種很微妙的壓抑感。圍牆裡的路說寬不寬，說窄不窄，有點像鄉村的老公路，年久失修，被人遺棄。然後一個右拐彎，一條長長的、鐵鏽色的街出現在面前。街的一邊是全是賣鋼材的，長長的，鐵鏽色的鋼管鋪在店面裡，溢到街道上。店主坐在同樣呈現著鐵鏽色的房屋裡，或倚在門口，神情冷漠地看著我們的車開過。另一邊是一大片開闊的廢墟地，廢墟上堆著各種各樣的建築垃圾。再向左轉一個彎，是一條小道，路的左邊是一個個獨門小院，右邊是各種零散的垃圾堆。再往裡走，右邊出現了一堆堆巨大的垃圾，生活垃圾，也有回收的廢品，廢鐵，廢銅，玻璃瓶，廢紙，各種奇形怪狀的物品，隨意堆放、蔓延在空地上和路上。在這一堆堆垃圾之間，有一條歪斜的小道，通向裡面，幾條狗在刨食，一個十幾歲的小夥子正騎著三輪車出來。異味在剛下過雨的空氣中凝結、發酵，非常刺鼻，一種腐爛的東西長期漚在裡面變壞的味道，讓人想嘔吐。直行再往裡面走，經過一個小鐵路，空間豁然開朗，一個村莊形狀的聚集區出現在我們面前。

這就是德仁寨。

德仁寨是西安灞橋區的一個村莊。說拆遷已經好幾年了，但總是各種原因沒有動遷。本村居民早已搬出村莊，把房子租給如二哥這樣的外來打工者。二哥居住的這條街，賣菜的、小吃店、五金店、移動通訊店、手機店，所有做生意的都是外地的，就連那個稍大型的超市也是外地人開的。德仁寨，西安的老村莊，卻幾乎沒有西安戶籍的居民和原始村民。

二哥二嫂住在一幢斑駁的兩層小樓裡，上三下二的開間。下面一間租給了做移動通訊生意的人，另外一間房連著客廳，租給一家做夜市小吃攤的夫婦倆。我們到的時候，這夫婦倆正坐在陰暗的房間門口忙著擇菜、洗菜、切菜。

二樓三間房。二哥二嫂租了左邊的一個大間，月租一百五十元，中間一間租給同是吳鎮的另外一對年輕夫婦，面積稍小一點，月租一百。右邊是一個兩間房的小套間，沒有租出去。挨著二哥房間左邊，是一個公用廁所。

二嫂也早早收工，正在房間門口切菜做飯。記憶中的二嫂又黑又瘦，但眉眼和臉龐很俊俏。利索，勤快，下力氣，是梁庄著名的「幹家子」之一。現在，二嫂略有點發福，但回身招呼，說話倒茶，利索勁兒絲毫未減。房間約有十五平米大小，地面是灰得發黑的老水泥地。進門左首是一張下面帶櫥的黝黑的舊桌子，櫥門已經掉了，能夠看到裡面的碗、筷

西安德仁寨的垃圾巷

子、炒鍋、乾麵條、蒜頭、佐料等零散東西。桌面上放著一個木頭案板，案板上放著一大塊紅白相間的五花豬肉。

往房間裡面看，對面那堵牆一溜排著紙箱子、蓆子、包裹、破沙發、桌子和一張大床。大床上的葦蓆被陳年的汗漬浸得光滑發亮，四面都有補過的痕跡，靠牆堆著幾床棉被。床的另一端也放著一堆紙箱子，一層層摞著，可以看到裡面的衣服和雜物。房間的各個角落都縱橫著繩子，上面搭著衣服，毛巾，掛著傘，帽子，塑料袋等等。整個房間唯一有著固定家居意味的是那口厚重的、上著深色朱漆的木箱子。箱子四角用帶有裝飾的鐵皮包著，前面正中部位印著紅白相間的喜鵲和牡丹，顏色有些脫落，透著年深月遠的喜慶。旁邊一個廢棄的電腦桌上，擺著一尊財神像，前面堆著厚厚的香屑。

大家談起梁庄，提到梁庄的很多人。萬龍家女子結三次婚，又離婚了；光義老婆逼著兒子離婚，媳婦沒了，生意也垮了，算是家破人亡；清明顯擺，在西寧校油泵，前些日子來西安買車，非要住賓館；韓家誰誰校油泵發大財等等。二哥、二嫂、父親兩眼放光，大家都很興奮，呈思考狀、緊張狀和幸福狀。梁庄才是他們精神的中心，梁庄裡的人和事閃閃發光。

吃完飯，我們去找住的地方。街上的各種小攤延伸到路的中間，使得本不寬敞的路顯得更加擁擠。我看到二哥樓下的鄰居在街的拐角處擺出了攤兒，一個兩平米左右的輪子車，上面放著各種涼菜，用塑料殼遮著。塑料殼上面掛著一個白色橫幅，上面寫著鮮紅的幾個字：「涼菜米線河南燴麵」。

我們在「如意旅社」住下。「如意旅社」不如意。房間積塵滿地，鞋子走過，能劈開地上的灰塵。床上可疑的物品、拉不上的窗簾不說，到衛生間，那水池裡的汙垢讓人氣餒。小心翼翼上完廁所，一拉水箱的繩子，繩子斷了。轉而慶幸，幸虧還有個熱水器，雖然面目可疑，但總算還可以洗澡。這一天的奔波，全身早就像刷一層厚厚的橡膠。仔細研究之後，發現該熱水器是一個繩子控制出水的熱水器（從沒在市場上見過，估計是自製的），一拉，熱水出來，再一拉，水停。流量雖小，畢竟還有。塗了一身的香皂，一拉，結果，這房間裡的第二根繩子也斷了。

早晨五點半，鬧鈴準時響起。匆忙穿上衣服，往二嫂那兒趕。剛到樓下，就聽二嫂在樓上窗戶邊說，「不用上來了，我這就下去。」

二嫂從客廳裡推出她的三輪車。這個三輪車的確服役很久，車把、鐵的車身都磨得光溜溜的，電鍍完全沒有了，輪子、輪條都裹著厚厚的鐵鏽。車座後面的架上綁著水壺，拴著塑料袋，裡面裝著紙、手套、帽子和其他小雜物，絲絲縷縷的，像一個小型垃圾車。

發動機的聲音意外的大，「突突突」，在寂靜的清晨猛然響起，非常刺耳。過那條長長的圍牆路，往右轉，穿過華清立交橋，過一個斜坡通道，再拐到地下通道，就到了路的另一邊。過斜坡的時候，二嫂告訴我，前幾天萬國大哥的車就是在這個地方被抓的。這是一個大拐角，很容易把人、車擠到死角去。三輪車夫早晨六點左右出門去拉活，抓人的交警和他們一樣，也六點左右出發，專逮他們。

從德仁寨到二嫂拉活的夢幻商場，約有七八里地。緊靠商場後門的地方，排著好多輛三輪車，旁邊三三兩兩聚集著和二嫂穿著一樣夾衫的人。女人們一堆兒，有的坐在車上，大口吃著包子，有的斜倚在車把上發呆，有的吐著唾沫在數零錢；男人們一堆兒，在一塊兒大聲地相互說笑。其中一個瘦小的、戴高度近視眼鏡、約有五十歲左右的男人特別顯眼，看起來很文弱，很有落魄書生的感覺。

二嫂為我一一介紹她的夥伴們，又用手指著男人堆，說那是誰的丈夫，那是誰一家的，家在吳鎮哪邊。她招呼他們過來，那些男人們反而走得更遠了，有使壞的把其中一個白臉年輕男人推出來，往這邊女人的身上推，大家哄笑起來。拉三輪車的，多是夫妻兩個一起。他們還保持著農村的習慣，在公開場合裡，從不在一起站著。

不到九點鐘的時候，二哥騎著三輪車過來找我們。他早晨的活已經拉完了，掙了三十多塊錢。「日他媽，生意不好，淡季，沒人來。」他嚷嚷著，馬上加入了那一堆聊天的男人中去。

十點多的時候，人流漸漸增多，後面廣場各種進貨出貨的人越來越多，門前停著的三輪車越來越少了，大家都忙了起來。二哥說，「走，咱們到健康路找大哥去。」萬國大哥一個人在西安拉車，大嫂留在梁庄看孫兒孫女。

健康路是灞橋區著名的服裝批發街，街長約有三里地。這是一條有些年頭的街道。路面坑坑窪窪，路口是一個外觀已經非常陳舊的商場，往裡兩邊是兩排年代久遠的老樓房，顏色灰暗、樣式落後，樓頂上豎著被風雨侵蝕得面目全非的各類廣告牌子。它的左右不遠處都是氣勢洶洶俯視而來的嶄新的高大樓群，襯得健康路格外寒酸、狹小。

不時有三輪車「咣咣」響著飛駛過來，這些三輪車前面都綁著一個小鐵棍，打在三輪車的梁上，發出清脆的聲音，以提醒前面走的人讓路。三輪車開得飛快，不時擦過行人的身邊，眼看就要撞住，卻「哧溜」一聲滑了過去，技術高超至極。看到我在旁邊照相，騎車者就配合地朝我張大嘴巴，露出笑容，車也不減速，「嘩」地一下瀟灑地騎了過去。歡快而流暢，非常寫意。

萬國大哥拉著人朝我這邊騎了過來，因為速度快，他的頭髮被風往後吹著，衣服也鼓了起來，腰挺得筆直，保持著昔日的軍人風采。看到我，他開心地笑起來，臉一下子像被揉皺了，巨大的眼袋幾乎頂住了眼睛。我喊他一聲，大哥，慢一下，照張相。他的腰挺得更直了，目視前方，像個統領千軍萬馬的將軍。

大哥很快回轉過來，三里地，對於他們這樣的熟手來說，就是十來分鐘的樣子。在健康路拉車的全是老鄉，說話沒有絲毫障礙。王二年不停地拉他的同伴過來，讓我和他們聊天，「都是自己人，清問了，問啥都行」。和夢幻商場一樣，他們對我的出現很好奇，不停地問這問那，而當我要給他們照相時，又哄笑著紛紛躲開。最後，大家聚攏在一起，站在三輪車的旁邊，後面的人站在車上，有幾個年輕一點還擺著姿勢，照了一張集體照。照片裡的人個個笑容滿面，意氣風發。其中一個雙手插進褲袋裡，剛好把醬色馬夾攬到後面，露出裡面乾淨的白色T恤，他雙眼含著笑意，凝視著鏡頭的外面，臉龐方正，輪廓清晰，儒雅而威武。

流轉

下午四點鐘，收工了。萬國大哥、萬立二哥和二嫂蹬著三輪車，載著我們，浩浩蕩蕩地回德仁寨。大哥二哥都卯足了勁兒，晚上要和父親喝一場。萬立二哥更健談些，幾杯酒下來，打開了話匣子。

一九九一年、一九九二年的時候在河北、安陽都幹過，咱沒技術，年齡也大，只能出苦力，掙不來啥錢。小柱（大哥二哥的小弟）、咱們韓家幾個人在河北邢台鐵廠那兒幹活，我就去了。是翻砂，環境差哩很。一堆堆鐵在地上燒，鐵沫子亂飛，我們用鐵鍁扒拉，又烤又燒，每個人都像鬼娃兒一樣，嗓子成天像被烤糊了一樣，受罪得很。我忘了我是幹一個月，還是不到，反正沒拿到錢。我給小柱說，走，咱必須得走，這活幹不成，到最後非死人不行。廠裡壞得很，去之前還得先押兩百塊錢，工資也是好幾個月結一次，就是防止你提前跑。最後，我和

上　快樂的大叔
下　他們在西安

小柱走了，押那個錢也不要了。韓家幾個娃兒還在那兒幹一段，後來也走了。

小柱還在安陽那個啥刨光廠幹過，也是鐵沫子滿屋飛，噪音大得很。就是把自行車，手電筒打磨成光哩。聲音一直響，刺耳刺心，我聽著頭都暈。在那個廠裡小柱一直流鼻血。小柱十幾歲都出門，受住虧了。

一九九三年陰曆六月，我來西安。在健康路「蹬腳」（拉人），拉貨，當時是人力三輪車，六百六十元買的新車，利民牌。早晨四五點鐘就得起來替出攤的攤販裝貨拉貨，咱租的房子離人家出攤的地方三里地，過三府灣，到健康路二里多地，單趟六七里地。然後再回來，再出一家。一早晨幫人家出四五個攤，晚上再幫人家收攤，來來回回，百十里地，掙八九塊錢。一車貨都是七八百斤，千把斤。我是撿輕省的，再輕省也有三百斤。租的房子最多十個平方。咱們梁家年娃兒當時還在這兒，我們在一塊兒幹。住的地方髒哩很，都是收破爛的，燒那個電線烏煙瘴氣的，難聞死了，見天[3]早晨三四點鐘都燒東西。

那時候我的想法是，一天掙五塊錢，一個月掙兩百塊錢都行。幹有二年，慢慢一次漲到兩塊，三塊，後來，一天能掙一二十塊錢，那時候不出稅，但是，沒有牌照，出來的晚了，被看見了，二話不說，罰三十塊。把車子收了，在煤廠裡擱著，在治安辦開個票，先罰二十五元，到停車場再交五塊錢。經常被罰，票剛開罷，出來又罰。都是派出所下面的合同警幹的事兒。後來又出了一個事兒，三府灣村子不讓俺們這些三輪車走了，但是那是必經之路，必須得從那兒過，人家要俺們辦通行證。也是想要錢。有一次，我送紅偉回家，剛從車站回來，三府灣村裡治安辦的人從廁所出來，提著褲子把我叫住了，罰我六十元，要我辦證。你説，邪得很，估計他是專在廁所盯人。也不嫌臭。

從南窯地、余家寨那邊拉被套到城西農村去，是九五年的事，有幾十里地，上午十點鐘去，下午四點鐘回來，三十里，二十塊，那還是認識了才讓蹬。我記得可清，那是過過秤的，拉過五百斤的，六百斤的。拉回來累得很，渾身都散架了。還拉過摩托車，兩個三個的都裝過，千把斤，嘉陵牌的，從大雁塔出發到另外一個地方，估計得有二十里，十塊錢，一個摩托車五塊，這是九四年的事。這還是虎子認識經二路那邊的人，才讓我去拉這活。

一九九五年和一九九六年，還在鐵路上幹

過活，南窖地我們房東的女婿做私活，俺們早晨幫人家出罷攤，回來就去鐵路幹活，幫人家挖地下的電纜線，晚上回來再收攤。那個人不給錢，就是剩點電纜給我們，我們拿去賣，一米都幾十塊錢。那時候咱三十四五歲罷，正能幹，一天到晚幹，也不覺得累。那年掙哩最多，往屋裡捎四千兩百塊。那二年掙過一千多，二千多的。你二嫂說掙不來錢不讓回家。

一九九七年開始幹生產隊長，孩子外婆死時我回去，一埋罷，叫我當村長。那時候一個月幹隊長是四十塊，還是欠帳。想著當個官怪厲害，多少人爭還爭不到，人家主動讓我幹，那我肯定幹。當隊長管交提留，交公糧。那二年，交提留可是重要得很，那時候是以隊裡名義借高利貸，一個隊得交幾千塊錢，好像都上萬。隊裡把多出的地再賃出去，再還高利貸。社員們少分那點地，起個名叫「預留地」，咱們北崗地幾乎全賣完了。一年四百八十塊，兩年九百六十塊。幹了幾年，二〇〇〇年，才不幹了，沒意思。

二〇〇〇年，和你二嫂去新疆摘棉花，南疆阿克蘇，八九月分，去一百天，摘一斤四毛錢，手快能摘五六十斤，手慢的四五十斤。掙有一千多錢。那兒蚊子多哩很，「南疆的蚊子，伊犁的蠅子」都是有名的。蚊子多哩很，鑽過蚊帳，爬在臉上，臉都爬滿了，得不停的用手拍，早晨起來，臉都搧腫了。

後來又在阿勒泰那兒，種哈密瓜，你二嫂的姐、嫂子、妹子都在那兒，打一天藥，一天十幾桶，下來肩都磨破了，摘，種，鋤，黑瘦黑瘦，幹一年下來，俺倆掙一萬錢。

第二年去克拉瑪依，打井，一個月一千塊。一個月後，庫房裡讓我回來看庫，覺得我人老實，倒料，裝裝，碼碼，還活不算多重。但是，井噴的時候不能睡覺，整夜對料。你二嫂在那兒挖樹窩，種草，摘花。幹到十月分，活幹完了。

春節買票回家難死了。白天上班幹活，到黑了去火車站站隊，硬排半個月，最後買的還是站票。總共掙有萬把塊錢。發誓再也不去新疆了，受罪哩很。那二年算是把罪受完了。

小柱是二〇〇一年陰曆三月十九黑晌去世，二月初五那天生病。他騎車子去上班，路上突然就昏倒了，當時去青島醫院，都想著鍍金廠有影響，光亮他們在電話裡還在說想到北京找咱們老鄉去告狀，意思是廠裡的責任，看能不能賠償一些錢。我們也打聽了，咱是外地的，打官司根本都打不贏，第一經濟不行，第二也沒有那個人，找不到有權力的人。人家還說小柱有先天性心臟病。淨放屁，活這些年也沒聽說他有這病。從青島坐火車到南陽，還是梁賢生弄個車送回到咱們穰縣醫院。

俺們到南陽車站去接他時，臉都不像樣，臘黃，人都沒勁走了，梁峰和光亮攙著他，腿都直不起來了。在醫院時，大便都發腥，拉的都是血湯子，最後轉成併發症了，內臟全都壞了。當時花三萬兩千多塊錢，姊妹們都出有錢。都是借的，那時候掙哩少，出來打工都只是顧住家。

二〇〇二年你大嬸去世，是食道癌，發現時醫生診斷已經是晚期了。一直吃不下去飯，到最後忽然通了，喝茶轟隆下去了，一下去馬上就不行了。那是七月二十七，死時六十八歲。人好，也可憐。一輩子沒管過家，都是我奶奶把著錢。

二〇〇五年又去新疆種哈密瓜，說是不去了，不去不行，那時候想著梁磊（二哥的兒子）要上大學，一年要好多錢，中間這幾年家裡事兒多，花銷大，沒存住一分錢。俺們是六月一號去的，十月分回來直接到西安，那年不行，在新疆沒掙來錢。磊子考上重點大學，高興得很，就是為學費熬煎。記得那年學費是三千八百元，開學走時連學費都拿不出來。俺們都沒回家，在新疆掙錢，你福伯在家到處借，娃兒是自己去上的學。二〇〇六年又去克拉瑪依，去一年，在井隊上倉庫上發個貨，你二嫂在綠化隊裡幹，我一個月七百元。十一月分又到西安了。過來就再也沒走了。那年去最虧了，這邊健康路生意好了。出去跑跑都不如健康路，這個錢是活錢，自由得很。到那邊端人家飯，受人家管，拉三輪掙這個錢不受氣。

為娃兒上學，俺們奔波的地方多得很。

這兒的生意最好是正月間到五一、六一以前，五一中間有十來天一天能掙二百多。六月到八月十五以前生意淡。每年從八月二十號以後，生意好哩很，正好學生娃兒上學，買書包，筆，衣服也該換季。生意好的時候，我們倆一個月能掙七八千，鄰居這家兩人年輕，出狠力，一個月有時能拉上萬塊錢，在這兒拉人最認熟人，來來回回，就都認準了。現在我記不住人了，原先還行。不過，現在是電動三輪，輕鬆哩很，車子一發動，就走了，也不出力。比種莊稼強多了。窮人也有窮人的快樂。

苛捐雜稅多得很，在夢幻大商場，俺們每年要交三千六百元的管理費，如果你沒交錢，就不讓你進；在健康路，一個月一百元，還得給黑錢。健康路管三輪車的隊長，不交黑錢就辦不來牌照，明的一年要交兩千兩百五十元，暗地裡還要交一些，逢年過節還要去看他，菸啊酒啊一年下來也得四五百塊錢。去年辦牌照，我以為不要錢，就去了，人家說，「恁容易，那你不給王哥弄條菸？」日他媽，明著訛錢。還是底層，他們欺負你。他一年至少掙幾十萬塊錢。俺們辦回牌子至少得給他兩百塊。往上報二百把車子，實際上至少四百把車，這暗藏的二百把車的錢他和所長分了。不是我好說，日他姐，要是健康路在咱們吳鎮，那錢不都掙瘋了。

二哥說到「掙瘋了」，大家都充滿嚮往，連聲附和，「那可是，那可是」。彷彿大哥二哥真的回到了吳鎮，也做了那裡瞞外騙的車隊隊長，真的「掙瘋了」。場面很是滑稽。

沒有想到，大哥比二哥還善喝。喝醉了的大哥滿臉通紅，一會兒低頭嘆氣，一會兒抹著眼睛，流下了眼淚，長叫一聲，「我的日子不好過啊。」二哥非常不屑，「哭啥哭，就你賤眼淚多，人家都不難，就你難。」哥倆一直是戧茬兒說話，這是兄弟間慣常的說話方式。

我一九五八年生，一九七六年元月分，十八周歲，去當兵，在鄭州當警衛兵，屬於鄭州警備區獨立一團，四年兵，農村娃也沒啥機會，也沒錢送禮，當幾年就又回來了。那時候長哩年輕，個子高，精精神神，是個「聖人蛋」[4]，轉業回家，每天早晨還跑步，從王家出去，繞著北崗地，跑十來里，堅持了兩三年。為生活，啥小生意都做過，收過廢品，收過塑料，賣過鞋底子，涼粉，宰過羊。一隻羊賺十數八塊錢都高興得不得了。

一九九二年上北京，小孩他姨夫在那兒搞裝修，我剛開始也是在搞建築，幫小工，一個月我記得好像是六七十塊錢。幹幾個月，我看這個活不行，太苦了，就想走，廠裡不給我工資。老三萬科當時在北京當保安，他們去了兩個人，穿保安服，才把錢要過來，就這還欠一百多塊錢。包工頭是河北的，錢清是[5]不想給了。

小工不幹了，自己找了個廠，搞鐵焊，才開始去給師傅敲敲打打，後來自己幹。我自己又換了個廠，到家具公司，學氣焊、電焊，自己摸索著學，咱不是笨人，很快就學成了。在那兒幹了二年多，當車間主任，那時候一個月都千把塊錢，最高一個月拿到一千六七。這是一九九二、一九九三年的事。這錢在當時都不得了。後來，小柱也在那個廠幹，他主要是幫著搬木頭原料。

你哥、小柱那回打架是為大姐夫哥打的。打姐夫哥那個人是他們一個村的，他們兩家在村裡就生過氣，在北京那人找人把姐夫哥打一頓。咱們知道之後，當然不願意了，小柱就喊了咱們梁庄一幫人，那回是清明，年娃兒，老二老三老四，咱們這邊去八個人，去都拿個片刀，我拿個鋼管，沒找住那個娃兒，把他們村另外一個娃兒打一頓。

大哥講到這裡，二哥忍不住發出感嘆，「那次幸虧沒找到那個人，不然，非出人命不可。那時候咋啥也不怕？出去了，就像換個人。都野蠻得很，潑死哩打，好像沒個啥約束。」

為啥不幹了？我車間主任那個位置被老闆親戚占了，心裡有點不順，剛好又和甘肅一個人鬧矛盾。老闆不讓小柱幹了，只叫我在那兒幹。我給老闆說，我兄弟是為我的事，你把我們錢一清，我們一塊兒走。這是一九九五年的事。

回來幹農活不行，關鍵是不掙錢。在梁庄停有半年，又去北京。小柱和老三原來一直在北京，當過保安，也到化工廠打過工。我看他那兒空氣不好，才把他弄到家具廠。當時聽小柱說在煤廠幹活時摔過一跤，裡面有個下水井，摔住腰了，好些天沒起來，估計是怕有啥事，工廠就不讓他幹了。後來又幹過刷漆，也沒見過戴口罩。生病估計都與這有關。

從北京借的錢，六百塊錢，直接來到西安。和我在北京掙的反差很大，但是我就滿足了。沒人管沒人整，自由。我是一九九五年陰曆九月分來的，就沒有動。整整十六年，一直沒有動。那真是出住力了。二百斤的包，毛毯包，往樓上扛，一包一塊錢，一口氣扛了十六包，最輕一百六十斤，最重二百三十斤。那還那是信任咱，才讓咱扛，不是那個人還不讓你扛。

現在少出力了，比原來多掙錢了。錢還是不夠用，一塊分十塊都不夠用。梁東上學，一年四千多學費，再加上吃喝，一年一萬多。先上大專，又上本科，上了五年。你大嫂一年到頭吃藥，至少得幾千塊錢。家裡人情世故也大，行的人情多，我是一人掙錢全家人花。

不過也有高興事。二〇〇八年十二月二十四日，聖誕節，梁東給我發了個信息，你看，我給唸唸：「聖誕將至，不知你又和佳友們到哪兒去暢遊？無論你在哪裡，請別忘記了我對你的深深祝福！」我回了四句：「佳節美景無心遊，披星戴月健康路，掙錢為兒完學業，是為父的大任務。」

今年，梁東在鄭州要結婚，買房需要四十多萬，五十多平米，四十萬，吃人啊，還說是在郊區。你說咋辦？好不容易供出來，還得管，你說不管行嗎？就他那工資，多長時間能攢幾十萬？我給他借了八九萬塊錢，還借你萬科三哥三萬塊。兒子又給我發短信，「親愛的老父親！兒子讓您受苦了！已經二十多歲的兒子卻仍然讓我那兒五十多歲的老父親出力！受苦！心裡很受傷！」我看了心裡也難受啊。說實話，就咱們這個收入，供一個、兩個大學生，這個家算完了。

大哥說著說著眼淚又流了出來，拿出他那個破手機給我翻看他二兒子梁東給他發的短信和他回的短信，喃喃地唸著，一邊搖頭、訴苦、嘆氣，可是那語氣中卻帶著驕傲、炫耀和軟弱。三年過去了，他一直沒有刪那三條信息，就他那個破舊手機，他得花多大功夫才能留住那三條短信啊。最後那條短信是二〇一一年四月十七日發的。兒子心疼他，這使他幾乎有些受寵若驚了。

搶劫

第二天早晨，二嫂帶著我們去夢幻商場和健康路轉了一圈。才剛剛和大家聊上，二哥電話來了，說大哥已經到德仁寨家門口了。二嫂笑著說，「你大哥可真難得，一般是捨不得耽誤拉活的。」回到二哥家裡，很自然地，我們談起大哥前段時間三輪車被扣的事件。沒想到，不是簡單的被抓被罰再放人的事情，大哥組織了一場示威，很有現代英雄的意味。這與大哥喝酒就哭的軟綿綿的形象頗為不符。喝了酒的大哥開始講事情的經過，隔壁一些老鄉也陸續過來二哥家聊天湊熱鬧。十一點多的時候，虎子和他老婆也過來了。在梁庄時的虎子是一個瘦弱內向的年輕人，現在，依然瘦削，但神情活躍，開朗異常。虎子的左小腿用幾個厚厚的木板夾著，外面纏著一層層的布，走路一瘸一拐的。一個下雨天，虎子上車下菜，滑了下來，小腿骨摔斷了。

我記哩可清，六月二十三號早晨不到六點半的時候，我就騎到了華清立交橋，那是俺們這些拉三輪的最警惕的地方。我每天早晨五點半起床，快六點開始走，到那個地方最多十幾二十分鐘。那個地方車少，又有一個大斜坡，擠你好擠，是他們做案的好地方。看見三輪車，裡面裝著黑狗子的大金杯車就開始往路邊擠，擠成一個三角，把人車圈住，看你往哪兒跑！逮人可好逮，一般是女的抱住車哭，男的死拉住車不放，嘴裡還跟他們論理。論啥理啊，明知道沒指望。蹬三輪的，十個有九個都被抓住過。我一直在想，他們不穿制服，我可不可以打他一頓？他沒穿制服，那可不可以把他當做鬼來搶劫我們的？

一到立交橋下，我就習慣性地心跳加速，想著加快油門，趕緊騎過這一段。可是，怕鬼鬼到。金杯車不知啥時就跟著我了，把我往裡擠。要是年輕那會兒，我就非闖過去，跑了就跑了，不行軋死算了。現在老了，不敢了，一猶豫，就被擠死了。他們下來一群人，最少七個人，就一個穿警服的，其他都沒穿，把我車子往那兒一攔，把我鑰匙拔了，也沒亮警官證。他們抬著我的車就往金杯車上扔，我肯定不放手，我想著他是搶劫的（那也是騙騙自己），我死不放。我記哩可清，金杯車車牌號最後三個數字是XXX。我不放手，我說你們反天了，也沒有證，憑啥抓我？他們壞得很，把我的電瓶箱打開，想把我的電瓶拿走，三輪車最值錢的就是這電瓶。幸虧我平時都鎖著，他沒拿走。我護著車，死死拽著，就是天王老子來了我也不放手。這是我的車。那五個人連擰胳膊帶擰腿，把我胳膊都擰腫了，又死死掰我的手，硬是把我掰開了。把我用手銬銬住，扔到金杯車裡。我又掙出來，拿胳膊去攔我的車，他們抱住我，其中一個人死捋我胳膊，胳膊當時就麻了。他們把我的車抬上車，門一關。又把我推出去，趕緊跳上車也跑了。我在後面追一截兒，罵了一通，也沒啥用。

回來一看，媽呀，胳膊腫得像蘿蔔一樣，銬手銬的地方皮都溜了一層。你看，這都十來天了，還腫著，上面的皮也脫著。日他媽，得用多大勁啊，是非要把我車弄走不可。

後來我就去找「托兒」，我打電話以後，他說你等著，過一會兒回來，說，老梁，你這個車不行，拿不回來，一點希望沒有了。人家說了，你太强了，還敢還手？還敢打我們？就是不給，如果不强，三百四百，就可以拿回來。並且，人家還說了，反正沒開票，就沒有這個車。你說，當時他們連抓帶打，把我三輪車搶了就跑了，上哪兒開票啊？他們是想把我的車昧下。連等三天，還是不給。又等到星期六，「托兒」回過來話，人家給不了。我是想著，掏點錢算了，哪怕多花倆。我準備了五百塊，給我們隊長老張打電話，老張問完之後，也這樣說，人家堅決不給了。

我打了三次《都市快報》熱線，接通了，人家也說，我給你聯繫記者。但是，始終沒有人來。

我日他媽，我氣啊，我這個車子值兩千塊錢，要是買個新車至少得三千多塊錢。我又準備了七百塊錢，去找「托兒」，給人家說，你再去說說，我多掏幾個錢，把車趕緊給我，耽誤一天都是一天的錢，咱耽誤不起啊。平時「托兒」肯定是行的，因為我們給他的錢，他要和交警分成的。可是這次就不行了，估計是抓我的人有領導，我罵住人家了。我去停車場去看我的車，他們把電瓶箱都撬開了。看來真是想黑我的車了。我又去找「托兒」，我拿一千塊錢，說都給人家，到時你的再給你，看行不行。「托兒」回來說，那不行，人家是不認這個帳了，要黑你這個車了。到星期一早晨八點多鐘，我還在給「托兒」商量，我捨得花錢。咱不想鬧，想著還是掙錢重要。

星期一早晨九點多，我給你二哥打電話說這個事兒，我說不行了咱們到交警隊門口去，看能不能要過來。老二一聽，馬上聯繫這兒的老鄉們。幾個鄰縣的老鄉都去了，我想著二十多個都中了，後來，去了五十八個人。包了三個麵包車，人家人情得很，只要個油錢。我們把平時拉車的那個布衫子脫掉，都穿得平常衣服，省得人家說三輪車又在鬧事。

站在交警隊門口，我帶頭喊，「現在是共產黨的天下，共產黨不允許土匪存在，光天化日之下搶劫。」「黑交警帶的黑狗子，就是搶劫的，把我車黑了，我幾天沒有要來，他想把我的車黑了。」後來，大家都舉著手，喊著，「還我車子」，「還我天理」。聲音不大，稀稀拉拉的，但也是口號。我差點都哭了，想起了我在軍隊裡喊過的口號。最後，我對大家說，「今天這個事，我老大一人承擔，天塌下來我頂著。」

剛好一輛小轎車進去，抓我車的那個人就坐在車裡，他也抓過別人的車。人們都說，就是他，就是他。車上那個人嚇得臉發白，說不是我，不是我。俺們在交警隊門口站有兩個小時，才開始沒有人理俺們。到了十點多，圍觀的人越來越多，人多，這個一句那個一句，圍在門口，裡面的車都沒法出來。他們頂不住了，開始派人叫我們進去。他也害怕，本身他這個事是違法的。我說，俺們不進去，叫你們大隊長出來說。

後來，就把俺們叫到門衛室，說商量商量。我和老二進去。說是不罰錢了，叫我補個停車費。我說，我不補，你當時搶我車時，為啥不開票？那個大隊長就在門衛室的裡面，就是沒出來。我離門裡面近，聽見他們在說，「我正在接待」。可能是上面領導在問情況。他們也害怕。

最後，車停了六天，讓我交六十塊，罰四十，總共一百塊。停車場那些人都和交警串通一氣，他們為了掙這個停車費，專門找黑狗子去抓俺們。從托兒，隊長，交警，連停車場的人都想拔俺們一根毛。這社會還有沒有公道？

車算要出來了。老鄉們也心情好，耽誤了一上午沒幹活，啥話也沒說。後來，咱們那兒的中間人說，請大家吃頓飯吧，才開始說每人拿一盒菸。我說行。後來在華清路吃的飯，一人一瓶啤酒，一碗拉麵。大家都胡胡嚕嚕吃著，開心得很。連菸、油錢、飯，算下來，總共下來花了一千多塊錢。吃飯時我說，今天高興，心裡舒暢，樹活皮，人活臉，咱也算爭口氣。

前幾天，就是上星期六早晨，連出了兩起事。先是咱們裴營那兒的老鄉紅星，早上五點多的時候，車叫黑狗子抓走了。沒多長時間，一個人開著大三輪機動車，拉著滿車桃，沒有牌，交警開著車把人帶車擠到華清立交橋路邊，把車擠倒了，那個人的腿也軋斷了。他是長安縣的人。那人桃子不要了，只喊「救命」，看的人可多了。最後還是紅星開著那個三輪機動車把那人送回老家。人家感激得很，送紅星很多桃子。

咋形容？那就是「土匪，社會渣子，共產黨的敗類」，就是「光天化日的搶劫」。他們的車也是黑車，報廢車，就跟搶犯一樣。就一個交警，穿著警服，也不知道是不是正規警服？那天抓我的人就不是正規的警察。

真是三輪車逆行了，違法了，還是幹什麼了，抓住你也行。你走得好好的，他都過來抓你。當時也開過會，我還問過，有事沒事，俺們這蹬三輪車的算不算違法？人家說，你好好走，沒人管你。但是，我就是好好走著被抓住的。

有辦法了還是回家。有錢了，啥事都辦完了，我就走。在家裡，沒人敢說這個那個。在外面掙個錢真難啊。那兩年叫別人讓路，敲一下車上的杠子，讓人家讓一下，人家開口都罵。誰都想罵你，都覺得你下等人，可以欺負你。可偏偏咱們穰縣人不吃這一套。那都是打出來的，跟電影上一樣，都是磚頭亂飛。都是想著你是蹬三輪的，好欺負你。

「托兒」最壞，兩邊吃，勢力大。專門替三輪車夫要車，得的錢兩邊分。光俺們這一片就有兩個「托兒」，啥活不幹，養活一家子，還買有車。

我是黨員啊，我還交黨費，每年十塊錢。我對現狀不滿得很。貪官太多，不知道是大家為他們服務，還是他為大家服務？說實話，太黑暗。黑得很，我日他媽。

鄰居一位三十多歲的婦女沉浸在大哥講述的被抓的事情中，幾乎是情不自禁地講起自己的遭遇，「你是不知道啊，他們真是狠哩很。前年春天，我家孩子來這兒，才三歲，想著跟著我車走，也沒事。那天還不是在華清立交橋那兒，是個中午，在另外一條路上，我忘了是啥路，沒拉人，我家小孩兒坐在車裡。忽然從一個大麵包車上下來一群人，朝我這邊過來。我趕緊躲，蹬著跑，那些黑狗子往我這邊追，我就蹬啊蹬，騎得可快，結果，朝左轉時，轉猛了，車廂一下子斜過去，我小孩兒從車上摔下來。孩子流了一臉血，哇哇哭著。我嚇懵了，不知道孩子咋樣了，抱著孩子哭。還是過路人說，別哭了，趕緊去醫院看看孩子咋樣。好在事情不大，眼睛劃傷了，臉只是擦傷，在診所縫了好幾針。那些黑狗子早就沒見了，估計是看見出事了，就跑了。嚇死我了，再不敢讓孩子來了。」

大哥講的這段話裡有幾個關鍵詞：「黑狗子」，「托兒」，「搶劫」，這是他們三輪車夫生活的重要內容。「黑狗子」，就是不是警察、卻被警察雇來行使警察職責的人，協警、城管、治安員、拆遷隊員，都是類似身分和職能的人。他們的工資由所雇單位發，身分雖然曖昧，但卻可以公開執法。在西安，他們被三輪車夫們稱之為「黑狗子」。「托兒」，就是兩邊吃的中介人。一頭和警察聯合，分工合作，你抓人罰錢，我在中間說合讓人交錢；另一頭又假裝站在三輪車夫的立場上，因為三輪車夫只有這一條途徑要回自己的車子。這樣，「托兒」就成了最忙碌、也最得勢的人。「搶劫」，這是三輪車夫們對抓他們的警察行為的總結。他們辛苦掙錢，小心謹慎，提心吊膽，卻總是被抓，被罰錢。更有甚者，他們想不給你車，就可以不給你車，你沒有任何辦法。

在網上看到這樣一個帖子，面對城市三輪車的混亂狀況，一位官員給相關部門下了命令，「每座城市有每座城市的通行標準，城市道路資源是有限的，電動三輪車、自行車、摩托車占用道路資源，就限制了群眾的交通出行，這是政府絕不允許的；同時它也影響了西安作為國際旅遊目的地的城市形象。下一階段要堅決取締在城區各旅遊景點、繁華十字、城區主幹道行駛的電動三輪車、自行車、摩托車等。」

這位官員的話非常清晰地回答了「城市為什麼禁止三輪車」這一問題，糾正了大哥們對「搶劫」一詞的不合適使用。但是，這裡面又有一些關鍵問題很讓人困惑：為什麼不能讓三輪車、自行車占用「道路資源」，否則，就「限制了群眾的交通出行」？城市屬於誰？誰才有資格占用這道路資源？什麼樣的車輛、什麼樣的人才能夠行駛、行走在這城市的大道上？這裡的「群眾」又是誰？顯然，它不包括如萬國大哥和萬立二哥這樣的三輪車夫們。

打架

從上午回來到下午一點多鐘，三四個小時過去，我一直忍著，沒有上廁所，不是不想去，而是無法去。那個漆黑的廁所，讓人無法進去。中午時分，我出來上廁所。二嫂和虎子老婆正在廁所裡面靠門邊的水池裡洗菜，邊洗邊起勁地聊天。水池是髒的白色，上面橫著一個濕漉漉的黑色木板。我進去一看，一切都是黑的、暗的。廁所沒有窗戶和抽風機，燈泡是壞的，屋裡昏暗不明。水泥地板上是厚厚的、顏色曖昧的汙垢，抽水馬桶的蓋子、坐板、桶體都是黑的，微透著原來的白色。靠牆的角落放著一個垃圾桶，被揉成各種形狀的衛生紙團溢出來，散落在四周的地面上。馬桶前放著一個看不出顏色的大塑料盆，裡面盛著半盆黑色的水，正上面斜拉著一個繩子，繩子上掛著一條男式褲子。滿屋讓人憋氣的汙濁的氣味。我極快地扭頭往外走。水池的木板上，放著那幾個鮮豔的塑料盆，盆子裡放著新鮮的豆角、芹菜、青菜、木耳等，這是一會兒我們要吃的菜。

我回到房間，聽大家繼續聊天，不再喝茶，又忍了一個小時，馬上就要開飯，實在忍不住了，只好再進到廁所。掀開馬桶，黑乎乎的塑料墊子，馬桶裡面還有沒沖乾淨的便物。實在沒有勇氣坐上去。出去下樓，沿街轉了一圈兒，沒有找到公共廁所，只好再回來，用一層層衛生紙墊著，咬著牙，半蹲著，艱難的完成了這個過程。

飯桌上，我竭力避免對我們吃的菜展開聯想。我吃得很起勁，以一種強迫的決心往下吞嚥。為了向自己證明：我並不在意這些。粗礪的食物橫亙在喉嚨，我的眼淚被憋了出來。

講到黑狗子抓人，又講到打架，氣氛更加熱烈起來。飯後，二哥主講，大哥、二哥、二嫂、虎子，還有隔壁的老鄉(這幾天他也很早收工，和我們一起聊天)，另外一棟樓上的三四個老鄉在一旁不時補充。

「原來恨市容，現在恨交警」。原來是市容罰款，「黑市容」也多得很，不讓人車混裝。有時罰貨主，有時罰三輪車夫。現在都恨交警得很。在健康路，吸個菸罰五百，保安也參與詐騙。最後見報紙了，那也不行。商場裡的小偷小摸都是保安養的。這二年要好得多。

原來「黑市容」厲害的時候，大家的日子都沒法過了，罰一次抵住你幹半個月。健康路需要三輪車，上面不取締，但是哪年都得送禮，最低五百塊錢。就這，還是抓你，用車硬擠，如果出事故了，就趕緊跑了。那回有一個老鄉，肋骨都被打斷了，最後私了，交警隊出了九千塊錢。那還是這老鄉的媽來西安，都八十多歲了，坐到交警隊門口要錢，坐了好多天，才解決這點錢。後來，黑狗子學精了，擋住車之後，把三輪車夫拖到麵包車上，看四周沒人，就把人打一頓。城管打得太狠了，罰得太厲害，老鄉們就組織起來，趁人不注意的時候，在僻靜處，逮住其中一個人，一群老鄉圍上去打他們，把他們也打怕了。

現在是一個交警帶一群黑狗子。只有一個是合法的，其他都是他們雇的地痞流氓，來抓我們，按說都是違法的。那兩年沒少打架，打了就打了，跑幾天，再回來。跟公交車司機也打架。公交車司機牛得很，也壞得很，開腔都罵。你在路上走得好好的，他硬把你往路邊擠，有時候，拉一大車貨，硬生生地被擠倒，咋也扶不起來。氣急了，沒人的時候，就拿著磚頭、鐵棍去砸公交車的玻璃，砸得稀爛。逮住一個牛氣的司機把他打得起不來。

現在有一一〇，打個電話就來了。打群架按黑社會定性質定案，咱這兒的人們也不敢打了。這一來，公交車又瘋了，看見騎三輪車的硬往邊兒擠。有好幾次都出事。出事兒跟人家也沒關係，反正又沒有直接證據，沒人管。總的來說，你是個蹬三輪車的，人家都看不起你。

虎子那兒也打架。他們在菜市場賣菜，齊抓是多少錢，挑著買是多少錢，有些菜不讓挑，挑之後就賣不成，那些本地人非要挑。虎子也是個別子[6]，乾脆不賣給他了，本地人開口都罵。說要叫多少多少人打虎子。虎子給我打電話，俺們開著麵包車，去了三四十人。那個人早跑沒影了。

二哥講到這裡，虎子老婆插話，帶著非常明顯的不屑表情：「城市人說話傲慢，西安市裡人，啥也不幹，擺個臉子。一般都為啥打架？安康人好說，『你臭蹬三輪的』，『你就個賣菜的，還怎麼怎麼？』咱這兒人受不了。真打架了，城市人即使叫人，也最多能叫三四人，農村人一叫一幫子。說明還是窮幫窮。城裡老婆兒們拾爛菜的也很多。俺們那個菜市場，有個女人穿得非常光鮮，天天晚上去拾爛菜葉子。」

當年梁峰（大哥的大兒子）來蹬三輪，從健康路裡面拉出來，說好是三塊錢，結果只給兩塊錢。就為這一塊錢。話說不對，那人把老大峰打哩順嘴流血，對方仨人。咱們老鄉到裡面一喊，來有十好幾個人。鞋，磚頭，棍子亂飛，給人家打傷了，臉都腫到一塊兒了。最後人家來叫治病，全是私了。老大拿著多粗的木棍子，甩開胳膊，揚起來都打，幸虧我攔住了，否則把人都打死了。那次涉及到的人多，對方要讓賠錢，還指認了一些人。咱就想，大家都是幫忙的，不能幫咱了還讓人家賠錢，咱自己掏。那邊也是河南人，魯山的，找哩中間人，說合一下，賠了兩千多。老大說，花兩千多，我心裡美。這是前年的事，老寨西庄。都是為一塊錢。

健康路人多，騎三輪車，「咣咣」敲著杠子，讓人讓路，那些人開口都罵。咱都想著算了，下苦人，罵他罵，咱掙咱哩錢。大哥就是忍不下，人家一罵，他就忍不下，為這惹下多少事。成天都有人說，「快，快，你們老大又在哪兒給人家打架了，快去快去。」我一聽心裡就慌了。老大說話難聽，容不得一點氣，人家稍微傲一點，他就說，「他算他媽那個X」，我說，「人家都在那兒立著，你罵人家。」他說，「咋，我罵了，咋了，我叫你管哩。」

有一回打的最最惡哩。還是為一塊錢。那是二〇〇五年左右的事，和你二嫂上新疆種哈密瓜那年，剛又回西安。那兩個坐車的人是咱那兒一個隔壁縣的老鄉拉的，講好了，從南頭拉到北口，倆人三塊錢，到那兒了，不給了，只給兩塊。咱也不行，雙方僵持一會兒。後來這個女的打電話，叫他愛人來。他愛人叫來四五個像黑社會一樣的人，都是五尺多高的個子，來就說，「誰？誰？」惡得很，就開始打。把兩個老鄉打哩頭破血流。咱當時人少，吃虧了，一個老鄉頭都被打爛了，用衣服纏纏繼續打。另外一個老鄉被人家一棍子悶到頭上，就睡到地上了，臉都變成黃白紙色，起不來了。那些人和那兩個女的開始走了。

這時候，咱那個縣的老鄉來了幾十號人，咱們穰縣人也去了，都是互幫互助。那個女的都上到車上了，要走了，人們都說，「就是那個女的，就是那個女的。」把她拉下來，又打。把那個女的打得尿褲襠，男的打了滿身是血，都是拿著棍子硬打的。打完之後，參與打架的人都躲起來了，躲兩三天，再來。有的回去都認不得，打哩眼都暈了，有些都是閃電式的跑了。車都事先擱好，後來健康路派出所評理，各治各的病。

二嫂在一旁慢悠悠地插言，

打架也分前方後方，女的幫不了忙，就在後面看車子。那年也出個事，那時我和你二哥是剛去夢幻商場拉三輪。有人從商場出來問老鄉，到鞋城多少錢？老鄉說一人兩塊錢，倆人四塊。那個人說倆人三塊，行不行？你看，還是為一塊錢。咱們這邊人說不行，就一人兩塊。那人開始說不好聽話，「給你十塊錢你去不去？」咱這邊人頂他，說，「你只要給就去，一百塊都敢拉。」那人臉子黑著，說，「誰說哩？誰說哩？」手指著俺們說，「願意在這兒幹不幹，不願意幹說一聲。」他就開始打電話，不一會兒，從商場裡出來十來個人。咱們這邊人都出去拉活了，夢幻商場這兒就五六個人，後面人都還沒來。那些人抓住一個人就往裡面去，咱們一看不行，就開始打，五六個打十來個，拿鐵鏈子打的，打哩順頭往下流血，最後，那兒的人拿著鋼板開始掄，咱們那兒濤子把鋼板奪過來，把那個人的肋骨都打斷了。那邊的人們看打不過，都不敢上。他不知道咱這兒的人都拼命。

男的打架，女的趕緊把大家的三輪車都開到背處。打完了，該跑的跑了，連一個人都找不著，車俺們再一輛輛騎回家。那次咱們老鄉中興沒跑開，他的三輪摩托上有血，他車放在背處，當時俺們女的推車時沒看見。那邊人報一一〇，把車推到辦公室，不給了。最後咱們這兒的人一個湊三十五十，給中興又買個摩托車，對方在醫院住著，找不到人。

二哥接過二嫂的話茬兒，接著講起來，

那回是我主事哩。我給老鄉們說，中興也是為大家，車被收了，咱們再幫他買一輛。大家都是積極，自願哩，最低出三十，情意重哩五十。都出了，沒有不出的。只要在這兒，都出。後來聽說對方有黑道保護，剛交了保護費，所以才那麼橫。他不知道穰縣人是生紅磚[7]，不怕死。你敬我一尺，我敬你一丈，你要是不敬我，對不起，咱嚥不下這口氣。

打架，都是為一塊錢。有些人根本都是看不起三輪的。他認為我罵你一句你也沒辦法。那些和咱們打過架的知道，這幫人心齊，惹不起，都不敢惹。有些人偶爾來一下，看你是蹬三輪的，看不起你，想在你面前吃個尖兒。他要是知道，他肯定不惹你。說明他心裡還是看不起你。

那次一個賣書包的在我面前露能，非要少給我一塊錢，還罵罵咧咧，一個大男人家的。後來，就打架，那個賣書包哩至少挨一百下拳頭。把我也打了個滿臉花，咱們那兒的人都上來了。結果，那個賣書包的偷偷走了，不在這兒幹了，嫌丟人。

梁峰大概是二〇〇〇年來的，先來蹬三輪，在這兒有個西安本地女子看上他了，梁峰樣子隨大哥，長得好，倆人還談上了。我們都打他爛鑼，說這個女子風流，她爹也是那一片兒的黑社會頭子，你就是個拉三輪的，以後真結婚了，還有沒有你日子過啊？梁峰也聽話，後來就去到北京打工，不來西安了。我成天說，小娃兒們別來蹬三輪車，幹個技術活，有個門路，這都是出死力，別人也看不起。

說起來，我可是高中畢業，正而八經是上個學起個屁用。出門還得靠老鄉，得不怕死，要不是，你活都活不下去。

大家都七嘴八舌，急著講自己的故事和感想。虎子別著腦袋，高聲嚷著：「出門，老鱉一不行。賣菜也一樣，菜市場一個老鄉吵架，一群人都上來了。不抱團不行。社會自古以來都是出力人受苦。西安那些老婆兒、老頭兒要管這事。經常有過路人說，這簡直就是土匪。誰想當土匪啊？你們不尊敬人，還不叫人反抗一下？你罰款、收車也得有個秩序和法律吧？一個城市離不開農民工去做具體的事情，不可能每個人都能買起小轎車，沒有賣菜的，拉三輪的，城市也不可能方便。不過，有一天要是真取締了，咱也沒啥說的。」

二哥二嫂和鄰居們的講述很激動，但也很平常。對他們來說，這是他們生活的一部分，但對我來說，卻是完全新鮮而震驚的經驗。好像只有在電影上見過那樣的場景：一群人混戰，磚頭、鐵鏈、木棍、砍刀亂飛，相互不要命地廝打，隨時都有可能被打倒，隨時可能要人命。真的難以置信。眼前的一張張臉，我的大哥、二哥、二嫂和鄰居們，哪一個不是和善、羞澀、質樸而又內向的人？

「打架，都是為一塊錢」，既是為一塊錢，又不是為一塊錢。多數是因為尊嚴，尊嚴的被踐踏和一種不甘。也因為他們必須如此，否則，他們就無法在此地生存。因為共同的命運，三輪車夫們緊緊抱團，一個有事，集體呼應。

小天使

天氣悶熱，空氣濕度很大，黏在人的身上，渾身難受。出去跑兩三小時，回來又連續坐在二嫂家那極低的小凳子上七八個小時，聊天時很興奮，忘了時間，忘了變換姿勢，一放鬆下來，發覺竟累得不能動彈。「如意旅社」的熱水器讓我頗為懊惱，和房主交涉，毫無結果，我只好買個盆子，將就著洗洗。房間裡的空調打開，吹進來的彷彿是灰塵，不知道有多久沒有開過了。這充滿細菌的空氣拂過我的臉，我不堪一擊的皮膚迅速嚴重過敏，癢痛難忍。我用手「啪啪」地拍打著，像是打在一個橡膠皮上，厚厚的，隔著好幾層才傳到我的感覺神經上。

後來幾天，我都是將近七點鐘才到二嫂家。二嫂總是笑吟吟的，看我疲憊的樣子，勸我說，有啥看的，別去了，不就是那幾個人，見天幹一樣的活。我不敢承認自己內心的念頭：我其實已經在盤算著什麼時候走了，過敏只是給自己的一個藉口。但好像是為了完成任務一樣，我堅持早晨的例行功課：到市場和老鄉們聊天。

剛到夢幻商場，就聽其他老鄉說，早晨又逮人了。其中一個老鄉的車被拖走了。一會兒，那個老鄉走過來，就是這幾天經常和我聊天的王營人，愛說愛逗，非常活躍。問他情況，和大哥被抓的過程差不多，看得出他很生氣，但也有自認倒楣的態度在裡面。「抓」是常態，但不是每人每天都要被抓，排排坐，分果果，輪到誰誰倒楣。二嫂用一種劫後餘生的語氣告訴我，她很幸運，拉三輪車這些年，才被抓過三次。

十點左右，虎子打來電話讓我和父親到他那邊去玩。聽到這件事，說可能是全市統一行動，金花路那邊也在大規模查車，一早晨就查了十幾輛車。他們今天進菜少，開回市區早些，躲過一劫。這次是專抓機動車，理由種種：沒戴頭盔，穿拖鞋，沒帶運營證，車牌證，駕駛證，行車證等等。總之，肯定能找到一個理由罰你。

我想起《華商報》的一位記者，他採訪過我，我們聊得還比較投機，不知能否他幫上一些忙。我給他打了個電話，說了這位老鄉的情況。他非常同情，但同時直接表示，這事兒不好辦，他只能幫著去新聞處問一下。

十一點左右，我們坐上出租車，到虎子那兒去。虎子住在金花路那一片的一個拆遷村裡。虎子早就站在路口等我們。看見我們，一蹦一跳地要過路這邊給我們開車門，被二哥罵了回去。村頭是一條長長窄窄的石板小路，下面排水溝的味道時時衝上來，非常難聞。向右轉，一個狹長的石板小道，寬不到三米，長卻至少有一兩百米。小道中間停著一輛三輪車，一邊緊靠著牆，另一邊還剩下窄窄的小縫，只是一個人的寬度。這是虎子的拉菜車。走過車，路似乎越來越窄。路的中間立著一些長長的鋼管，直伸到二樓，支撐著二樓往外延伸的那些房間的地板。在這些林立的鋼管下面，一個小女孩坐在一張小凳子上，拿黑黑亮亮的眼睛看著我們。

她左邊是一個簡易的三合板釘的小桌子，桌子上放著黑色小鍋、作業本和文具盒，旁邊散落著幾個薄薄的木製簡易小凳。右邊，樓梯的牆體石灰完全脫落，露出一種充滿油膩感的黑色。她的後面，是封死了的小路盡頭，一個高大的土堆嚴實實地堵著，幾乎和這二層的樓房一樣高。陽光從一線天的上方灑下來，單薄、稀少，在小女孩兒身後形成模糊的亮光，而在小女孩的前面有重重的陰影。高大、陰沉的夾縫中，這個眼睛黑亮的、茫然的小女孩坐在那裡，像一個孤獨的、流落人間的小天使。

「這是强的女兒，今年十歲。」强，虎子的大弟弟。虎子朝屋裡喊了一聲，一個皮膚蒼白，有著陰鬱眼神的青年人從屋裡走出來，和這周邊的氛圍非常協調。他朝我們看了一眼，表情淡然，對我們的身分沒有探究的興趣，也沒有交流的願望。

虎子家在二樓。踏上樓梯，一拐彎，突然進入完全的黑暗之中。此時是中午十一點半左右，正是青天白日。這是怎麼回事？我嚇了一跳，在前面走的虎子（我完全看不見他）一邊不斷招呼

隨父母來西安的女孩，通常在城中的巷道裡寫作業。

我，「要小心啊，小心哪」，一邊罵房東，「房東壞得很，給他說過多少次這樓梯燈泡壞了，就是不來修。」

站在二樓的樓道裡，我明白了樓梯為什麼那麼黑。二樓所有的空間全部被封閉了起來，銀色的鋁皮，從欄杆到樓頂，從樓道的這頭到那頭，嚴嚴實實地圍住了這一切。這有六間房長度的地方，只挖了三個小窗戶，洩露進微弱的陽光。比牢房還牢房。虎子說，這是三年前說要拆遷的時候，房東為了能夠多出一些面積（拆遷的規定，是封閉空間都算面積），臨時釘起來的。樓下鋼管所支撐的樓上的房間，也是那時搭建出來的。全村所有的房屋都這樣改造過。這二樓，住了四戶人家，虎子姊妹三個和另外一家老鄉。

虎子進屋，先拉亮房間的燈。這是一個裡外間的兩間房，外面是廚房，放著簡陋的做飯家什。裡面那間側牆用石灰潦草地刷了一層，白白的，透著裡面的黑色牆體，有種分外的淒涼，房間潮濕、陰暗、憋悶。唯一散發著明亮氣息的是一個嶄新的金屬色音響。黑色的地面，低矮的凳子、桌子，紙箱子，塑料袋，隨意拉的繩子，一切透露著馬虎、潦草和暫時對付著的氣息。

虎子在這個村莊的這兩間房整整住了二十年。他今年四十三歲，換句話說，他在西安和在梁庄的時間幾乎是均等的。在梁庄，他花了將近三十萬，蓋了一棟華美的房子，先進的抽水馬桶，大理石的地面，空調、冰箱、熱水器，一應俱全，去年他的兒子就是在那座房裡結婚。可是，到現在為止，他們在那座房子裡總共住不到一個月。

虎子一定要請我們在路口一家飯店吃。出來的時候，他的姐夫哥在門口站著，和我們打招呼。我招呼他一起去，他拒絕了。這時，迎面走過來一個瘦小的女性，稍微看了一眼之後，我的記憶馬上恢復了，這就是虎子那位長辮子的姐姐，極其溫柔的、腰稍微有點探的、沉靜的姐姐。現在，她的大眼睛變得往外突著，腰更加彎了，還是一根長辮子，但前面的頭髮明顯少了，稀了，幾乎可以看見頭皮。穿得最劣質的滌綸襯衫，空空蕩蕩的，不見乳房，也不見軀體，如幽靈一樣。好像有什麼深深地壓著她，一直壓著，最後，這壓力內化為她身體的一部分，再也擺脱不了。她手裡拿著一束麵條，並沒有看我們，低垂著眼睛，還是那樣溫順，只是臉上多了一絲微微的笑意，算是打招呼吧。

走在路上，虎子口氣以一種輕視的口氣說，「他（姐夫哥）肯定不會去吃，不跟人來往，來往了還要還人情，他捨不得。一分錢都看得可緊。你知道他們手裡現在有多少錢？至少百十萬。這我可有數，這些年他們是只進不出。不吃不喝，不和人來往，一門心思掙錢。他們現在還在老市場賣菜，比我生意還好。兒子上大學，重點大學，還想著要在農村給兒子說個人（給兒子找老婆）。真是不知道咋想的。」

和虎子、二哥在他家門口的麵館吃飯。突然聽到外面吹吹打打的嗩吶聲和司儀的唱喊聲，跑到門口，看到一群穿白色麻布、戴孝帽的人正跪在飯店門前的路上，低著頭哭泣。隊伍最前面放一張四方形桌子，桌子四周用布撐起來搭成小房子模樣，裡面放著一張老年婦女的遺像。一個中年婦女正趴在桌子前做哭泣狀。執事的人拿著喇叭喊著，大家起來，再跪，再起來。過一會兒，在幾個嗩吶手的喇叭聲中，幾個人抬著放遺像的桌子和那桌飯，孝子們跟在後面，繼續往前走。

葬禮的執事像玩笑一樣，看到我照相，對著我，擺弄著姿勢，又以誇張的、表演式的聲調喊聲著各種口號。年輕一輩有低著頭不好意思看人的，有四處張望的，有相互交談的，很少專注與葬禮本身。唯有那個中年婦女扶著桌子在認真而悲愴地流淚。在城市的車水馬龍和機器的嘈雜聲，葬禮變得輕浮、陳腐，毫無尊嚴。沒有大地、原野的背景，這些儀式成為無源之水。

人家不要咱

再次回到虎子的出租屋。我很想再碰到他的姐姐，或者去和她說幾句話，我一直被她的沉靜的溫順所吸引。但虎子和二哥卻很不積極。虎子家姊妹四個，在虎子來西安站住腳之後，兩三年內，他把他們都弄到了西安，也賣菜，同住在這個村子的這棟樓裡。但說也奇怪，這麼近，姊妹們的關係卻不十分親密，也沒有吵架，即使過年過節，也很少在一起吃飯、聊天。以二哥的觀點，其他姊妹不滿意虎子太喜歡與人交往，尤其是過往的老鄉，牽扯太多，花錢手太大。虎子老婆則意味深長地說，「反正別想在她家吃個飯。」

快言快語的她先說了他們來西安的經歷。

「俺們來西安都快二十年了。一九九二年來收罷苞穀來的。女兒紅紅一個多月，我抱上來了。娃兒（兒子）一歲三個月，留在他外婆外爺家。我賣菜，女兒跟著我，冬天也可冷，我弄個小被子一包，抱上去，立在火邊烤著，凍哩渾身發抖。

「那兩年多可憐，下午去咸陽蹬一車菜，來回得六七十里，七百八斤，到晚上十一二點才能到家。早晨五點多就得到市場。一車能賺二三十塊錢。風裡來雨裡去。當時覺得不錯。

「中間三年都沒回去，三年都沒見娃兒。第四年回去，把莊稼收收，地不種了，給人家，不回去了。好幾年，一年都是掙個兩三千塊錢，就這也行。條件好一點，你虎子哥他們姊妹都來了。前幾年生意好，從七點半到十一點半，就不住秤，一天淨利潤有三百塊錢。現在又不行了。弄個新市場，看著可好，市場不行，要錢的地方倒是不少，四塊地板磚的地方，一個月九百六十塊，衛生費垃圾費又一二百塊錢。不幹也得掏，就這還得開後門送禮。

「俺們娃兒老埋怨俺們倆，說從小不管他，扔到外婆家。還和他爸吵架，說俺倆對他和紅紅不一樣。我說，房子給你蓋蓋，老婆給你接接，那還不算稀罕你？那也是形勢逼哩，那時候可憐，沒辦法。要說現在的娃兒們真是可憐，一年到頭見不著爹媽。

「後來娃兒為啥不上學？他說，人家上學爹媽跟著，買這買那，我就一個人，我不上了。也是我們常年不在家造成的。貴賤[8]就不上。我說，你上吧，不行我回來算了，你好好上，反正不管咋著能供起你上學。他又說，好大學考不上，不好的大學上著沒啥意思，還不如去學個手藝。也是，好多上大學的娃兒也沒見有個啥好工作。他不上就算了。農村人就這樣，你上了上，不上就算了。不過還是有距離。俺們也有感覺。看起來父母跟孩子不能離，時間長也不行。這也是打工帶來的。

「對西安也沒啥感覺。反正就掙個錢，好壞跟咱也沒啥關係。要是有一天不抓咱了，那說不定好一點。」

我問虎子，「虎子哥，你掙的錢也不少，咋就沒想著在西安買房？現在漲了，又買不起了。有沒有點後悔？」

虎子要賴似地嚷道，「誰在背後編排我？哪掙多少錢？你看我這花銷多大，迎來送往，攢不住錢。不過，咱根本都沒想過在這兒買房。漲多少跟咱也沒關係。反正咱也不在這兒住。」

「那就沒有想著老了住西安？」

「打死也不住西安！」虎子以異常堅決的口氣回答我。

「都在這二十年了，在這兒待的時間和梁庄都差不多了，還不算西安人？」

「那不可能，啥時候都不是西安人。」

「也沒一點感情？」

「有啥感情？做夢夢見的都是梁庄。」

「為啥不住這兒？」

「人家不要咱，咱也沒有想著在這兒。」

「那多不公平啊，憑啥咱就得回去？」

「啥公平不公平？人家要啥有啥，要啥給啥。城市不吸收你，你就是花錢買個戶口也是個空戶口，多少人在這兒辦的戶口都沒用。分東西也沒有你的。連路都不讓你上，成天攆。路都不是你的，那啥能是你的？農村人本來啥也沒有，只要能掙錢糊個口就行，沒想著啥。對西安沒一點感情，清是幹夠了。一不美（生病）就想回家。咱就沒想著在這兒買房子。在這兒再美，就是有保險，也不在這兒。我給你說個實話，要是有吃哩有喝哩，我就不出來了。」

據二哥講，虎子在七八年前已經有幾十萬元的存款。當時，西安的房子並不貴，他們完全可以拿著錢買到一套不錯的房子。現在，那點錢什麼也不是了，虎子又一次被甩出城市的軌道。但是，他們似乎並不在意這些，城市金融的漲落、好壞與他們的內心完全沒有關係，他們的內心一直停留在梁庄。我不理解的是，一個在西安住了二十年的人，談起西安來，竟然如此陌生，甚至充滿敵意。但不管怎麼樣，自己的小環境應該更舒適一點，這總沒有錯吧。像虎子這樣的情況，兒女都已結婚，家裡蓋了一棟豪華大宅，他們的基本任務已經完成，生意也不錯。他們完全應該租一個好一點的房子住，這樣陰暗、憋悶的環境，對身體健康太過不利。

「這一片兒都是這樣的房子，也實惠。你要是進到正規的家屬樓，你出車弄啥都不方便，你想，你拉著一車菜出出進進，別人咋看你啊。這民房幹啥都行。咱幹這個活也不適應住高樓。就想著在家蓋個房子弄得美美哩，將來回家住。」

「看著那好小區，就沒想過自己也住那兒？」

「就沒想過住那些地方，我感覺，十個有九個打工的都沒有想過。不是說的，我那房子在梁庄是數一數二的。城市工人看不起賣菜的，說實話，他們一個月兩千塊錢，我們隨便五千塊錢都掙來了。還不受誰管。不過閨女就不一樣了。閨女對這兒有感情，人家買房要在這兒買，她同學都在這兒，從小在這兒生活，都有來往。」

「那如果城市也給你三險五金，戶口啥的，你住這兒嗎？」

「給醫療保險啥的？那也不在這兒，日他媽，給個啥也不在這兒。在這兒奔波這些年，也夠了。你看著，只要是做生意的，都在老家弄有房子，主要咱這打工還不是穩定工作。說走就走了。對西安沒感情，一回去就心裡美。你們梁家興龍來看我，特意給我說，咱們兄弟將來都要落到家裡。住到城市有啥用意？沒有三朋四友，空氣也不好。它請我住這兒我也不住這兒。」

虎子以一個農民的倔强談著西安，彷彿西安就是他的敵人，談起來滿腔的怒氣和怨氣，同時，又因為它與他毫無關係，而不願去真的生氣。

「在城市買個房子幹啥？那個消費咱根本養不起，暖氣費，衛生費，還有放車子，上個廁所都要錢。農村人都是想著有個溫飽就行。做這生意買個商品房沒啥意思，連個車都沒地方放。

「還有，就說我這腿，在這兒就是治不起。主要是因為這醫院貴，越是大醫院越是貴。稍微大一點的病都回去了。到華山醫院，先是掛號，一檢查，先讓上四樓打石膏，讓住院，照X光，讓交一萬塊錢押金。我一聽，簡直是怕人，第二天就坐車回去了。在穰縣一個私人醫院看病，總共花了一百五十元。在家裡住了二十一天，又檢查了三次，說沒事，養著就行了，傷筋動骨一百天呢。回家也沒少花錢，可回家高興，吃飯、喝酒、打牌，也花了四五千。就是多花倆心裡美。」

二嫂聽到這裡，拍著腿笑起來，指著二哥說，「哈，可一樣。你二哥六月分回去。回去之前一天小便十四五次，覺得不美氣得很，乾吃不上膘，懷疑是糖尿病。後來在北方醫院檢查一下就是糖尿病，人家直接叫住院，說嚴重。你二哥說自己帶的錢少，跑回來了。我看你二哥壓力可大，心裡不高興，就說，要不回家一趟，一是治病，二是家裡人多，可以岔開一下。」

二哥神情激動，搶著二嫂的話頭說，「說到回家，心裡猛一熱傢伙。你二嫂說，不行你回家，我一聽，高興得很，說那可行。回去到穰縣中醫院看的，那天夜裡一吃，晚上馬上就好轉了。開的中藥，喝了九天，中西藥一共花了一百八十五元，檢查血糖，恢復正常了。又抓九付，一共一百七十四元。這是來西安吃的。咱們那兒醫生說，你九付中藥吃完之後，就長期吃這個藥就行，茯苓山藥片。藥費總共就花了三百五十九元。不過，回家帶路費總共也花了好幾千，可想著回家就是花多了也暢快。一說回去心裡猛一暢快，病感覺立馬就好了，感情深得很。家裡人也高興得不得了。不喝不喝，弄了一件酒，喝得一點不剩。」

二哥唾沫飛濺，顛三倒四的表達自己「回家心裡清是美」，把自己的好喝酒也歸結為「心裡美」的表現，惹得二嫂又瞪了他好幾眼。但是，談到回家，她同樣激動，「我們幾個女的在一塊兒說話，只說要回家，前幾天都沒心幹活。只想著回家咋樣咋樣。說到回去清是心裡美氣。」

虎子還特意提到幾年前發生在西安的一個車禍。同一車禍引起的死亡，同樣兩個二十歲左右的姑娘，城市戶口和農村戶口的姑娘被賠償的錢不一樣，城市姑娘賠三十多萬，農村姑娘只賠十幾萬。虎子憤憤地往地下吐口唾沫，「同命不同價。你說啥時候能一樣？同樣的命，硬是不一樣。」

作假

梁家正容和老婆在德仁寨的這條街上開了一個小店鋪，賣服裝和一些針頭線腦。我來西安的時候，他回梁庄。他的生意不好，鋪子準備轉讓。我快要走的時候，正容又回來了。他比二哥稍晚一些來到西安，做了很多種生意。奇怪的是，別人做那個生意都能賺錢，他卻總是賠錢。先是賣熟肉，賣有幾個月，市場查得厲害，不敢做了。接著賣菜，幹幾年，虎子夫妻兩個賺有幾十萬，他們夫妻卻只賺幾萬塊錢。正容老婆嫌太辛苦，就改弦更張，開個小店，不用風吹雨打。但是，開了兩年多，不賠不賺，再難維持。高大的正容一臉茫然和認命，是那種死受的神情。虎子用一句話總結正容：「他就是膽子太小，啥都不敢弄，啥時也發不了財。」但是，在說到食品如何造假時，正容倒是表情活躍，說話流利通順。

食品作假我最清楚，我做了幾個月，知道一點門道。咱們有老鄉做得非常大，賺膿了[9]。啥都是假的。假牛肉你知道咋做的？買來死老母豬肉，一煮，一上色，就變成牛肉了。熟肉那花樣可多了。都是工業用鹽，火硝，火鹼，這是發的，發大、注水，可以加大重量。用的化學原料是石紅，做肉都兑有馬爾福林（福爾馬林），不容易壞啊，往外一發，肯定要壞。像腸子一類的，買來的時候是黑的，用硫酸、雙氧水一泡，就變白了。你去買腸，買毛肚，海鮮，那白花花的肯定都有問題。咋可能恁白？咱在農村，又不是沒見過豬腸子？可是人們喜歡那樣子好看的，你真是一點門兒都沒有。

家家後面都是一個大作坊，那真是髒得很。放幾個大桶、高桶，一百多公斤肉，一點白麵往裡面一放，一兩個小時後，用手一捏，就碎了，就像熟了一樣。再稍微加工一下，上點色，就可以吃了。完全不用煮，熟了，可以吃了，你說，這是啥概念？

那肘子肉，把大骨頭一去，打食用膠，兑點澱粉，生的時候打進去，一煮就縮到一起，看起來像是個整體。殺豬的人把壞豬肉往皮裡一塞，把死豬肉兑進去。一開始，我們去老鄉家玩，老鄉就不讓我們吃他的熟食品，專門去街上買一點新鮮肉，做著吃。我還不知道為啥？後來自己一做，媽啊，打死我也不吃了。我到現在都不吃熟肉。不敢想，一想起來就噁心。

一斤肘子肉能做一斤二三兩。牛肉一斤能煮一斤。都是用多大的氣泵，打膠打進去的。火硝醃的，魔芋粉全是化工品，毒性太大，咱們有老鄉被抓住了，拉走那一車，值二十萬。化驗以後，全是毒性。這些東西，都是對準火鍋店的。有一種粉，加一點，硬做出來。羊血都是做出來的，用血粉做的，吃著像棉花套子一樣。咱們吳鎮街上都是真的，人家是清真。那吃著是真好吃，脆脆的，滑滑的，可細緻，鮮得很。記得俺們小時候一碗羊血湯是八分錢，羊血紅紅的，上面放幾棵香菜，綠生生的，冒著熱氣，想起來都流口水。豆腐是葡萄糖酸鈉打的，石膏打出來的斤數少。

做啥事都可不容易。賣熟肉，看著賺錢，那衛生上、防疫上，啥鱉娃部門，都要要錢。不管你一個月做不做，你都得給人家錢。錢一給，他們就不管了，其實是拿錢買個包庇。咱為啥發不了財，咱作不了那個假，也不會像虎子一樣，給人家搞關係。拿著錢也不敢送，不知道咋塞給人家。可是不作假、不送禮還真發不來財。社會走到這兒了，也沒辦法。主要是底下人弄壞了經是好經，下面的人弄壞了。

越打假，人們越做。國家也沒辦法。都以罰款為主，越罰我越幹。罰到最後，罰的人和被罰的人都成朋友了。你來罰，我給你錢，就睜隻眼閉隻眼過去了。罰了錢，就多了成本，不作假，就掙不來錢。作假也是為了生存。國家也有問題，逮住也不說不讓你做，以罰錢為主。你要是逮住讓他坐監獄兩天，他就不做了。小偷也是，罰倆錢，又讓他走了。出去了繼續偷。

現在做的人少了。那兩年做哩可多，隱蔽哩很。咱們穰縣有幾十家都是做這的，都發財了，管得嚴，也不幹了。好幾個老鄉在老家蓋兩座房子，在灞橋蓋兩座房子。幹二十多年了，錢掙夠了，去賣汽車配件去了，配件也都是賣的翻修產品，也是假的。他賣真的不掙錢。必須賣假的，私人的，不正規，便宜得多。

你不知道，城裡人好騙，圖便宜。你說說看，羊肉卷十幾塊錢一斤，羊肉都二十多塊錢一斤，那咋可能是真的？

其實人們都有問題，特別是城裡人，也不知道咋想的。他來買肉，光買那著色好的，他認為那好。你是真的，啥也沒加，著色肯定不如那些好，不加還不行。他就是不買。你說我這是真的，沒加過色的，他看你那樣子就像看怪物，不相信。既然你不相信，那我就算了，以後也上色，看著可好看。像賣菜，也是學問大得很。藕是用檸檬酸泡的，我們都泡，前幾年進了原色的都沒有要，只好也泡。黃瓜打哩藥之靈，直挺挺的不彎。誰不知道那直挺挺的有問題？但是，人們去挑，光挑這種，你說啥門兒？那彎曲的，長得不好的可不好賣。

咱們梁家芳娃們在嘉峪關賣輪胎，校油泵，賣的都是舊輪胎，一個淨賺幾百塊。那校油泵是啥？只要人家車停到他門口，沒有千二八百那根本走不了。一個配件五十塊錢能都賣到五百塊錢，能不發財？依靠這，人家買了上百萬元的工程車、挖掘機，雇個司機，專當老闆了。

不管賣啥都有假。修個三輪，換個帶，都能換個假帶。雞蛋也作假。我都在想，費恁大的事，做一個小雞蛋，到底能多賺多少錢？真是想不通。賺那個錢還不夠費事錢。

羞恥

第一天和二嫂一起去市場，老鄉們非常驚異，又很好奇，遠遠地看著我。給他們照相時，「嘩」地一下全跑了，那些調皮的人把自己的夥伴使勁往前推，自己則躲到後面，於是，就有那麼兩三個站出來，「照就照」，像赴刑場一樣，大義凜然。第二天、第三天再去，大家已經非常熟悉，相互推讓著，羞怯地，但又大膽地走到我面前，擺著各種姿勢，讓我照相。一些見過世面的年輕車夫過來，和我聊起了政治等等問題。那個戴著眼鏡的老落魄書生根本沒有上過學，是先天性弱視，說話粗俗直接得可愛，來西安拉車已經二十幾年。我說起對他的第一印象，大家都哈哈大笑，一直取笑他。

在一片歡快的喧鬧聲中，他拉著裝滿貨的拖輪進入了我的視線。一個年輕人，上身穿著緊身的黑色T恤，下身一件腰間有金屬鍊的深藍色牛仔褲，額前的頭髮挑染出一撮鮮亮的黃色，腳上穿著一個人字拖。鐵架子上放著六個巨大的尼龍包，他像其他三輪車夫一樣，一手抓著把手，彎著腰，胳膊上、脖頸上的青筋往外脹著，依稀看到臉上白晰的皮膚和散落在其間的鼓鼓的青春痘。那雙穿著人字拖裡的腳幾乎脫出了鞋，一步步拼命吸住光滑的地面。

他突然看到我，我手中舉著的相機，正在拍攝這群他也熟悉的沒心沒肺的、嘻笑的三輪車夫。他的臉刷地一下漲紅了，好像突然被裸露在空曠的廣場之中，被置於舞台之上。幾乎是一種激憤、羞恥，他迅速扭過頭，速度加快，腰彎得更低，往那一排排的貨車縫隙裡走。正在鏡頭前作怪大笑擺姿勢的那位中年人朝他喊，「兒子，兒子，民中，過來，咱倆照個相。」這位中年人，非常活躍，每次拉著車過去，都會喊我，「妹子，來，給我照張相。」然後，擺出彎腰的、蹬腿的、拉縴的姿勢，做著誇張的怪臉，招來一陣又一陣的笑聲。這個叫民中的年輕人本能的略略停頓，朝他的父親嚴厲地瞥了一眼，更快地走向大貨車沉重而龐大的陰影。他的父親一再喊他，他始終沒有回頭，也沒有看我，只是倔強地往裡面走，無比堅決地避開我的鏡頭和我的眼睛。他不願和我對視，那一瞥而來的眼神似乎還包含著某種敵視。

這是三輪車隊伍中少見的年輕人。那位父親，指著孩子的背影，訕笑著對我說，「不知吃啥槍藥了，就不和我說話。」

二哥在旁邊說，「哈，就是一個二球娃兒，別看他不說話，可不少給咱們惹事。」在那位父親和二哥相互補充的敘述中，我大致了解了這位年輕人的經歷。年輕人今年十八歲。十五歲下學，先是到新疆跟著姨夫們學校油泵，幹了一年，嫌太累太寂寞，姨夫的店鋪前不著村，後不著店，就孤零零地設在路邊，平時連個人影都見不到。接著到廣州、東莞打工，在電子廠和服裝廠裡，不到一年，說啥也不幹了，再加上金融危機，他在的那個廠倒閉了。今年四月分來到西安，開始拉三輪。人沉默異常。要麼不說話，要麼就是和坐車人或不相干的路人吵架。天黑收工後，和一幫小老鄉——都是和他年齡差不多的年輕人——走在街上，腰裡各揣一把鋒利的小匕首，鼻子不是鼻子眼睛不是眼睛的到處找茬打架。

在接下來的幾天裡，我對這個年輕人產生了極大的興趣，我很想和他聊聊。可是，他根本不看我。他對他父親在鏡頭面前的熱情、巴結和熱衷極其憤怒，總是在遠處用很嚴厲的眼神看著他。等我想走近的時候，他就消失在貨車背後，或給我一個脊梁。我和他父輩的三輪車夫們聊得越開心，混得越熟，他離我越遠。那倔强的脊背向我昭示著某種排斥，甚至是某種仇恨。我看著他和人談價格，那漲紅的臉，一起一伏的呼吸，充滿著憤懣，一言不合，似乎就要吵起來，拳頭就要過去。實際上，他單薄瘦弱，打架未必能贏。他的父親馬上過去打圓場，最後，他才開始裝貨、捆車、拉車。他低著頭從我前面走過，那一撮黃頭髮遮住了他的眼睛，他深深地低著頭，不看我。

我把相機裝進包裡，假裝和別人說話，好讓他知道，我沒有關注他。我沒有再找他說話。這個叫民中的年輕人，他恨夢幻商場，恨那夢幻的又與他無關的一切。他恨我，他一瞥而來的眼神，那仇恨，那隔膜，讓我意識到我們之間無比寬闊的鴻溝。

他為他的職業和勞動而羞恥。他羞恥於父輩們的自嘲與歡樂，他拒絕這樣的放鬆、自輕自賤，因為它意味著他所堅守的某一個地方必須被摧毀，它也意味著他們的現在就必須是他的將來。他不願意重複他們的路。「農民」、「三輪車夫」這些稱號對這年輕人來說，是羞恥的標誌。在城市的街道上，他們被追趕、打倒、驅逐，他憤恨他也要成為這樣的形象。

羞恥是什麼?它是人感受到自身存在的一種非合法性和公開的被羞辱。他們被貼上了標籤。

但同時，羞恥又是他們唯一能夠被公眾接受和重視的一種方式，也幾乎是他們唯一可以爭取到權利的方式。媒體為那些礦難所選的照片，每一張都帶有巨大的觀賞性和符號性：呼天搶地的嚎啕，破舊、土氣的衣服，乞憐、絕望的表情和姿態，滿面的灰塵，這些圖片、表情都是羞恥的標籤。河南矽肺工人不得不「開胸驗肺」[10]，雖然現代醫學早已能夠通過化驗來證明矽肺。可是一而再，再而三的投訴失敗，使他明白，為了得到自己的權利，他必須選擇羞恥的方式，必須如此羞辱、破壞、貶損自己的身體。否則，他得不到公正。

他們作假、偷竊、吵架，他們骯髒、貧窮、無賴，他們做最沒有尊嚴的事情，他們願意出賣身體，只要能得到一些錢。他們頂著這一「羞恥」的名頭走出去，因為只有借助於這羞恥，他們才能夠存在。

直到有一天，這個年輕人，他像他的父輩一樣，拼命抱著那即將被交警拖走的三輪車，不顧一切地哭、罵、哀求，或者向著圍觀的人群如祥林嫂般傾訴。那時，他的人生一課基本完成。他克服了他的羞恥，而成為了「羞恥」本身。他靠這「羞恥」存活。

要走的前一天晚上，我讓二哥幫我請民中

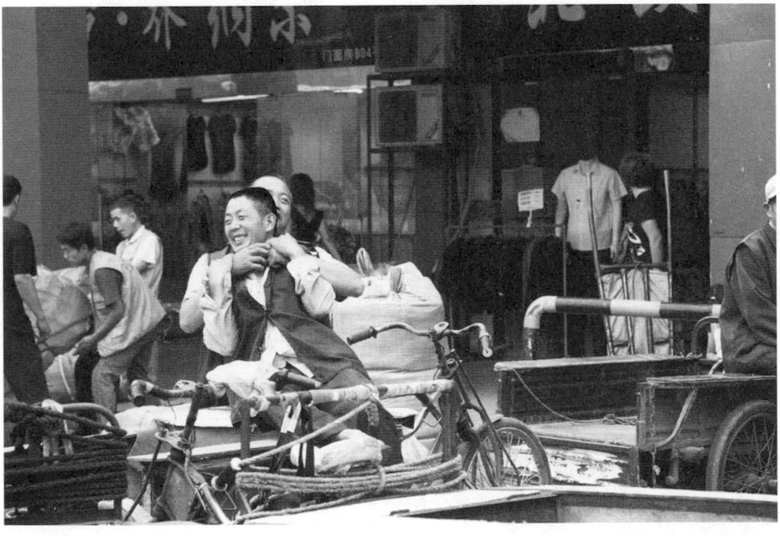

和他的父親到一家小飯館吃飯。他父親早早就來了，端著酒杯不停地敬，不停地喝，一會兒就有些醉了。九點左右的時候，民中才到，他不是來吃飯，而是來接他父親回去的。一看到他父親的神情，他就厭惡地皺起了眉頭，奪過父親手裡的酒杯，「走，回家，天天喝，早晚都要喝死。」二哥在一旁說，「咋，民中，架子還怪大呢，請都請不來？坐下，喝兩杯。」他坐了下來，低頭玩起了手機。

他始終沒有正眼看我，好像我是他的創傷，好像一看我，就印證了他的某一種存在。我給他拿筷子、放碗碟，又倒了一杯啤酒，殷勤、巴結地放在他面前。他的手伸出一下，微微擋了擋，抬眼半看了我一眼，又垂下眼睛，繼續翻看他的手機。大概坐有十分鐘的樣子，他接到一個電話，好像是他的小兄弟出了什麼事，要他過去幫忙，他對電話那邊說，別著急，先穩住，我馬上過去。他的聲音帶著點霸氣，冷酷、鎮靜，一邊說著，一邊隨手端起啤酒，一飲而盡。喝完之後，他站起來，說有事要走。

我也站起來，說，「民中，那就再見吧，我明年再來看你們。」像一個嘮叨的而又無力的人那樣，我又補充了一句，「你要好好的。」

他的嘴角牽起一個詭異的微笑，說，「什麼好不好的，再見我，說不定就在監獄裡了。」他看我時的眼神，是另一個世界的眼神。我無法進去，也無法打破。

《華商報》的記者朋友始終沒有回信，估計沒有什麼希望。但想著既然說了，不問也不好意思。要走的前一天傍晚，我打了一個電話。記者告訴我，他去找過他們報紙新聞部門的人，對方說這事兒太普遍了，沒有報導價值，沒法派人出來。但是如果親戚老鄉有重大情況，他可以以私人身分幫忙協調。我說，那沒關係，那些人沒有我的親屬。我的親戚已被抓過了。

在一旁的二嫂說，「電視上《都市快報》都報過好多次了，該是啥樣子還是啥樣子，確實沒用。大哥的車被抓之後，給人家打過幾次電話，人家說來，一直沒來。」

放下電話，我竟也有如釋重負之感。真要讓我帶著他們一個個去找這些「肇事的」三輪車夫，去問各自的情況，恐怕還得羈留兩天。我似乎已經有些不耐了，也沒有足夠的心理準備去應付可以想見的一系列麻煩。

早晨五點半。小雨淅瀝。二哥和二嫂已經從住處走過來，穿著黑色的大膠鞋，披著雨披。他們推著三輪車，送我們走之後，還可以去拉早晨的活兒。下雨的早晨，是他們拉活兒的好時候。我和他們一起走出「如意旅館」，沿著有些泥濘的小路往街外走，賣早點的小鋪已經開門，門口兩個漆黑的巨大爐子已經升起旺旺的火，鍋裡面的油翻滾著，老闆娘的臉在這霧氣中隱約閃現。雨在檐前滴答下著，滴在同樣黝黑的、油膩的地面上，往堆著垃圾的街道上滾落。拐幾個彎，經過二哥家，經過黑色的網罩起的街面，經過垃圾巷，走過長長的生鏽的鋼材街，我們和二哥、二嫂分手。二哥、二嫂跨上三輪車，他們要在華清立交橋下拐個彎，才能到另一邊。在三輪車的突突聲中，他們的身影有點晃動，並且模糊不清。我看著他們在拐角處消失。

我們開始了回程。上華清立交橋，走約兩千米的樣子，來到滻河上的一座橋。我們下了車，站在橋上，看清晨的風景。

在毫無防備的情景下，我置身於另外一個世界：嶄新的、潔淨的、華麗的、現代的世界。橋的右邊是世園會所在地，二〇一一年五月至十月是展覽期。深深淺淺、高高矮矮的園林，一個個修剪整齊的塔狀樹冠，以優美的弧狀在廣大的空間綿延。圓形的大花壇，各色的花朵，奇樹，盆栽，起伏的綠色草地，它們在大地鋪展開去，透著一股不容侵犯的乾淨、奢華和講究。園林裡面的路筆直、寬大，從遠處眺望，雨中的大理石路面泛著凜然的光。世園會被看做是西安展示自己國際化和現代化，向國際接軌的重要契機。從此景看來，這一接軌應該是成功的。

腳下的滻河水水面寬闊，橋對面幾座高樓豎立，威嚴、鎮靜。前面是灞橋新城，各式各樣的樓群、立交橋、商場沿路拔起。寬大的、潔淨的馬路，高檔、現代的住宅，各種周到的配套設施，全新的商場和來自世界各地的衣服、珠寶。在清晨的細雨中，西安城，一個潔淨、現代而又優美的城市。西安正以迅猛的發展擺脫由於歷史而帶給它的落後、凝重的面貌。

就像鈍器突然擊中身體的某一要害，一陣疼痛，我的某一部分記憶復甦了。一股油然而生的舒適感和熟悉感襲來。此時最想做的是回到明窗淨几的家中，洗一個有充足熱水的澡，舒服地躺下來，放好音樂，好好休息一番。

那散發著異味的德仁寨，怪異的圍牆，並不如意的「如意」旅館，漆黑的廁所，垃圾巷，鋼材街，商場背後的三輪車夫們，在瞬間，變得恍如隔世，彷彿不曾存在過。

「城市，讓生活更美好」，這一城市是奧斯曼式[11]的，直線的、大道的、廣場和主旋律的。它忽略了活生生的社會現狀，忽略了那些隨機的、還沒能達到所謂「現代的」和「文明的」存在和生活。現代的城市每推進一步，那些混沌的、卑微的而又充滿溫度的生命和生活就不得不退後一步，甚至無數步。

1 出租車：計程車。
2 二大：「大」，叔，專指父親的堂兄弟，有些地方也指父親的親兄弟。
3 見天：每天。
4 聖人蛋：愛賣弄某方面的能力，不合時宜的人。
5 清是：的確是，真的是，強調之意。
6 別子：倔强的人。
7 生紅磚：脾氣暴烈的，打架不怕死的人。
8 貴賤：無論如何。
9 賺膿了：「膿」，形容賺得很多很多。

10 二十八歲的河南新密市劉寨鎮老寨村人張海超，二〇〇四年到鄭州振東耐磨材料有限公司上班，先後從事過雜工、破碎、開壓力機等工作。工作三年多後，被多家醫院診斷為塵肺，但企業拒絕為其提供相關資料。在多方求助無門之後，張海超不顧勸阻「開胸驗肺」，尋求真相，從而引發社會一系列的討論。

11 十九世紀早期的時候，巴黎城區有大量的貧民區，「從一七八九到一八四八年，『搗亂者』每隔若干年就在那裡豎起街壘路障，而狹窄的街巷使鎮壓者的大炮難以到達。所以，統治者對這些『貧民窟』深感頭疼。」奧斯曼上台之後，由於國王的支持，他權勢巨大，開始動用國家權力強制性地成片拆遷，據說他「將直尺按在城市地圖上，穿過中世紀巴黎擁擠狹窄的街道畫出條條直線，創造出了新的城市形式。他推翻一切擋道的東西，讓路給林蔭大道」。十七年內，城市中百分之四十三的房屋被強制拆除，「有效地清理了貧民區」。（參考秦暉：〈城市化與貧民權利——近代各國都市下層社區變遷史〉）

中國的城市越來越具有視覺的美感：超大廣場、尖碑、花園、綠地；寬闊的、直線的道路；超豪華的商場；超奢侈的會所、洗浴中心；高度現代化的新城區、工業園、生態園，等等。即使一個中小型的縣城，我們也可以看到超型大道、超型廣場和各式各樣的園區，標準的現代「景觀」。彷彿有一隻如同奧斯曼那樣的巨手和直尺，在地形圖上按下去，「嗤」的一聲，於是，遇屋砸屋，逢橋拆橋，遇墓挖墓，即使是百年建築，剛蓋不到十年的小區或大樓，都必須清除，更不用說那些棚屋、非法居住地和「城中村」。至於那些生活在其中的居民，那些租不起更昂貴房子的「農民工」租戶，他們到哪裡去，則不是要考慮的問題。

二〇一一年一個轟動的新聞就是，某城市郊區一群養豬戶的非法居住地，在一夜之間被拆了。等到回鄉過年的農民來到他們的暫居地，已經是瓦礫遍地。他們的鍋、碗、桌椅，破爛的箱子、床、被褥，和他們其他不值得一提的財產都被埋在那瓦礫之下。真正讓人思考的不是被拆，這在中國是太過平常的「風景」，而是領導強大而又鎮靜的聲音，「政府無此義務，若安置、賠償，勢必後患無窮」。參考鳳凰網：http://house.ifeng.

com/news/detail_2011_02/16/4693747_0.shtml

二〇一〇年十月二十日，印度最高法院正式裁決，禁止政府基於各種決策，剝奪街頭小販的經營權利。為了順利舉行貢聯邦運動會，給英國人和世界一個美好的印象，印度政府下行政命令驅逐孟買大街上的小攤小販。小攤小販們把政府告上法庭，最後小販們勝訴。判決書說，「與人的自由行路權一樣，街頭攤販的謀生權利同樣需保障。小販們誠實經營的自由和尊嚴也不可剝奪。」（參考〈印度高院禁止政府驅逐小販：謀生權利不可剝奪〉，《新京報》二〇一〇年十月，http://news.qq.com/a/20101024/000028.htm）

第三章　南陽

你們要進窄門。因為引到滅亡，那門是寬的，路是大的，進去的人也多；引到永生，那門是窄的，路是小的，找著的人也少。

——《聖經．馬太福音》

葬禮

二〇一〇年十月十一日，梁庄的梁賢生在南陽去世。

火化之後，賢生十三歲的兒子抱著骨灰盒回到梁庄。賢生的兩個弟弟已經先回到梁庄，在村南頭的自留地挖好墓坑，棺材就停放在墓坑旁邊。沒有自家的宅基地，沒有屋子，沒有可以停放棺材的地方，賢生是孤魂野鬼了。賢生的肥胖的母親，我的二嬸，趴在棺材旁哭得死去活來。按說應該是賢生的老婆哭成那樣子的，可是既然二嬸哭成那樣子，賢生的老婆和賢生那一大群弟弟妹妹侄輩們反而顯得不夠傷心了。

梁庄所有人都明白二嬸為什麼哭得那麼傷心，因此也並不去拉她。二〇〇四年的春天，二嬸從南陽回來，住了十幾天，辦了一件事情：把老宅的房子賣了。賣完二嬸就後悔。那幾年，二嬸提起這件事就抹眼淚，埋怨自己沒材料[1]，把房子賣了，回家連個歇腳的地兒都沒了，將來死了棺材往哪兒放呀？當時，她還沒有想到自己的兒子會先她而去。現在，白髮人送黑髮人已經夠傷心了，而因為自己的愚蠢，讓兒子最後連個家都不能回，停在了野地。嘴拙內向的二嬸，怎能不哭呢？

周邊村莊已經有過好幾個這樣的例子。王村的老太，八十八歲去世。最後那一年，天天以淚洗面。她的兒子在安徽上班，常年不回來，兩個女兒在穰縣上班，她輪流在兒女家生活。村裡房子多年閒置。有一年，她就把房子賣了。老太太死後，是在野地找的地方。兒子、村人把野蒿砍砍，扎個木樁，搭個靈棚，棺材放在裡面。人們說，那場面非常淒涼，走在野蒿茬子上，把有些人的鞋都戳爛了。一群來弔唁的人站在野外，無處落腳。她的兒子對村裡人說，早知道是這樣，說啥也要在村莊再買塊地，蓋個房子，不為住，就為老太太百年之時能夠把棺材安置在屋裡。

幫忙的村人在賢生的墓坑旁邊打木樁，扎頂棚，把大塊的塑料布蒙在上面，臨時搭起一個靈棚，棺材放在裡面。又從村裡拉出長長的電線，掛上一百瓦的大燈泡。按照傳統的規矩，賢生的兒子、女兒跪在旁邊，來人鞠躬，兒子、女兒哭著答謝。賢生的兒子對眼前這煩瑣的程序一點兒都不了解，顯得很不耐煩，倒是他二十歲的女兒乖巧懂事，一一周到地跪謝，哭泣。因為年紀尚輕，也因為常年不在家，親戚疏離，再加上二嬸他們還要連夜趕回南陽，賢生的葬禮，沒有響器[2]，沒有報小廟大廟[3]，沒有身穿麻衣白布的孝子和親屬，淒涼得很。

酒席是在德義家辦的。德義和賢生兄弟同一個爺。二嬸一直坐在墳前，不吃不喝。下午四五點鐘的時候才在眾人的強拉硬拽下回到德義家。夜裡將近一點鐘，賢生下葬。賢生的大弟留在家裡，處理雜事，二嬸和賢生的弟妹侄甥又搭租來的大車回南陽。

人們都說，最早出去的，又最早回來。只是，回到梁庄的地下去了。

賢生是梁庄最早出去打工的人，是最早娶城裡媳婦的農村小子，是最早開著小汽車回來的人，也是最早把全家都帶出去的人。賢生是梁庄最早的出走神話的締造者。

賢生在梁庄的家，就在我家的左邊，兩家只有一道象徵性的矮牆隔開，彼此幹什麼都清清楚楚。賢生有個綽號，叫「達得洛夫」。一九八〇年代初期在農村流行一部武打電影叫《武林志》。主角叫東方旭，一個中國武師，他挑戰各國拳王，其中一個俄羅斯的拳王叫「達得洛夫」，長得非常雄壯，英俊。當然，最後他也被東方旭打敗了。這個電影我至少看了四遍，記住了「東方旭」，但是「達得洛夫」記得更清。因為我們的鄰居，二十歲的賢生，長得非常像他。不知道是誰先這樣叫他，就叫開了，從此以後，我們都叫他「達得洛夫」。

賢生一九八二年左右離開梁庄到南陽。那時候，我不到十歲。之後偶爾的見面都感覺像見神話人物一樣。賢生穿著一個黃色的軍大衣回來了，賢生帶著一個洋氣的城市姑娘回來了，賢生一家開著汽車回來了……賢生威風凜凜，我們充滿敬畏，不敢近身。倒是二叔、二嬸，一如往常地幹活、勞作。他的小妹梅花和我年齡最接近，我們非常要好，我每天都到他家去打水，在他家玩玻璃跳棋(是賢生從南陽帶回來的)，在他家和其他夥伴一起聊天。在我的印象中，他們家的日子相當不錯，有水井，軋麵機，各種家具，有三間正房，兩間偏房。然後，慢慢地，賢生的姊妹們離開村莊，先是老二，老三，接著是老四，再接著是梅花，賢仁，最後，二叔二嬸也離開了。等覺察到他們全家都離開村莊的時候，我已經師範畢業，在異地的一個鄉下小學教書。

梁庄所有人都在傳說，賢生發大財了。賢生開大型批發部；賢生辦出租車公司，擁有幾十輛小轎車；賢生是黑社會頭子，黑白兩道統吃；賢生的兄弟姊妹都在南陽買了房買了車……圍繞著賢生的一切無比神祕，又栩栩如生，唯妙唯肖，在我腦海中扎下牢牢的根鬚。

一九九四年，我在南陽讀書。有一天，我在大街上走，是從南陽到穰縣的那條路上，我準備乘公共汽車回穰縣。一輛三輪車突然迎面而來，在我面前停了下來，也許以為是我要搭車。我一看，嚇了一跳，簡直有點喘不過氣來，那拉車的人竟然是賢生的大弟弟賢義！他騎著一輛寒酸的、破舊的人力三輪車在拉人，這怎麼可能？並且臉上還有一道黑的油灰。我不敢相信自己的眼睛。我對那黑色的油灰記得特別清楚——斜著從左臉下半部滑過去，前面色很重，後面很輕，是無意間掃上去的——因為它讓我證實了他的確就是傳說中已經全家發大財的賢生的弟弟。我們非常奇怪而陌生地打了個招呼，然後就分手了。陌生而茫然，幾乎可以說是冷冰冰的。要知道，我們是最近的鄰居啊，整個童年少年天天都要見面。我到現在還弄不明白當時各自的心態。

這麼多年過去，在準備去南陽了解賢生家的城市生活之前，我也從來沒有認真回憶那一場景。回到梁庄，我聽到的傳說仍然是賢生家發財的故事，我沒有把我在南陽遇到的情況給大家講，從來沒有，村裡去南陽找過他們兄弟的人回來也沒有講過。後來，有一年，我在村口碰到二嬸，當時她已經嚴重發胖，她正在路邊歇腳，喘著大氣，旁邊放著滿滿一籃白色的、晶瑩剔透的雞蛋，我當時的感覺是，二嬸家真的很有錢啊。我的記憶把和賢義的那次相遇過濾掉了，留下的仍然是賢生出走、全家發財的神話。

也許，我一直在小心翼翼地保護這個神話，我擔心這個神話被打破。在一九八〇年代中後期，有關賢生和賢生家的神話是梁庄的希望，是梁庄對外部世界想像的最遠邊界。

房檐滴水窩窩照

二〇一一年七月二十八日，我們從穰縣出發到南陽去找賢生一家。

路還沒走過一半，賢生的大妹梅蘭就打來好幾個電話，問到哪兒了，說是早晨八點就在秀蘭嫂子那兒等著了。上午十點多鐘，沿著梅蘭指示的路線，我們從南陽武侯祠前面的路口開始向右轉，再向右，不知轉了多少個彎，終於到了一個菜市場的路口。梅蘭站在那裡。這是賢生在南陽的家，南陽市郊的一個城中村。

梅蘭，我印象中是二十歲左右的她，苗條，秀麗，一頭自來捲髮。她離開梁庄之後，我從來沒有見過她。她非常瘦，顯得有些憔悴，臉的左部可能做過手術，左臉頰下部完全凹陷下去。彼此相見，大家一陣相互感嘆和驚叫，梅蘭帶我們往村裡走。道路狹窄（這是許多城中村的共同特點）、彎曲，早年的規劃在各家長達十幾年的私搭過程中變得模糊不清，房子是一家一戶的獨門院子，但是，卻形狀不一，一層堅固，二層、三層潦草、簡單，很多家外面都有一個簡易的外掛式鐵架樓梯。

一個身軀龐大的老年婦女正坐在門口的一個小凳子上洗衣服。看見我們的車進來，手從滿盆的白沫中拿出，甩了甩，又在白短褂上使勁擦了擦，艱難地站起來，朝我們的方向笑。是二嬸，我已經又將近十年沒有見她了。二嬸更胖了，腳浮腫得厲害，腳上的黑色圓頭厚底涼鞋被粗壯的腿壓得扁平。二嬸嘴巴張著，看著我們笑，說不出話來。我們五個人從車裡下來，車門關上，她還在往裡面看。等了一會兒，終於忍不住問，「咋你爹沒來？」我們愣了一會兒，哈哈大笑起來，把老頭兒給忘了。人家和二嬸是老革命老夥伴，也有多年的話要敘。

賢生的老婆，秀蘭嫂子，非常熱情地把我們往家裡迎。她還是長髮（那一頭披肩長髮在當年給梁庄留下了極其深刻的印象），隨便束了起來，胖了，原來的長圓臉寬了些，眼神、表情都表示出她非常健談，並且急於給我們留下好印象。

院子裡非常暗，沒有一絲光。正屋亮著燈（這是上午將近十一點鐘，外面是煌煌烈日），陰沉潮濕。賢生放大了的遺像掛在側牆上。正屋兩邊各一個房間。右邊裡間也開著燈，秀蘭嫂子把我們引進去。同樣是一間完全封閉的房間，有一個小窗戶，卻是堵死的。沒有任何通風的設施。她的兒子在房間的角落裡打電腦遊戲，我們進去的時候，秀蘭嫂子讓他給我們打招呼，他扭過臉來。和她的媽媽極像，臉色蒼白，戴著牙箍。他一語不發，轉身去打遊戲，再也沒有抬起身，直到我們出去吃飯。

從院子到這三間房裡，整個空間完全封閉，沒有任何光，任何空氣，黑洞洞的，再加上無處不在的賢生的黑白相片，讓人無比壓抑。

剛坐下不久，梅香也來了。她在開出租車，聽說我們到了，把客人送到地方，放了空車就回來了。梅香一點也沒變。胖胖的，笑咪咪的，粗聲大調。賢生的大弟賢義也來了，他現在是算命先兒！二嬸已經開始眼淚汪汪地說起賣房的事，在那幾天裡，她說了無數次，先是嘆氣，接著說，都怨我沒材料，光想著賣房，沒想著老了咋辦……話沒說完，眼淚就開始往外湧。言語之中，她的悲傷和悔恨還不只是死後沒有落棺之地，可能也與她這樣輪流住兒子們家的不自在有一定關係。

賢生是這家的老大，主心骨，是一個個把姊妹們拉扯到城裡的功臣，在這一過程中，秀蘭嫂子也功不可沒。因此，身為城裡人的秀蘭嫂子在言談之中，總不忘強調自己為這個家所做出的貢獻。

媽啊，哪發財了？聽誰說的？才開始認識梁賢生，那真叫窮啊！他來南陽，是因為他小叔，當兵轉業回來在南陽一個廠裡當個保衛科科長，就把他叫來。他小嬸嫌他們家窮，就不讓他去家裡。那還是俺們倆才認識的時候，估計是賢生想著叫我知道他也有一門好親戚吧，把我帶到小叔那兒了。和他小嬸在廚房擇菜時，她悄悄對我說，這一家窮得很，你可想好啊。當時，俺倆還沒有定下來呢，她這樣說，就不怕賢生說不來老婆。這麼多年，俺們就去過一次，吃過一次飯。小叔還行，小嬸可勢利得很，穰縣來的窮親戚，根本不讓去。

賢生是在床上躺著突然就腦溢血了，不會動了。二〇〇八年十月三號，晚上。他好喝酒，好朋友，為這個家操心太多，傷住身體了。

當年賢生在工藝廠上班，一個月二十幾塊錢，還不夠吃飯。年下[4]到我家走親戚，俺倆去買東西，我說我掏吧，他就讓我掏了，也不讓一下。原來是他口袋沒一分錢。他自己倒騰個小生意，賣服裝，賣文具，啥都幹過，不行。

一九八八年四月二十二號，玻璃店開業，是從別人那裡接手的，屬於廠裡的。承包這個店，連給廠長送禮的錢都沒有，我記得可清，是到小賣部賒的東西。賢生去送禮，可作難了。請人家吃飯，也是賒的帳。從這兒站住腳了。玻璃店主要裝飾配件，板畫，大匾，店面可大，幾百平米，五六個營業員（當時稱「待業青年店」），生意最好時開過兩個分店。

這房子是一九八七年蓋的，當時就掙了六千多塊錢，全部花完，還借俺媽一些錢，才蓋起來的。你二叔連一分錢也沒有，還光向他要錢，啥事都要錢，買個化肥都得來南陽要錢。

跟著你二叔就得癌症，一九九一年得癌症，一檢查就是晚期。就來南陽住著，住在這間房裡，秀麗，就是賢義老婆，她和賢義住在左邊那間，秀麗照顧他。俺們幾個都在玻璃店住著。

這個店為啥賺不住錢？開始都是一無所有，後來掙點錢，家裡一起起的事，一個個姊妹們接著來。來了之後，吃喝不說，要說老婆，要出嫁，要蓋房，都是事兒，店裡掙的錢統統都是顧這些事了。只覺得姊妹們都到南陽市了，要相互照顧。為姊妹們的事兒，成天和人家喝酒，沒有一天不醉的，說他了，他還罵我，「你說，咱孤身一人，不靠喝酒，靠啥撐起來。」

賢義一九九〇年在梁庄結的婚，俺們把錢給老掌櫃[5]，讓他在家裡操辦。俺們在這兒把親戚喊上，租個大巴車，還弄個小車，排排場場地回去了。賢生說咱們結婚時沒有排場，讓賢義結婚排場一下。回來後他們倆就住在俺們房子西頭，爹在東頭我們現在住的房間裡，俺們住在店裡。一九九三年四月二十二號賢義們才搬走，住了三年多。賢義生娃兒請客，最後，我把禮單、錢都給秀麗，想著她人生就這一回。

這些年，姊妹們來來去去，就不斷線。只要姊妹們都來南陽，過哩好就行，沒想著啥。賢仁訂婚時都沒給我們說，他生他哥的氣，認為俺們不管他。他一九九七年結哩婚，是在賢義那兒結的。你二嬸不願意了，哭著說他哥不管他了。你看，稍微不管一下都不行。

梅香來估計都是一九九一年了，也在店裡幹。當時房子漲價，生意不是太好了，別的地方也都開類似的店。我們又開了幾個小店。不管賺錢多少，不敢有事。緊接著賢義蓋房。又把梅香打發（結婚）了。俺們這邊開去倆車，浩浩蕩蕩過去了，看著也排場。

你賢生哥好玩車，就又買個車，自己出去跑車。給人家當司機，還跑長途，也可累，不過，那時候幹這個的少，也掙了一點錢。接著，又買了一輛好的。後來倆都賣了，一個賣一千塊，一個賣兩萬多。

原來那家玻璃店倒閉之後，在東關又開了玻璃店，賢仁在照顧，後來也不行，就徹底關了。後來，又去搞裝修，給人家幹活，和主家鬧矛盾，他那脾氣，說不幹就不幹了，又賠人家錢。這都到一九九七年了。店沒了，車沒了，掙到最後啥也沒有。後來就又回到廠裡幹個事兒，也算是個領導。

房檐滴水窩窩照。俺們咋做的，你們都看見了。俺們要是不好了，他們也自然而然會學會。現在賢生不在了，我把他媽接過來，有人都說，賢生都死了，你還伺候她幹啥？咱想著，賢生死了，咱還是兒媳婦。她也胖，啥也幹不了，都是端吃端喝。前段時間還聚會呢。賢義說，走啊，到俺們家聚會。在賢義家裡做的飯。姊妹們在一塊兒說說笑笑，也高興哩很。

其實許多時候，生活就在我們身邊，只是，我們從來不願正視它。這就是賢生哥的生活，那在梁庄流傳了三十年的神話輕輕一戳，就破了。他差點就發財了，但是龐大的姊妹是他不可逃避的負擔，就像梁庄是他長長的陰影一樣；他在這樣封閉的房子裡住了二十五年，這到處散發著死亡氣息的房子，不死也只剩下半條命；他的小嬸始終不和他來往，因為他還是梁庄的窮親戚；他也沒有辦出租車公司，只是買過一輛車，自己還是司機；他更不是黑社會頭子，但卻依靠喝酒、仗義去開拓他在陌生城市的局面；他並不滿意自己的老婆，因為她對他的姊妹們並沒有百分之百好，很多矛盾因她而起，但最終，還是他老婆不離不棄伺候他，陪他走過生命的終點。

梅蘭是最早跟著賢生來南陽的——

那時候真是窮得很啊，我和大哥是先後來南陽的。春秋衣裳，就一條褲子，晚上洗洗，白天不管乾不乾，都得穿。在新華眼鏡廠上班，現在已經不存在了。發第一月工資，我哥給我買一個新衣服。一個月工資二十一塊錢，憑購糧票生活，東西便宜，只是夠當時維持生活。買個日常用品都沒錢，錢交給我哥，我哥做飯，我下班回來吃飯洗碗，所以我們感情深。

後來能攢點錢，回梁庄時，割點兒肉，買點水果，扯塊布，那麼遠，帶回去。我在眼鏡廠幹有一年，你四叔找關係，把我和賢生哥的户口弄過來，算是南陽人了。要是臨時工，肯定説不來好婆家。一九八四年，經別人介紹，認識了你那位老大哥，是國營工，過去女孩子們找老公，要找國營工，有房子。他們家在老城區，有房子，雖然小，但也有住的地方，解決了自己的住房問題。你老大哥很好，會做飯，做家務，也不愛出去胡玩，現在天工集團，是個技術員。一九八五年我結婚，我記得可清，那天坐的是北京吉普，後面跟兩個幸福牌摩托。

在眼鏡廠幹了十年，廠倒閉了才到居委會的。我當時被市裡評為「先進青年」、「市勞模」，我那時候的證書很多，有一箱子。當時叫我當廠長，我不當，那時候貸款太多，誰有本事當那個破家啊？

粗枝大葉的梅香，連自己哪一年到南陽的都記不清——

我好像是一九九一年來的南陽，忘了。來一直就在哥家，做飯，接送曼曼上學，一九九四年結婚。都是大哥一手辦的。你那個老大哥是南陽邊的，也是鄉下，就是離南陽近些。也是窮得很，去了啥也沒有。我記得閨女滿月時，二哥開著偏三輪去接我挪窩。偏三輪能拉貨，多用。開著那個偏三輪，還回過梁庄，回過還不止一次。俺們結婚後，先開飯店，沒開成，然後賣菜，也沒賣多長時間。後來，又賣塑料用品，到處打游擊，幹過的活多得很。剛好又認識三輪廠的人，就賒一個三輪車。給人家一半的錢，那時候四千多塊錢。三輪開有十來年，才開始不掛牌子，一九九六年開始要掛牌，只有城市户口，才給辦各種證件，駕駛證，營運證，行車證。沒有城市户口不讓開車。俺們就打游擊，一會兒被抓了，一會兒要逃，天天提心吊膽。

我成天説，咋農村户口恁倒楣，開個三輪都要抓。後來看不是辦法，就拿梅蘭姐的户口辦一個證。錢一交，手續都辦出來，還得找熟人，還是賢生哥找哩熟人，最後才算順利開起三輪。後來看三輪車不行，都是出租車了，你還在開三輪，累得不行，賺錢也不多。二〇〇八年我下決心去考個汽車駕證，二〇〇八年底開始開出租車，我和小孩的爸輪流開。我自己的車，一天就沒有閒的時候。捨不得，都是錢。

這幾個姊妹中，梅花的日子過得最不好，她的相貌變化也很大。原來的圓臉變成了瘦長臉，身體卻有些肥胖，是一個常年辛勞、還在為基本的生活而操心的疲憊的女人。她的家離南陽有三十里地。她在離賢義村子不遠處的村莊租了一間房，每天和丈夫開著大一點的三輪車，賣菜賣水果，什麼時令蔬菜、水果下來賣什麼，沒有固定攤位。在南陽，她沒有自己的房子，她的一雙兒女留在老家，跟著爺爺奶奶。

這個家庭最小的兒子賢仁剛從吳鎮回來。他在吳鎮的超市租一個專櫃，專賣皮鞋。賢仁在穰縣七個鄉鎮都設有專櫃。生意不錯，他也並不忙，開著他的麵包車，進貨送貨，順便在各個店巡視，月末和超市結帳。賢仁穿的白T恤、短褲和皮鞋，都明顯是品牌貨。

說起當年他來南陽，賢仁對大哥賢生也略有不滿，「反正跟著他們，沒有賺一分錢，出來自己幹，才開始掙錢。」他十五歲就到南陽，一直在賢生的店裡幫忙，只幹活不給錢。二十歲以後，開始對這一狀況不滿，和大哥大嫂發生了嚴重衝突。賢仁結婚，沒有告訴他們的大哥，新娘接在二哥家裡。為這件事，二嬸心裡生氣好多年。但在後來的談話中，發覺他們更多的是對大嫂有些不滿，「說得可好，實際不行」。在都成家立業之後，兄弟之間又和解了，相互之間也有許多祕密共享。

算命者

賢義是一個算命先兒！我怎麼也不能相信。

他戴著茶色眼鏡，一直微笑著，手裡拿著一串念珠，無論是說話，吃飯，走路，都默默地用手轉著，眉宇間有一種很安靜的氣息。我很好奇，覺得他有點裝腔作勢，故作高深，但那種恬淡的神情又是裝不出來。

沒想到賢義如此健談，如此打開。他一手轉著佛珠，一邊很專心地給我講他這些年的經歷。

為什麼初中沒上成？一九八二年，我爺我伯我奶在一年裡死了，那時候連個棺材都買不起。用別人的棺材，一年給人家一百斤麥，作為抵償。把那個棺材賒來之後，三年之後還不起，人家要上房溜瓦。我就輟學在家，一年之內把農活都學會完，炕煙，打麥，揚麥，打藥，農村的技術活和種地常識全會。賢生哥來南陽兩年多之後，有點門路，就把我叫過來。

一九八四年下半年我去南陽，那時候賢生哥在新華公社後街賣服裝。我想去四叔的廠裡上班，沒上成，就開始打工，跟著賢生哥賣半年服裝，也沒賺住錢。當時條件很差，賃的房是草房，叫「國景房」，還不如農村房子。

一九八六我在二膠廠上班，一天一塊七，工頭抽走四毛錢。幹了四個月，用攢的錢買了一個飛鷹牌自行車，騎著回家過年了，楞杈[6]去了。黑色的，二八加重，帶鎖一百五十三塊錢，那時候錢不夠，梅蘭姐又給我加了二十塊錢。一個小時騎三十里，騎了六個小時到梁庄。我很驕傲，很幸福，那天可冷，但是不覺得冷，心裡只顧著高興，自己買的車。咱回家見人都發菸，我發的白河橋，二毛三一盒，家裡都吸的湍河橋，一毛錢一盒。假充殼哩，其實根本都吸不起白河橋，都是虛榮心。

在二膠廠幹的大事是偷偷做個床。師傅們把剩下的邊角廢料，鋼管啊啥的都給我，但是不敢往外拿，是公家東西。我給看大門的說說，給他一盒菸，他說你第二早上五點多來，我去上廁所。拿出來之後自己做個鋼管床。我現在睡的床還是那個床。我買了兩條美味白包菸，給師傅，表示感謝。四毛五一盒。那倆師傅很誠實，說我只是幫忙，菸我可以要，錢得給你。最後一人又還給我四塊錢。並說，以後有啥事我們都幫忙。

騎著自行車又回南陽以後，打工還不行。一九八七年下半年，開始賣滷肉。夏天，早晨五點左右起床，去冷庫扒豬頭，得仔細挑，看哪個破開後出肉多，不然就賺不了錢。回來後，吃過早飯，洗，刮，用刀破豬頭，水燒開，再放進去，煮兩小時。十一點多熟了，開始推著三輪車去賣，三輪車還是借的。一般賣不完，到下午兩點多再開始賣。有時賣到五點多賣完，有時賣到八九點，有時夜裡十一點還沒有賣完，就在人家啤酒櫃旁邊一直等著，等到賣不動了。一天大致能賺得夠吃，賢生哥一家那時也沒錢，見天等著我這豬頭肉錢，買饃買菜。

那不是人過的日子。稅務局天天抓人，不知道從哪兒出來，開著車往你面前一站，跑都跑不開，逮住你叫你交一個月的錢，我嚇得把三輪車扔了就跑了，渾身發抖，你想，一個鄉下孩子，誰見過那陣勢，怕得要死。我賣東西是老老實實的賣，旁邊有兩個，是城裡的，會坑秤，要一斤，給八兩。我都給人家夠，慢慢地顧客都來我這兒買。他們就生氣，偷偷軋我輪胎。我每天都是推著車子回來的，因為胎每天都被扎，我見天補輪胎。最後根本幹不成了，那幾個人天天候著我，瞪著我，不知道想啥壞點子，我就不敢去了。那時候就想，一個鄉下人在城裡混真不容易，做啥都挺難，尤其是做個老實人。

到春節沒事幹，我就在新華東路，老新華電影院對面，賣對聯，自己寫的，賣了兩天，掙了七十多塊錢，我的字寫得不好，但是就是工整，農民能看懂。旁邊有個省書法協會的人，他寫的是行草字，龍飛鳳舞，可好，就是大家看不懂。我就寫楷書，鄉裡農村來的都買我的，主要是能看懂。我花六十塊錢買了一件黃大衣，又高高興興回家過年去了。那時候回梁庄，純是楞杈，炫耀，在這兒混得不咋樣，但是回梁庄得裝蒜。

我是下學以後才開始練字，在家幹活時，炕煙、下地，晚上回來都練。練字是因為無聊，是打發自己的空閒時間。我也不愛出去喝酒交際，覺得在家練練字，看看書，心裡安靜。天天練，來南陽後，除非特別忙，我也天天練。

過了春節以後，一直沒幹成啥。又開始賣服裝，因為沒本錢，只好代銷別人的服裝，先拿貨，賣完再給人家錢。南陽火車站旁邊有個大糞廠，大糞廠旁邊有幾間石棉瓦房，四處漏風，屋裡和外面一樣冷，我就住在那裡面。早晨起來啥也捨不得吃，給鄰居說，你見天幫我捎壺開水。那旁邊有一個大茶爐，我早出晚歸，跟不上提水。人家好心，就幫我提了。晚上回來我買倆饃，茶一泡就吃。

就這，也從來沒想著回家，沒有想著不行了回梁庄，想著來了就要扎根。

一九八八年四月二十號，賢生哥把工藝廠青年商店承包了，我就去給賢生哥打工。生意很好做，賢生哥外向，我內向，他把工商城管照顧住，我能把商店的帳管好，跑業務，店的生意越來越好。到了一九九〇年，生意做得相當不錯。我自己還寫過日記，大致意思是，咱農村人到城市來了，城市人有的，咱農村人也有了，城市人沒有的，咱也有了。很驕傲，很自豪，農村人自强自立，照樣什麼都有。那幾年回家，開著三輪摩托，坐好幾個人，一路開回去，舒心得很。

我是一九九〇年結的婚，我跟著賢生哥幹到一九九三年。一九九三年開始開三輪車，開了一年多，後來叫你嫂子開。一九九三年以後，有了孩子，想得多了。哥對我很好，但是經濟上咱掌握不了，一個月只管吃管住，自己想發財也不行。分開時，我哥給我幾千塊錢。我心裡有點不高興，不過也沒說出來。親情當中，我絕對不從中撈一分錢，那幾年，就問你賢生哥要過二十八塊錢，郵到上海市書法學院，人家給寄資料，學書法。分開後，我就自己出去打工。一九九四年，一個朋友介紹的活兒，安裝鋁合金窗户，包工不包料，一平米十塊錢。幹有一年，這個賺住錢了，一年賺了一萬塊錢，加上我哥給的錢，一九九五年四月蓋的房子。蓋的房子花了兩萬多一點。

剛好一段，一九九八年惡運來了。我房子被小孩的舅抵押，貸了六萬錢，把房子抵了十來多萬。他做生意失敗，還不了款，法院來執行，把我的房子封了，要拍賣，賣六萬。房子賣了，我們一家住哪兒啊？我就在門口搭個塑料棚，住在棚子裡，天天看著房子，誰要來，我是非拼命不可。娃兒跟著他媽住在舅家。後來，法院裡面有一個人認識小孩的舅，就對我說，你拿來五萬塊錢，我把房產證給你。我又到處借錢，借了五萬塊錢，把房產證又了拿回來。

我們倆出去打工。我在南陽市基建公司，一天二十塊錢。從早晨七天多，到晚上七點多，中間就只有半個小時吃飯時間。你嫂子出去刷油漆，啥出力活都幹過。幹了三年，省吃儉用，把錢還完。基本上都是滿勤，一個月一千兩百塊錢，我倆也為此生氣，但從來不吵。你嫂子是個好人，脾氣好，人也好，你二叔得胃癌最後半年，幾乎都是她一個人伺候的。後來，我的身體吃不消，在工地上幹不成，胃也不好，最後發現血壓高，不敢上工地。就不幹了。

把啥罪都受了，身體也不行了，沒辦法了，開始正式學《易經》。

如此算命先兒，他讓我們想到什麼呢？一個黑瘦的、戴著黑色瓜皮帽的、雙手像枯柴一樣的帶著不祥的巫氣的老頭兒的形象，一個古老的、民間的、幾乎被現代生活完全否定的形象和職業。這也是我在一想到賢義是算命者之後出於本能對賢義的定位。眼前的賢義，開朗，文雅，健談，含蓄，完全知識分子的形象和派頭。只有他手腕上戴的佛珠和他有規律的轉動數數洩露了天機。

一個農村青年追求現代夢來到城市，結果卻在現代化的都市裡操持了最古老最具傳統色彩的職業，且獲得了一定的生存空間。這真的讓人充滿好奇。

賢義的家在南陽臥龍崗不遠處的一個村莊。這是一個很普通的院子，不同的是外面牆上貼的自製廣告。一個白色長方形小鐵皮上印著三行藍顏色的字，下面留有電話號碼：

預測生命運程　科學起名改名
神祕開光放置　測字擇好問事
演算合婚宜忌　觀測陰陽宅地

院門上的紅色對聯是：

因心是恩知恩留恩莫要忘恩
人言為信誠信守信不能失信
阿彌陀佛

正對著大門的是廚房和通向二樓的樓梯，樓梯的拐角處擺著一些花，月季、指甲花、小繡球等等之類家常的花，因為雨水充足，花開得非常旺盛，粉紅嫩白的，把院子襯得非常活潑，有生機。一個方方正正的院子，石灰泥地，打掃得很乾淨。從院子看往屋裡，亮亮堂堂。整個院落樸素、明亮，是一種踏實的、完整的家庭生活氛圍，和賢生家的陰暗、封閉完全不一樣。院子裡的機械水泵、大水缸、山牆上，都貼著「水如清泉」、「法雨滋潤」、「福禧禎祥」之類的話。

正屋客廳內的布置更是別具特色。正牆正中央是一幅巨大的帶對聯的毛澤東像，用金色的相框裝裱，對聯是：

東風浩蕩氣象新
紅日東升山河壯

毛澤東像的四周散發著金色的光芒，頭頂上寫著三個大字，「紅太陽」，臉也是金色的，整幅圖金光閃閃的。毛澤東像的上面掛著一個要比它小得多的相框，裡面是一幅畫像：釋迦牟尼站在蓮花座上，兩邊各一個菩薩護法，三個人頭頂上都有金色的光圈。相框的兩邊是四個和相框一樣大小的字，用普通的紅紙寫成：「佛 光 普 照」。毛澤東像兩邊分別是三幅像屏風一樣長的條幅，黑細框淡藍邊白紙黑字，寫著自我勉勵的話和佛教偈語，六幅滿滿的，多種話語混合在一起，很清雅。兩邊最外又是一幅對聯：

正清和善德慧福
心靜順意有圓滿

正牆下面的長櫃子上，毛澤東像的正下方，並列擺放著幾個塑像：黑紅臉的祖師爺，拿柳枝淨瓶的菩薩，圓臉團笑的財神爺，紅臉長鬚的關雲長。前面是一個香爐，香爐裡的香還在裊裊生煙，香爐腳下散放著一些五十、二十、一百的人民幣。櫃子左邊，放著賢義的名片，名片上寫著「善事多做，德心永存」，還有嶄新的線裝本的《弟子規》、《道德經》、《金剛般若波羅密經》、《淨土五經》等。櫃子正前方的地面上，擺放著一個黃色的蒲團。

正屋右邊的牆上貼著滿滿兩排獎狀，全是賢義兒子國品上學得的獎狀，演講獎，三好學生獎，學習優勝獎，競賽獎。這還是梁庄的習慣，孩子得的獎狀，全部貼在正屋，讓外人看到，也讓孩子有榮譽感。

裡屋靠牆擺著他的鋼管床，幾個鋼管焊接而成的一個大床，非常簡陋。靠窗的桌子上放著毛筆、硯台和豎立的筆架，已經落滿了灰塵。最鮮明的是他床頭的那幅白底紅字的太極八卦圖，陰陽圖下面是兩行紅字：

陰陽平衡之謂道　祛病消災真奇妙

整個房間基本上是一種混搭風格，政治的、宗教的、巫術的、世俗的，有些不協調。按通常的理解，它有點神神道道的，思路不清，可以說是亂七八糟。賢義給我們倒水，所用的茶壺、茶杯上都刻有佛家偈語，房間一角

南陽算命者的正屋

的電腦裡，也播放著梵語的頌經聲。這房間的一器一具他都刻意渲染一種神祕的氛圍。但是，賢義是如此的坦然，他的神情是如此的明朗、開放，他對他的貧窮生活如此的淡然，他對事情的獨特的超然理解，又使得這幾種相互衝突的事物融洽地相處在一起。

前幾天講了，那些年我幹了不下一二十種活兒，啥罪都受過。最後身體也垮了。沒辦法，開始學《易經》。其實這些年我一直在看，學《易經》，學生命預測，二〇〇一年開始正式學。全是自學。每天，我在家練字，研究，誦讀，我發現誦讀能夠幫助理解。我做了很多讀書筆記，自己學著畫圖，琢磨，慢慢有些收穫。《易經》太精深了，我學這十來年，只是學了一點點皮毛，但是，對老祖先這方面的知識、體系有大致了解，天干地支陰陽，命名學，命運測算，占卜，也多少懂點。慢慢大家都知道我了，就有人來找我。我一直在家裡，沒有上街擺攤。也收費，誰有錢，給一點，沒錢免費看。現在溫飽問題已經解決，反正也餓不死。這幾年起的名字就不下幾千個，光咱們梁庄人就起了多少名，你哥們生娃兒，生完都給我打電話，我給他起哩名。我起完都忘。有當官的來找，開著小汽車來請我，去到辦公室給他們看桌子、椅子的擺位，都說我看得準，說得有道理。我是誰來都行，不因為你是當官的就格外對你好。不過，有些當官的確實信這個。

當官的主要是來算官運，算自己能當多大官，窮人來算命大部分是因為窮，遇到難事，冤屈，走不過去那個坎。

四、五年前，一個婦女，農村的，丈夫死後，到我那兒算字。她寫個「難」，叫我測，我說哩很準。我說，你這是遇到災難了，骨肉分離，她當時就哭。說這是我們當家的死時給我留的字。我就一直從心理上安慰她。我說你們感情肯定好得很，有「難」才有擔當，丈夫死了，你的孩子還需要你，你自己也得好好活，活好了才有意義，丈夫死了，自己就不起來了，他走了也不安生。農村男的死了婦女都可憐。半年以後，她給我打電話，說想死。說在村裡雇人幹活，村裡人，連婆家人都風言風語，感覺活不下去。我在電話裡一直勸她，打有四十多分鐘。我一直說到她說我不再死了，我要好好活著。這是具有代表性的事情。我自始至終沒有要她錢，只要對得起自己良心都行。

其實我主要就是和人家聊天溝通，有點像心理學。心理疏通，再結合具體的命相。我從來不唬人，說算命咋樣咋樣。算命不都是迷信，是真有道理，是「數」，有規律的，大致宇宙運行，小至一户一宅的建造。外國不是有星象學嗎？你學老祖先的這方面知識多了，就發現，它們是一個道理。不過，就是有道理，也是你信則有，不信則無。現在真信的人也少得很，只聽結果，不問過程。再加上我自己其實也沒有吃透。我這些年吃虧吃在學的東西太少了，如果我高中畢業，肯定不是現在這個樣子。有些東西硬是看不懂，悟不透。我不想靠這個賺錢，實在是沒辦法。按我的想法，我的生活要是過得去，我就專門搞研究。

我現在開始學佛信佛，學著唸「阿彌陀佛」，聽佛教的歌，天天高興，學著高興。春節替人家寫對聯，開個光，人家高高興興走了，我也可高興。你看，《金剛經》說得多好，我給你唸唸，「如是滅度無量無數無邊眾生。實無眾生得滅度者。何以故。須菩提。若菩薩有我相。人相。眾生相。壽者相。即非菩薩。」這是啥意思呢？就是說佛度了無數的眾生，但心裡沒想著我救了哪個人，若是想了這些，就不是真菩薩了。這是一種胸襟，非常謙虛，咱做不到。「若菩薩不住相布施，其福德不可思量。」金剛經說什麼呢？就是老老實實做人，吃飯穿衣睡覺，做人要通，不要老想著自己對人咋樣，別人對我咋樣，這樣，就是福德無量。

到現在，我反而把錢看得很淡，每個人不是只為家裡服務，你到這個社會，是為社會服務，你得有一顆服務心，只有利人，才能利已。所以錢真的不算啥，除了為生活所迫。我現在心態就是這樣，給別人說說話，把自己的理解講給別人，確實能給別人帶來一些益處，我就高興。

咱們穰縣有個大學畢業生，還是重點大學畢業的，不知道從哪兒知道我，就來找我，他在學校還學過心理學。他說自己在社會上遭遇到不公平事，怨恨社會，怨恨人，一直沒找到好工作。感覺精神上有點問題。我給他說，人生就是一場修行，你為啥不滿？你看到大家的不完滿，其實，這正是你要面對的。你不能光想著怨社會，不論哪個社會，都不是完美的，都有毛病，不能光怨，越怨越是啥也做不好。你得想自己能做點啥？沒做到啥？你去面試，你準備好了沒有？你要是準備好了，啥都很好，別人還不要你，那是他的損失。你到別處再來。肯定會走過這一難的。我給講了兩個小時。他高高興興走了。這幾天還在給我打電話，感覺開朗了一些。

賢義特別願意說，願意把自己的精神體驗和生活軌跡分享出來。他似乎沒有看到我們獵奇的和微微輕視的眼光，我們想看什麼，他都非常認真地給我們看，並且認真地講解。講解他寫的對聯，條幅裡的字，給我們演示他如何敲木魚念「阿彌陀佛」，教我們唱佛教的歌。講到激動時，又拿起《金剛經》給我們讀並且進行一番解讀，他的解讀並非是一種佛法式的解釋，而加入一些務實的和世俗的東西，這可能不太符合佛教的「不住相布施」，但是他的語氣非常平和，眉宇間有某種安靜、超脫的氣質。這一安靜讓我很迷惑，彷佛這裡面隱藏著遙遠的過去和歷史的信息。這是賢義的信仰、生活方式，是他對生活的某種古典式的理解所帶給他的。

在我們說話的過程中，他的兄弟賢仁一直斜睨著他的哥哥，略帶嘲諷的表情，遮掩著他內心對哥哥這一生活方式的嚴重不屑。當賢義念「阿彌陀佛」的時候，賢仁把臉別了過去，他似乎有點臉紅。說實話，我也只是盡力遮掩著我的獵奇之心和强烈的怪異之感，以一種看起來嚴肅的態度傾聽賢義所做的一切。在心底深處，我是帶著一種嘲諷，還有模糊的輕視來看賢義的。他的伯父曾經是一個算命者，就是我前面所說的黑瘦形象，他在村裡的名聲並不好。村莊的人都認為他是唬人的，封建迷信的那一套。他的伯父也始終保持著某種神祕，不讓我們這些孩子接近。

賢義的兒子，成績優良的高中生，倒是沒有任何羞恥感。他把父親所有的一切都拿出來，讓我看，我讓他給父親的日記、讀書筆記和算命器具拍照。他搬個小凳子到院子裡，一張張地擺，一張張地拍。完全是一種積極學習的、外向的、健康的心態。賢義和兒子的關係非常好，很得意地講自己到兒子學校裡面參加家長會的情形。因為兒子是優秀生，賢義被作為學生家長代表上去發言，他上去給大家先鞠了一躬，然後，大講小孩的心理和人生的理念。一下子震住了大家。都說有這樣開明的家長，怪不得兒子的學習品德這麼好。

賢義的小家庭溫暖、健康。言談舉止、態度，都呈現出一種開放性和光明性。相反，他的姊妹們，尤其是和賢義的神情及與生活的理解相比，卻似乎少了一重空間，一重光亮的、開闊的空間。他的姐姐梅蘭，十九歲就從農村來到城市，成為一名工人，還差點當上廠長，不知為何，以我突然和她接觸的直覺，她身上似乎有某種奇怪的麻木，沒有未來，沒有更高價值，只有現在，只看到她自己的生活，除此之外，則沒有她關注的事物。還有秀蘭嫂子，似乎外部世界的變遷與她都無任何關係。

這一切或許與農民身分無關，而與人的自我意識和社會意識的狹窄有關。

傳統

那幾天，我也看到了工作時的賢義。街邊一家香火店，經常請賢義去給一些佛像、飾品開光。坐在大大小小的佛像中，賢義看起來更加消瘦，給人的感覺乾淨，清爽，不事張揚。他坐在

店裡的沙發上，幫買家請神像，為那些小飾品念經、念咒，眼睛微閉，念念有詞。有一種讓人不好意思的肅穆，這種肅穆在我們的日常生活中太陌生了。

我和他一起去顧主那裡，看他如何給人家算命、看宅子。認真勘探過房間方位和房內布置，問明生辰八字後，賢義開始運算，一會兒閉目掐指，詢問顧主，一會兒又用筆計算，一些符號不斷出現在他的小本子上。他非常嚴肅、認真，旁觀的幾個人都不自覺地進入到某種氛圍之中。我對生辰八字的內在邏輯一點也不懂，也有本能的拒絕心理，但是，賢義以一種特別家常和世俗化的語言去闡釋顧主名字的好壞，房間方位的對錯，不故弄玄虛，並且，他指出的很

南陽算命者的筆記本

多方面往往是印證一些常識，你即使不信算命，平時也可能在不自覺地遵守和迴避。他的另一個重點就是讓顧主淡然，凡事想開，「做人要通，不要老想著自己對人咋樣，別人對我咋樣，這樣，就是福德無量」。這種印證和達觀的主張也讓主顧和我們這些旁觀者感到很舒服，也能夠接受他所講的命理的東西。

賢義非常講究養生，不吃肉，不喝酒，不吸菸，他認為這是尊重自然，是一種修煉，和他所學習的八卦、《易經》相一致。內心清潔，才能夠真正體會《易經》和佛道裡面的意義。在他心裡，他把這些對自我的規約看做是對某種神聖規則的遵守。

毫無疑問，賢義有點民間術士的味道，陰陽五行，算命測字，占凶問吉，很有神祕色彩，也是中國傳統文化中糟粕最多的地方。賢義的房屋像一個五彩拼圖，那是一種奇怪的炫目之感，生硬、幽默、後現代，幾者不倫不類，彼此犯沖，又各司其職，各負其責，互不干涉，最後統一在牆壁上。它們之間的黏合劑不是賢義高深的道行，而是他對生活有類似於信仰的理解，和他溫暖、樸素的家庭。他對他所學習的傳統，《易經》、佛法也許有所掌握，卻也隱藏著一種本質的誤解。但是，這一誤解並沒有妨礙賢義得到清明的智慧和對人生、人世的透澈理解。

二十世紀三〇年代，張愛玲曾經在散文〈中國的日夜〉中描述道士的形象，「帶著他們一錢不值的過剩的時間，來到這高速度的大城市裡」，極傳神地道出了中國傳統生活的失落。道士、道及背後一整套象徵體系都被迫成為「一錢不值的過去」，在上海的都市裡，它是完全不協調的和被否定的。「那道士走到一個五金店門前倒身下拜，當然人家沒有錢給他，他也目中無人似的，茫茫的磕了個頭就算了。自爬起來，『托——托——』敲著，過渡到隔壁的菸紙店門首，復又『跪倒在地埃塵』，歪垂著一顆頭，動作是黑色的淤流，像一條黑菊花徐徐開了。」張愛玲在彼時感受到的震動，無疑是因為這一形象背後很深的象徵性，傳統與現代、城市與鄉村早在中國現代性發展之初就已經開始發生巨大的斷裂。挽著頭髮的道士、穿著長袍的和尚、躲在哪一個街角處的算命先兒在中國的現代生活都是非常怪異的形象，他們背後的那一套生命觀、宇宙觀和認知系統也被簡化為幾個如「迷信的」、「封建的」這樣的詞語。

在賢義的身上，有一種突然的開闊。或許，在這個現代的算命人身上，還存在著某種光亮，古老的光亮，它曾被我們熄滅、遺忘，被我們扭曲、誤解，在狹窄的鋼筋水泥的縫隙中，它掙扎著，以孱弱而又頑強的姿態向我們傳遞著久遠的訊息。

從賢義的穿著和居住地來看，他並不比他的姐妹兄弟更富有，甚至還處於貧困狀態。他仍然是城市流浪者和農民工，但卻不是一個毫無希望的、僅為生存而奮鬥的人。他在試圖對自己的生活、精神和存在進行解釋，這使得他能夠保持一種與現代精神並行的獨立姿態，並擁有某種尊嚴。

一個農村婦女遇到難處，無法找到生存的依據時，她想到的不是法律和制度，心靈的痛苦從來不是法律和制度的範疇，而是最古老的方術。她要去拜神，她要去找算命先兒。她可能不甚清楚這些「傳統」，算命、星座、八字有什麼依據，但她可以從中找到安慰。這些依然是她重獲意義的最本源方式，因為她生活在這樣的歷史洪流之中。只有從這條河裡找到依據，她才能得到真正的安慰。巫術與生命、自然、信仰的關係是密切的，它們之間有著祕密通道。

也許，我的堂哥賢義並沒有意識到這些，他所擁有的知識和對傳統的理解也還不能夠承載這麼多的歷史內容，但誰又能說，他那坦然、光明的臉和笑容，他溫暖、親密的家庭生活，他對世界那家人般的心態與過去的靈魂沒有關係，與那條河流沒有關係？

在人們中間
它是一條運載的河流

在《杜伊諾哀歌》中，里爾克用「河流」形容「傳統」。只有進入傳統和「苦難之城」，把人「引向悲傷家族長輩們的墳墓，引向神巫們和先知們」，才能夠到達更加古老也更加悲傷的「喜悅之泉」。

對於中國的當代生活而言，不管哪一個意義的「傳統」，它們早已成為一個巨大的悲傷之地，充滿著被遺忘的歷史、記憶、知識和過去的神靈。奇門遁甲、生辰八字、五行八卦，這些古老而神祕的事物，已成為腐朽的過去。我們缺乏真正的傳承和真正的理解，它們也就失去了在現代社會重新打開的可能性。那用拋起的蓍草的方向與形狀來推測命運的術士，他們與天地之間的感應，與宇宙秩序的應合，他們在自然肌理中尋找生命祕密的努力被看做愚昧的行為。而當代所流行的算命、占卜，只是為信者提供對於死亡的撫慰與粉飾，對於腐敗靈魂的自我欺騙性的安慰，並非真的有信。這也正如英籍印裔作家奈保爾（按，台譯奈波爾）一九六七年在印度考察時所感受到的，印度的神像、神祇和信仰被迫成為現代世俗生活的裝飾者。

與此同時，當傳統話語重新閃現在政治話語中，成為政治意識形態合法性的守護神時，它與政治體制和普遍社會觀念所產生的複雜化合作用，有可能再次成為傳統自我嬗變的阻礙。這不只是「傳統」本身的問題，而是它被以什麼樣的方式、什麼樣的形態重新回到我們的生活和心靈之中的問題。

這或者也是如賢義這樣的傳統者所必須面對的：如何能夠自持，並且不被作為現代性的「笑話」和「阻礙」存在，如何能夠在歷史的洪流中真正理解「傳統」並重獲價值和尊嚴？

在一個寂寞的寺廟裡，一個和尚坐在陰暗的大廳側面，背景是久遠的佛教繡像。年輕和尚閉著眼睛念經，桌子上擺著佛經、金剛經和卦筒。被他的純樸、聲音和專注的形象所吸引，我坐下來，聽他哼唱一段。悄悄往桌子上的箱子裡放一百塊錢的時候，他的眼睛突然睜開，犀利地看著我，說，「別人都至少給三百。」我尷尬地逃了出來。

如此想來，賢義的形象和他的混搭的家是有著無限的悲哀的。不管賢義如何努力去理解人生，其內在的荒謬性還是一眼可見。

小海的傳說

關於韓小海的發財史，梁庄人有不同版本和不同敘述。最核心的情節既大致相同又有細節上的差異，很有原型性。我在訪問梁庄在外打工者的過程中，會在不同的人那裡聽到關於韓小海的故事和傳說。其中的細節我以為幾乎是神話，沒有可信的空間。而講述者往往一邊言之鑿鑿，同時又有一種質疑，彷彿這個神話是韓小海本人編造出來的。但是聯繫他，又似乎很難。那些講述他的人基本上都沒有他的電話。小海不和大家來往，大家也不和他來往。小海在梁庄，既有點高高在上，也有點因其行為而被孤立的意思。羨慕、誇張、不屑、懷疑，但又被吸引。圍繞著小海，一個複雜的神話被建構，並形成一個强大的磁場。

我在北京和韓家建升聊天的時候，兩天的時間，有很長的篇幅是聊小海。從建升既不屑又痛恨，甚至有些誇張的言談中，可以肯定，當年同在北京的建升和小海之間有很大的矛盾，因此，建升的話我是打著折扣聽的。

你說小海啊，那傢伙是個滑頭。原來在家裡賣沙石，開拖拉機，媳婦是咱那兒王營的，結婚前一直在北京給韓國公司做蛋糕。結婚以後，小海把拖拉機賣了，也去了北京。才開始他們在櫻花商場旁邊租一個店鋪開蛋糕店，生意可好。這中間他們往櫻花商場送蛋糕，認識這些經理一級的人，感覺到賣菸可以。小海老婆會來事，在商場弄個小攤位，賣菸酒。這以後的事兒我也是聽別人說的，有點玄。說是認識中央委員XXX的老表，那人有五十來歲，他不喜歡抽別的菸，就喜歡抽駱駝，天天到他們那兒，拿許多中華玉溪熊貓菸來換。每次都是提個大袋子，直接擱到櫃檯上，給小海說，「我這個菸放這兒，換你駱駝菸給我。」等於變相給他銷貨。小海就給人家賣，多少條多少錢，清清楚楚，如數給人家。估計人家也是考驗他。有一天晚上，那個老頭弄個大帆布袋子，說明天早上來拿。小海還開玩笑說，「不是錢吧？」老頭說，「不瞞你說，還真是錢。」老頭走之後，他打開袋子一看，果真是錢，查查，整整一百萬。小海嚇得一夜都沒睡覺，看著這個袋子。第二天，在搬錢過程中，老頭還問，「你看了沒有？」小海說，「我還真看了，是錢。」老頭說，「你是個實在人，你要說沒看我不信。」老頭說，「你知道我是幹啥的？XXX，就是那個政治局常委，他是我的老表，我就是買官賣官的，認識很多上層的人。看你這人老實，我給你介紹一些活幹。」就給他介紹一些建築的活兒。小海和他哥就在家拉了個建築隊，來北京幹，他當包工頭。兩個月，掙了二三十萬。當年，那錢可是不得了。他姐們、弟們、姨家孩子都來，一家子都來了。

我不信這故事，咋可能？人家都信任他？肯定是小海自己編出去的。他不說，誰知道？

幾年之後，掙的錢差不多了，就到廣西，搞傳銷去了。把咱梁庄的和他老婆家的親戚全騙去了。有一天，我碰見紅傳，紅傳是小海的侄兒。說起這件事，紅傳說，「叔啊，你可別說，我算叫他們坑了，叫他們表[7]到廣西了。」小海說，紅傳啊，想發財不想？紅傳說，可想，咋不想？小海說，這兒有個好事，你來。「說這個好事，好吃好喝，一個月還掙幾千塊錢。我就去了，好事沒得，把錢賠完，回來了。」紅傳說還有可多人在那兒，錢都交過了，不甘心。我回村裡，聽我大哥說，哎呀，把街坊鄰居找個遍。就是個老鼠會，專在自己窩子裡串。

王武在梁庄村辦一個磚瓦廠，和小海、我都是同齡，他們多少有些交往，不算是朋友。我向他問起小海的情況時，小武說話尖酸刻薄，充滿了妒嫉。他堅決不相信小海那神話，認為小海沒那麼老實。

人家現在玩得大了，前年在XX市辦一個國際武術節，把俺們都請去了，不要票，氣派很大。這貨從小就是個溜光蛋，我小學三年級和他一班，留了好幾個級，學習差得很，下學後就上北京了。他在外面具體幹過啥，誰也說不清。人家這些年都沒有回來，不知道在外做些啥？反正是發財了。中間有幾年在搞傳銷，肯定搞了。說是在北京遇到貴人了，我看是吹的。建升說的不可信，首先人家咋能把一百萬塊錢放在他那兒，誰恁傻？讓人家知道自己是個貪汙犯？另外，人家憑啥恁信任他？就是親兄弟都信不過，何況一個做兩不相干的生意的？就小海那樣，他會恁老實？我不相信，尖皮溜能，能放著錢不拿？肯定連夜跑了。不知道咋發個財，就弄得暈暈乎乎的。我也聽人家說了，在王府井賣耐克，估計也是假名牌。後來在賣菸酒時碰到一個人，是個大官，中央政治局的，不知道咋聯繫上了。有人說得可難聽，說是和小海老婆咋啊咋的，咱也弄不清楚，也不能瞎說。不過，他老婆倒真是長得不錯。反正是說不清。後來，小海他們就在北京包工程，這才發大財了。你想，你要是沒有一點兒關係，包工程，有恁容易？

幹工程掙住錢了，不知道咋回事開始做傳銷了。影響大得很，村裡誰不知道？韓家多少人都被騙了，把自己的親戚也都騙完了。他們是起會的，就是那個傳銷說的最上級，錢都交到他們那兒了。他們把錢一捲，起來跑了，說是失敗了，下面人誰拿他啥辦法？他是沒叫我，他知道我那脾氣，不罵他都是好的。韓家一老家兒的人被他叫去完了，最後，都得罪完了。立東，小海他叔，他們是一個爺的，也被他叫去了，交了三千塊錢，最後不知道為啥鬧翻了。說是捉弄他們的，氣得很。在村裡邊罵，說非整小海的娃兒不可，要綁架、暗殺小海的娃兒。具體事兒是咋樣，咱也說不清，反正他沒找過我。

現在在南陽不知道幹啥，可神祕。不管咋說，人家是掙住錢了。在南陽買了大房子，又買寶馬車、越野車，還買有大巴，跑運輸。那貨們算是發了。

建華是小海的堂叔，曾經被小海說服過去做傳銷，後來退出了。但是，卻始終說不清楚小海到底是幹啥的。

那年小海給我打電話，說是有個生意，交幾千塊錢，不動不搖可以賺錢，算是合夥生意，問我做不做？那時間村裡人都哄得可厲害，說是小海在做傳銷，能發財。我是抱著僥倖心理，也是想沾便宜，就把錢交了。先交兩千，說是啥，我也沒弄懂，後來又交一千。肯定有騙人性質，說是賣西服，發展下錢，連個西服面兒都沒見過。後來他們內部鬧意見，就是他們幾個起會的，他哥，他侄女女婿。內鬨，後來，侄女女婿不幹了，我看也沒希望，就想退出，就問他們要錢，人家也沒說啥，錢退了。有可多都沒退，特別是加入的早的。我都是最後了。發展得旺得很，人員多得很，幾千人。這貨能得很，國家有一段時間抓得嚴，他一看事情不對，風聲一緊，馬上就解散，不幹了。改開旅遊商店了。

那年，他爹在我這兒，說起這件事，熬煎得很，說可是不敢幹了，得趕緊收手。他爹也知道他娃兒幹的事兒不是好事。

我問了梁庄的好些人，關於小海，他幹過什麼，有什麼經歷，靠什麼發財，每個人的敘述都不一樣，彼此還經常為一些細節吵得不可開交，梁庄人經常為傳說中的細節分歧產生激烈的爭吵。對小海，我卻越來越不清楚，這也使我越發想了解他。

二〇一二年春節的一天，下著小雨雪，非常冷。在賢義家裡，我給小海打電話，這是我第一次與他聯繫。

一接到電話，介紹之後，小海特別熱情，説我和你哥都好得很，早就聽説過你在北京，説馬上就過來接我和父親去他家。十幾分鐘後，小海就到了，開一輛白色的寶馬車。小海個子高大，略胖，眼神有一種唯利是圖的敏捷，語速很快，與我們寒暄的時候，有一種誇張的熱情。在他身上，已經看不出農民身分的痕跡。

他家在離賢義家不遠處的另外一個村莊，也在等著拆遷。村中道路路面很差，房子規劃也很亂，有一種放任自流的感覺。小海家的房子非常寬綽，一棟三層的白色小樓，一個大理石鋪成的大院子，院子一角種著竹子、花草，另一角養著一條據説是稀有品種的狗。推門進去，家裡面卻是異乎尋常的亂，客廳的沙發上堆滿衣服，玩具和各類物品，椅子東倒一只西豎一只，像遭了搶劫一樣。經過仔細辨別，才能夠看出室內裝修的豪華和用料的講究。

小海把我們讓進一樓左側的臥室，一邊不好意思地説，有個小傢伙，亂得很，就收拾不成。小海的小兒子剛三歲，撅著屁股在床上翻來滾去。小海還有個女兒，十一歲。一進臥室，就看到對面牆上貼著一溜獎狀，全是他閨女的。小海得意地説，這閨女跟她老子不一樣，愛學習，聰明得很，次次考試得第一。説話時，他看著我，似乎是讓我證明他的學習情況。小海和我同歲，我們倆在小學還同班過，但奇怪的是，我對他沒有任何印象。小海麻利地打開空調，把桌子上亂七八糟的物品扒到一個角落，又找出茶具、茶壺，到上水，我們開始聊天。

我是咋去北京的？那時候，咱韓家明子在北京大學食堂做飯，他是咱梁庄比較早出去打工的。後來人家還考了個廚師資格證，在北京國賓館當廚師。經他介紹，知道北京大學招保安，還有名額。我記得當時北京還有個三八勞務輸出公司，從農村招保姆。咱們村蘭子、小會都是那幾年去北京當保姆的。去一年，小會回來撇個京腔，「你吃了嗎？」人們笑了好多年。

我是一九八八年去北京大學當保安，十五歲，去一年，體重從九十幾斤到一百五十多斤，整個人像發了一樣，生活清是好了。一九八九年的時候，我在北大，看了全過程。也激動了半天，跟著大家一塊兒往天安門走，但是，咱是一個旁觀者，他們在路上走，俺們在人行道上走，還有可多工人、北京市民都跟著，人多得很。後來，我代表學校到天安門給北京大學的學生發饅頭、送水，當時的保安服是海藍色的，可沾光，到哪兒都給讓路。學潮以後，就被勸退了，我們那一撥保安全部被清退了。走之前，一一談話，也不知道是哪兒的人，是我們保安隊帶去的。跟我談話的那人可嚴肅，板著個臉，害怕人，他告訴我們，回家以後啥也不能說，否則，後果自負。談完話出來，我腿都是軟的，清是害怕。就是現在你問我，我還是不說，還是有點害怕。你想，那時候才十六七歲，知道啥呀，硬是被嚇住了。後來，好幾年我都不敢出門打工，不敢再到北京。

我哥在家幹建築，我買了個小四輪（手扶拖拉機），去給他拉磚，我幹活是潑上命整的。一天往崗坡拉三趟，一趟來回都百十里，崗坡那路況，你不知道有多差，一趟下來，手就震麻了，握得太緊。有一次，半夜，輪胎爆了，還拉著一車磚，前不著村，後不著店，沒一點辦法。我真是想哭啊。

我老婆一直在北京一家韓國蛋糕廠打工，會一整套技術。結婚後，我就跟她一塊兒又回到北京。先是在廠裡上班，後來覺得不如自己開一個蛋糕房。就在朝陽區櫻花商場那一片找地兒，開了一個小門面。那時候，蛋糕房還不多，咱的手藝不錯，就我們倆，白天黑夜幹，算是賺了人生第一桶金。後來在附近開了倆分點。那期間，我媽得了癌症，在北京動手術，花了十一萬多。全是我出的。你想，九幾年，十幾萬，那還是不得了的。咱好思考，看到對面櫻花商場缺個賣菸酒的攤位，就給人家說說，把一個小角門封上，擺個小攤位。生意很好，在這中間，認識一個人，也是咱的貴人。是誰呢？是中央領導XXX過去的一個祕書。他們家就住那一片兒。一來二往，熟了，XXX落勢之後，他好像還進到監獄了幾年，說不清楚是咋回事，我認識的時候他在做生意，開一個大的公司，來往人很多，估計也是靠以前的關係。公司裡面所有的菸茶消費和文具消費都是我供貨的，光這一項，一年能掙個十來萬。俺倆關係好得很，現在還有聯繫，前一段時間，還在打電話，我讓他來咱們南陽玩玩。他現在都五六十歲了吧。

後來，他的公司不開了，我這一塊兒的生意就不好做了。那個菸酒店就關了。蛋糕房也開夠了。後來就跟著親戚到廣東一個沿海城市，開旅遊商店，主要是賣服裝、箱包，假名牌。啥夢特嬌，LV，花花公子的，全是假的，有的店掛在前面的一個兩個還是真的，其他都是假的。咱這是連店面掛的都是假的。誰都敢得罪，導遊不敢得罪。導遊拉客是一大塊兒收入。賺過來的錢，導遊拿大頭，咱拿小頭，你知道到啥程度，有的能達到七三開，你說不賣假的能行嗎？

我給你說，到哪兒的景點兒，都別買東西，說是啥珍珠、翡翠，啥石頭、啥古物，全是假的。咱幹這種行的，咱可知道。

傻子多得很，不是咋能開下去呢？有些憨傢伙來買。另外，人都有個心理，到哪兒都想買個東西。咱不也一樣？到一個景區，不買不買，最後都買些東西回來了。那幾年是賺住錢了。後來幾年，查得嚴得很，一查住，都是巨額罰款，還有人被抓起來。我一看，風險太大，就不幹了。二〇〇四年回南陽。現在也沒幹啥，我老婆沒事兒打個牌，我是從來不打牌，你說來賭啊，吸菸喝酒啊，我都沒有。後來就合夥和幾個親戚買幾輛大巴，跑長途，我只是占個股份，拿個分紅。

其實你說掙點錢算啥，還是沒有身分，到哪兒都不受尊重。人家說，窮得只剩下錢了，說句大話，咱現在就是這樣子。光有錢算個啥，你也不能去當官，也不能去做個啥事。

說到在北京的經歷，小海仍不自覺的壓低聲音，可以感覺到他內心的害怕。我問他在北京到底看到了什麼，那人給他說了什麼？他真的不說。我說現在這麼久了，說說也無妨，其實很多事大家都知道。小海笑著說，那我也不說，只要不是從我嘴裡出去的。看來，那句「後果自負」對小海還有很大的控制力。

果然有「遇貴人」一事，看來，不排除是小海自己編造了一個神話，這也是為一個人發財找到的很好的解釋方法。聽起來很傳奇，也有誇耀自己人品好的嫌疑。我一直在等著小海談他傳銷的經歷，但是坐了一下午，他從北京直接跳到廣東開旅遊商店，一直說到辦武術節，根本沒有談到傳銷這個事情。在他出去給我們倒水的間隙，我讓父親提起這件事，一向直率的父親居然也不提，說人家都不提，咱咋好意思說呢？賢義也說他們在一起的這六七年，從來沒聽小海提過這件事。不是啥好事，咋說呢？

最後，我只好單刀直入，直接問了出來，「小海，人家都說你在搞傳銷呢?!」

「誰說的？我啥時幹過傳銷?!那他要胡糟蹋你，你拿他啥門兒?!」小海以特別堅決的眼神和話語否定了這件事，馬上轉移了話題。

但是，說起開旅遊商店，賣假名牌，小海卻如數家珍，講得津津有味，夢特嬌、鱷魚、花花公子、LV、GUCCI，等世界名牌隨口而出，對其中的內幕也供認不諱。最後總結起來一句話，「全是假的」，其態度和神情坦率得可愛。的確，在一個假貨橫行的國度，這不是一個道德問題。所以，即使有法律不斷地約束，有警察不斷地銷毀、罰款，大家還是各行其是。只是躲避風頭而已，跟內心沒有關係。

入夥

二〇一一年夏天，文哥的弟弟小山連續打電話讓文哥去福州找他，說是那邊賣水果生意特別好，一天能賺二三百塊錢。因為語氣太熱烈，文哥有點不太相信，這不符合一貫自私的小山的性格。他讓小山照個水果攤的相發過來，讓他看看。幾天後，小山發過來一張照片，一個下雨天，小山站在水果攤後，正在擺水果。水果攤挺大，品種挺多，小山笑容滿面，很開心的樣子。文哥動了心，將信將疑的去了。

文哥，我的堂姐夫，家住離梁庄幾公里外的李村。高中畢業，喜歡文學，喜歡思考，性格軟弱、善良。早年從事過很多職業，一開始擺書攤賣書，專賣文學名著，我現在家裡老版的《浮士德》、《聖經故事》都是從他那兒淘來的。失敗之後，走鄉串戶收購糧食，又失敗了，賠了幾千元，還了十幾年的帳。之後，養過雞，種過西瓜，到南方當過海員，下磚廠出過苦力。最後，在穰縣站住腳。做菸酒批發生意，賺了一些錢。據他說，從二〇〇〇年到現在，至少被傳銷組織騙去至少五六次，都是親戚、朋友，以各種方式被叫去入夥。他最近一次與傳銷接觸是春節前，弟弟小山在福州做傳銷，經過堅持不懈的電話和高超的騙局，終於把他叫去了。他在那兒住了八天，最終沒有加入「組織」。但又強調說很受啓發。

我啊，至少被騙去六次，這還不算你姐被騙去的次數。做生意掙點錢，也老想著投資，那些搞傳銷的親戚朋友第一時間就想到俺們。安徽、湖北、陝西，都被叫去過。你姐有一次也被關了五六天。有一次被叫到安徽，是一個乾親，俺們年齡差不多，人可好，咋也想不起來他會做這。那花樣可多了，真是防不勝防。二〇〇五年我舅家老表在北京做傳銷，成天喊我去，我不去。後來，他老婆讓他媽去叫自己兒子回來，結果，去了幾天，老婆子也心動了。

這次最初的起因是我姑家老表。他給我打電話，說是在福建賣水果，生意不錯。我一直不理他，因為我是不會去賣水果的。小山的收廢品生意那段時間也不行，後來到天津開拉麵館，和其他老鄉還合不來，生意有競爭，幹不成。他聽說了，就跑去了。去有二十多天，再打電話說也在賣水果，生意好。有一天打電話說那一天賺七八百元，我說啥原因，他說南方初一、十五拜舅老爺（敬神），那天要燒香，弄水果，一塊肉。我去過福州，知道這個風俗，所以也相信他。但我還是不會去，只是覺得還不錯。後來我才聽說，在我去之前，小山給他做生意的合夥人打過電話，又給俺們外甥女婿打過電話，讓人家也去。他又給我說，他看中一個生意想讓我去給他考察考察。我是家裡老大，大事他們還是信任我。

但我不太相信，因為他們都有點過於熱情。搞傳銷都是那樣子。我怕他們在那兒搞傳銷。但是，我又覺得他不會再幹了，他吃過虧。二〇〇三年的時候，我最小的弟弟在山西搞傳銷，把我家大姐、二姐、小山、外甥女、姨家和舅家人全騙去了，給所有親戚都打過電話。最後，花得沒有一分錢了，想回來，回不來，就差要飯，其中一個表弟差點成了流浪漢，找不著了。還是我給他們寄的路費，他們才回來的。我說你給我照個相片給我發過來，他就照個他賣水果和水果攤的相片發過來。去了我才知道，他是冒著雨跑到一個水果攤，求人家老闆，讓老闆出來，自己站在水果攤面前，照個相。在這之前，他問我要過錢，拿走兩萬，這兩萬是他往年打工在我這兒存的。後來又要八千元，這是我借給他的錢。我問他為什麼要那麼多錢，他說他買三輪車，置家具等，有些東西比較貴。

我就抽個時間去了福州。下火車三個人去接我，姑家老表，小山和另外一個老鄉，比他們還小，其實這個小孩已經比他們高兩級，是他們上線領導。到一個小店吃兩個包子，喝杯豆漿。坐公交車走半個多小時，然後下來打出租車過去，是福州的一個區。到了以後，我非要先到水果攤看看，看咋樣。他說，先到家裡。到家裡以後，發現還有個老鄉也在，另外還有七八個人都在屋裡，介紹說都是親戚和朋友，在那兒玩。小山張羅給我倒茶，坐了十來分鐘以後，我不坐，說要去看水果攤，他們把我攔住不讓出門。這時，小山把我喊到另外一個房間，說我給你說個事。我一看見裡面兩排小凳子，低得很，中間一個桌子，桌子後面還有個椅子，我一下子就明白了，他們是搞傳銷的。

我當時腦子就炸了，我說你先別給我說，我啥也不聽了。我說，「小山，你和我一起走，你不是沒有吃過虧？二〇〇三年你是咋回來的？」他不說話，也不吭聲。兩個人進來，是他們這裡面的頭兒，要我把所有的錢財，手機交出來，說都放他那兒，如果丟了，賠一百倍，錢財這方面保證不讓你丟失。我手機不給他，他們一群人拉住我，硬把我往裡推。一個人說，「把他手機、錢都收了。」我看硬不過他們，就把手機、錢都拿出來。他們也很講規矩，屋裡所有人都看著數錢，說清楚這是多少錢，最後讓小山保管。意思是你放心，不會少你東西。

東西交完之後，領導說，「這是做這行的規矩，因為怕你做些不理智的舉動，報警，或是給家裡打電話，讓家裡人擔心。既然來了，對這行得了解，聽不明看不懂，了解不透，就不讓出這個門，不論親戚朋友。就是我親爹親媽也不行。」這話是軟中帶硬。聽著也有道理。跑不出去，你打電話，家裡還瞎擔心。

那裡面有一個歲數大的，老太太，六十歲，說話能聽懂，好像是廣西的，客家人，原來是個唱戲的。每天晚上用客家話唱戲給我們聽。對他們來說，那也是個家庭，除了生活差之外，平時也比較開心。一個人單獨行動的機會少些。出門最多三個人，從來不一群一塊走，宗旨是不影響當地人。我估計是怕周圍人知道，舉報他們。其實，他們的樣子一看就知道是幹啥的，誰平時沒事出去穿著個破西服？除了中介，就是老闆，再不然，就是搞傳銷的。

手機交了之後，他們變了一副態度，輪番給我說話。一個鐘頭以後，有個人來講課，講得非常快。第二節課時間，我才明白為啥第一節講那麼快，因為他們知道，這時一般還不願意聽，所以講得很快。只是個大致印象。

我到處看了，逃跑不了，也不讓小山和我單獨見面。給我配了個生活老師，吃飯和你同睡，給你洗腳，洗臉毛巾給你弄好，牙膏都是人家擠的。飯也不讓你盛，你坐那兒，啥也不幹，直管吃，吃完聽課。他們說小山已經做一行了，你給他考察考察到底行不行，反正不限制他的人身自由了。他想走就走，沒人攔他。是他自己不走。那為啥限制你的人身自由呢？怕你做偏激的舉動。

睡覺全部是地鋪，在地上鋪開，一個蓆，上面就一個被子，鋪一半蓋一半，有苦才有甜。吃飯，白菜沒有一滴油，從來沒有白菜心，全是白菜外面的大葉子。切完在大鍋一煮，就行了，蒸米。人家吃得可高興，還有七八個年輕的（後來知道其中還有三個是大學生）。有個規矩，所有的飯盛完之後，兩根筷子扎在碗裡，有個說法。人不齊都不准吃，人到齊之後，兩手端著，一起說，「大哥你好，大姐你好，大家都好，吃飽吃好」。我好像前三頓沒吃飯。但是人家都吃得非常香。小山也沒理我。

第一節課我就聽得很認真，我要弄明白他們在幹啥，想著得給小山說動心，讓他回去。第一節課營銷模式，還沒聽懂。第三節課我就開始問。到晚上的時候，他們就把我的電話給我，讓我看哪些電話需要回。並且告訴我，不要給家裡人打電話，你要明白，這幾天你出不去，不必要讓家人擔心，所以你自己要衡量一下。我想也對。有時間電話不停地響，他們把手機給我，也讓我接。不是太嚴格，也人性化。還給你燒熱水，讓你洗澡。我來的頭一頓飯有肉，我沒吃，過來再沒有肉了。不過大家也都沒覺得啥。精神鼓舞著。規矩是每個人每頓必須在家吃，大家共同受苦，共同感受創業的艱難。

聽了幾天下來，覺得挺有道理，他們講得很讓人心動。也不知道啥時候被轉變過來，覺得這是個值得做的事，有那麼多人成功。並且，你掙到一定錢的時候把你清除出去，你拿著錢走，這樣，不占名額，讓下面人有機會。值得一聽，況且，人家有具體東西賣，不像有的傳銷，連個東西都沒有，光拉人交錢。

我回來還給你姐說，讓閨女也去聽一星期，被你姐罵了一通。但是，最終，我沒有交錢。現在想想，還是覺得有一定道理，不覺得人家是在騙人。

那天你讓我想一下傳銷吸引人的內在邏輯。確實是啊，這次接觸的傳銷讓我特別有啓發，我有點心動了。原因是啥？這幾天我總結了一下，可能有幾點：

一、成功。通過嚴密的數學邏輯讓你看到成功的可能，讓你認識到，發財並不難。你只要喊來兩個人，你只要賣出去兩份產品，你就可以成功。這個人也賣兩份，無限分裂。人家還給我畫一個金字塔圖，可形象。很吸引人。賣出去三十多份就升成主任，有小主任，大主任。有個出局制，升到經理時，當下面兩個都到你這個級別時，你就可以出局。小山為啥一開始向我要那麼多錢，他是先用自己的錢排一個金字塔。真找到人，就直接從下面排起，直接作為分裂出去的複數。幾何遞增。一份產品兩千八百元，是化妝品，啥天獅公司的。你只用賣出去兩份產品，賣出去兩份，就五千六百元，也不是很難。

最能吸引人的是講課老師講的成功的具體例子。講三個例子：一個老人，一個乞丐，一個農民。具體細節忘了，但最後都發財了。當時聽完，覺得很激動，很有道理，恨不得自己也趕緊做。

二、實現價值。掙錢不只是掙錢，是實現人生價值。這口號也很吸引人。好像是得到了淨化。弄得可正規，和安利的各個級別一樣，主管什麼的。

三、家的感覺。大家在一起，像一家人一樣，共同幹事業。非常有榮譽感。共同受難，共同享福。這很吸引人，大家沒有矛盾，沒有利益之爭，因為利益是共同的。一好都好，不是說，一個麵包，你吃了，我就沒有了。

四、平等。大家一起受苦，一起做事，沒有等級，並且，越是上線，越是服務下線的人。尤其是像我這樣的人。人家是領導，還這麼好，會不自覺地讓人信服。

我琢磨著，他們强調的「受苦」也很重要。平時在家，不會受這苦，現在，通過受苦獲得成功，很激發鬥志。

當時聽著覺得很有道理，特別是在那種氛圍之中時。等冷靜下來，再想，覺得核心不對。不管咋樣，强迫人不對，另外，也不是靠勞動致富。啥化妝品都恁貴，誰用？還是空對空，不是騙人是啥？

我在網上查，確實有個天獅生物有限公司，以賣化妝品和保健品為主要業務，在公司的問題回答裡，有一個專門的信息，「凡是外面那種兩千八百元交錢賣天獅產品的都是假的」。其實，真假並不重要。那些年輕人都會上網，查一下應該是很容易也很基本的事情。並且，在當代社會生活中，除了少數與世隔絕或者信息特別不發達的地區，沒有聽說過傳銷的普通百姓應該是極少數的。

文哥的總結很值得分析，他所說的四點恰恰是普通民眾，尤其是一個農民在日常生活中所匱乏的。它們似乎讓農民窺到了一個一直不可觸摸的空間：成功、富裕、高雅、平等，可以擁有除了存活之外更高的價值和意義。

傳銷

傳銷在二〇〇〇年左右進入到穰縣農村，詭異而快速地在鄉村大地傳播開去。在最興盛的那幾年，各鄉各村都有做傳銷的農民。他們被親戚、朋友弄進去之後，開始認同、相信，並不惜一切手段把自己的父母、老婆、兄弟都叫去，一家子一起做。梁庄傳銷以韓小海為典型代表。他發展了自己的哥哥、姐姐、本家哥弟和姑表姊妹十來人，發展了錢家四個年輕人，並且成為其中的骨幹。

二〇〇二年春節前，穰縣吳鎮史庄的東子從山西出發，扒車，逃票，耍賴，中間好幾次被人家打下車，靠撿餐館的剩菜剩飯吃，往老家走。一路上千辛萬苦，在臘月二十八下午四點左右，終於到了史庄村口。東子坐在離村有一里地的土地廟前，不敢回去，一直等到天黑，才偷偷溜回家裡。東子媽看見兒子那樣子進來，一屁股坐在地上，撲打著地哭了起來。

東子不敢進村，一是嫌丟人，怕村人看見他那副乞丐樣子，更重要的是，他怕親戚鄰居打他。二〇〇〇年，一個遠房親戚把東子叫到山西，東子加入了組織，開始做傳銷，賣一種按摩器材，一套一千八百元。在一年裡，他把村裡鄰居、好朋友和親戚都叫去了，結果，傳銷失敗，大家錢都花完了，最後各自生辦法回家。他們村的王氏兄弟兩個和一個妹妹最慘，走到一個地方被騙到了磚瓦廠，幹了半年活，才逃回史庄。回來之後，王氏兄弟到東子家門口，對東子的老母親說，再見到東子，非把他的腿打斷不可。東子一直堅持到最後，但始終沒有發展到經理這一步。東子，曾經是史庄最老實的男孩，說話臉就紅，對人極好。在做傳銷的兩年裡，像變一個人，一度西裝革履，能說會道，用吳鎮人的話，是「善說六國」。回家之後，東子又做回了最初的東子，沉默寡言，埋頭幹活。一年後，東子和老婆到天津，開了一個小拉麵館。

二〇〇三年，文哥的小弟弟搞傳銷，把文哥的大姐、二姐、小山、外甥女、姨家和舅家人全叫去，給所有親戚都打過電話。最後，錢全部花光。文哥給他們寄了回家的路費。

宋林，吳鎮宋灣人，在內蒙改剎車。二〇〇〇年左右已經有兩個分點，手下十來個人，掙有四十萬多元。這時候，在雲南的哥哥打來電話說生病了，叫他去。他就去了，原來哥哥在那兒做傳銷，賣鱷魚西服，一套西服三千八百元。宋林也開始聯繫親戚朋友，騙他們到雲南。那段時間，宋林和一幫做傳銷的親戚住在賓館裡，穿著西裝打著領帶，吃喝都在飯店，非常瀟灑。一年多後，四十多萬花剩了幾千塊錢。宋林認真想了想，就不幹了。重新回到內蒙，從零開始。原來的兩個分點已經賣給了原來的徒弟，他就給徒弟幹活。

二〇一一年十月，我在內蒙見到他時，他拿著這幾年又攢下的幾萬塊錢，正在找合適的地兒，準備再開個改剎車的點兒。他住在老鄉廢棄的房屋裡，全身都是灰塵。我請他吃飯，他非常矜持，也非常有禮貌，顯示出某種受過高級教養的痕跡。他說話聲調很低，有氣無力的樣子，語速很慢，極慢，說一半，後半部分幾乎聽不見，顯得非常消沉，彷彿受過某種重創，至今沒有恢復元氣。他吃得很少，不吃菜，只喝粥，他說他這幾年只喝粥，吃饅頭。我直截了當問他傳銷是怎麼一回事？到底能不能掙來錢？他想了想，說，「還是相信能掙來錢，是個事兒，可以做，只是自己沒本事，掙不來。」

想像著這位老鄉，拿著自己做生意掙來的四十萬元，住在賓館裡，西裝革履，吃著自助餐，模仿著那些所謂上流社會人的言談舉止，開各種各樣的鼓動會、成功者講座，無限嚮往地去計算那金字塔裡的財富。而另外一些老鄉在餓其心志，過最簡陋的生活，以此種潔淨來增大達到成功的希望。純潔與邪惡、簡單與欺騙沒有隔牆，他們面前展開的是無邊無際的金錢的夢。不只是愚昧和無知，不只是貪婪和妄想。它承載著貧苦人的發財夢，而這個發財夢是我們這個時代最大的夢想。

在這樣一個越來越難通過努力成為人上人的社會裡，傳銷為普通民眾獲得金錢、權力和尊重提供了一個很有誘惑性的通道。它可以迅速擺脱因為貧窮而帶來的自卑、不安全感和身分的缺失。「發財」，借發展之名，以經濟學的計算為內核，以成功學為誘因的一種現代迷信。農民用一種滑稽、失敗、扭曲的方式把它內在的非正義性給呈現出來。

如果把傳銷作為一個國度普遍性格的典型外現的話，你會發現，它也是道德感匱乏所致。道德感的喪失是如此正常和普遍，以至於大家都完全忽略一件事情的道德邊界，假藥、假酒、假雞蛋、假肉、假牛奶、假酸奶等等，「假」的背後是騙，「騙」的背後是掙錢。而對於傳銷而言，掙錢的背後還意味著「成功」和「個人價值的實現」。我在西安和正容、虎子交流，在和小海聊天時，所有人都津津有味給我談他們所了解的和所參與的作假，所有人也都聽得津津有味，包括我在內。所有人都知道這不對，不道德，但是也只是一種陳述、議論和聽聽而已，不會有更深入的判斷和行動，因為它實在太普遍了。

美國漢學家孔飛力在《叫魂：一七六八年中國妖術大恐慌》中，通過分析一七六八年乾隆年間農村妖術的突然盛行，探究其背後隱藏著的民眾意識和社會原因。乾隆時代一直被稱為「盛世」，經濟上生氣勃勃，貿易、商品、絲織業、農民的生活水平、人口都得到了很大的提高，

然而，它對社會意識有著怎樣的影響，卻是一個實際上未經探討的問題。……我們最難

以判斷的，是「盛世」在普通人的眼裡究竟意味著什麼。人們對於生活正向何種方向發生變化，是變好還是變壞，是變得更安全還是更不安全等問題的態度，同我們期待在經濟發展時會發生的情況，可能大相徑庭。從一個十八世紀中國普通老百姓的角度來看，商業的發展大概並不意味著他可以致富或他的生活會變得更加安全，反而意味著在一個充滿競爭並十分擁擠的社會中，他的生存空間更小了。商業與製造業的發展使得處於巨大壓力下的農村家庭能夠生存下去，但要做到這一點，就必須最大限度地投入每個人的勞力。從歷史的眼光來看，當時經濟的生氣勃勃給我們以深刻印象；但對生活於那個時代的大多數人來說，活生生的現實則是這種在難以預料的環境中為生存所做的掙扎奮鬥。[8]

對於中國當代的百姓來說，「活生生的現實」是什麼？「盛世」和普通的農民、普通的民眾之間到底是怎樣的關係？在當代敘述中，我們聽的最多的也是「盛世」、「大國崛起」之類的詞，看到的多是鑼鼓喧天的昇平歌舞，並且，就經濟發展而言，這也並非言過其實。但是，如孔飛力所言，這一經濟發展及由此滋生的一系列社會現象對民眾社會意識的影響卻未經探討。經濟的發展、貿易的繁榮、城市的大規模建設並不意味著一個普通老百姓就可以致富，同時，即使致富，也並不意味著他就可以更幸福、更安全，也不意味著他的生存空間更大，反而可能面臨著環境更為惡劣、生存壓力更大和安全感喪失的境況。而整個社會道德水平的低下更是折射出社會結構的不穩定和精神意識的不健全。

或者，盛世的窄門，我們還沒有真正找到。傳銷在中國的生機勃勃恰恰顯示出我們生活內部一種驚人的發育不全：過於豐盈的肢體和不斷萎縮的內心。

1 沒材料：沒有主見，沒有長遠見識。

2 響器：在傳統的鄉村喪禮上，往生者的至親會請來樂器班吹唱，必備的是銅、鎖吶、鑼和鈸，也稱一盤響。

3 小廟大廟：北方農村葬禮習俗。第一天晚上報小廟，孝子舉著草耙，草耙上夾一張草紙，紙上寫著去世親人的名字，沿著村莊，在村頭各個路口燒紙，最後，到土地廟，或觀音廟，什麼廟都行，向各路神報到，有一人要去了。現在廟沒了，就找一個通往墳地的十字路口，在那兒燒紙，把草耙留下。第二天晚上報大廟，規模更大，響器跟隨，燒紙錢、親戚跪哭，從家裡一直到十字路口，再把草耙拿回來。夜裡五更天時，直系親屬拿著草耙到十字路口燒掉，親人正式送走，叫「送路」。第三天早晨下葬，全體親人都在場。

4 年下：春節。

5 老掌櫃：對一個家庭家長的稱呼。

6 楞杈：炫耀之意。

7 表：騙。

8 （美）孔飛力著，陳兼、劉昶譯：《叫魂：一七六八年中國妖術大恐慌》，上海三聯書店一九九九年版，第四十三頁。

第四章　內蒙

這是一個「熟悉的」社會，沒有陌生人的社會。

——費孝通《鄉土中國》

河南校油泵

給在內蒙的韓家恆文打電話時，他電話裡的聲音已經變調了。還是河南方言，但是方言裡面卻有許多變音。他很熱情，說，「你來了咱們好好說說話，好好拉拉」。他說的「說話」不是河南方言中的去聲，而是在中間拐了一下，變為了平聲。這應該是呼市這邊的方言。恆文一大家族，父母親、姐姐朝俠一家、弟弟恆武一家都在內蒙。父母經營一家小賣部，他們兄弟兩人在校油泵，朝俠在賣乾菜調料。恆文的姨家表弟向學、小姨夫、舅舅、老丈哥和相關聯的吳鎮親戚，約有二十餘人都在內蒙。

我們到恆文的修理店門口時，他正站在一個大型貨車的前面，檢查車頭裡面的機器狀況。恆文和幾個徒弟都穿著藍色的工裝，門前打掃得很乾淨，上面掛一個白底藍字的大牌子：河南老韓校油泵。

恆文的校油泵修理店位置在呼和浩特市西二環和南二環的交叉口，叉口夾角形成一個略有點坡度的大空地。看見我們，恆文放下手中的活，把我們迎到了他店鋪旁邊的「翠花小賣部」——那是他的父母，我們叫韓叔韓嬸的，開的小批發部。見到我們，韓叔韓嬸喜出望外。韓叔拉著父親的手不放，一個勁地對我感嘆，「閨女，你不知道，俺倆跟你爹好得很，在梁庄，俺倆對勁兒。這有十來年沒見面了吧？真是高興得很。在這兒，見個梁庄人的面，難得很。成天都想著誰要是來，那是啥樣。」

這個小賣部裡外打掃得很乾淨。賣的貨品是些低檔的菸、酒、方便麵、礦泉水、餅乾，還是梁庄的標準，鄉村小店，什麼便宜賣什麼。房間後半部用貨架和簾子自然隔開一個空間，放著床、煤灶、鍋碗筷櫃等生活用品。床也用一個大塑料布蒙著，伸展得很平整。韓嬸拿出瓜子、水果、幾瓶飲料，一個勁地讓我們。

父親問起這個店的情況，韓叔說，「開這個店不是為掙錢，主要是槽頭興旺。閨女說叫我在這兒買房，我說我不買，樹葉總要落到樹根兒上。我肯定還要回梁庄。二〇〇一年來這兒，二〇〇四年八月間，在呼市裡面一個轉盤處，被一輛小轎車撞住。我騎的小摩托，速度不快，人都撞飛了，太陽穴被撞進去很深。你看，現在太陽穴還有點往下陷。我在醫院住了好幾個月，出來人有點傻了，丟東忘西。才開始他們都不叫我幹，說好好養身體。咱這個人閒不住，指望娃兒們吃閒飯的事兒，咱幹不來。另外，跟娃兒們在一塊兒，吃不到一起，都受罪。剛好這家小賣部要轉讓，俺們老倆就接了過來。自己吃吃喝喝，還能落倆。不過也不好幹，七月分隔壁那邊開了一個店，名字叫『平價超市』，生意也不錯，把咱這邊的人拉過去了。我也在尋思著改個名，也改個XX超市。東西都一樣的，換個名，就這硬不一樣。」

父親和韓叔又聊起了村裡的事，從梁家說到韓家，又從韓家說到王家錢家。有時，猛然想起一個人，一拍大腿，聲音猛地提高很多。韓嬸在一旁看著笑，說，「你叔多長時間沒恁開心過了。成天坐在這兒，坐著坐著眼都直了，怕他坐傻了。出那個車禍傷住腦子了。」

到中午時分，恆文門口的那個大車才修好開走。恆文進來坐下，喝一口母親給他泡的茶，給我講自己的經歷。

我啊，小學沒畢業，十三歲，一下學就開拖拉機。犁地，耕地，從穰縣往家裡拉煤，一車運費十八塊多，慢慢漲到二十七塊錢，那時候已經是九五年。還往南陽跑，拉白灰，一年大概能掙個一千多塊，剛能顧住日子。那幾年人們都哄著說俺們是萬元户，其實最多有幾千塊錢，那都不得了。

一九九五年我不想幹了，開拖拉機開夠了。就到北京打工，跟著小海們在建築工地幹活。還在北京站承包過櫃檯，一個櫃檯一個月八百塊錢，我租了兩個櫃檯。賣小商品，電池、剃刀啊啥的，賠了四五萬，還是貸的款。一九九六年又回到吳鎮街上，開飯館，我媳婦那時在北京飯館打過工。回來就自己做自己賣，在吳鎮一初中大門口，賣學生飯，不需要啥技術。幹有一年，沒賠錢，也不賺錢。又去南陽半年，擺地攤，在衛校門口幹，一個小三輪車，上面放著煤爐、灶、鍋碗啥的，可辛苦。城管太嚴，成天躲。幹不成，又回梁庄。借了一些錢，買個四輪車，在穰縣公路段拉石子。

人家說校油泵掙錢。一九九七年秋出去，在河北，跟著老丈姑夫學校油泵。正經學三月，總共有半年。準備去新疆自己開個修理點兒，想著新疆修理點兒少，能賺錢。又貸人家款，一兩萬元，二分五的利，三分的利都有，高利貸，用這錢買了機器。又把家裡莊稼收收，黃豆綠豆賣了一千二百元，也拿上，全部家當都押上了。下來總共本錢四萬元。在新疆博樂自治州南郊區，公路邊，大車不多，生意不好，在那兒幹到一九九八年七月分。準備來呼市。買一箱方便麵，幾天幾夜，路上啥也沒吃，喝火車上的水。和師傅一塊兒來內蒙，為在火車上沒有給人家買火腿腸，那個師傅還跟我生了一場氣。機器貨運，到地方要付錢，得兩千塊，我只剩下一千塊錢，不夠付。還是恆武給我付了一千塊錢。我大閨女那時候六個月，沒有奶粉，吃的炒麵，一路上，娃兒哭得不行。也沒辦法。

來呼市，先到鄂爾多斯化纖廠周邊，在那兒租的房子，是恆武給朝俠姐看的點，後來她不幹了，就想著叫我開。我是機器一放下，就開始做生意。生意一開始就行，可是幹不到半年，人家要修路，沒生意了，只好又搬走。

這中間可難了。過年時，家裡沒有一點錢，我就把我姐的調料拿過來，自己賣一點兒，本錢給她，賺的是我的，最後賺了一千多錢，算是過了年。這是二〇〇〇年的時候。

後來，又搬到西口子，一年掙一個手機費和回家路費。一千八百多塊錢的手機，一百多塊錢的回家路費，啥也沒有。就回梁庄過年了。又幹了三四年，生意慢慢好了，二〇〇六年買的黑色吉利車，三月分，各種手續加上六萬五。二〇〇四年在金川又開了三個點，在國道旁邊，當時帶我三四個徒弟。生意都不錯。不過，後來又撤了，只留下兩個，我和媳婦一人看一個。幹不成，咱只有兩個人，讓人家看著店，你也不放心，他也總坑你。他有沒有活兒你又不知道，管不住。親戚看著也不行。我原來在金川那個點兒，可是我老婆的親外甥在看著，來的時候啥也不會，是我一把手教他出來的。後來，又開分點的時候，就讓他在那裡管理，他老婆孩子也都來了。想著來了也好，他安心在這兒，每修一台機器，每換一個零件，他都有抽成。可是他不給你說實話。去問他，總是說沒活兒，或者說幾天就修一兩個車。鬼才信，我又不是不知道。後來，想著管不住，算了，乾脆幾萬塊錢轉給他算了。他可高興，我找那地方是個好地兒。為這事兒，都犯過生澀[1]。鬧的矛盾可大，有的親爹親媽都不放心。

俺們這姊妹仨，我混得不算好。不過也還算行。內蒙和南陽都有一套房子，也算有房有車了。咱大閨女已經十四歲了，在咱縣裡封閉學校上學，一年三千多元的學費，雖然貴些，但是有人管，不需要咱操心。娃兒四歲半了，三歲半的時候送到登封一個武院，吃住全管，一年三千多元。已經送去一年多了。可不錯，我去看我一次，管得可嚴。還有比他更小的娃兒們。

其實放人家那兒比放在我這兒强。我和媳婦各照顧一攤生意，根本沒時間照顧孩子。在學校，有人照顧，還能學武，還安全。那個學校管得很嚴，我送去的時候，看了學校的管理情況。學生早晨四五點鐘就起床，天還不亮，就在路上跑，跑得慢的，還用棍子打，屁股打。那也高興，說明人家真用心教了。

有所安置，這就可以了。恆文對兒子能到武校寄宿，對自己能想到讓兒子去上這個學校還是很滿意的。後來，我才了解到，河南有許多出去打工的人都把家裡的男孩子送到登封學武術，這已經成為一種解決孩子留守問題的重要途徑。登封那邊的大部分武校也因勢制宜，開設了專門的低齡寄宿班。

在梁庄尋找電話時，我曾經和紅偉幾個人在一塊兒統計過村裡校油泵的情況，梁庄在外校油泵的至少有三十家。據他們說，全國校油泵的，百分之八十都是穰縣的，而穰縣的又有百分之八十是吳鎮和鄰近另外兩個鄉的。

校油泵，校，就是校正修理。如果你的油泵噴油的時刻不對，就會造成氣缸內燃燒不正常，對發動機損害很大，而且燃燒不良會造成耗油率升高。所以，一段時間後，油泵要清洗，必要時要更換柱塞，出油閥，油封，這些零件長期使用都會磨損，導致供油壓力下降。最重要的是油泵需要調整油量，噴油準確，油泵有勁，也省油。長期使用的油泵會發生變換，需要按照數據去調整。這些需要專業知識，但經驗更重要。有經驗的修理者憑著聲音就能夠聽出油泵哪些地方出問題。梁庄的校油泵者多是經驗者，在老鄉、親戚那裡當學徒，學習半年、一年，就自己另外尋個地方，買台機器，生意就開張了。

「河南校油泵」已經成為一個品牌。按恆文的話說，「反正是走遍全國各地，人家信咱們河南校油泵」。校油泵的地點多是在公路旁邊，或者在礦區周邊，大車集中來往，生意才能夠好。相應的，居住環境就會比較差。恆武十幾年間掙了上百萬，同樣住在滿是油汙味道的、簡陋的修理店。但是，他們也是梁庄最富裕的打工者。

校油泵和相關大車維修項目，可用「暴利」來形容，對此，恆文並不迴避，「那兩年，一個車上好幾個油嘴，用油泥密一下，上校台，一對，噴不出來油，就換一個。一個二三十塊錢，要一百二百，司機一般不懂，再説這壞那壞，換下來就很多錢。有的上車摸一下，再換個零件，説這壞那壞，就三千多。要三千多還算少的，他們説，你要哩還少了，叫我要五千多。還有就是換總軸。矇住了，就矇住了，反正原來你的車走不了，我修之後，叫你走了。外地人更狠，叫咱去三千，人家都是六千。」

恆武對此有不同意見。我們在楊四圪咀時，他對他哥的看法很不以為意，「校油泵是利潤大，也是背良心錢。人啊，不背心不發財，光靠出死力不行。但是，也不算背良心，你說，那賣服裝的，一件衣服，幾千，上萬，他加了多價？咱在這荒山上，吃苦受累，喝的是風，吃的是煤灰，天天在土窩裡打轉，加點價也正常。那一瓶茅台賣一兩千，那不叫矇人？他們多心安理得，咱還老覺得自己不對。事兒啊，就看你咋說。」

白牙

向學在呼和浩特往東勝的高速公路邊設了一個校傳動軸的點兒。向學是恆文的姨家表弟，又和我家是遠房親戚。說起來，其實和恆文一家已經有點陌生了，反而是向學，因為近些年他求學和家庭的許多事情，我們接觸更多，感情也近一些。

依向學告訴我們的路線，從呼市南二環和西二環交叉路口向左南走，約十一公里，快到高速收費口，左轉，就到了。沒有想到，這條路也是如此的堵，其程度和我們從北京到內蒙的路上有一拼。一路擁堵，左邊和右邊路上來往的都是大車，這些大型和超大型貨車，前後車頭和車尾以非常親密而又安全的距離前後連接著。兩排大貨車並行於一個車道內，中間所留的長長的縫隙僅容一個人的身體，往遠處看，是一個狹窄的一線天，筆直，又讓人壓抑。

公路兩邊都是露天煤礦，越往城外走，煤礦越多。黝黑的煤裸露在外面，閃著黑亮亮的光。一陣風吹過，或一輛大貨車過來，就是一陣黑色灰塵暴，汙濁、厚重，灰塵裡夾雜著無數的煤屑顆粒。天的藍是烏青的、略顯髒的藍，彷佛表面覆了一層廣大的薄薄的黑色透明膜，真正的藍天被隔離起來。不遠處是幾個工廠，高高的煙囪正冒著濃郁的白煙，煤場上有貨車在工作，裡面活動著的人一個個也似乎蓬頭垢面，無精打采。遠處田野寥闊，枯黃色的秸稈和土地，沒有任何生機。這情形，很有點英國工業革命初期的城市狀況，一切都生機勃勃，可以感受到那看不見的巨大的工業推手，但卻又粗糙、隨意，沒有人文的氣息。

十一點半的時候，我們還沒有到地方，並且，這長長的車龍似乎並沒有暢通的意思。正在此時，一輛自行車逆行而來，騎車的小夥子在高大的擁塞的貨車縫中躲閃、騰挪，靈巧、活潑，和周圍笨重的事物形成鮮明對比。我們頗有興致地觀看著，自行車「嗤」的一聲停在了我們面前，騎車人跳下車，朝我們咧著嘴笑，黝黑的臉上露出一口白牙。我定睛一看，是向學。

向學穿著白襯衫，外套藍白相間的毛線夾衣，灰褲子，白色運動鞋，雖然表面也蒙著一層發烏的顏色，但和周圍的汙濁相比，整個人乾淨、可愛。向學激動地給我們打著招呼，他說話有一點點結巴，尤其是在激動的時候，結巴就更加明顯。我讓他趕緊騎回去，在這貨車中間穿行太危險。向學笑著說，這沒關係，經常有車壞到半路上，他們就這樣騎著自行車去看。車又開始緩慢移動，其實還是有些危險的。向學就又騎著自行車搖晃著穿行回去了。

在十二點一刻左右，我們終於看到了收費站。收費站前向左有一個出口，可以到路的對面。對面公路向外延伸的一片空地，就是向學工作所在地。空地上是一排極其簡陋的磚房，磚房旁邊是五六間低矮的簡易房。磚房和簡易房的門前、門上和整個房頂的空間林立著各種牌子：

河南老韓校油泵　增壓器　改剎車　貴州剎車神　校傳動　電路電瓶　汽車配件大型修理廠　XX飯店　XX洗浴中心　XX停車場　愛華超市

長的、方的，橫的、豎的，各種顏色的牌子擁擠在一起，上方、下方都留有手機號，透著一種熱鬧。這是一個極其簡單的修理區，但各種生活元素都很齊全。向學正站在門口張望，看我們的車轉過來，連忙跑過來迎接，卻被車尾輾起的灰塵遮住，過一會兒，才又顯出他的身影。

他的房子是簡易房中的一間。旁邊一間寫著「改剎車」牌子的房子是他小姨夫的店，小姨夫最近回吳鎮，另外一個老鄉住了進去。

進到向學的簡易房裡，一陣寒意猛然襲來。屋裡似乎要比屋外的溫度低那麼兩三度。在高原，有陽光和沒有陽光的地方溫度差距很大。房間面積約有七八平米，到處堆著機器零件，在幽暗中發著亮光。左邊是一個軌道式的機器槽道，上面有一台機器，應該是校傳動軸所需要的專業設備。右邊是一張高低床，下面的床鋪上蒙著一塊大布，向學告訴我，這裡太髒，必須把被子、床單蒙上，不然，兩天過去，就都是黑顏色了。後牆有一個鐵架子，架子上擺著各種零件，右牆角放著一個大水缸，是直接從地下抽上來的。旁邊一個破舊的桌子上，擺著一個煤氣單灶，放著一個鍋，幾個碗和一些簡單、凌亂的廚房用品。房間的每一件物品好像都被煤屑吹過，並被油汙洗禮過一樣，眉目不清，擠擠挨挨的，隨意堆放著。

站在門口仔細端詳向學。他的臉已經變得黝黑，手非常粗糙、每一個指甲縫裡都是黑色油垢，頭髮蓬亂，可以看到裡面閃光的灰塵。不時有車開過來，一陣陣灰黑色的塵土飛揚起來，一團團塵土遮擋著這一長排簡易的修

理房。向學最近生意不錯，半年掙了兩萬多塊錢，但是，另外一條公路馬上就要修好，到時大車要改道行駛，他的生意就不好了，還得重新找地方。幹他們這一行的是跟著大車走，跟在大車後面喝風吃灰，才能掙到錢。

我們正在聊天的時候，右邊修電瓶的那個小房子裡出來一個年輕男孩，臉上是黑黑的、橫七豎八的油汙，只有眼睛閃著光，像剛從千年淤泥裡掙脱出來。看到我拿著相機，逃也似的飛回房間，過了一會兒再出來，臉已經乾淨了許多，但還是汙泥重重。他看我還在看他，不好意思地笑了起來。

一輛大車挾帶著一陣濃煙式的灰塵在向學的門口停了下來。司機下車，穿著一身迷彩服，胖胖的，圓臉大眼，很樸實的樣子。他對向學説，傳動軸有些使不上勁，想換一換。問換一個多少錢。向學説兩百六十塊錢。奇怪的是，司機沒有還價。

回轉到房間裡面，向學坐到床邊，開始換衣服。他把T恤、毛線夾衣脱掉，露出光的上身和肌肉發達的臂膀（這和他文弱的外表很不相襯），我看到他腰部厚厚的、有些發黑的汙垢。他從上鋪拿下一個沾滿油汙的舊T恤，套上；又脱下灰色棉布褲，換上一條運動防風料的破褲子，也是油垢混合著灰塵，有點像鎧甲的硬度了；又把他的白運動鞋脱掉，換上一個髒的布鞋。這是向學的工作服。我問他是不是每次都要這樣換衣服。向學笑起來，臉開始紅，説話又有點結巴，「哪是，平常就穿這身，昨天是到薛家灣那兒相親，二哥（恆武）給我説了個姑娘，讓我去看。我

上 鑽在車下取傳動軸的小夥子
下 油汙後的眼睛

才換那身乾淨衣服，那衣服，在這兒穿一天就沒法看了。」

這是一輛拉煤的大貨車，車身下半部全是泥灰。向學鑽到車廂下面，直接仰躺在地上，整個身體、頭都躺在了灰塵之中。他拿著工具，開始拆卸。二十幾分鐘左右，一個粗粗的鋼管「咣噹」一聲，掉在了地上。向學把它拖出來，又彎著腰抱著鋼管向門口走，扔到地上。看那動作，那鋼管應該是很重的一個大傢伙。他又從屋裡拿出一個大錘子，一些小的工具，開始掄著錘子砸那個鋼管上的圓形部位的結構。

向學的首要任務是把鋼管上這個大零件內部的小零件打開，然後才能再換上新的。但是，這些小零件都是經過千輾萬轉，油和灰塵長期混合，死死地咬合在一起，很難打開。向學掄圓了胳膊，高舉錘子，至少砸有上百下。那個零件內部沒有任何鬆動的跡象。

草原的光線特別強烈，光亮和陰影非常重的投射在向學的臉上。他剛好就在這陰影和光亮的交界點，那個鋼的傳動軸在光亮之中，耀眼刺目，傳遞著金屬的不可撼動和威嚴感。而向學的臉，一半在光亮之中，另一半在陰影之中。灰塵絲絲縷縷地在空氣中浮動，陽光照在他的臉上，油垢格外的清晰，深淺不一，厚薄輕重，連其中的分子成分似乎都可以看到。在光的奇怪投射下，唯有他的一顆牙閃著白色的光，清晰、深刻。

他拿它沒有辦法。規則的、沉重的、呆滯的鋼管在地上，越是被他不斷敲打，越是顯示著它的威力。任他宰割但又不為所征服。

向學和機器對抗

折騰了將近兩個小時，傳動軸終於被砸開了。換核心零件，裝墊片，抹機油，再重新裝上，砸實。向學抱著那個長長的、沉重的鋼管，到卡車邊，匍匐到塵土上，在騰起的塵霧中，鑽回卡車下面，把那個呆頭呆腦的重傢伙拖進去。又費了一番功夫才安裝好，因為太沉，還要往上托著，一個人完成起來很不容易。

那個司機一直在旁邊觀看。我趁機和他聊天，問他基本的情況和這一段路的運輸情況。他是山東人，「原來給人家做司機，去年買了這輛車，借有十來萬塊錢。雇了個司機，人家啥都不管，每月淨給六千。主要是從東勝往天津一個公司拉煤，一噸煤四百塊錢，一車能裝四十噸。一車有一萬多塊，可最後落到口袋裡沒剩幾個了。我給你算算，這一路上光罰款都得幾千塊錢打點。到處都是攔車的，超載點，警察，有些根本都不知道為啥，攔住都得趕緊給人家掏錢，給個一百五十，就可以走了。你要是不服，那就不是一百、兩百的事了。他會找各種理由，只要想罰你錢，那還怕找不來。車擦得不乾淨了，倒車鏡怎麼了，超高了，那理由你想都想不起來。一般都是趕緊給人家算了。還有過路費，來回又得幾千塊錢，司機的工資開開，幾天的吃喝，車再壞一下，修一下，這一趟下來就掙不住啥錢了。」

「就這一段路，走走停停，單趟就得三四天，一個月下來最多跑三趟，回來還是空車。老說超載，你算一下，不超載根本不行。」

在我們說話的時候，我看到貨車的車頭裡，那個小碎花簾子拉動了，一個穿紅毛衣的年輕女人從簾子後面爬了出來，頭髮蓬亂著，睡意惺忪的。我用探詢的目光看著司機，他有點不好意思地咧嘴笑了一下，說，那是我老婆。我走近去看，車頭實在太高，又不好意思攀上去，只隱約看到裡面還有一個煤氣灶，有鍋放在上面。看來，貨車的車頭不只是一個操作間，還是一個生活空間。那個年輕司機隨著我的眼光，在一旁給我做解釋似的說，「成年跑車，光吃方便麵、饃餅，胃都吃壞了，自己弄個小液化氣，灶，還可以做碗熱湯喝，省錢還方便。」我估計，這也是老婆來了之後才添置的家具。

交了錢，司機上了車，他雇來的那個司機直接爬到簾子後面休息去了。他們夫婦倆坐在前面。一個鮮紅，一個草綠，很是鮮豔。我們揮手再見。

這邊向學洗完手，又把衣服換了回來，還是灰白衣服，又一帥小夥，和剛才的工裝判若兩人。叫上隔壁的那個老鄉，我們一起到這個修理站兩個飯館中較好的一家去吃飯。那個叫宋林的老鄉整個人看起來極其消沉，聲音很低很慢，不吃任何菜。意外得知他做過傳銷，就問起他的傳銷經歷，他回答的聲音更是低緩得折磨人的神經。倒是向學，結結巴巴，把自己這幾年的經歷給梳理了一遍。我問他怎麼沒有學校油泵，改為校傳動軸？記得兩年前，他從北京走時，告訴我說是來跟著表哥學校油泵的。

「主要見效快，能快點掙錢。就是得出力氣。我大姨，表姐他們都想著趕緊叫我掙到錢，好回家說個老婆。現在，農村說人[2]得十來萬。

「我算耽誤了幾年。二〇〇五年上鄭州交通學院，大專，一年半，最後半年在宇通實習，在宇通生產線上，排管路，第一個月給三百塊，第二月四百，然後就是五百塊錢，管吃不管住。畢業後，到安徽蕪湖奇瑞廠，才開始一個月八百塊錢，後來漲到一千二，工資不固定，一個月上班天數多了工資高，績效工資和基本工資。幹差不多兩年。二〇〇七年去的，二〇〇八年底走。現在很後悔，這兩年算耽誤了。原來我是只想過安穩日子，上個班，掙個錢，吃個飯。根本不行，那兩年連一分錢都沒落住。技術也沒學來，那都是流水線，只幹一樣。

「就到北京。在一個修車鋪修車，洗車。才開始在草橋、上地幹，工資更低，當學徒，六百塊錢，後來八百，想著學學技術，自己開個店。二〇一〇年過完年來這兒。先在一個老鄉那兒學二十天，又到二哥那兒學十來多天，就直接買機器開點了。修理這東西是實踐活兒，邊幹邊學，很快就學會了，上那兩年學，也沒起啥作用。」

閒聊時，向學一口一個「東勝」，語氣很是熱烈。一開始我還沒弄明白，原來「東勝」就是「鄂爾多斯」。內蒙人不說「鄂爾多斯」，只說「東勝」。向學結結巴巴卻滔滔不絕地講了很多。

「來內蒙之後，才知道啥叫有錢人，東勝和薛家灣的有錢人太多，一個掃馬路的家裡可能就有幾輛寶馬車。主要是煤礦，還全是露天煤礦，到處都是。說隨便拿個鍬在山上鏟一下，下面就是烏黑烏黑的煤。附近的農民光靠賣地，就幾輩子吃喝不愁。我天天在高速公路口待著，過去的都是寶馬、奔馳。說鄂爾多斯的女人，打飛的去北京買衣服，有的只為做一個頭髮，就飛到北京去。到北京看房子，看中了，打幾個電話，問三嬸四叔，這有幾套房子，買不買？買，就刷卡了，像咱們到市場買菜一樣。」

講著鄂爾多斯，向學興奮、激動，但不是羨慕和嫉妒，而是驚嘆，一個農民對城裡人、一個貧苦人對有錢人的驚嘆。彷彿在講一個傳說，與自己和自己的生活無關。

下午五六點鐘，陽光還很清晰，氣溫已經有所下降。灰塵籠罩下的公路，仍然整齊地排列著的黑青色的大貨車。那個高高聳立著的煙囪一直吐著濃煙，遠處是依稀的村莊和城市的高樓。口腔逐漸被塞滿，每一口呼吸，都似乎吸入粗大的顆粒和濃重的灰塵。這是工業發展初期的城市特有的烏煙瘴氣和粗礪的味道，蘊含著躁動、活力、金錢、機會，還有莫名發財後的淺薄和愚蠢，但同時，也意味著一種新的開放性和新的生活的轉型。

向學和他的夥伴們並沒有融入到這新的生長之中，他們不是「工人」，還沒有「工作」的感

長長的車隊好像高牆

覺。他們在這工業的肌理之內討生活，但是，卻又與這工業無關。

恩怨

第二天傍晚的時候，在薛家灣楊四圪咀的恆武也過來了。和恆文的矮、胖、和氣相反，恆武瘦長、結實，很嚴肅，眉頭緊蹙的樣子，對人的分寸感很強。我們在韓叔的「翠花小賣部」等著恆文關門，一起去朝俠家。恆文的生意不錯，不斷有大車在門前轟隆隆地停下。晚上八點左右，恆文終於關了門，他老婆也從另一修理點過來，一個看起來很厲害的農村女性。我們一起去朝俠家。

朝俠住在呼市裡面的一個小區裡。小區環境很好。樓層不高，間距合適，綠化、物業都很好。朝俠的家裝修時尚大方、乾淨整潔。總共有一百五十多平米，三室一廳，客廳南北通透，灰細花紋的大理石地板，橡紅色實木家具和實木門窗，吊燈、壁燈、窗簾、沙發都很講究，舒適，也很有品味。見過這麼多梁庄打工者和他們的住所，朝俠家是唯一具有城市品相的、從裡到外都流露著時尚氣息的房屋。

朝俠和她老公在廚房忙，晚上她請我們在家吃火鍋。朝俠戴著眼鏡，穿著黑色薄毛裙，臉上還是有一些黑色小斑點，比我印象中的她還要年輕、漂亮。招呼我們入座之後，朝俠周到地為大家服務。她的女兒小小坐在我旁邊。小小在內蒙出生、長大，現在呼市的一所高中上學，戶口在前幾年有相關政策時已經轉到了呼市。她跟著父母回過一兩次吳鎮和梁庄，對那裡沒有什麼印象和感覺，說話也是標準的普通話。但是，父母、姥姥姥爺們說的方言都能聽懂。

吃完飯，我們轉移到客廳的沙發上，朝俠招呼女兒小小過來，讓她坐在旁邊聽我們說話。說是讓她接受接受教育，聽聽她父母都受了什麼罪。

一九九三年三月分到內蒙。他爸認識這兒的一個老鄉，跟著人家來了。來的時候很可憐，租的房子，又黑又潮，吃的沒吃的，燒的沒燒的，白天不敢出去，晚上偷偷去拾柴。沒想到，在家裡日子過哩不錯，來了成這樣。等太陽落山了，我背著麻袋出去到墳頭拾柴。弄幾塊磚，在牆角壘個灶，這樣，到十一月分，內蒙天開始冷，人家家裡都生爐子，咱這兒又濕又潮，冷哩很，把身上所有衣服都蓋上，都不行。連個紙箱子都沒有。可憐得很，他爸喜歡抽菸，五毛錢一盒的菸抽不起，實在想吸，就偷偷在地上撿個菸頭。過年從一個老鄉賒了十塊錢的肉，二斤半。家裡有二十塊錢，我一直壓在蓆下不敢花，怕萬一有個啥事。

一九九三年恆武來，他在北京當保安，說想看看我。他來一看，心裡可難受。我一說到他我也掛心，說到這兒有點難過。難過哩不行，想哭。他說，「姐，你這樣不行。」他住一個星期，回去把自己攢的三千塊錢寄過來。我接住三千錢，不知道這錢往哪兒放，頂住現在的三萬錢。

俺們是碰見菜賣菜，碰見水果賣水果。都只能賺生活費。一直在二苗圃住。懷孕五個月的時候，從二苗圃搬到西口子，一天幹這，一天幹那，沒有閒著，馬不停蹄的在幹著。小小是一九九四年臘月生的，在小診所生的，花了三百塊錢。

恆武從北京來的時候送小小一個小鴨籃子，裡面裝的各種果脯，非常漂亮。現在還擺在家裡，留個紀念。他一直掛念我，他說，「姐，我不想在北京幹了，我到你那兒去。」我說，「你一個月掙七八百。」他說，「也落不住啥錢，以後也不能這樣下去。」他就是心疼我，把軍大衣啥都拉過來，他就是來幫我。

他和小小爸一起收豬，跑到山西去收。回來凍得嘴都張不開，眉毛都結住了，雪下得大，看不見路，溝和路都看不見。他們回來，再晚，我都做一大鍋飯，糊湯麵，倆人都能吃完。早上五點來鐘走，夜裡十二點前摸回來，早上三點鐘去看著人家殺豬，豬皮、下水還能拿回來再賣點錢。

我出來這麼多年，能和內蒙人打交道，不和老鄉打交道，人家不算計你，咱們那兒人鬥心眼。後來，別的老鄉也在幹，相互之間有矛盾，把我們輪胎扎了。他們倆人只好推車回來。都知道是自己老鄉扎的。

我看別人賣辣椒粉還行，辣椒在鍋裡炒完，拿絞肉機絞碎，在街上現絞現賣。我就也買個小絞肉機，推著自行車，後面弄個簍，到處跑著賣辣椒，後來發現拿芝麻放上去好看，就放點芝麻，味道不錯。賣一百塊，能掙六十塊錢。兩塊錢一兩。一下午能賣三四十塊。沒有固定地方，就在馬路上，市場邊，小區裡。他爸不去，嫌丟人，我帶著孩子，到處跑著賣。在公園早市賣，那時候是一九九七年香港回歸，我在市場買了個帽子，現在還在。

賣辣椒跑的地方可多，鋼鐵路，公園南路，啥路都去過。在鋼鐵路邊，旁邊有個人賣羊頭的，喝醉了，他說你小椅子讓我坐，我不讓坐。一開始他說借，我沒理他，他罵我。我不放過他，我說，「你大男人，光天化日之下你想幹啥。」後來就打起來了，我把羊頭往他身上扔，他把我絞肉機扔了。剛好有警察巡邏過來，碰上了，問問情況，把我們倆都弄到派出所。我把情況說說，說他想欺負人。後來，說賠我一百塊錢，他也沒有，窮得不得了。他不賠，我就不走，他把我辣椒全弄灑了，我就那麼一點本錢，我非得要回來。從下午一直到黑了。他老婆過來了，給我七十塊錢。

這中間我們還爆過米花，賣過餅乾，都不行。後來看到有老鄉賣調料，臘月間生意好得很。就想著賣調料。在鋼鐵路租個小門面，賒了老鄉一點調料賣。一天賣七八十塊錢，掙二十多塊錢。

難的時候自殺的心都有了。有一回，差點把七千塊錢丟了，我把錢捲在一塊兒，藏在衣服裡。可找錢的時候，錢沒見了。你不知道，絕望得很，想著要是丟了就不活了。急得到處轉。後來在家裡找著了，長出了一口氣。

也捉人，三塊錢進的貨能賣三十塊錢，現在，大生意也都是捉人的。咱手不算狠。一件米棗四十塊錢進的，賣一百八，利潤很大。五塊錢一斤的桂圓賣九十塊錢。內蒙人有錢，後來也不行了。

十年之內，掙了上百萬，這個房子是六萬塊錢買的，就是一年掙的錢。我三舅一家也在這兒多少年。恆武，恆文後來又來，租房，鋪底，都是我安置的。不過這兩年生意又有點差，我還賠點錢。

生意是打出來的。最後也是潑上了。打得好了，你站住步了。這兒五湖四海的人都有，山東，天津，山西，陝西的，都爭著賣貨。時間長了，你不整他，他就整你。我們小孩她爸經常是躺著回來，滿身是血。在調料批發市場，咱們占的那個位置好，給當官的送過禮，別人看見你生意好，想把咱弄走。有一年，人家放話，說要找黑社會來收拾俺們。你找，我也找，不要想著我怕你。我就託人找來黑社會的人，我給那些人說，就是嚇唬嚇唬，不要打殘就行。那天，黑社會的小夥子，穿著黑西服，齊刷刷站在他們家門口，二十來個人，看著嚇人。也真嚇唬住人，後來他們也不敢找事了，知道咱也是不要命的。都是黑對黑，誰膽大誰就勝，沒有好人壞人。

出來站住步真難。俺倆出來就倆人。艱難時，白天幹活，晚上抱著痛哭，說說。

我二〇〇〇年回過梁庄一次。我回去一看，我出來時我媽頭髮是黑的，現在白髮蒼蒼的，心裡難受哩很，哭了一夜。我爹給我說，他在河裡種西瓜，湍水漲水，眼看著瓜被淹了，喊恆文來，恆文不來，他坐到河頭上哭。恆文懶，不幹活，恆武孝順父母，有啥活都幹。

我不叫他們幹了，也來內蒙。來不久，我爹騎摩托叫人家撞了。挺嚴重，後來都不認得人了。我爹住了醫院，昏迷中只喊我媽，恆文媳婦說我爹不叫他，就不來照顧了。為這一家人也生了不少氣。爹治病，恆文媳婦一分錢不出，有一年吵架，她還非要說當年爹賠的錢沒分給她，說我貪了，大家都哭了。我是想著把錢存起來，萬一有個啥事兒，也是他們老倆的一個墊底錢。

我們在客廳這邊說話，恆文夫妻、恆武和韓叔他們在客廳另一邊的開放餐廳那兒聊天。在朝俠說到恆文自私、不願出力時，我不自覺地朝恆文那邊看一眼，發現恆文老婆的神情非常不自然，好像聽到了我們說話的內容。朝俠講得正投入，沒有看到那邊的動作。當又講到給韓叔治病時的爭吵時，恆文老婆猛然衝了過來，說，「姐，你這樣說我心裡可不美。我咋不孝敬爹了？我啥時間要錢了？你們一家就不稀罕恆文，別以為我不知道。」

朝俠愣住了，對這突然的翻臉反應不過來。「家醜不外揚」，這是農村家庭的基本準則。朝俠看看她的弟媳，又看看我，壓著嗓子說，「想吵出去，別在我這兒丟人現眼。」

恆文看到了這邊的情形，也衝了過來，上去打了自己老婆一巴掌，說，「誰叫你在這兒能？趕緊走，趕緊走。」他把她往門口處推，嘴裡還罵罵咧咧。這下子惹住馬蜂窩了，恆文老婆反過身來就朝恆文臉上抓去，罵他，「你這個窩囊廢，就知道欺負你老婆，你咋不敢對別人說個啥？」

夫妻兩個在門口廝打了起來。恆武和朝俠的態度非常奇怪，好像要去拉他們，又好像懶得去管，不太積極。恆武上去，抱住恆文，試圖把他拉出恆文老婆如鉗子一樣的雙臂和不顧一切的撕咬。沒想到，恆文甩開恆武，忽然提高了聲音，怨恨地叫嚷著，「誰叫你來管俺們？誰叫你管？你們都好，我壞，行不行？」

也許是意識到我們在場，恆文的神情略微有些緩和，上前踢了老婆一腳，「起來，回家。」「嘭」的地一聲，厚厚的防盜門關上，空氣瞬間輕鬆了許多。朝俠招呼大家坐下，又給我們倒上茶，對父親說，「梁叔，你不知道，恆文有半年都沒來過我這兒，還是你來了，他才來。俺們已經半年多沒說話了。他那個老婆，可不像話。恆文是耳根子軟，不孝順。」

這姊妹三個，朝俠和恆武感情深，他們在內蒙是共患難共擔當，對父母也比較用心，恆文自私、吝嗇，被朝俠恆武排斥，這也導致了三人之間的隔閡和矛盾。韓叔韓嬸最初來內蒙，一直幫朝俠賣調料，恆文老婆就經常嘟囔著韓叔韓嬸偏閨女，說老了也別想指望我之類的話。後來，韓叔韓嬸就和他們分開來住，誰家都不敢住，誰的忙也不敢幫，怕分配不公，引起姊妹間的矛盾。而關於他們的舅和姨的事情，我略有所知，村裡人都以此證實朝俠唯利是圖，無情無義，但是，眼前的朝俠顯然是一個全心全意張羅著把娘家往一塊攏的姑娘。

本來說好住在姐姐家的恆武，氣呼呼的，連夜開車回薛家灣。我和父親又坐了一會兒，也訕訕地走了。

第二天一大早，我就趕到韓叔韓嬸的小賣部。一整夜我都在擔心恆文他們兩口子，怕他們回家再吵架，怕韓叔韓嬸不開心。我們的車剛停到門口，就看到恆文笑咪咪地從父親的小賣部出來，手時還捏著半個饅頭，韓嬸端著盆子出來，朝店前面的空地上猛潑了一盆髒水。看到了我們，他們都露出了燦爛的笑容。

一切已經恢復了原樣。

扯秧子

第四天，我們和向學一起，開車到薛家灣楊四圪咀恆武那裡去。公路兩邊是低矮的山丘，山丘上植物稀疏。向學指著那些山丘說，這些小山下面都全是煤。揭開一層土，下面就是煤。

薛家灣就在一個狹長的山谷裡，依山谷而建。穿過整個薛家灣，上坡，下坡，再上再下，在一個山道的拐彎處，薛家灣鎮裡面的整潔、現代突然消失，面前是一條塵土飛揚的公路，兩邊是一個往山坡下面延伸的村莊。路中央，大車一輛挨一輛地排著隊，路兩邊是各種修理店、超市、飯店，還有遊戲廳、台球和電信廳。地上的粉塵全部是黑灰色的，空氣裡瀰漫著濃重的汽油味兒。這裡和向學那個修理點的氣質非常相似，但規模要大得多，也髒得多。這是楊四圪咀。楊四圪咀是周邊露天煤礦的唯一出口，常年擁擠，大車來來往往，司機就在這裡住宿、吃飯、維修、生活。

遠遠就看見「河南老韓校油泵」的大招牌。兄弟倆用同一個招牌，看來「河南老韓」已經成為這附近一帶的品牌。

恆武的修理店面積很大，一整個大通間，正中央一個長排貨架，擺著各種零件，靠右牆最裡面是幾台校泵機器，幾個二十歲左右的小夥子正在機器旁邊操作。恆武給我們介紹房間裡的幾個人，幾個徒弟，兩個司機，都是吳鎮老鄉。其中一個男子年齡五十歲左右，恆武說，他是吳鎮最早來呼市的人，前前後後帶出了一百多號人，朝俠丈夫最初來內蒙就是投奔的他。他們都叫他老趙。從衣著打扮和神情來看，老趙並沒有發財。他現在還在做收豬的生意，自己開著車，到處收豬，回呼市賣。也能掙到錢，但顯然，他的生活還很辛苦。

中午在旁邊一家飯店吃飯，老趙講起他帶出來的老鄉，講到早年創業時的艱難，很興奮，和恆武相互補充著，提起一個又一個人名。他用了一個方言，叫「扯秧子」[3]，扯一個出來，最後帶出來的是一群，吳鎮、穰縣老鄉就這樣不斷往內蒙來。恆武一家就是典型的「扯秧子」扯出來的。老趙對自己在內蒙的聲望和資歷頗為得意，給我們講內蒙電視台曾經採訪過他，讓他談在內蒙打工和生活的狀況。從他那壓抑著的激動來看，這是他人生的華彩樂章。他的話題幾次被亂哄哄的談話打斷，他總是又耐心地拾起話頭，堅持把它講完。還特意給我說了那個節目的名字，讓我上網找來看。那頓飯，老趙搶著去付了帳，好像是為了確定他在內蒙老鄉中的「元老」位置。

午後的楊四圪咀非常熱鬧。恆武的店門口停了幾輛大車，他隔壁是幾間改剎車和換輪胎的店，修車師傅在車下進進出出，敲敲打打，不斷有灰塵從車下揚起。一個年輕的修理工盤腿坐在黑色輪胎上，他身上的工裝已經發硬，到處是白色的汗鹼和黑褐色的塵土。他扭過臉朝向我們的方向，那張臉，即使塗滿油汙，也依然稚嫩。他的神情有些愚鈍、天真，彷彿一任生活漂流，被動、無思，但又安然。看著他，四周逐漸空曠而遙遠，只有這個泥樣的菩薩，和塵同光。

和恆武坐在店裡面的一張小桌子邊，我們開始了聊天。言語和行動之中，恆武保持著一個退役軍人特有的豪爽、乾脆，很決斷。

媳婦回南陽去了。又把今年掙的錢全部帶走了。想把南陽的房子裝修裝修，倆閨女在那兒上學。哈哈，每次回家都要把我這身上收拾乾淨，錢全帶走。我不反對她。我知道自己的毛病，愛耍錢，輸起來沒個數。說起來，最終出來都比在家裡强。在工廠打工的不如自己做個小生意的。有的一開始在工廠裡打工，看著不錯，最後還是不行。別在大工廠裡打工，還不如在小工廠，啥都能學，出來說不定還能當老闆。咱們那兒李營、王庄都是校油泵，掙錢比較多。原始積累都是校油泵，發財後，有的改行了。

我十七歲出來當兵。在北京昌平，兩年半兵。最後啥也沒有，感覺如果不是去的話，說不定還更好。也有好處，養成個好習慣。洗衣、做飯都保持乾淨。當完兵之後，到建升的保安公司那兒給他訓練保安。建升小氣，對保安娃兒苛刻，對我還行，畢竟，我還有用。

當兵的時候，我來內蒙看我姐。當時相當窮，天正冷，我姐們房間是零下二十七度，房子是南房，內蒙這兒，朝陽的叫正房，方向朝北叫南房，背陽光，冷得很。房子可低，我這個個子，得彎著腰進去，一個板子支四塊磚。睡在床著，哈著氣，床那頭還結著霜。撿樹枝燒火，燒炭相當便宜，捨不得。冬天在一個小樹林裡撿枯樹枝燒。我一看，比在梁庄還差，看了不忍心。她一個人在這兒，畢竟沒有一個親人。

第二次來內蒙，我就不走了。買了個三輪，跟著姐夫哥去收豬。一九九五年，我爹捎信說我爺有病，叫我回家，其實是要在家給我找對象。害怕我在這兒找個對象。其實，就是你想找，你也找不來，整天收豬身上髒得不得了，誰能看上咱？

一開始我不回去。這裡面有原因。我心裡有個姑娘，是吳鎮南面，胡營的，我家一個遠房表妹。在當兵時我們倆有聯繫，經常寫寫信，心裡都是那麼想的，也沒有怎麼說。她有個兄弟小兒麻痹，我爹怕有遺傳。過年我回去，我也去人家家裡，拿兩瓶酒，他們家裡對我滿意。我爹就自己去找人家說，他不願意。我那個遠房姑夫就不高興，人家窮，也有自尊，就不願意了，把這個事兒攪黃了。我就不想回去了。這也是我來這兒的一個主要原因。多少年心裡都可不舒服。

我回去之後，爹就叫我見現在的媳婦，我當時心灰意冷，只要你願意，我隨便，都行。我心裡是啥感覺也沒有。後來在外面跑兩年，覺得老人也挺不容易，也都是為我的。

一九九四年七月一號開的這個店，記得可清。我手裡沒有錢，問向學家借三千，成本兩萬塊錢，到處借，很作難。去我老丈哥那兒借錢，在電話裡答應好的，我就去了，還買了一箱娃哈哈，二十四塊錢。我去了，人家再不說錢的事了。都是明白人，人家不說咱也知道咋回事。走的時候我是含著眼淚走的。我這二十四塊錢是咋拿出來？我連買菜都捨不得，為感謝你。你連養的狼狗都吃燴麵了，就是不借給我錢。他那時候想的肯定是，萬一賠了，還不起了咋辦。人窮志不短，再不可能問他借了。他可是大學生，國家工作人員，說實話，也沒見覺悟有多高，看你不行，就是連親妹子都不幫。要不我把這親戚看得可淡了。

這中間八年，回梁庄兩次。一次是為販羊，那是一九九九年。是我的傷心事。四個合夥人，總共投資七萬塊錢，在內蒙買了五百隻羊，運回梁庄，在梁庄放羊放了二十八天。那次我受了大罪，差點把命都送了。走之前人一百二十八斤，回去一百斤，瘦了二十八斤，一天少一斤。有天突然覺得地震了，一下子暈倒了，別人給我掐了掐，才醒過來。太操心了，也營養不良。

每天王家人跑到我那兒說，趕緊把羊趕走，把我們莊稼都糟蹋完了。我只好天天給人家解釋說，我走不了，台灣跌價了，這兒太便宜，賣不成。人家都不相信，說台灣跟這兒啥關係。關係可大了，全世界的市場都是連在一起的。八幾年種麥冬，才開始賺錢，過兩年，多少人賠？不都是因為市場？我記得你們家還種了幾畝麥冬，還找多少人挖，是不是？[4]

當時正好柴油發動機歐一標準換成歐二排放標準，油泵改進，A型B型換成P型，校油泵這個行當利潤大，開始掙錢。這是二〇〇三年左右。一個月最多時能掙三五萬塊錢。最高峰期一個月除去花，除去來賭，還剩兩萬多。一年能掙三五十萬。車都換了好幾個，把一個本田碰報廢了。

跟我哥是有點小矛盾。那幾年也幫過我哥，他想開店，沒本錢，問我借，我那時訓練保安有點錢，兩千塊錢，就給了他。忘了是我結婚還是收辣椒，問他要這錢，他說還了我，其實沒還我。最後他想起來了，把錢扔到地上給我，撒了一地。態度極其惡劣。我要是不急不會問他要，我自己也想做點買賣。關係不好就在這兒埋下伏筆。我又一張一張撿起來，從這兒開始，我們弟兄倆的關係變得有點淡了。我爹出車禍，他沒拿錢。那時我們也差不多了，有他沒他也無所謂。他說我一直沒有把他當哥看，問我啥原因。我沒有忘，我撿錢時就傷了心。

在我們聊天的時候，不時有司機進來，問恆武，「你是老韓吧？車提不上速，起步慢，油供不上，你給我看一下。」恆武就帶著夥計出去，圍著車轉一圈，趴下聽聽，指揮兩個徒弟去幹這幹那，自己並不上前。我們聊起了孩子，他的眉頭皺了起來，習慣性表情，有點焦慮。

倆閨女去年回南陽上學了，她舅姨們都在那兒。原來在這兒上學時，就住在我姐家，我們兩口子都沒管過孩子，咱這兒前不著村後不著店的，沒辦法。在這兒學習不錯，能占前五名，回去連二十名都占不到。內蒙現在有政策，能給孩子辦户口，可咱不敢啊。你想，咱在這兒一點關係也沒有，户口弄到這兒，連回都回不去了，咋辦？又想著這兒高考的分數低，我也想著，要是能在家上學，將來在這兒考試，上完大學再回去，那也不錯。畢竟她舅們在家裡還有點關係。還不知道咋辦，現在户口還沒轉過來。只能走走再說吧。

把孩子送回去，也是考慮不太全面。回去之後也是沒人管理，住在她小姨家，白天在托管班裡吃飯。她小姨是搞設計的，舅是單位領導，一天都忙得不得了。沒人管。前兩天大閨女跟著同學一塊兒出去玩，把手機給關了，怕她小姨說她。她小姨到處給她同學打電話，找了整整一天，就差報警了，第二天下午才回來。你說，嚇人不嚇人？她媽在這兒哭得不得了。我哥的姑娘去年也是這樣子，出去玩，不拿手機，不是忘了，專門不拿的。托管班的老師找不到她了，給我嫂子打電話。我嫂子哭哭啼啼回去了，走到半路，打來電話說，回來了。跟著她們同學回農村玩了。星期五走的，星期天晚上才回來。

也想過讓媳婦回去，專門照顧她們倆。但是，現在不行，這邊離不了人。她這一回去，我每天在這兒給大家做飯，把生意都做垮了。這是夫妻店，最起碼家裡有個人得待在店裡，不然，收錢都是問題。她走了，我得待在店裡。幹俺們這一行，我得經常出去和司機耍牌，聊天，出去其實就是找活，把該幹的活都幹了。我開車出去一兩天，到工地去，見老闆，聊聊天。聊熟了，活兒就來了。

也不知道咋辦。這次我媳婦回去，就是想著先把南陽房子裝修一下，孩子也有個地方住。成天在親戚家住，孩子不安生，我想起來心裡也不美氣。可要是沒有人照應一下也不行。

即使呼和浩特市願意給恆武孩子戶口，對於恆武來說，依然是沒有意義，因為在這陌生的城市，他沒有任何人情關係，他不可能相信所謂的公正。所以，回老家，還是相對安全的決定。但是，這意味著孩子們仍沒有辦法和父母在一起。

同時，即使幹了十幾年的校油泵生意，在恆文、恆武兄弟倆這裡，校油泵的修理店仍然沒有可生長性，很難成為現代企業。即使想開個分店，都很難。一人無法分身，就無法監控生意，你不能保證所雇的夥計自覺上繳所有的利潤。所以，一般是親戚一邊當學徒，一邊幫著看店，等學徒學得差不多了，矛盾和猜疑就會出現，吵架、打架現象都有。再之後，主家乾脆放棄，把店盤給親戚。

這些校油泵的、改剎車的、修傳動軸的和一系列相關的汽修行業仍然可以說上是手工業者，依靠一門手藝，以家庭為單位，單打獨鬥。它的內容是工業時代的，以機械為核心，但是，模式卻仍然是農業時代的，保持著農業時代的緩慢和小規模。

在內蒙的最後兩天，梁庄張家的栓子一直跟著我，他在白雲鄂博那兒校油泵，聽說我來，開著越野車專門趕過來見我。他在網絡上看到《中國在梁庄》後，買了二十幾本送給他所認識的人，還專門寄給梁庄村支書和村會計，說讓他們看看，看看他們都幹了啥。

栓子的眉宇間有一種焦慮，他很希望找到一種精神生活，找到生活的理想目標。他特別想與我交流，希望找到一個答案，對我也抱以很高的期望。他給我舉一個例子。有一個老鄉，今年三十三歲，小學三年級畢業，在家放幾年羊，出去在大連葫蘆島市那邊校油泵，幹得非常好，被當地團委評為「外來務工十大青年」，又被選為葫蘆島市政協委員，區委員。

栓子說，「這應該不錯，一個校油泵的能混到這地步，應該不錯。人家得到認可了。人並不應該只以掙錢為標準，還得有個愛心，這很重要。最後，這愛心也得到了社會承認，這才對。就拿我來說，不管我掙錢咋苦咋累，國家有啥大事時候，我都是自發性的。汶川地震時，我主動打電話給村委會，說自己想賑災，通過啥方式行？會計說，可行，咋不行。我也想去，後來打報告之後，人家說要減輕災區壓力，捐點錢可以，就沒去了。我捐了五千塊。

「要說這些年也算掙些錢，但是，還是覺得不安定，主要是沒有身分。光要錢有啥用，你到哪兒去給人家別人咋介紹，做生意的？自己心裡都覺得矮一截子。沒有奔頭，沒有前途，就是住在北京，住在再好的村裡，你也不能參與人家啥活動，都沒你的份。心裡很不美。」

我想起在南陽和小海的對話。即使一個被嫌疑搞傳銷的年輕農民，當他在想到他在社會上的存在時，他首先想到的就是：沒有身分。他們渴望得到承認，社會的和他人的，渴望獲得平等，渴望進入一個體系，渴望在這個社會組織中找到自己生存的基點和存在的價值。

相親

在內蒙見向學時，是在他一次相親之後。相親是二十六歲的向學最重要的任務。所有的親戚都被發動起來，因為都在異地打工，無法見面，介紹對象還加入了新形式，雙方交換電話和QQ之後，在QQ上相互聊天，建立感情。如果可以，春節時見面就可以確定下來。向學聊了兩個，他不擅言詞，他的姐姐就上馬，或跟女孩套近關係，有時候乾脆以向學的名義去聊。但都沒有成功。向學媽為此已經有些輕度抑鬱傾向。現在的農村，二十六歲的向學已經是非常少見的大齡男青年。

再次見到向學，是二〇一二年春節之後，他帶著新媳婦到我家走親戚。經過春節在吳鎮走馬燈似的相親，向學如願找到了媳婦。說起來相親的過程，向學用一句話來形容，「就跟買菜一樣，也挑挑撿撿，但是決定得快得很。」

我是臘月二十五那天到家的，和恆文大哥、恆武二哥一家和我姨夫他們一起回去的。說是回家，其實沒有家了，家裡早就沒人住了，我們家的房子是土瓦房，都快塌了，二〇〇八年從家走的時候，俺們把像樣一點兒的家具都拉到小姨家了。我媽住在我小姨家，我有時候住在你們梁庄我大姨家，有時候住在乾爹家，亂住。

臘月二十八的時候，見了第一個，是在上海打工。是辦公室文員，老家是咱們那兒的，沒爹沒媽，她姑替她操心，只要她姑行，她就行。我有點不願意，一是她從小沒爹沒媽的，感覺心裡不舒服，二是人家是坐辦公室的，咱這兒在灰天灰地裡，做小生意，都不是一路人。這個女子人也怪好，挺主動，長得不太好看，說話也不通順，反正覺得就不是一路人。

臘月二十九那天，給在青島打工的那個女子打電話約見面。原來沒有見過本人，只在QQ上聊過。當時我的感覺就是世界只剩下她了，不是因為滿意，主要是想著咱條件差，找不來。只要人家願意，咱就行。沒辦法了。湊合著算了。才開始約她，人家都不想出來。說了半天，人家答應說年初一在穰縣大廣場見面。叫俺們下午兩點去。俺們去了六七個人，開了兩輛車。我大哥大嫂，二哥二嫂都去了，也是給我捧場、撐面子。有唬人家的意思。女方人家就一個人去了。說話還是沒有啥感覺。我才開始打過電話，覺得人家說話聲音可好聽，我姐也說人家說話聲音可好聽。在外面大排檔坐著，要兩杯奶茶喝，沒說兩句話，人家要回家。我說送她，也不讓送。從見面到分手，總共有二十分鐘。回家後，我大嫂說，這個女子個子低低的，看著怪機靈，怪好。大家都說，這事兒得抓緊，咱們初六都得走了。我一想，也是，咱耽誤不起，就發信息，打電話，都不通。後來，發短信通了，人家說，這個事兒我做不了主，我爹媽出去旅遊了，等回來再說。一聽知道是推託哩，就算了。

初二見了兩個，是大姨介紹的，感覺人家就像走過場一樣，純粹是為應付媒人，坐不到五分鐘，還沒看見長啥樣，人家就說有事要走，不真誠。

初三見了一個。俺們大隊支書介紹的，支書和我爸關係好。我爸在的時候，天天在俺們家喝酒，一直在替我操心。那個女孩是俺們一個大隊的，約好在俺們村大隊部見的。支書說，向學不要怯場，行不行，咱得有個氣場，這個不成，後面還排成隊等著咱的。這個女子還在日本打過工，手裡有點錢，長得一般。我是啥都行，只要人家願意。下午，我給人家打電話，說，你看行，就行，俺們初六都要走，如果不行，就各找各的。人家說，我再想想。

初四，我又給那個女子打電話約到城裡轉轉，人家說有事，大隊支書又到家裡親自叫來，人家去了。俺們一塊兒去城裡，我二哥開車送俺們。在路上也沒說啥話。到城裡了，我二哥走了，俺們開始聊，一般都是問哪年出去的，啥時候出生，也沒啥話說，說著說著都沒勁了，不知道說啥了。我說，我店裡還有生意，馬上還要營業，如果行了，就行，可以趁著我哥的車一塊兒走。人家說，我時間還充足得很，我還想等等。我倆就各坐各的車走了。我那時的心思是，如果行了，就湊合著過算了。後來聽他們說，那個女子回來看的也多得很，有十多個，都在那兒掛著呢。估計也是挑花眼了。這是初四的事。

初四晚上，我乾爹又打電話，讓我第二天見銀花。是我乾爹的小舅子介紹的，人家開個婚姻介紹所。介紹見面是八百塊錢，如果成了，下來得給人家三四千塊錢。人家提供場地。我這是熟人，最後走之前，也給人家買了酒、菸，花了兩三千塊錢。春節時農村婚姻介紹方面最紅火。一個地方，一撥一撥的，大家輪流去。可有意思。

就像一個大市場，沒有結婚的年輕男女，大的三十多歲，小的還不到十八歲，像上街趕集買菜一樣，挑挑揀揀，要趕著在這短短的十幾天內挑好，訂下來，趕緊結婚。過完春節，就可以一塊兒出去了。要是今年沒找著，一等就得等一年，到明年春節才行。

現在農村清是女孩少，男孩多，有的男孩家庭條件多好，清是找不來姑娘。有人一天能見十來個，到最後見幾十個女子，還是訂不下來。多不像樣的女孩子，都可挑。原來戀愛是主流，現在相親又是主流。百合網，世紀家園，真愛網，可多了，有的都上市了。非誠勿擾，網上點擊率很高。也是速配。

初四晚上我住在梁庄。初五早晨，我大哥大嫂開著車送我，我去得晚了，到那兒都快十一點了，人家還要走親戚。我們去時秤了些瓜子、糖。人家翹個二郎腿，就開始吃了，我看了，覺得怪大方，怪自然，沒有忸怩。人家問我在哪兒、幹啥，要不留個電話號碼。我說行。人家說，我還有事，就走了。從見面到走，目送人家走，總共不到十分鐘。見完面，走在路上，我乾媽問咋樣，我說感覺還行，怪真誠，人也怪實在。我大嫂說個子也還行，辦事也怪大方。

這都快十一點半了，吳鎮上我月姑還在等著我去見一個女子。她說原來瞅了三四個，現在人家都訂親了，就剩這一個了，得趕緊去看。我們就一路快車，又趕回吳鎮，都已經在那兒等著了。那個女子在北京打工，那天她沒去，她爹媽去了，說可以替閨女做主。雙方都沒看中，她爹媽打扮得怪怪氣氣的，她媽弄個熊貓眼，穿的不知道是啥衣裳，一看她爹媽那形狀，我姑說，算了算了，不是過日子人，結婚了也過不到一塊兒。原來還說在飯店找個包間，在一塊兒吃個飯，後來，也不吃了。都短得很[5]。人家說有事，我姑也說，我們也有事，就算了。一拍兩散。

初五、初六還見了四個，就像和銀花見面一樣，一上午都要見兩個。沒啥印象，像是走過場。見多了，都沒啥感覺。

後來那幾天我就住在我乾媽家，專門為相親。那天見完銀花後，我就趕緊打電話給北京我姐夫，叫他給我QQ號的空間改一下出生年月，從一九八七年改成一九八八年。我小舅婚姻介紹所的那個合夥人說，再見面時就說你是一九八八年的，他們家裡說只要不是一九八七年出生的（一九八七年屬虎），都行。一九八八年是屬龍的，銀花是屬蛇的。大龍小龍，怪合適。虎和蛇相剋。所以，我一開始就說我是一九八八年出生的。後來上北京買票時，人家發現我的身分證上是一九八七年的，我就老老實實承認，我是一九八五年的，是辦身分證時弄錯了，但肯定不是一九八七年的。銀花說，你到底是幾歲啊？這亂七八糟的。我等於是比銀花大四歲，在農村，大四歲就很多了。要是一開始就說是一九八五年生的，估計人家連見都不見。

俺們給媒人說，咱怪滿意。人家回過來話說，也怪滿意。開始談主題了。房子啥樣，媒人說對女方可了解，對你們不了解。現在結婚，男方最起碼在城裡有套房，要不就在家裡有套房。如果有房，可好辦。我一聽，完了，又沒有戲了。下午，銀花給我發信息說，「我也不是說非要要房，最起碼得有個房子住」，我說俺們家的房子不是樓房，我耍了個心眼，也沒有說是瓦房，她也沒再往下問。從後來看，估計她是想著不是樓房，肯定是平房了。

初七，她發短信，問我有沒有空，想再聊一下。那天正好我乾爹又給我介紹一個，上午見面。其實心裡我已經願意銀花，但就怕人家萬一不願意了，得有個後路。想著還是去一下。我就說我上午沒空，下午有空。

下午，俺們又開著車去了。在銀花她姑家見面。他們在她姑家坐著，俺們在外面順著莊稼地走，走走聊聊，感覺怪好。回去後，那天晚上，又在QQ上，她說她是怪同意，具體還得等她爹回來再說。她專門打電話讓她爹回來，感覺我這個人不錯。人家始終沒有提房子和錢的事。我就覺得，人家是實實在在想願意這個事兒。

初八，她爹到家。初九俺們又見過一次面。人家問我有沒有空，明天你一個人來，不要叫你大哥來，還問我會不會騎摩托車，不會了，她來接我，一塊兒到縣城。人家可客氣，我心裡也可美氣。俺們從鎮上又坐車到穰縣，在人民公園轉轉，聊聊天，在德克士吃的飯。

初十，她又給我發短信，說她爹媽想見見我。我和我乾爹，小舅，媒人一塊去了。拿了四色禮，六種東西，花了六七百塊錢。媒人說，這個女孩的爹俺們可熟，愛面子，是面上人，咱們雇個車去。那時候，恆武哥們都回內蒙了，我也沒車了，排場不成了，只好租個車去。去了，人家銀花的爹在門口晃，大背頭，穿的風衣，打的領帶，像個領導人一樣。把我嚇一跳。我乾爹說，看這個人還怪有派頭呢。後來，才知道他就是幹個保安。去一見，親熱得不行，讓到屋裡。中午吃飯，盤子堆了一大堆，摞了兩三層。走的時候，我乾爹說，看摞盤子那個勁兒，這個事兒可能要成。

正月十二，媒人說，開始說彩禮，說現在啥都不要求了，要五萬塊錢，就可以了。我自己就兩萬塊錢，我大姨、恆武、朝俠姐各借給我一萬。不是我連婚都結不成。媒人說，四萬六吧，五萬不好聽。人家同意了。去了，人家又不同意了，又臨時加了四千。這才行。後來我才知道，一開始人家說十萬，想著咱沒房子，就多一點錢。是銀花說五萬算了。

訂完親之後，銀花一直要到俺們家去看看，想見見我媽。我不叫她去。她說，去見見你媽，看看你們屋在哪兒，看把你緊張的。她非要去看，我騎著摩托車帶著她從村路邊過，「唰」一下騎過去，指著那一片兒的房子說，這是我們家。她才開始以為是旁邊的平房，我說不是，是這個。她一看，是瓦房，還是恁矮的、破的瓦房，就說，你還騙我，說是平房。我說，我哪兒說是平房，我只說不是樓房。銀花也沒有跟我計較。

咱不敢拖拉，農村的事兒太多，到處都得花錢。我就說咱生意忙，急著做生意，得趕緊走。他們也是不想張揚，怕結婚村裡人知道，因為南水北調，占住她們村地了，如果女子結婚了，地估計得退，賠償錢就沒有了。這算又給我省了錢。

正月十九那天，從她叔家走。她奶奶，她叔，她爹，她媽都去了。她就拿著一個箱子，跟著我走了。俺們算是結婚了，沒辦結婚證。才到北京第一天，她說她想她媽。把我嚇得要死，怕人家反悔。

前後總共十四天，從介紹、見面、送彩禮到結婚。俺們還不算最快的，人家還有從見面到結婚，總共就七天。現在農村相親，一般都是年前，從農曆二十開始，到正月初十之前定下來。我年前一直在梁庄住，你們梁庄，還有人從見面到結婚，就四天時間。

說到和銀花去他家看房子的事兒，「我哪兒說是平房，我只說不是樓房。」大家都哈哈大笑起來，打趣向學，看著怪老實，還辦這不老實事兒，關鍵時刻也會耍賴。向學臉更紅起來，更結巴了。

晚上請他們夫婦吃飯，銀花比較矜持，但也還算健談。我們聊起鄉村的婚姻狀況。銀花說，「現在農村結婚，男方得有房子，最好是在城裡能有個房子，要是城裡沒有，家裡有座二層小樓也行。要是啥都沒有，像他這樣，很難說來老婆。」說到這裡，銀花有點嗔怪地看著向學，說，「我是有點傻吧，你們家啥也沒有。還有一個條件，得看有沒有婆子媽。這可重要得很。有些家裡沒有婆子，直接就不成了。」

農村媳婦和婆婆之間向來是水火不容，恨不得老太婆早點死掉，所以，農村婆婆才有「老不死的」之稱。銀花說，「那是以前，現在可不一樣。要是沒有婆子媽，生了小孩兒沒人照顧，就得自己在家照顧，少一個掙錢的人。關鍵是，現在哪個姑娘願意待在家裡？所以，必須得有個媽。」

我們看著向學都笑了，「看來咱們向學還算是占一頭，沒有房子，至少還有個媽。」

向學帶著媳婦銀花在北京姐姐家住了十幾天，大家都集中全力對銀花好。銀花和向學沒有辦結婚證，萬一銀花中途反悔了，大家也沒有辦法。在姐姐家住一段，到內蒙後，向學準備帶著銀花先到朝俠家、恆文家住一段，然後，再到自己的修理點兒去住。大家都不敢讓銀花直接到向學的修理店去，怕人家一看條件艱苦，跑了。[6]

又過幾天，表姐夫青哥從吳鎮回北京。他走之前，表姐給我打電話，交代我們第二天在家等著青哥，青哥要先來我家，給我送點綠豆、花生之類的特產。我們聊起家庭的情況，她說，她家的大兒子大胖今年婚姻又沒成，去年春節回來也見了好幾個，也沒有成。表姐帶著戲謔的口氣給我講，「你不知道，現在農村男娃說老婆有三句話：房子冒尖、婆子年輕、兄弟一個。房子得是兩層的，婆子媽得年輕、健康，能帶動孫子啊。還得是個獨生子，將來啥都是自己的。你表姐現在是一樣不符合。要那個二小子，可算是要壞症了。城裡沒房，家裡房子還是平房。我自己也病病歪歪的，你說，咱拿啥去給大胖說人呢？今年必須得把房子接二層，再把大胖的人說了。現在農村娃兒們結婚可早，不像你們城裡二三十歲結婚也不嫌晚。大胖一九九一年出生，俺們隊裡像他大小，就他一個人沒有結婚，有的娃兒都上幼兒園了。你說，咋能不急？」

1 生澀：矛盾。

2 說人：說老婆。

3 「扯秧子」，這一詞語非常形象地說出了農民在城市的生存狀態及相互交錯的存在。韓叔一家怎麼來到內蒙？先是朝俠丈夫通過老趙來，之後，朝俠來，恆武來，恆文來，韓叔夫妻來，韓叔一家全部來到了內蒙。在這期間，恆文的二舅三舅因幫助朝俠賣調料，也來到內蒙，之後，因有矛盾，三舅回新疆，二舅留下。朝俠的小姨夫也過來，在恆文的店旁邊開一個改剎車的小店，向學來，開校傳動軸的修理鋪。還有恆文、恆武店裡的師傅、徒弟，大都是吳鎮、穰縣老鄉或遠房親戚。

朝俠在呼市買了房子，生活得很好。可是，她並沒有成為呼市人。她的愛恨情仇，她的關係的重心仍然梁庄這一幫親戚和老鄉，雖然她時時嚷著要擺脫掉。如果沒有恆文和恆武的幫助，向學很難在那麼短的時間內就能開那個校傳動軸修理店；如果沒有吳鎮那個龐大的關係網、朋友網和親戚網，沒有廣泛的發動，沒有熟人間的相互介紹和保證，向學的婚姻也根本不可能成功。無論在哪兒，他還得依靠他在吳鎮的親人和熟人。向學所有的生活，他作為一個社會人的網絡的建立還必須通過吳鎮和吳鎮的社會關係完成。鄭州、北京、蕪湖和呼和浩特，這些他工作過的城市跟向學又有什麼關係呢？

「扯秧子」，一條根扯出幾十號人，這幾十號人往往是錯綜複雜的親戚關係，幹的活兒也有千絲萬縷的聯繫。城市的每一個農民聚居點，幾乎都是以老鄉為單位聚集在一起的。賣菜的、賣玉的、賣服裝的、搞裝修的、收廢品的，天南海北，各以自己的家鄉為原點，往外擴展。他們大多依靠本村人、親戚相互介紹來到城市，親戚再介紹親戚，老婆的親戚，老婆的親戚的親戚，形成一個圈子，一個小生態和小網絡，最後，一個村莊的模式又呈現出來，就像北京西苑的河南賣菜村，龍叔所在的牛欄山鎮姚莊村，光亮叔所在的青島萬家窩子。他們按照梁庄的模式在異地創造、複製一個同樣的村莊。

這些「聚集點」也是一個龐大的有機體，他們同仇敵愾，打擊外來者，保護自己的地盤，並去爭奪新的地盤。他們以「親族」、「老鄉」來界定其遠近，並且依此形成一個個利益團體，共同維護彼此的利益。而他們相互之間也吵架、打架、爾虞我詐、家長裡短，彼此怨恨著、厭惡著，又親密著、交往著，所謂打斷骨頭連著筋。

農民仍然依靠熟人社會的模式在城市生存。他們沒有「單位」的依託，不可能通過「單位」來找到他的存在點，也沒有共通的社會制度、價值體系給他穩定的支撐和身分的尊嚴。他們本能地複製村莊的模式，只有在這個熟人社會裡，他才能找到自己存在的基點，才能夠形成信任關係，才能夠對人和物有準確的評價，也才能找到價值感和身分感。只有在這個群體中，他才能意識到他活著。

「扯秧子」，扯出一條條城鄉之間千絲萬縷的根，扯出那些被現代性、城市化拋棄了的生活方式和倫理道德，扯出農民的道義經濟學。這一經濟學正日漸和城市生存之間發生著激烈的衝突和矛盾。最近一兩年南方城市一些外地人和本地人之間的爭鬥也多與此有關。這些生命力旺盛的「秧子」，頑強地朝城市的鋼筋水泥扎根，尋找生命的營養和空間，最終，也讓城市面目模糊，曖昧不清。

4 我父親在一九八五、一九八六年種了十來畝麥冬，在挖麥冬的季節請了二十幾個人，吃住在家裡，熱鬧非凡。後來，麥冬價格下跌，全賠了。

5 短得很：很勢利，很實際。

6 二〇一二年五月，向學打來電話，告訴我銀花已經懷孕。向學又高興又擔心。高興的是銀花懷孕了，是好事；擔心的是銀花天天吵著要回家，那地方太荒涼，銀花受不了。向學怕銀花回家後變卦了。向學的生意也不好。修剎車生意已經兩個星期沒開張了。另一條高速公路已開，大車不從這條路走，向學也就沒有生意可做。恆文修理鋪和韓叔韓嬸「翠花小賣部」的那個地方要拆遷整頓，馬上就要搬走。幾天後，恆武打過來電話，希望我能找找在薛家灣做大生意的鄰縣的一個老鄉（我在薛家灣的時候帶著恆武去和人家一起吃過飯），看那兒有沒有活兒讓他幹。他的校油泵生意很差，已經把店裡的幾個師傅辭退了。今年煤礦被關很多，大車出車少，連帶他的生意也很差。他必須考慮轉行了。

第五章　北京

他們是這片土地上的陌生人

——V·S·奈保爾

體面

「就從我來北京談起吧。」正林點了一支菸，貪婪地吸了一口。有孩子之後，我的堂侄女不允許他抽菸，他們的孩子有支氣管炎，對空氣非常敏感。

正林是我的堂侄女婿，一位商裝設計師。結婚前，正林一直奉行「只戀愛，不結婚」，身邊的女友一個又一個，家境在小縣城也不錯，所以，正林在北京的單身生活過得有滋有味。爹媽擔心他名聲不好，怕找不來老婆，勒令他回穰縣相親。正林抱著完成任務和應付的心態回穰縣，在相了十來個姑娘之後，遇到了我的堂侄女。

結婚之後，正林瀟灑的單身生活結束，堂侄女和他一起到北京打拼，做了百萬「蟻族」[1]中的一員。在這期間，他們在城內搬了好幾次家，又從城內搬到北京最著名的蟻族聚集區唐家嶺，有了孩子以後，又從唐家嶺搬到通州。

二〇一二年十二月二十四日，聖誕前夜，這一天是正林兒子的兩歲生日，我們到通州正林的家裡去。一個兩居室的房子，客廳一角是一個怪異的弧形斜面，讓人覺得這間房是建在一個拋物線上，很不穩定。斑駁的小桌子，一九八〇年代的破舊小冰箱，不能看的小電視，這小、矮、低和那過分高大的天花板形成非常大的反差。臥室裡是一張超寬大的床，正林的蘋果牌筆記本電腦放在床頭兩個摞起來的紙箱子上，旁邊堆放著兒子的尿布、小衣服、玩具。正林的家，有一種奇異的空蕩、寒酸和不搭配之感。

正林樂觀、活潑，愛開玩笑，骨子裡又是那種謹慎、保守的人，從不冒險，也會審時度勢。但是，來北京八年，會盤算的他並沒有「盤算」到特別好的發展。

按年齡，我算是「八〇後」。二〇〇三年畢業於師範學院美術專業，大專，二〇〇四年來北京到清華大學美術學院培訓，兩年課程，我一年學完，拿到了結業證。那一年真是勤奮得很，上午學一年級課程，下午學二年級課程，晚上還學著畫圖，找個私活掙點錢。住地下室，一個月住宿費三百塊錢。

二〇〇五年在亞運村那兒找到了第一份工作，一個小型室內裝飾公司，試用期八百元。過了試用期，一個月一千兩百元，這是我人生起步，心裡很高興。那時我住在東五環外東壩機場二高速路過那兒。每天上班要花一個小時四十分鐘，倒三趟車，房租一間房五百塊，倆人合住。在那兒幹有十個月，二〇〇六年底跳槽到東四環一個室內裝飾公司，有七八個人，一個月兩千四百元，在這兒幹了一年多。二〇〇七年底結婚，先在萬壽寺住，離單位近，房租一個月一千一百元，感覺太貴了。換了好幾個地方，後來，就搬到唐家嶺。唐家嶺現在已經折了，說是蓋廉租房，後來又說蓋公園，把人又往更遠的地方趕。從家到單位一個多小時，每天擠車像打仗一樣。

我給你舉個例子，你就知道唐家嶺的車有多擠。網上有一個段子，說你要是拿一袋餅乾上車，下車來餅乾成麵粉了，反過來，你要是拿一袋麵粉上車，下去被擠成餅乾了。誇張吧？其實你要是經歷過，那一點也不誇張。早晨六點多點出門，有二三百人等一輛車，三六五次，擠不上車是正常，能上車才是運氣。比咱們在家趕年集時擠多了。還有從窗户上爬進車的。城裡面才開始還裝著排隊，一到來車時，都轟一下往上擠。排啥隊？

二〇〇八年又跳到一個公司，是我們這一行裡北京最大、最出名的裝飾公司，工資三千七百元。幹快四年了，工資漲到五千三百元，這還是稅前的。感覺很沒意思。堅持不下去了，過完年就跳槽。要生孩子，才搬到通州這裡。這可遠多了。上班時間單趟需要兩個小時，一天在路上走的時間得四個多小時。早上六點十五起床，九點左右到單位，晚上八點半左右到家。虧得兒子睡覺晚，還能見上一面，要是睡覺早，我一星期都見不到兒子醒的時候。說「披星戴月」一點也不為過。

怎麼說呢？用一句話來總結：有一份體面的職業，卻過不上一個體面的生活。出去坐飛機飛來飛去，住的是高檔酒店，接觸的也是國際奢侈品牌，咱給人家設計裝修，都是怎麼奢華、怎麼高雅怎麼來，每一個細節，每一種材料都講究得很。出去見客户，德國、奧地利、義大利、瑞士、香港、台灣，全世界各地都有，好多客户，還有翻譯跟著，可氣派得很。我的直接領導也是德國人，出去吃飯一桌一萬多，喝的是高檔紅酒，酒是專門從瑞士帶過來的，吃的是西餐，偶爾還撇兩句英文。

下班回來卻是蝸居在城中村的小破房裡。沒有咖啡，沒有紅酒，沒有地毯，落差太大，所以總是自信心不夠，下班不想回家。我在唐家嶺的那個小破房你也去過。不是有個老婆，真不知道日子咋過來的。場景和角色很難轉換回來。

感覺壓力越來越大，還沒有掙一千多塊錢的時候生活得舒服，那時候每個星期還能夠出去吃個飯，二三十塊錢都夠了，現在兩個人得一百多。感覺可累，沒有意思。

我的職業還是很有前途的。我也喜歡這一行，覺得有激情，有想像力。我的職業規劃就是自己將來單幹，還是幹專業。原來那個公司不行，一是離家遠，二是覺得在公司該學的學完了。所以，我準備換一家新公司。在這家新公司，我可以去談客户。自己獨立核算，談判、要價、做工，都是自己幹，很鍛煉人。原來的公司發展再高都不能跟客户接觸。他不讓你見客户，不讓你接觸全面的東西，你就是一個環節一個工具。

我現在準備去的公司全是我以前公司的菁英，一個人走了，把我們這幫人全拉過來了。都看到弊病了。一個私人公司最後弄成大鍋飯形式，肯定不行。前兩年每年利潤幾個億，去年要搞國際化接軌，CEO是美國的，CFO是新加坡的，還有德國的，花了好幾百萬人民幣請國外的專業管理人才。結果管理矛盾非常大。一是他們來了之後把一批元老給頂了下去。那批元老都是當年跟著公司老闆打天下的。現在，給剛來的這些老外工資太高了，比他們高幾倍。最低的給人家年薪六十萬，而那批元老最高年薪不到二十五萬。二是，來的人眼高手低，管理模式不一樣。不能説人家不對、不好，關鍵是不符合咱這邊的國情。他們是重視人，買材料是買好的，中國的企業是不重視人，買材料買次的，不重視工人的健康。新領導來花了一大批錢，進行重建。結果老闆自己堅持不下去了。蜜月期已經過去，估計老闆又要炒他們了。

其實，如果全部朝國際化的方向走，可能也行，給元老們一大筆錢，全部走。建立全新模式，也可以。但是，老闆自己又捨不得花錢，捨不得在工人和材料上花錢，摳得很。今年春節開年會，老闆在年會上哭窮，説公司利潤低，沒有錢，所以大家多擔待一點。年度獎金沒有了，你能想像得出嗎？每個員工現場發了二十塊錢的紅包！大家不光是憤怒，而是都很鄙視他。你公司賺錢的時候也沒有給員工多發福利，賺錢少了你讓大家分擔，憑什麼?!發二十塊錢，連打出租車的錢都不夠。那天晚上我打車回家，花了六十塊錢。中國的私企確實還是不正規，不拿員工當人使。

戶口問題當然對我有影響。因為是農村戶口，住房公積金都交得少。城市戶口是工資的百分之十二，農村戶口是百分之六，少一半，養老也少將近一半，我的工資條都有。醫療標準都降低，是最低醫保。我在那個公司還是比較正規的，到那些小公司，你要是農村戶口，什麼都沒有，啥都不給你交。

我原來的同事大部分都是北京人，有車有房，父母都操持好的，不用自己操心。人家掙一點都是自己花，輕鬆得很。逛逛街，上上網，看看電影，喝喝咖啡，談談朋友。咱哪敢去看電影啊，結婚前還進去過幾次，結婚後連看一眼都沒看。

前段時間我剛回咱老家給兒子辦個農村戶口，還是找人辦的，請人家吃飯。現在農村戶口不好辦，有各種補貼，有地，你可以不種，但得有。最關鍵的是，萬一兒子以後混不下去了，還能回家。還有一畝三分地可以守住。倒不是稀罕這一畝三分地，主要還是有危機感。

前幾年沒有壓力，從去年開始，感覺壓力太大了。說實話，在職業方面，我一直很向上，我一直在進步。但是，沒有感覺越過越好，是越來壓力越大，還有一種莫名的恐懼。感覺社會不穩定。坐公交車莫名其妙在想，這一車人，要是出事咋辦？我現在每天在國貿那裡倒車，看著人來人往，頭暈，胸悶，莫名其妙地就覺得恐懼，感覺空氣都是恐懼的。每天在辦公室坐著害怕下班，在家裡害怕上班，感覺危險。莫名其妙。感覺在家、在公司都危險。剛上班那兩年挺高興的。現在，沒有歸屬感和安全感，就好像是一條腿插進城市，另外一條腿一直舉著，不知道往哪兒放？

來北京八年，還是有奔頭，比待在家裡强，但是沒有家裡安逸。二〇一一年以前我一直生活在生存線上，今年我會轉回來，擺脫生存線，往生活上發展，再過三五年，估計能往優質生活上發展。

真實想法是，我想回家。太壓抑了。但是回家之前，我要先掙一筆錢回家。我與你侄女不一樣，她喜歡競爭激烈的生活。如果不是和你侄女結婚，不是她推我，我還是過很安逸的生活，我是喜歡悠閒自在的生活，我從來不在乎穿，我在乎生活質量。

所以我比較喜歡回穰縣，開個小賣部，抽個菸，喝個茶，晒個太陽，看著人來人往，就行。我自始至終還是想著掙一筆錢回家，沒有想著在北京安家。因為它不接納我，在沒有錢的情況下，一切問題都不能解決，户口，房子，交通，都不行。我想要的安逸生活根本沒辦法實現。在北京，就是如逆水行舟，不進則退。只要有機會我還要回去。不過，現在看來，指望我的工資掙大錢可能性還是不大，就看你侄女的服裝生意怎麼樣。

我現在是沒有一點休息時間，星期一至星期五忙工作，到星期六、星期天更忙，得去照顧生意。但是，我又捨不得放下我的職業，雖然掙錢少，畢竟，那是我的專業，說不上是精神支撐，就是捨不得。如果完全辭職去做小生意，像現在的生意，每天亂糟糟的，面對形形色色的人，為幾塊錢在那兒吵啊磨啊，我是真的做不來。那些人素質都很低，老想把我們趕走，欺負你侄女。有一天，我拿著一把刀，有六七寸那麼長，站在過道中間，罵，「媽那個X，誰再欺負我們，咱白刀子進，紅刀子出。」

侄女最近在通州一家商場的地下室租了一個攤位，賣服裝，生意還不錯。說到拿著刀子在商場叫罵的時候，正林坐直身子，挽起袖子，用手比劃著刀的長度，表情特別強悍，我不禁有些好奇，「你真能做出來了？」

「狗急了都跳牆，這是為生存而戰。不這樣你根本就幹不下去。所以，我經常說，要是買彩票中大獎了，我就回俺們莊，弄個大房子，弄個池塘，養個魚。我可能和別人不一樣，我喜歡那種很安靜、很清靜的生活。人，總有一個夢想，因為我有這個夢想，所以我得掙一大筆錢。如果掙不來，我肯定回不去。我不會在北京住，我最終還是要回家。家鄉的生活比這兒安逸，每次回家感覺呼吸都是舒服的，空氣很充分，精神很振奮。」

其實，幾年前，在閒聊天的時候，我們曾經勸過正林，不如乾脆放棄他的工作，和侄女一起去做生意，跟著侄女的父親，我的一位堂哥到雲南校油泵，那樣，一年至少可以掙十來萬。以正林現在的工資，只能維持生存，永遠不能買房，不能讓孩子上好的幼兒園，不能去商場購物，不能相對放鬆地生活，發展的可能性很小。正林一直沒有正面回應我們的建議。他沒説原因，我覺得，他連想都沒想過，有一天他要在灰天泥地裡掙錢。他是有專業的人。

正林一根接一根地抽菸，我的堂侄女走過來，把他手裡的菸拿掉，掐滅，扔到菸灰缸裡，又把菸盒和菸灰缸拿走。正林沒有反抗，連看都沒看一眼，任憑老婆處置。

我又追問他一次，「真讓你回穰縣，你回嗎？」

「回，肯定回。」

正林確定地回答了我，他的語氣有點虛弱。「穰縣」、「梁庄」或許只是虛擬的一個理想之地，一個失落了的寄託而已。

從正林家出來，暗灰色的光籠罩著整個城市，陰鬱，雜亂。要下雪了。回想坐在正林家的感受，有一種冷硬之感，像石頭一樣沒有生機。恐怕正林自己也難以相信他能夠實現那個夢想——回穰縣，回村莊，坐在池塘旁邊安靜地做夢、發呆。因為所有人都有過這樣的夢，慢慢地，都把它遺失了。正林擠車的情形，他粗糙、倉促的家，他拿著刀在那個地下商場的叫罵，和他的奢華的、高雅的、能夠展示城市內在活力和想像力的職業，剛好就是現代都市生活兩個相反方向的端點。他每天就在這兩個反差巨大的端點裡頻繁轉換，這使他的生活顯得特別錯位。我在很多年輕人那裡都看到這種錯位，還有因這錯位而帶來的卑微感和深深的苦惱。

酒過三巡，梁峰喝醉了。他開始找手機撥號碼，嘴裡嚷著，「我非給我爺打個電話，我想看看我爺在幹啥。我稀罕我爺。」

他爺，我八十歲的福伯，耳朵有點聾。他們打電話的過程，就像吵架一樣。

「爺，你在幹啥？」

「啥啊？」我們聽到那邊巨大的聲音。

「還在菜園裡？」

「啊？」

「大晌午還去幹啥，別曬壞了。」

「噢」，那聲音漫應著，傳達出來的意思其實是「不知道」，他沒聽見。

「你一個人可少喝酒啊，自己割點肉，吃好一點兒。我老奶還好吧？」

「啥啊？」

「爺，我想你啊，我誰都不想，我就想你。」

「啥？聽不見啊！」

「爺，是我啊，老大峰。你在幹啥？」

「啊，大峰，又喝酒了？」

「我想你，爺！我誰都不想，我就想你啊，爺。」

梁峰聲音裡帶著委屈的哭腔。他拿著手機跑到外面去，站在院子裡打，還是像吵架一樣的聲音，話又重複了一遍。他的妻子在屋裡撇了撇嘴，「可稀罕他爺，喝醉了就要給他爺打電話。」

外面吵架式的對話持續有十幾分鐘。梁峰進屋來，眼圈紅紅的，一直喃喃地說，「我誰都不想，我就想我爺。我稀罕我爺得很。每次回家，我就住我爺屋裡。」

大家都笑他，「醉了，醉了，大峰又醉了。」他妻子一直輕蔑地撇著嘴，推著梁峰說，「趕緊去睡一會兒，一會兒貓尿就出來了。」

梁峰摟著他老婆，眼淚流著，說，「老婆，我知道我喝多了。我想我爺啊。」他老婆很不好意思，不斷推開他，他又不斷去摟她。

一會兒又摟著我，自豪地說，「不是我說的，姑，你可以去問問，廠裡沒人說我梁峰怎麼樣。活幹得好，從來不偷奸耍滑。對人，那也是沒說的。」一會兒又很低落，「姑，你不知道，我在這兒，就是打工。廠裡人永遠不會給外地人機會。你幹得再好，沒人提拔你，你永遠不可能是個車間主任。他本地人有三險，我這外地人，啥也沒有。就個幹工資。有啥指望？

「實際上農村比城市美。我現在一回老家，感覺很美，有地有樹，多舒服。我覺得說說農村清是美，我房子也蓋了，我出門就是掙點錢。城市，除了樓還是樓，除了房還是房，除了車還是車。我是沒辦法，我來你北京打工。」

梁峰老婆對梁峰的每一句話都表示不屑，「就顯你能」，接得非常緊湊，非常順溜，像是唱雙簧，又像是演一出熟練的戲。

下午一點半，該是梁峰上班的時間了。他老婆提醒他，他不理她，「我不去了，姑都來了，我還在乎那幾十塊錢。錢算啥？」他緊緊摟著老婆，又把頭靠在老婆肩上，讓我給他們照相。一張俊秀的臉上驚人的眼袋，長期過多喝酒留下的痕跡。他又要給福伯打電話，被老婆奪下了手機。她把他推到龍叔家的西屋裡。躺在龍叔的床上，梁峰很快睡著了。

這是秋天的中午，陽光有些虛浮，但仍然很暖。我們——我和父親；五奶奶的大兒子，我叫龍叔的，他們一家，龍叔龍嬸，兒子梁安，梁安老婆小麗和他們的兒子小點點；西安

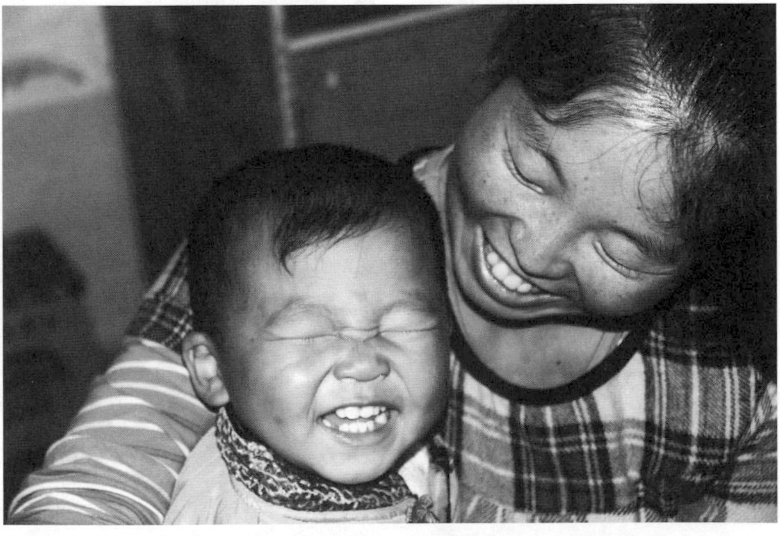

在母親身邊笑得開心的點點

萬國大哥的大兒子梁峰和他老婆——在順義牛欄山鎮姚庄村龍叔家喝酒。

村莊簡陋、安靜，年歲久遠。有老屋，有灰塵，有陽光透過樹葉灑下的陰影。龍叔租的那個院子分為前後院，前面是一個較新的二層小樓，房東後來加蓋的，繞過小樓，後院是老房，一個三間的小平房。平房和前面的小樓之間形成一個院子，自來水管和水槽就架在院子前左方。右邊是一個簡陋的紅色石棉瓦搭成的小廚房，廚房旁有兩棵高大的柿子樹，豔紅的柿子掛在稀疏的綠葉中間，活潑，也有奇怪的安穩。

平房低矮，小窗窄門。裡面的設施非常簡單，沒有常居家庭那種積年物品的擁擠，只是簡潔的暫居狀態，但奇怪的是卻有家的基本感覺。是因為人，完整的一家人，還是因為這安穩的空間，這兩棵柿子樹？

龍叔上個月剛回過梁庄，和西安的萬立二哥、虎子一樣，回家治病，割痔瘡。當生病的時候，梁庄人總是千里迢迢回到穰縣治病，哪怕只是像割痔瘡這樣的小問題，更不用說二哥的糖尿病，虎子的斷腿。

梁安戴著一副眼鏡，個子不高，黑得透亮，細瘦，不愛說話，很有主見的樣子。小麗已經又有八個月左右的身孕，長臉，臉上布著一層淡淡的雀斑，忠厚裡透著點小風情。她的肚子高高隆起，但兒子要求她抱時，還能夠麻利地把兒子抱起來，用臂膀夾在旁邊。

梁峰在特種玻璃廠上班，他的老婆在姚庄村的一個電子廠上班。他們住在這個村莊的另一頭。梁峰看起來非常靦腆，皮膚白晰，濃眉長眼，挺鼻薄唇，很俊的一個小夥子。他老婆圓臉圓眼，又剪了一個娃娃頭，很可愛。

和梁峰同在一個廠上班的萬科三哥沒來。萬科是梁峰的親叔叔，福伯的三兒子，前幾天在電話約好今天一起在龍叔家見面。問梁峰是怎麼回事，他的回答模模糊糊的，很不清楚。

梁峰夫妻來北京已經七年了。我問梁峰的老婆，「孩子們來過北京嗎？」她說，「來過。梁峰媽帶著她們來過一段時間，不適應，住的地方太窄，嫌著急，花銷也大，就帶著孩子又回去了。沒辦法，只能顧一頭，給錢就行。」對於孩子和自己分離，梁峰老婆持一種平常的態度，並沒有特別難過。一個切實的情況是，孩子真來了北京，他們並沒有時間照料孩子。除了在哪兒入學，學籍、戶籍這些具體的制度問題之外，他們很難按照學校的節奏來安排自己的工作，每天早七晚七的班，十二小時的工作長度，居住條件差，也請不起保姆。更何況，他們對自己教育孩子的能力也有所懷疑。

在吃飯、喝酒和聊天過程中，梁安很少說話，也不喝酒，一邊聽著，一邊很周到的照顧大家。他吃飯非常少，能感覺到他心裡不舒展，有鬱結。

龍叔說，「梁安啊，心事有點重。從小都好操心。小時候，村裡人都說，這娃兒將來有材料。我都給他說，凡事別想恁多，咱幹哪兒是哪兒，肯定是餓不死。」

在梁庄的同齡男孩中，梁安幹得非常不錯。一九八七年出生，二〇〇一年來北京打工，先是在建築工地做小工，刮膩子，拎泥包。二〇〇六年開始單幹，做一個「小包工頭」。自己找活，承包下來，然後領一幫工人去幹。二〇〇八年，二十一歲的梁安開著自己的昌河車回到梁庄，蓋房，結婚，共花了二十三四萬。離開時把車放在家裡，回北京又買了一輛長安之星，中型麵包車，手續辦下來，將近七萬元。

那是梁安的全盛時代。這之後，他的生意一直在走下坡路，「去年在順義XX農業公司幹個活，有個老闆，關係好，時間長了，給我找些活。其實算是轉包。活幹完了，錢還沒有結完。咱只是『清包工』，只幹活，不管料，料是人家的，淨活，將近三十萬。只結了一部分，還有十來萬沒給我。我自己投入很多，電鋸、切割機、電纜，光電鑽都買了二十多把。這都不算錢。我現在不跟他幹了。我找的人幹活，你不給我錢，我這邊的工錢沒發給工人結，工人不願意，我也失去信用。再有活，我找不來人了。啥時候你把帳給我結了，我再給你找人。這個帳不結，越陷越深。

「算利潤，從二〇一〇年十月到現在，對頭一年，掙有十萬塊錢左右。但是，他這一欠，等於我這一年白忙活。包活最怕這。

「現在我每天在市場給人家公司拉活兒，有時候是貨物，有時候就是幹零活的人，不固定，幹綠化的，裝修的，誰需要拉人拉貨給誰幹。每天都結帳，很利索。老闆說，你湊個人數，幹點活，也給你開人工錢。我不想幹。」

下午五點多鐘，龍叔家來一位青年男子，手裡提著一大袋子饅頭。他的長相看不出實際年齡，平臉大眼，沒有皺紋，眼神有些空茫，不含帶多少情感。龍叔說，這是梁安的舅舅。進到屋裡，這青年人就叫嚷著腳疼。今天一整天他都在跑著找工作。和梁安一樣，今年裝修生意不好，他就想著進廠幹活，工資保現，等春天暖和，活多了，再出來幹。

我問他這些年出來打工的情況。他不太善於表達自己，話語非常枯燥，急著結束談話的樣子。

「我十幾歲自己出來，在天津自行車廠噴漆，這是九幾年的事兒，一個月一千多塊，也還算不錯。那油漆太髒了，幹一天活，吐一口唾沫，出來的都是綠顏色的。後來跑到這兒，搞裝修，幹木工。一天十五塊，每年漲，比大

抑鬱的梁安和安貧樂道的青哥

工工資還高，木工工資最高。

「大前年，我老婆的好朋友在穰縣開個小超市，說不想幹了，叫我們幹。我回家看看，也不行。後來，在城裡開一個乾洗店，幹一年就不幹了，在屋裡幹啥都不好幹。中間一段也幹過裝修，也不行，工資低，活不湊手。這才又來北京。

「想找個廠幹。今天跑得腳疼，天冷。我以前在電子廠幹過，拿不了多少錢。今兒我又去了，工資一個月漲到兩千三四，也還行，他非要叫我上夜班。我不幹，我一熬夜就不想吃飯，人也受虧。後來又去汽車配件廠，他說讓當保安，一個月一千八九，按時上下班。我還沒定下來。」

六點多鐘，龍叔家的人開始多起來，都是老鄉串門。有的一看家裡有陌生人，打個招呼，不等介紹，就走了，有的會寒暄幾句，問是哪兒來的，啥親戚。我也問問他們是穰縣什麼地方的，來北京多長時間，幹些啥活。姚庄這一片聚集的大部分男性老鄉都是個體搞裝修，他們的合作對象不固定，誰有活跟誰幹。也因此，活不固定，忙起來連飯都吃不上，閒起來可能一個月都沒有事幹。但他們一般不會閒著，沒活的時候會去打零工。

一個中年男子來到龍叔的院子裡，他的左腿微微有點瘸。龍叔給他搬個小凳子，給我介紹說，這是前院鄰居，是梁庄旁邊的王營人。他的腿腫得厲害，裡面的青筋往外迸著，盤曲扭結，肌肉顏色有些發黑，好像有些要壞死的樣子。我問他這是什麼病，他說醫生說是血栓，什麼血栓，原因是啥，他也不清楚。他來北京這些年，一直幹零工。

「原來工資低，最多四五十塊錢，現在工資高了，一天最低九十塊錢，咱幹不成了。打零工錢現，一天是一天的錢。以前市場攆得不行，不讓在那兒等活。農村搞建築，單位搞建築，打掃衛生，綠化啊，都是臨時找人。只要是活，老闆叫幹，鋼筋工，架子工，啥都幹。只要想幹，不怕累，都有活幹。」

我們在說話的時候，一個漂亮的女孩子過來。上身穿著深綠色裙裝，下面一條黑色的打底褲，一個土黃色的高筒靴子，長長的頭髮束在後面，小圓臉，黑眼睛，還有點嬰兒肥的樣子。女孩子走過去站在鄰居大叔的身後。鄰居大叔給我介紹說這是他女兒。我向她問好，她用普通話跟我打招呼，又用普通話逗小點點玩，不時用眼睛瞟我，似乎讓我明白她不是一般的打工者。我問她在做什麼，她說她在一個明星培訓學校學習。不是培養明星，而是培養明星助理。學校保證將來給她們介紹工作。女孩子對自己將來能當上明星助理非常期待，覺得是一份很耀眼的工作，因此，說話的時候，頗有向我炫耀的意思，特別詳細地給我介紹了她們培訓的課程，以往那些培訓人員現在的去向。

「我們上一屆的學員，工作找得好好，有給范冰冰當助理的呢——」

女孩子睜著一雙眼睛，黑白分明的，非常清澈，有著無限的嚮往和羡慕。她的普通話並不標準，不時迸出鄉音，話一說多，一個沒見過世面的鄉下女孩子的神態就顯現在臉上。但是，這並不讓人討厭，女孩子身上反而有一種特別的質樸和可愛。現在，她每天早晨五點半起床趕公交車，每天要來往五個小時奔波在順義和海澱之間。

隔天上午，十一點多鐘，我們到離姚庄幾里地的大鴨梨烤鴨店吃飯。梁安熟門熟路，他和他的老闆朋友、哥們兒經常來這個地方。龍叔一看是烤鴨店，叫嚷著要回去，說花這錢，不如在家買菜做飯。

我給三哥打電話，問他和梁峰什麼時候能到。三哥卻說，他來不了了，他已經到外地押車了，可能要三四天才能回來。電話聲音很嘈雜，也很遠，好像是在路上跑的樣子。我說怎麼那麼不巧？他說，咱是打工，人家派啥活幹啥活。

隱約覺得他有推託之意。昨天他沒來，其實已經有點意外，走訪了這麼多城市，像三哥這樣不願見我的梁庄人還從來沒有。

一會兒，梁峰騎著自行車過來。我問他三哥到哪兒出差了，他很生氣，說別管他，不來算了。梁峰忍不住發牢騷，「也不知道咋回事，在新疆這些年過獨了。愛錢的要命，一天都不閒著。三嬸恁瘦，天天在村口等著幹零工。啥都幹，建築工地搬磚塊的活兒都去，那活多重，多健康的女的都不去。清是不要命了。過到最後就剩他一個了。誰都不看。」

二〇〇八年我回梁庄的時候，見過三哥幾面，沒有過多交流。三哥的兒子梁平當時在吳鎮上高中，談戀愛、逃學、上網吧、偷爺爺的錢。三哥三嬸這才從新疆回來。

梁峰的工廠在順義通向北京的高速公路旁邊。工廠很簡陋，也很小，從大鐵門望進去，可以看到最裡面半開放式的大車間。幾個工人正在往一個大桌子上抬玻璃。這是第一道工序，把拉來的玻璃按要求的尺寸切割。

我看見了穿藍色工服的三哥。

他正和其他三個人抬著一張大玻璃往台子上放。看到我們，他有些詫異，有點不好意思的樣子，但又好像沒有過多表情，繼續抬著玻璃，放到檯子上，和其中一個人交代了一下，往我們這邊來。梁峰走過去，戴上手套，開始幹活。

我們誰也沒提昨天和上午的事情。他沒有解釋，我也沒有想著再問他。廠房很高，不時

玻璃廠的梁庄小夥

有機器切割玻璃的噪音，迴聲很大，我們提高著嗓門，相互問候了幾句，又停了下來。一時間大家不知道說什麼好，他手裡拿著那雙白線手套，左手右手來回倒著，眼睛朝我們這邊看看，又游移過去。

我讓三哥帶我到其他車間轉轉，他囁嚅著，說不出話來，很不方便的樣子。我問他，三嬸今天出去幹活了沒有，他說一早就出去了。問他梁平現在在哪兒？他的臉稍微紅了一下，遲疑片刻後，說在鄭州，先是在富士康廠幹，後來跟著大哥家的老二梁東幹活。

我問一句，他答一句。站在切割玻璃的現場旁邊，問了彼此的近況之後，就再找不出話來。很尷尬，交流很困難，他可能也有同樣的感覺，於是，就都把目光投向梁峰。梁峰拿著大尺子，熟練地圍著玻璃，量，畫，用玻璃刀或鑽刀劃，用手使勁往下掰或在檯子邊緣往下磕，並且及時托住即將掉下來的小玻璃塊兒。很快，那一塊玻璃就切割成了標準尺寸，梁峰小心翼翼地舉著它，往另一邊靠過去。那三個人過來，四個人又抬起另外一塊玻璃。

三哥還在不停地捏那雙手套。中間有好幾次，他轉過來看看我和父親，似乎想要問我們什麼，欲言又止，又把眼睛閃了過去，扭頭過去，再次看梁峰。又是一陣靜默。他不再看我，專心致志地看梁峰和工友們的動作。

他好像急著我們走，他好趕緊去抬玻璃，量玻璃，切割玻璃，進入熟悉的場景內，把自己隱藏起來。他在自己周邊壘起一堵結實的牆，在圍牆內，他是安全的、自在的，他可以對所有人和所有問題都視而不見。

我們在一起聊了，不如說尷尬了將近一個小時。離開的時候，本想約三哥晚上一起到龍叔家吃飯，但是，我卻沒有說出口，那對他可能會是一種負擔。和我們告別之後，三哥迅速走到玻璃面前，開始專心幹活，他的整個體態放鬆了很多。

河南村

第一次聽到「河南村」的名字，以為是因河南人在那一個村莊聚集太多而有的綽號。覺得肯定裡面很有內容，因為在北京郊區，都有很多這樣的聚集點。就像內蒙的老趙說的「扯秧子」，一個村莊、一個鄉或一個縣的人，來到北京，在郊區某個村莊或某個荒廢的地方住下來。然後「扯秧子」，扯出那一地方的一群群老鄉、親戚，沿著最初老鄉的居住地，往外擴散，租房子，或私搭私建，形成一個全新的、不被命名的、但卻人人知道的聚集地。粗糙、骯髒、簡便、毫無章法，內部卻親疏有別，充滿著錯綜複雜的親密關係。

打聽之後，才知道，「河南村」在很早以前就是這一名字。一條河，河南邊的村莊叫河南村，河北的村莊叫河北村。與河南人的聚集沒有關係。

不過，倒也名符其實，河南村確實居住著大量的河南人。在吳鎮，就有直接發往北京河南村的大巴。在穰縣和河南的許多地方，都有開往河南村的客車。

梁安陪我到河南村去，那裡有錢家合偉、韓家立子、青煥等十幾口梁庄人。我們到達河南村的時候，正是早晨將近七點鐘。河南村南門口人聲鼎沸，正處於交易的尾聲。

南門口既是進城上工的人坐車的地方，也是在周邊幹零活的人等活的地方。進城的人多在五點多鐘就出門坐車，六點鐘左右是幹零活的人和小老闆說活、交易、談價的時間。「小老闆」，是替需要人工的公司找人、談價、拉人的人。小老闆一般自己有車，和各類公司的老闆或相關人員有聯繫，老闆有活只需給他們打電話，交代清楚，幹什麼活，要多少人，多少錢，剩下的就是小老闆的事情。小老闆一大早就在南門口等人，根據活的需要相互挑選。成交之後，小老闆負責把人拉到工作地點，晚上再拉回來，工人工錢一天一給。梁安就是這樣的小老闆之一。這裡面也有貓膩，幹的時間長的小老闆會兩頭吃。報給老闆一個價，報給工人一個價，工人的工資由他負責發放，這樣，他還可以吃個差價。

八點鐘左右，南門口變得冷清起來。人幾乎走光了。無論年齡大小，一二十歲的小夥子，四五十歲的婦女，五六十的老頭子，胖的瘦的，弱的強的，都找到了活兒，被一輛輛車拉走。

這個南門口就是一個小型的人力市場，這些人力大部分來自於河南村的外地打工者和在周邊村莊居住的打工者。

進南門，路兩邊的建築物是老式的各式平房或簡易板房，這些房子被各種商店、小吃飯店所分割。約走一百五十米左右，一個丁字路口右轉，再走約一百米，前面是一大片較為寬闊的空地，空地後面有一排房子。

梁安說，「這是大隊部。原來人們在村裡面大隊部那一塊兒等活，最多的時候有上千人在那兒等。村裡的車根本過不去。出了幾次事，上面就不讓在那兒等了。有一次，一個拉活的小老闆急著走，開車把人撞死了。還有為搶人、搶活打架的，啥事都有。南門口那兒也出過事兒，一個人沒有擠上公共汽車，掛在門邊上，結果被甩飛了，人也死了。人家河南村的居民不願意了，說外地打工的把人家村裡的環境弄差了，這些打工的素質低，吵吵鬧鬧的，讓人家沒有安全感。「後來，就開始對河南村的打工者進行整治。也不知道是保安隊，還是警察，趕在大隊部等活的人，因為趕，又出事了。一個人怕被抓住，急著跑，撞到了公交車上，被撞死了。是個年輕人，咱們穰縣老鄉，來河南村住還不到一個月，老婆剛懷孕。他媽從老家來，開始鬧，好像是最後連帶河南村也賠了一些錢。驚動可大。最近說是又要整頓了，還要拆遷。」

河南村裡面，新房和舊房混雜，嶄新的、磚紅的幾層樓房和空間寬闊但房子低矮的大院子交錯在村莊中，顯示出急進和停滯的矛盾形態。

青煥和她的丈夫王福住在大隊部旁邊的一個院子裡。青煥今年五十五歲，是梁庄韓家的姑娘，他們家在梁庄輩分很高，我們得叫她姑奶。二〇〇九年，青煥在河南村南門口被一輛同向而來的小轎車撞飛，之後住院，做開顱手術，打官司，要錢。這是一個漫長的官司。在這一過程中，青煥一家經常與我聯繫，託關係、找律師、找法官，包括如何上法庭，見被告，到最後，我幾乎有些害怕接到他們的電話。

我從來沒有來過他們在河南村的居住地。這樣一個突然呈現出來的事實使我略微有些尷尬。王福姑爺迎了出來，他至多一米五多一點，黑紅的、風吹雨打的一張臉，兩隻小眼睛倒是很亮，閃著狡黠的光。此時，他的臉漲紅著，手相互搓著，不知道怎麼招呼我們。青煥的侄兒合偉從後面跟了出來，對他姑夫的木訥很是瞧不上，把我的背包拿下來，放在沙發上，讓我們坐下來，又張羅著找杯子、倒茶。五十多歲的王福姑爺一直張著兩隻手，小眼睛笑得瞇在了一起。

合偉，在見他之前，已經聽很多人講過他的事情。

「他今年二十九了，還沒有找來老婆。」這是人們用來證明他人品差的重要證據。合偉在梁庄的名聲很差。其原因不是吃喝嫖賭，而是懶惰。說是有一年出去打工，春節回梁庄，聲稱自己很累，躺在床上，讓爹媽端吃端喝一個月。他父親韓九爺又氣又急，逼著他去他們承包的磚廠幹活，結果，他攪拌的沙子、石子做出來的磚是軟的。他根本不按照比例來，想當然的就各自放了一些。韓九爺的磚積壓在廠裡，賣不出去。這在梁庄成了一樁笑話。說起這些事情，梁安皺著眉頭，非常鄙視，「那就是個憨傢伙。」

眼前的合偉穿著一件紅夾克，藍色牛仔褲，瘦長，頭髮枯黃。他說話很慢，好像深思熟慮，但又好像只是為了證明自己思維的合理性，力求句句準確，但又句句生硬。神情裡透露著一絲孤僻，一種長期被孤立所產生的自我保護。看來，他清楚自己在村莊裡的形象。他的姑夫王福也有點孤僻，一個農民保持著頑固的自我，並對周圍事物視而不見所產生的那種孤僻。

我問王福，怎麼沒看見青煥姑奶？前幾天打電話聯繫的時候她還在。

「回梁庄了。在這兒弄不成。幹活老暈倒，時間一長，這一片兒拉活的小老闆都知道她這毛病，怕出事兒，找零工就不找她。有時候她要去，一到中午，人家就說，你走吧，別暈到這兒，負不起這責。」

「回梁庄？不治病了？」

「治啥？是後遺症，治不好了。現在連數都不認識了。十減三等於幾都不知道。她還非要出去幹活。剛好前幾天你明煥姑奶來，我說叫她回去，轉轉，說不定好些。」

河南村的出租屋

「那官司呢？現在到哪一步了？」

「日他媽，那人壞得很，又開始反訴咱們了，讓咱們賠他錢。我還正要給你打電話呢。你說，咱在前面騎自行車走，他在後面開車撞住咱，咱咋還要賠他錢？清是說不通。」

一說起官司來，王福姑爺就處於一種語無倫次的狀態。他開始找他們打官司的材料，東翻西掀，嘴裡嘟囔著，「這兒，這兒」，矮小的身體在房間裡來回轉著，看著讓人煩惱。我說不如我們先出去吃飯，吃完飯回來再細說，下午時間長。他馬上停下來，說，好好好，吃飯，趕緊吃飯。

我們走出院子，王福姑爺指著靠裡的一幢樓房說，這是房東的新房。我問他和房東有來往嗎？他搖搖頭，說，「這些年都沒見過幾面。一年交一回房租，沒啥事，有啥來往？」

「那這裡的村民和打工的有來往嗎？」

梁安、合偉和王福姑爺幾乎同時搖頭回答，「沒有。」

「那年輕人之間呢？」我指著不遠處的那幾張台球桌，有一些年輕人正在那裡打台球。合偉緩慢地搖了搖頭，「不來往。各打各的。沒發現誰和誰混在一起。」

「譬如說他們村裡有什麼矛盾，你們都知道嗎？」

「都是聽說的，模模糊糊的，人家誰也不會跟咱說。」

河南村裡住的外來打工者幾乎占村莊總居住人口的百分之八十，而百分之八十中又有百分之八十是河南人。但是河南村的村民和河南村裡的河南人從來不來往，或者，沒有真正的來往。王福姑爺一家在這兒住了十幾年，他不了解河南村的內部矛盾和人情是非，河南村的變化，利益、糾紛、擴張等等與他也沒有關係。在西安的德仁寨、金華村，堂哥、虎子和那個村莊的交往也只限於收房租的時候，雖然他們是這個村莊的實際居民。

我在東莞的時候，有非常明顯的感覺，那些小老闆們和當地居民也從不來往。早晨的時候，他們可能會出現在同一個早茶店裡。本地居民帶著孩子，全家老少出動，吃飯、喝茶、聊天，從容自在。那些外地的有點錢的加工廠小老闆也會帶客人或自己去吃、喝，他們學會了當地的生活方式，但是，他們仍然是兩個世界的人。他們從不來往。所有關於本地的故事都只是流傳，流傳到了外地打工者的嘴裡。一個出租房子的虎門鎮居民更不會走進這些小加工廠，去看看生活在他的房子裡的那些工人如何生活，如何工作。從來不會。他們對彼此都不感興趣。

他們生活在同一村莊同一場景中，彼此卻完全隔膜。當地人依靠出租掙錢，但同時，也是這些打工者，擾亂了他們的生活。大量的打工者對河南村治安的混亂，環境的骯髒和人口的擁擠負有直接的責任。因此，驅逐也是不可避免的事情。但驅逐只是一種形式和心中不滿的發洩。只是界定、強化各自的身分、地位的一種遊戲。

河南村，不屬於河南人的村莊。在這個村莊裡生活的河南人只是借居者、流浪者，沒有權力擁有河南村的居民所擁有的任何事物。但是，它又是王福姑爺的第二個家。他已經七八年沒回穰縣了，「在這兒都習慣了。回家，兩三天行，時間長了都急的圓圈轉。樹葉落到樹根上，老了還得回去。咱還得回去。」

王福姑爺在河南村的周邊收廢品。一開始，沿街叫著，或到工廠門口等活。時間長了，和幾個廠子有固定聯繫，人家有廢品了，打個電話，他就去。一個月也能掙兩千多塊錢。依靠這收廢品錢，他供養他的兒子大學畢業。

「我今年五十七了，再幹個五六年，估計幹不動了。」

「你想回家嗎？」

「不願回家，沒有回家二字。在這兒習慣了，覺得是第二個家。也沒有夢到過家。」

打官司

吃過飯，重又回到王福姑爺的房屋。王福姑爺不擅言詞，說話顛三倒四，說到一個地方，就四處找相關的文件，彷彿要讓文件證明自己說的話。一會兒，打官司的文件、青煥的病歷、照的各種片子就占滿了整個房間。

二〇〇九年十二月十七日，是下午六點半的時候，那天沒下雪。青煥騎的自行車，下班回來，她在飛機場清理垃圾，歸類，在沙浮村那兒。剛開始工資是一個月九百五十塊錢，被撞住前，工資一千兩百塊。

對方是北土村的村民，開的是夏利車。兩人同向而行，咱自行車在前，他車在後，快到南門下，他車開得快，把咱人撞飛了，估計飛有兩米多遠，把前面正在走的倆人也撞倒了，最後才落到地上。當時頭上就出血了。頭暈，不停地叫著頭疼。對方兩人也沒有走。

當時我沒在家，老鄉們打了一一〇，來了拍照弄啥的。我趕緊回來。我懵了，不知道咋回事。剛好一二〇來了，我就趕緊跟著車，把人往醫院送。交警也跟去，說是人先治病。過了一個多小時，司機和他自己的人才去。我押了七百塊錢，錢不夠，把手機也押上了。司機來了，押了六七百塊錢，我把手機拿出來了。第二天就做了手術，手術做得很成功。剖顱，說是裡面積血，總共住院住了五十三天。第一次住了三十天，一開始就不清醒，一直昏迷，做手術之後，腦袋右邊全都塌下去。

在醫院裡住的時候，俺們只要不打電話，車主人就不去，一般都是醫院催錢，我打幾次電話，他往卡上輸個兩三千塊錢。又不見人。從來沒有給賠個錯道個歉啥的。到八九天的時候，車主就開始催著出院，說治了你治，我不管了。打電話不接，不管你了。主治醫師不讓出院，說要是自己出院了人家不負責任。當時車主就出了三萬九千塊錢，咱自己堅持住了一個月院。我自己花了將近四萬兩千元。在家休養了五個月，然後去檢查、換顱，補頭骨啥的，又住了二十三天。車主一般不接電話，接了說自己沒錢，讓我們先墊上。態度壞得很，惡狠狠的，還通過別人放出話來，說他公安局有人，讓我別想著訛他。

我想著，通過交警，交警拍了片子，你也跑不了。這中間，交警隊的交通事故鑑定書出來了，咱想著交警肯定是按理來的，咱對法律也不懂，想著那肯定就對的，所以，就同意了，交通事故書是對方是主要責任，咱是次要責任。後來，說當時車主開車的速度只有五六十公里，我不相信，五六十公里人都能撞恁遠？人家肯定找人了。

咱不想打官司，咱是外地人，一個打工的，誰也不認識，人家是本地的，肯定有人情。我就打電話，找交警隊，想著只要你給我治病錢就算了。找了幾個月時間，交警隊也不管了，他一直不給。逼得沒辦法，只好找律師。

找律師的過程你都知道。俺們把人家約到雙興酒樓，瞧人家[2]，說是需要六千元的費用，先付三千元。咱還給人家律師個人一千元。第一審是兩下協商，找法醫進行傷殘鑑定，最後，叫法院指定，就到石景山區。這中間都把咱弄暈了，一會兒這兒，一會兒那兒，不知道咋辦。人家就是這兒的人，肯定有關係。咱又啥都不懂。兩天之後，咱和律師到順義法院正式起訴。也說要審，審了之後，再進行傷殘鑑定。再後來，那個人根本都不出現了，只在法庭上見面。見面連招呼也不打，也不問你青煥姑奶的情況咋樣。

術後併發症可厲害了。今年八月分，忽然就暈了，癲癇症發作。摔到院裡，頭上摔個血包，眼睛紅得很，嘴裡吐白沫，渾身抽。十來分鐘的樣子才醒。到老鄉的藥店拿生脈飲，喝喝好了。

第二次手術完之後，就犯過癲癇。醫生説是繼發性癲癇，藥物維持最少得兩年，吃德巴金，還有什麼「丙戊酸鈉緩釋片」。

最近一次發病是九月十二號，在工地上幹零活，又暈過去了。幹零活可辛苦，累得很，茶、水、飯都不趕[3]。一般是早上七點半開始幹活，十二點收工，下午一點上班。中午就自己吃個盒飯，有的人捨不得只吃個饅頭。女的東一起西一群坐在地上，男的就躺在台階上，爛紙箱子上或者地上睡會兒覺。青煥的身體根本受不了。老闆一看人暈了，驚了，説你趕緊走，你幹這一晌，我給你開一天的錢，你可別來了。

今年看來，腦子清是差，反應慢得很。人清是廢了，做飯都不敢做。她閒不住，還非要去幹活。

第二次出庭見面之後，相隔有倆月吧，那個車主要求在順義西單大賣場見面，説談談，要求和解。我説和解不成。你不配合，再説，你也始終沒説到家來看看，拿啥不拿啥的不要緊，關鍵來看看人，也算是你的態度。這是我最氣的事兒。我説，就按法律來。

從青煥碰住到出院到現在，那個人至多出現三次。剛開始那一次。在醫院裡從來沒有去看過，才開始要錢還往卡裡打錢，後來，人也不見，錢也不給了。中間上法庭見過一次，後來反訴又見過一次，不超過三次。電話打死，就不照面。

法庭判之後，總共説是二十二萬。保險公司是十二萬，那個人給了七萬多，咱自己出了四萬多，因為咱是次要責任。我這才知道上當了。那個人認識交警隊的人，早都串通好了。現在，他還欠我三千九百塊錢，就不給咱了。

在這時候，那個車主又請個律師，反訴俺們，叫咱賠他車，說因為咱也有次要責任，所以得賠他的修車費。說咱人把他車撞壞了，叫我賠五千多錢。你看這混帳不混帳！我想著，咱在前面好好地走，你追住我了，你把我人撞飛了。俺們騎的自行車，你開的小車，咋還讓我們賠！這說不通啊。

為這事我又找律師，律師說以後再說，以後再說，實際上是推託了。日他媽，一看沒錢，律師也不想管了。

現在我每週五去法院。他撞住人還恁惡，憑啥？反正我這收廢品的活也不要時間點兒。週五是法官接待日。我去要錢。我非得把這錢要過來。我不能便宜他。不說咋了，你到我屋裡看看人也行。我耽誤多少功夫，我這二年花了多少錢？

王福姑爺在屋子裡那一小片空間裡走來走去，眼睛看著天，嘟嘟囔囔地說著，一臉悲憤的樣子，一會兒用手比劃著那顱骨切掉陷下去的形狀，一會兒又拿出青煥姑奶服藥的小瓶子，讓我看上面複雜的藥品名。他頭腦裡有一本混沌的帳，他被這帳裡面的小細節糾纏著。見到我之後，他一直試圖在理清這筆帳，以希望我明白他受了多麼大的冤枉。但是，在講到「每週五去法院」

時，他看著我，眨著小眼睛，說不清楚是執著的、還是生氣的語氣，讓人感覺到，他在做意義特別重大的事情，他會不急不緩地堅持下去。

晚上七點多鐘，在外面幹活的立子、紅旗、成子陸續回到河南村。他們都在做建築方面的活兒，油漆工、砌牆、鋪瓷磚、木工，幹什麼的都有，依著活兒的地點變動奔走在北京城的不同地方。

大家約好在南門下的餃子館等，紅旗、成子先到，穿得乾乾淨淨。他們倆人在一個工地幹活，鋪瓷磚。這類活兒有時候按天算，有時按活兒給錢算。按活兒算，就是不管你多長時間幹完，總共這麼多錢。他們最喜歡後者，會連幹一兩個通宵，掙上一兩千塊錢。來錢快。紅旗、成子都是一九八五年以後出生的人，但看起來很是少年老成。

我問他們平時和梁庄村裡其他同齡人聯繫多嗎？都搖搖頭，說，「各過各的，沒啥事，很少聯繫。」

我又問，「想過梁庄嗎？想回梁庄嗎？」

這幾個年輕人似乎被這個問題問愣了。立子老婆在一旁說，「想啥？回家一分錢掙不來。要是俺們回家，他爹治病的錢誰出？」立子用慍怒的眼神看了老婆一眼，老婆大聲抗議，「咋，我說的都是實話。」

「那想過在這兒安家嗎？」

「那不可能。」沒有經過任何思考和猶豫，所有人都給了我否定的回答。

在吃飯的過程中，大家也很少和合偉交流。梁安、立子、紅旗、成子，都自覺不自覺地忽略他的存在。合偉來回跑著，拿東西，招呼服務員，要麼坐下來，抽支菸。他也找不到話和他們交流。在抽菸的時候，一點點不易覺察的可憐相從他被煙霧半遮的臉龐上洩露出來。

合偉，一個聲名狼藉的人，一個被自己的親密關係排斥的人。在北京，他同樣受制於這樣的排斥，因為他無法超越於這樣的關係。他這樣的打工者，連活兒都難找到。他們的活兒多來自於同鄉之間的相互介紹。對於這樣的懶傢伙，梁安連話都懶得跟他說。

院子裡有棵樹

傍晚將近七點的時候，表姐夫青哥才從城裡回到林河村。

這是深秋的傍晚，微冷微寒。一輛輛公交車停下，走出一批批的人，或過馬路進到河南村的南門裡，或沿著公路往兩邊的村莊走，個個神情漠然。這群人身上有特別明顯的標示：農民打工者。標示來自於哪些地方？宿命的表情？簡陋的穿著？還是某種因對自我身分的認知而流露出來的氣質？在他們的臉上，有一種被自覺認同了的命運屬性。農民被局限於一個無形但卻有明確界限的圍牆之內，這圍牆是幾千年的歷史累積而成，牢不可破。農民自覺退讓，圍牆越來越高，也越來越堅固。

青哥下車了。光禿禿的前額，瘦長臉，穿著皺巴巴的西服，裡面是紅色雞心毛衣和洗得有些發光的藍圓領秋衣。一個忠厚、誠懇的農民。他每次來北京，都要奉表姐之命先到我家坐坐。只是，我也從來沒有到過他的居住地。

離開河南村南門口的主路，向右轉，約一公里多的樣子，就到了林河村。林河村規模比河南村規模略小，也更安靜些。在一條小路盡頭，青哥指著前面的院子說到了。

這是一個長方形的院落，房子很老很舊，一排過去，七間格子房。平房低矮，門是薄的鐵皮門，鏽跡斑斑，有些門下半部分用硬紙殼釘著。青哥打開其中一間房門，請我們進去。

房間約有六七平米，很矮，我這樣的個子，站起來幾乎就要撞頭。沒有窗戶，房間裡所有的物品，凳子、桌子、案板、碗、床等等，都將就著堆在各處。屋頂橫七豎八地拉著各種線，牆上白色的石灰脱落殆盡。左牆上面斜釘著兩個寬厚的長木條，下面用一根木頭頂著，這間房的牆體已經有點傾斜了。床是用磚頭支起來的一個木板，上面堆放著被子，衣服和雜物。靠門左邊是一個用幾塊木板釘起來的簡易桌子，上面放著一個長案板，案板上放著半個包包菜，兩個半把麵條、鹽袋、醋瓶、洗潔精瓶、塑料盆和大瓷碗等等，油煙把牆上蒙的一層塑料熏成了油黑色，硬直地掛在窗戶上。桌子下面是一個白色的、圓形的裝乳膠漆的桶。我在很多出租屋裡看到這樣的桶，用來裝水、米、麵，或腌製酸菜。靠右牆邊堆著一些長鐵條、自行車簍，鋼精鍋，紙箱子，各種塑料袋。房子中間是一小片不到三塊瓷磚的空地，那朱紅色的瓷磚，發出刺眼的光。

「青哥，你咋連個電視都不買？這樣待著，會傻的，至少得有個電視吧，看看新聞，知道發生啥事了。」我有些著急，不解，我被房間的簡陋、粗糙和那種封閉的氣息弄得詫異了。沒有任何精神的意味，也沒有任何放鬆、悠閒、豐富和濕潤，就好像一條深海裡的魚，被死死地卡在石頭縫裡，不能動，也看不到任何事物，一任黑暗的、冰冷的水流過。青哥並不是遲鈍之人。他的眼神所透露出來的柔和和細膩，他整個動作和話語的內向和憐憫，都可以讓人覺察他內心豐富的情感。

青哥笑著，用手撓撓頭髮，說，「也不是沒有，有個小收音機，晚上回來聽一會兒，聽著聽著就睡著了。」也許看到我的誇張表情，他補充了一句，「晚上幹完活回來，一般都得七八點，再做飯吃吃，都九點了。沒有時間看電視。」

我張嘴想反駁他，他又趕忙補充一了句，「知道又有啥用呢？咱一個打工的，幹咱的活。不過，你看，前面有棵大樹，一到夏天還怪涼快。」青哥朝外面指了指。正是深秋，院子裡那棵高大的楊樹已稀疏蒼老。鄰居的一個胖大嫂正出來倒水，她一邊朝我們這個方向看，一邊把水往花壇裡澆。青哥的思維突然轉向了那棵大樹，我一時有點迷惑。他想向我說明什麼呢？

青哥說話聲音很平和，帶著一點點軟弱的、溫柔的語氣在裡面。在表達感情時，總是笑笑的，習慣性地抓撓著頭髮。此時，他坐在房間唯一的那個矮凳子上，左腿蹺在右腿上，上身朝著大腿部擠壓，彷彿要把自己縮起來。

我是二〇〇四年來這兒住的。一開始，房租一個月五十塊錢，後來漲了二十塊錢。這幾年房東也怪好，沒有漲。這房間裡的東西也是房東的，一般租房都是給你張床，給你個壞桌子，就行了。

這村子的人，本地村民連十分之一都不到，住的基本上都是打工的。村子等著拆遷，等幾年了。哪一家都至少有兩個院子。打工的和村子裡的人基本上不來往，我住那個院子，是別人幫著看的，房東連收水費電費都不來。有的和房東住在一個院子裡，你那兒要是來個人，說話大聲，喝個酒他都不願意。娃兒們哭一下鬧一下，都不願意。有些人有歧視，說話口氣能感覺出來。

我來北京有十二年了。一開始來砌牆，跟著工地走，沒有租房子，住在工地上，那可辛苦，冬冷夏熱，受罪得很。二〇〇二年的時候，一天五十塊錢，在當時要說是不算低。天不明都起來，五點半左右吧，六點多都上工，十一點半收工，吃飯，下午一點上班，晚上五

青哥和他的出租屋

六點收工。就在工地上。有啥娛樂活動？吃罷飯，嘴一擦，有的上街轉轉，有的歪那兒休息，有時玩個牌。我不喜歡來牌，有時買個閒書，打發個時間，看小説，都是在街上胡亂買的，一本書四五塊錢。也看算命的書，麻衣相法，求財的，胡看的。在雙興小區，幹有三年，有時候工地上包點活，粉刷，砌磚。掙得多的時候，一月能到快兩千元。

後來老鄉説這邊的工錢高，一天五十五元，我就過來了。也幹有二年，還是在外邊工地。二〇〇六年的時候，人家説搞家裝工資高一點，就想著幹家裝，在室內幹，條件應該好一點。一開始也不行，原來在工地上管吃管住，現在沒地方住了，得自己租房子自己吃，有時候還找不到活。慢慢活多了，漲到八十塊錢。二〇〇七年底二〇〇八年初的時候，一天都漲到一百二十元，二〇〇九年又漲，到二〇一〇年到一百五十元左右。幹得好的話能給到一百八十元。啥叫好的？意思就是數量上和質量上都給人家有保證。幹這活時間長了，大家都知道大致是多少，是啥樣，你偷奸耍滑大家都知道。也會遇見壞人。去年秋天，有一個壞貨，都是老鄉，説在一塊兒做點活，到時平分，我就找幾個活做得不錯的，幹了一個多月，到最後算算，一天才頂一百塊，那段時間市場價都到了二百五六。大家都不願意，但是，是人家聯繫的活，錢在人家手裡，沒辦法。最多以後不和他合作了。在通縣白廟那兒幹過一個活，五六天，一天頂四百多。不過這種現象很少。二〇一〇年在這兒幹十一個月，拿回去兩萬多塊錢，二〇一一年在北京幹有八九個月也拿回去這麼多。

那幾年上哪兒攢錢？一年到頭，從北京回去的時候，一般能帶上一萬元，最多一萬五，回家花花，也沒啥了。這兩年好一點，能掙個四五萬，不過家裡花銷大，人情世故，一年得一萬多。我在這兒一年日常都得一萬多。落到手兩萬多。我給你算算：

房租：七十元

菸：一天一包半多，一包三塊，一月一百五十元

電話費：一百元

生活費：一天二十元左右，一月約七百元

日用品：衛生紙、肥皂、牙刷牙膏、洗衣粉等，一月約五十元

一月總計：約一千一百元

就說這一天吃飯的花銷吧。早晨：三元。一碗粥一塊錢，三四根油條，一根五毛錢，有些五毛還買不來，這得兩元錢。雞蛋不敢吃，那又貴了。中午：十元左右。在工地，沒地方吃飯，有時有盒飯，一般都是買最便宜的，十來塊錢；要是沒有賣盒飯的，就在小飯館吃，得多花倆吃碗拉麵，有時要個小涼菜，再喝瓶啤酒，得十幾塊。咱很少吃肉，隨便一盤都得二十塊以上。實在想吃了，就自己割點肉，食堂吃肉那多貴。晚上：六元錢左右。雞蛋麵條，弄個西紅柿，加點青菜，有時候買個包包菜，一吃吃幾天。偶爾也請一塊兒做活的老鄉吃個飯，又得幾十塊錢。其實每個月也都要超過八百元。

這還不算從老家到北京來回的路費錢。我一年至少回去兩次，原來種地，麥收、秋收都得回去收。這兩年沒種地（地租給別人，一畝地給三百斤麥）了。那回去也不少，一年至少在家兩個月。主要是你表姐身體不好，家裡還有個小賣部，她一個人照顧不過來。這來回路費算下來又得千把塊。

家裡還有一攤子，走不開。有啥想哩。時間長了，主要是想屋裡的事。小賣部，二胖的學習，房子咋樣？不過也是乾操心。年內你表姐不合適，做一個子宮切手術，我回去一星期。這兒又有點活，老闆打了可多個電話，非要我回來，我又回來了。剛好大胖回去了，要是不回去，真不知道咋弄了。

你表姐心裡也不美氣，身體都成那樣了，也照顧不成。可是她也想叫我過來。那你說咋辦？都是為維持這個家。你還想掙倆錢，還想在屋裡，哪兒恁美的事？

在說話的時候，青哥的兩隻手一直相互抓著、撓著，手掌有些部位是粉紅色，還有過敏的痕跡。一九九五年冬天，我在南陽讀書的時候遇見過他，他正在我們學校的建築工地上幹活。當時他手裡拎著泥包。他的整個手背裂著無數的口，從裡面浸出些黃色的膿水，這些膿水混合著沙子、泥，成糊狀溢流在他的手背上，手心也紅腫著，有些地方翻著紅肉。那雙手有些觸目驚心，所以記憶很清晰。

手是咋回事？一九九四年、一九九五年的時候，在南陽工地上幹，那時候一天九塊錢。一開始手上磨個沙眼，就是把手上那層皮磨掉了，浸血，我自己纏個絞布，就不管它了。可能纏得太緊了，等幾天過後揭開，皮膚發皺發白。就開始過敏。不懂得，如果天天揭，就不要緊。後來，手掌手背都爛完了，還在幹活。最後，實在幹不成了，才回去治，也治不好。都一二十年了。叫人家醫生瞅瞅，說，別幹這個活就好了，石灰絕對不能碰。說得可好，咱就是幹這個活的，不幹咋辦？所以，就好好爛爛，爛爛好好，好不了了。

說起來，打個工不容易。那幾年在一個木器廠幹活，一天漲到十幾塊錢，我自己也拉了一隊人馬，去幹活，做有幾萬塊的活，最後，那個木器廠欠我幾千塊錢，不給了。工人錢我肯定得給，都是一個地方的，咱不能不給人家。我自己把這錢欠住了。每年都去要，他自己也被欠，對方給他一些爛襪子，廉價衣服抵帳，他又給我算抵帳，我要那些東西幹啥？好幾百雙襪子，這些年我一直在穿，現在還沒有穿完。賣也賣不成，褪色得很，穿上把腳都染黑了，還發臭。

現在打工，尤其是像我們這種工，基本上都是一家一家的，夫妻倆在一塊，男的搞裝修，女的幹個零工，每天在河南村南門下等活，一天也能掙個百八十塊錢。春節大部分都不回家。把娃兒接來，過個年。回家花銷大，再說，人情也淡了，覺得回家沒意思。爹媽是管不了了。你不知道，現在農村人情可淡薄，爹媽老了，可憐得很。許多人被送到養老院，不是不孝順，主要是不想管，也沒有時間管。

在北京的郊區，尤其是像河南村這樣的城鄉結合部村莊，我見到很多如青哥這樣的出租屋。幾將廢棄的房子，主人簡單收拾一番，或者，就在自己院子的空地裡，臨時搭一些簡陋的板房，出租給打工者。

在溫泉村，我伯父的兒子紅義哥的出租屋蓋在房東後院闢出來的一個小空間上。一間低矮的十幾平米的石棉瓦小板房，紅義哥在小板房內用一個舊櫃子從中間隔開。後面放一張床，作為夫妻倆的臥室，前面放一張沙發床，是十六歲的閨女住的地方。緊靠板房，一個更低的小棚，是廚房，那是個兩平米左右的、用幾塊長條型薄木板和石棉瓦搭成的窩。

後院的另一端是主人家的大狼狗的窩居，窩的高度可比紅義哥的板房。從前院過來，必須要經過這個狗窩才能到紅義哥的小房子。每次從那裡走過，那條黑色的狼狗就拼命地掙著鏈子，發出淒厲、低沉的嗥叫。

那間房一月一百元房租。價格很低廉，因為紅義哥是熟人。紅義哥在溫泉村住了二十幾年。他驕傲地告訴我，他認識所有溫泉村的居民，溫泉村的居民也都認識他，都叫他「老梁」。[4]

青哥的房間有一種顯見的匱乏。這一匱乏是屬於個體生命的內向的而又舒展的東西，是作為一個人所應該擁有的悠閒、豐富。一盆花，一幅畫，乾淨的地面，整齊的床鋪桌椅，等等，都可以看做人對生活的信心和內心的某種光亮。青哥的房屋顯示了他這一層面的枯燥、封閉和壓抑。他被剝奪了，或者說自我剝奪了除掙錢之外人所應該擁有的一切，哪怕最微小的那一點。完完全全的枯燥。沒有一點空間和亮光。他在這個城市，彷彿一個小偷，不光彩地偷一點錢，沒羞沒恥地生活。他的小屋就是這一不光彩的存在的表徵。

「前面還有棵大樹，一到夏天還怪涼快。」聰慧、細膩如青哥，他懂得最微妙的感情。他看見了那棵大樹。

千萬富翁

那天談起穰縣老鄉在北京打官司時，梁安輕輕一句，「連李秀中都來了」，李秀中在北京老鄉圈裡的威信和地位可見一斑。很多來北京的吳鎮人，都以見到他為榮。我是很晚才知道，他是我的初中同學。我印象中，他個子高高的，眼睛瞇瞇笑，說話聲音也低聲細氣，沒有看出他有多大的闖江湖的能力和魅力。

二〇一一年深秋的一天，我們約好到他的新公司見面。秀中的辦公室豪華、氣派。房間正中央放一張巨大的、紫檀色的辦公桌，後面是一個整牆的隔架，架子上放著各種瓷器、根雕和類似於古董的玩意兒，靠窗戶邊是一個巨大的根雕樣式的功夫茶具。

李秀中還是瞇瞇笑的模樣，看不見眼睛裡的具體內容。但是，偶爾睜開一下，能看到精光閃爍。我問他到底有多少資產，人們都哄著說有幾千萬？李秀中朗聲笑了起來，爽朗，開心，好像默認了這個傳說。

我讓他談談自己的發家史。父親告訴我，李秀中曾經跟他學過做涼粉的技術，走鄉串戶賣過。他早年喪父，弟妹又多，家庭相當困難。

> 那說來話可長了。一人一本故事。我啊，五年級上仨，初中一年級上仨。上五年級時忽然發現原來咱那兒有個河頭，恁大恁好玩。雖說離家只有幾道街遠，可是爹媽稀罕，哪兒都不讓去。從此以後，說是去上學，其實就是去河頭。整天在河裡跑，夏天整天在河裡釣魚，釣完了，也不敢拿回家，又扔了。就這，還百釣不厭。冬天逮野鴨子，聽見鐘響了，趕緊回家吃飯了。最後，連個鴨毛都沒有逮住。我媽一直不知道我逃學。二十歲結婚，開始在吳鎮河坡開荒，種地，賣菜，大戰河沙灘。一個人開了四十畝地的荒，真是把命都潑上了。後來為別人看不起我，打了一場大官司，到最後，我偷偷把雷管都買好了，準備和仇家、派出所同歸於盡。那場官司後，我明白了許多事，人不能老鱉一[5]，非得活出個人樣來。
>
> 我是一九九六年最後一天來的北京。我記得清，第二天是一九九七年陽曆年。來投靠老丈哥，人家生意幹得不錯。到北京以後，寄人籬下，相當難受。到人家家，咱也知道，不是做

客的。掃地，做飯，啥都幹。譬如煤爐裡面的煤，北京是把燒過的煤夾出來，咱家裡是踩下去的，我不知道。弄壞了，她哥説，看看這都知道你們是啥人家兒。這叫狗眼看人低。人到賤的時候很賤。我在他那兒幹了三四個月。右不是，左不是，咋也不行。廢件下面，拆拆看看，練練手，他去了，臉一綠，出去了。不知道啥意思。沒有任何溝通。吃飯，那時候在屋裡出氣力，咱飯量大，他們喜歡吃小饃，吃糊湯麵，餓得胃疼。男子漢覺得丟人。一天從早上到晚上，幾乎沒有閒的時候，那些機器零件，百十斤，提來提去，腿都站腫了。我去的時候快過春節了，沒地方待，人家倆人涮個火鍋，連讓都不讓。

一九九八年正月初九我開始單幹，那冒很大風險。主要是尋地方兩邊有兩個大修理廠，把市場基本上占完了。可我去幹成了。關鍵是思路，經營策略。那兩個廠大，但它們有個缺點，就是有個上下班，咱的優點是沒有上下班。它還有個缺點，工人上班幹也是那麼多錢，不幹也是那麼多錢，積極性不高。咱是不幹就無法生存。

另外，我價也要得低。別人一拆一裝一百，維修還要錢，配件也要錢，我是一開始就不要錢。硬頂了三個月，就把客户拉來了。有一兩年，他們幹不下去了，客户來找咱不找他。他們也沒有憂患意識。咱有憂患意識。那時候有些泵型咱也不知道，學的時間也短。人家客户來了，非得拉住，不能讓人家走啊。我就晚上自己拉個電燈，一個螺絲一個螺絲拆，我咋拆咋裝還不行嘛。從沒有一點理論到最後掌握一定的理論，進步很快，只有掌握了理論才能觸類旁通。你的思想不開闊也不行，包括你用人。這就涉及到後期發展的定位，還有你的人員管理。

一九九九年開第一個分點，二〇〇〇年一下子開兩個，到二〇〇二、二〇〇三年一年開兩三個點兒，培養的人都不夠用。最高峰的時候在這條路上布了十一點，全是我的。到二〇〇八年全撤了。不是不掙錢，主要是車輛排放標準變了。原來歐二排放標準，現在是歐三。歐三這塊兒，有的變成電控柴油發動機。這就淘汰了一部分人。有的根本都看不懂電腦。很多東西都幹不了。

另一方面，親戚太多，素質太低。叫他看門，男的過來了，女的過來，兒子孩子也過來了。這事那事，整天都在忙著給他們擦屁股。靠擴張修理點兒發展也確實很難。他幹多少活你也不知道，不給你，你也沒辦法。

這個店是我的生產店，準備以這兒為主，發展生產，不只維修。維修那一塊我只保留我最初的那個根據地。前期完成了原始積累，後來主要賣配件、修配件。現在上馬的是自己開發兼生產。汽修市場很大，只要肯用心，肯定可以分一塊蛋糕。在管理方面，我主要就是靠提成管理。對工人很有效，你要是多幹活，就能多掙錢。學徒按積分來算。維修一個噴嘴十分，一分兩塊錢。前台、庫房、配件都各自管一攤，清清楚楚。這種管理模式都是我自己琢磨的，沒地方學。實際上，我後來的發展跟前期的積累，跟在吳鎮的經歷和受的難是有關係的。一是吃過苦，不怕吃苦，二是不怕失敗。

我現在主要做公交車生意，給公交車校油泵和清洗噴油嘴，占其中一個公交公司份額的四分之一。我已經起步晚了，早幾年我集中做社會車輛生意，生意非常好。是好事，也是壞事，忙於應付那些，把北京這一塊市場給耽誤了。現在難了，非常難進入，和種莊稼一樣，上午下午錯半年。我從二〇〇八年開始才跟公交打交道，首先進入人家的供方體系，這都需要關係。咱這兒一個老鄉認識公交維修車間主任的弟弟，是一個公交司機。就這，起大作用了。通過他，給車間主任送禮。別看就是個車間主任，可起作用了。

送禮可是大學問。你知道辦成一個事兒要打點多少層？這個中秋給一個副總送月餅，讓司機去，之前打好電話，結果去了人家說不認識，非常冷淡。這幾天正琢磨著還得請人家吃飯，玩，還得再去給人家賠不是。誰都不敢得罪。別看他沒用，他要是想壞你事兒，可容易得很，一句話就行了。政治方面，都是走路線的。一是看領導是否用勁，二是也看你做事怎樣做。大局都是一樣的，關鍵看細節怎樣。不管你是採取什麼的方式進的，實際上誠信是關鍵。沒有誠信是不行的。

不過，還是得發展。公交車的活兒挺多，但不是每天都有，有時集中修理，有時到公交車站那兒去。我還是想著開發實驗台。我現在正在談一個生產實驗台的項目，和理工大學的專家談。估計到時得投資三百萬。要是這個項目談成，到時公司就發展大了。產品是自己開發，我和理工大學共同占有股份，我是投資人，股份肯定是大頭。

說起「送禮」，李秀中很有心得。除了安排公司大的發展方針之外，和專家談判，他的主要工作是陪吃陪喝，洗澡按摩唱歌，疏通各種關係。他進到裡面的房間，拿出一個朱紅的、長方形的禮品盒說，「像這樣的人參，一年至少送出去幾十根」。打開盒子，裡面一支長著鬚的人參娃娃，圓潤飽滿地躺在那裡。

秀中的校油泵事業也曾遭遇了如內蒙恆武那樣的難題，只能是夫妻店，無法擴展，無法發展成現代管理企業。還有，就是親戚的問題。和其他進城農民不一樣，秀中對自己的親戚充滿厭惡，在最初的努力失敗之後，他直接拒絕和他眾多親戚們發生生意上的聯繫，包括他的親弟弟妹妹。

家族企業是可以的，但是沒有好人不行。國美電器黃光裕也是家族企業發展上去的，人家順勢上去。總體來說，如果說發展，原始積累靠家族，到一定程度，家族會阻礙你發展。他水平達不到，必須要引進新的人才。幹什麼事，到一定程度，必須要打破這種思維。

但是咱那兒絕對不行。親戚不共財，共財再不來。來的親戚，舅舅，表哥，堂哥，堂妹，還有啥拐彎親戚，都是我帶出來的，到最後全有矛盾。把人搞得很疲乏。我把他們都攆走了，你生氣也罷，斷親也罷，也是沒有辦法。

我四個姊妹，我是老大，我壓根兒也沒有想著叫他們來一塊兒幹。管理很難。你說讓他當領導，他說是應該的，你要是有一點對不住他，他就會說，我是親妹子親兄弟，你還這樣？你也沒法說他。他們也都成家了，都過得去，平時各過各的，有難的時候，我幫一下。這就行了，我不叫他們摻和我的生意。

農村人到大城市，更多的是在戰勝自己，不是在戰勝別人。得有下一步目標的定位，並且，還得有適當的管理條例，得修訂自己的管理。別說先戰勝別人，先得戰勝自我。老想著在家蓋個房子那肯定不行。得挑戰自己的極限才行，台階上面還有個台階。實際上，一個人真正的快樂也在這裡，一個目標實現了還有另一個目標。掙錢也能上癮，實際上錢到一定時候也是一個數字。到這時就是怎樣融合這些錢，樂趣在這一過程中。真是到一定程度，到最後跟公益事業差不多。只是一個追求而已。

咱那邊人窮是一方面，關鍵是社會風氣不好。温州人為啥發財了？有互信，有團結，就有合作的基礎。自然就會發展。河南人不抱群。只要有什麼事，各奔東西，各找各媽。一個修水箱的老闆跟我說，他手下有幾個修水箱的河南人，爭著說對方壞，後來沒辦法，只好都不讓他們幹了。老闆說，今天你說別人壞，連老鄉都說，說不定有一天會說我。你看，鬥來鬥去，最後所有人都吃虧了。

整個河南幫，我所知道的，十個八個都沒有發展前途，在規模層次方面還不行。關鍵是不能突破自己，不能自我突破。心胸有多大，舞台就有多大。

啥河南幫？就是一群河南人，攪在一起，天天想著歪門邪道。咱那兒人風氣不好。我不和他們攪。為啥二〇〇〇年叫著「不用河南人」？那時候就是明擺著不用河南人，現在是隱形歧視河南人。因為我是河南人，我吃大虧了，很大的虧。別人給我介紹一個領導，讓我去見。去了之後，領導問我是哪兒的，我說是河南的。領導直接讓我走了。後來，介紹人給我說，領導埋怨他說，你怎麼給我領個河南人過來了？人家不讓我做他的供貨商。我也氣，氣有啥辦法，自己不爭氣。

其實我也努力過。北京這邊河南校油泵的最少三百家。我曾經想建立平台，成立一個河南人校油泵協會。一是從技術上我從廠子裡請人，給大家培訓人，二是保證進貨渠道暢通。等於是給大家弄個平台，既帶有相互支持性質，也可以壟斷這一片的生意。後來我不給他們幹了。他們來了之後，翹著腿跟我談價錢，好像我從中得多大利益似的。他們再打電話，我不管他們了。不團結，不信任，啥辦法也沒有。

秀中在談到他和三弟妹之間的關係時，他的老母親在一旁神情焦慮地看著我們，一再表達，「他們都可不錯，都過得不錯。」但是，她急迫的表達，反而讓人覺得那只是一個顧全家庭聲譽的老人所特有的遮掩方式。秀中的三個弟妹也在北京郊區開各開一個校油泵點兒，生意很一般。我聽說過他們姊妹之間有一些矛盾。也許，秀中的這一思維方式，並沒有得到仍然生活在普通線以下的弟妹們的認同。

秀中對兄妹和親戚的冷漠基於他對事業的理解。但從他的言談中，我也能隱約感覺到，他的冷漠不只是對「個人」、對「現代企業」的理解，也夾雜著他成為新富階層之後對過去生活的厭棄和對「農民」身分的迴避，他以「現代管理」的名頭來遮蔽他的厭棄和逃避。

已經成為千萬富翁的秀中精神境界並不穩定，心靈空間的寬度也游移不定。他仍然糾纏在昔日貧窮的陰暗中，在言談之中，始終糾纏於個人恩怨和歷史往事，有一種很狹窄的情緒和情感。講起他老丈哥對他的汙辱和自己的屈辱經歷，秀中仍然耿耿於懷。他講了很多細節和例子，在許多地方都忍不住提一下別人對他的輕蔑。

另一方面卻又很開闊。現在的秀中已經成為行業中的一員，經常被邀請參加這個行業最前沿的開發會議、銷售會議。他已經擺脫了如內蒙恆文和眾多穰縣校油泵的「停滯」特點，而成為一個有發展可能的、具有現代管理模式的企業。從單純的「掙錢」過渡到去思考「公益」，時下最新的理念他也都有認知。

這以後，在不同的老鄉聚會場合，我都能碰到秀中。他的笑聲爽朗，神情開闊，享受著周圍的人或多或少對他的迎奉。他也會不斷地講起他正在運作的新項目，他還告訴朋友們，他在穰縣的山裡買了一面山坡，山坡對面就是一條河。他準備蓋幾幢別墅，養幾條狗，約幾個朋友，將來在那裡養老。而吳鎮的房子，早已塌了，他也不要了。他很鄙夷那個他曾經生活了將近三十年的地方。

保安

韓家建升也是梁庄打工神話人物中的一個。梁庄人都說他發財了，但神情中又帶著某種不屑。建升在北京通州那裡辦一個保安公司，有親戚鄰居來北京打工，找過他，在他公司當過保安，鬧過矛盾，翻過臉吵過架。我在北京這些年見過他好幾次。他很喜歡參加穰縣老鄉組織的一些活動，尤其是文化方面的，很熱心。二〇〇八年，穰縣組織了一台地方戲進京匯演，建升跑前跑後，張羅聯絡，很是用心。

建升說話的聲音非常高，開朗、健談。言語之中，他非常討厭北京人，但其實已經很有北京人氣息了。說話語流平滑順暢，略微有點兒捲舌，表示憤怒之時，時不時蹦出「丫的」、「姥姥」等之類的口頭禪。他直接把我們帶到一個飯館，請我和父親去吃炸醬麵，不看菜單，直接點了爆肚、炸咯吱、油豆腐等北京小吃。他的妻子瘦小，大眼睛，剪一個娃娃頭，看不出實際年齡。十一歲的兒子在通州實驗小學上學。

他的公司給通州一個小區做保安工作，建升就把自己的家也安置在小區邊緣一個簡陋的平房裡。

建升能夠很準確地表達自己，就好像這些話一直排列在嘴邊，只等著人來問他，他就像倒水、倒豆子那樣，不用思考，「嘩嘩嘩」地就流了出來。

我是一九八七年到西安，新城區商德路十一號，在一個小吃店打雜，「商德路小吃店」。那個地方我終生難忘。我在那兒趕上兩件大事，好像有一個外國作家寫了一本什麼書，寫穆斯林不好，全世界的穆斯林都反對他。[6]西安的穆斯林們手拉手，戴著白帽子，很有秩序，很平靜，在街上走。感覺到很害怕，第一次感受遊行。

還有就是學潮。就是穆斯林事件沒過幾天的時間，從商德門直往南，陝西省人民政府，大卡車拉著軍人過來，咋著也有幾十輛車。當時想著，城市不能待了，趕緊得回老家。省政府廣場上坐了全是學生和老百姓，全省各地的人都坐著卡車去，有走著去，有些人拿著酒瓶子摔，青徽素瓶子，燒花圈，喊口號「打倒腐敗，打倒官倒，不讓開放沿海六個城市」，「我們不做賣國賊」，「中國不是殖民地」，「還我沿海六城市」，「把帝國主義趕出去」。有一星期，小吃店關門了。我們門口那條路是到省政府的必經之路。

當時看著很害怕，想回家。但只是旁觀者，覺得離我還遠著呢。就是忽然這麼亂，也不知道咋回事。老百姓很淡然。我在那兒的院子，有兩口子，媳婦是陝棉一廠的人，老公是刑警，一個單位組織去參加聲援，一個去維持秩序。我不明白啊。我給老闆說，城市不好，我要回家。

一九八九年收秋的時候我又回梁庄。回家就想找個固定工作。我要好好幹活，做人就做邱娥國[7]，幹活要如趙春娥[8]，這兩個人都是那幾年的宣傳對象。想著有個固定工作，給國家貢獻點力量。一九九〇年通過個關係在XX縣化肥廠買個集資工，花了三千五百元。當青工，三級半，一個月基本工資四十二元。那時候，整個化工行業不景氣。這期間，我舅家表哥從北京回來，說北京招保安。當時我的想法是，這輩子沒當過兵，當個保安就相當於當兵。

我是一九九一年農曆八月十五晚上到的北京。我都不知道這個日子。一下火車，月亮那個圓啊，我問人家說，大叔，這是啥日子，人家說是八月十五。我這才知道，心裡可難受。坐火車坐一天多，捨不得吃，餓得不行，一聽說是八月十五，眼淚都想掉下來。坐火車花二十四塊錢，下火車也不懂，有人在車站拉客，就把我們拉到三里屯幸福三村。住一夜，十七塊錢，說好了是十塊錢，人家非要多要。覺得受騙了。就萌發一個念頭，不混個樣就不回家。我和另外一個老鄉從地下旅館出來，拿個大被子，大行李，去坐四〇五路公共汽車。售票員不讓俺們上，說滿了滿了，擠什麼呢，討厭。尖著嗓子的北京話。

當時找的一個保安公司不要人。就在一個服裝廠蹬三輪，給人家送貨。冬天，從通州拉一車貨到北展，幾十公里。倆多小時，站著蹬，一是累，二是站著拉快，一天六塊錢。幹到一九九二年春天。

剛好保安公司招人，交押金兩百塊錢。一九九二年五月十三號去當保安，是武警總隊辦的分公司。「六一」給我分配到燕山石化，公司發一百七十塊錢工資，不管吃，管住，但是，可以給廠裡幹些雜活，一個月能掙三百多塊錢。自己做飯吃，得花三四十塊錢。咱工作不錯，深受領導喜愛，踏踏實實幹到九四年，九四年下半年當班長，對我來說，這是個積累。

當時北京公安局成立保安總公司，成立了工會，成立了團委，所有的保安都看到一絲光明，想著受到國家重視，想著如香港、台灣的保安，很有希望，有閃光點。

一九九五年我從燕山石化調到凱迪克大酒店，為世婦會服務。在那兒以後，開始發胖，那兒生活好，直接升上副中隊長。咱對工作熱情，廉潔奉公。每個行當都有門道，也可以腐敗一下，但我堅決抵制。因為啥，我們家你韓叔到死寫信都是「遵紀守法，團結同事」。我老婆來了，他寫信又給我添了四個字，「相依為命」。一個中隊六十個人。那時候管吃管住，五百多塊錢，年底獎金六百多塊錢。另外，一心想著，是給共產黨幹的，幹得好了，說不定到時候自己還有可能轉正啥的。

一九九五年冬天，保安行業評「優秀保安員」，考試，考你的保安知識，業務技能、法律常識、保安體能、術語和待人接物等，有筆試口試。我考九十七分，被評為「北京市百名保安員」。心裡非常高興，覺得有希望。

一九九六年，心情很灰色，不想幹這個行當了。原來是看到曙光，後來發現都是空話。說是給保安成立啥機構，都是騙人的。說是成立工會，也沒有讓交過會費，不知道工會在哪兒，有啥作用？團員也沒有入團，也沒有小組長，也沒有團委書記，啥也沒有。評上「百名保安員」以後，想著拿這個優秀證應該可以了，模模糊糊覺得應該可以納入到正式職業裡面。結果都是假的，最根本是不想給外地打工者機會，都是糊弄你。我就想著，馬上離開北京，不幹了。幾乎跟我一塊兒來的都走空了，我們燕山石化那一幫人都走了。不是去別的公司幹，就是從事別的行當。剛好那時候又跟你嫂子談對象，感情豐富。覺得前途一片黑暗，啥都是空的。一九九七年元旦回梁庄，和你嫂子一塊回去，想在老家創業。在家待了幾個月，啥都想過了，不知道做啥好。我爹說，你倆在家裡不行，還得到北京去。

建升的臉有點漲紅，他還沉浸在他早期的希望之中。有誰會知道，在這樣一個胖頭大臉、庸俗的中年保安小頭目的心裡，還藏著邱娥國這樣的共和國典型，「做人就做邱娥國」，那是一個明亮的、可以超越一切的形象。

大概一九九五年左右是建升人生最光輝的幾年，講到那時，他兩眼放光，聲音也提高了很多，充滿了驕傲和自豪。一個盡職盡責的保安，經常培訓、考試、定級，這使他覺得自己有價值。最關鍵的是，北京市成立了保安總公司，成立了工會，團委，「保安」被納入到了制度的秩序之中，它是一個得到國家承認的、可以升遷的、有榮譽感的、當然也可以改變命運的職業。那時候，建升覺得前途無量。他肯定想到了那兩個勞模典型，他記得非常清晰，他喜歡那種榮譽感，依靠自身的貢獻而被社會承認而帶來的榮譽感和身分感。

但是，這希望猶如一個火花，在他人生中閃一下微弱的光亮，就熄滅了。他天真的平等的幻想，依靠自己的努力、盡職獲得職業通道的想法被粉碎。

我是一九九七年過了清明回來的。想著幹啥呢，我要掙錢，掙大錢，錢是最實在的，其他都是虛的。還是保安這個行當熟悉，就還從保安幹起。那時公安大學下面辦一個保安公司，我去幫人家帶隊。又幹了兩年，到一九九九年，感覺自己也吃透這個行當，知道它的奧妙之處，其中的貓膩之處也都知道，咋去運作都清楚。就想著自己去幹。

我運氣也不好，剛好趕上北京清理整頓保安市場。掛靠的全部被取締了。因為黑保安老出事，人員參差不齊，保安行業犯罪率上升。

當時，出個事兒，很轟動。一個警察，叫徐晉革，二十二歲畢業，上班十多天。隨州一個十七歲的小孩在北京這邊當小保安，上十四天班，說不幹了，保安隊不給他錢，還打他一頓。這個小孩就到老鄉那兒去，老鄉說，哭啥不哭，別哭了。他們就在街上胡逛。在三元橋上，半夜一點多的時候，一個單身女子在橋上走，他們就去搶劫。剛好姓徐的那個警察巡邏，他年齡也小，沒經驗，就去追，死追。到一個小胡同，那個小保安說，你不要追，再追我就拿刀戳你。就把那個小警察弄死了。後來，一追查，發現是保安的事兒造成的。這事兒出來後，人們都說保安不好咋的，其實不是，那個小孩也是一肚子委屈，他沒地方訴啊。形勢逼那兒了，他害怕，不知道咋辦，不殺人不行了。[9]

我公司是二〇〇〇年五月成立的，開始招兵買馬，也沒有手續，當時人家說沒手續也可以招人，我們可以用你的人。咱的保安就是他的「協管員」。剛開始五個人，慢慢七個、九個，到最後，變成三十七人，貴州、雲南、甘肅各地的人都有。

給人家開工資，管吃住，管發衣服，管菸抽，住的是地下室，勁松一個地下室，打地鋪，鋪了四五層報紙，就當床鋪了。我還要考查對方給我保安的環境怎樣，住的情況，吃的標準。EMS物流找我，叫我派保安去。我一問，他說沒地方住，我就不讓我的保安去。晴天還行，下雨咋辦。那幾年工地我也不去。我在工地待過，真是艱苦得很。那年清華大學蓋宿舍樓，俺們在那兒看著。真髒，浮土太大，土沒過腿，風一刮，把人的眼都迷壞了。工地上太冷，凍得太可憐。從老家來的孩子，都不會生蜂窩煤，也沒有水，屋裡比外面還冷，那個工地簡易棚，早晨起來被子都凍得拉不動。娃兒們手都像腫瓜子一樣。我說，咱又不是不能找來其他活兒，不受這罪。

人們瞧不起保安。像那些大型商品樓、超市、高檔小區裡的人都沒有素質，認為自己是白領，瞧不起保安。原來是北京人瞧不起保安，現在是業主看不起。其實一些北京人，原來是國有廠的，工齡買斷了，現在四五十歲，啥也沒有，還不如那些保安掙的錢多。就這他也瞧不起保安。

我的孩子，我也不讓他當保安，社會地位太低。那天有個人說，牛什麼牛，不就是個保安嗎？想想也是。這個行當是四大低行業，「保潔、保安、服務員、壯工」，收入最低，誰都能罵幾句。還有幾點，一是社會上還是不承認，不把保安當做一個正當職業，就是低級工；二是歧視外地人。那些正規的公司，就是所謂公安局辦的公司，他們也歧視外地人。北京户口的保安有五險一金，外地保安沒有五險一金。工資也比外地的高。國家都歧視他們，普通人肯定更歧視。我現在為了減少成本，走的和他們一樣。現在我們上的意外險，三個人上兩個人的，也是為了省錢。

溫家寶總理二〇〇九年九月二十八號簽國務院令《保安管理條令》，說必須要給保安上保險。[10]說得可好，誰弄啊？要想使這個行業有起色，必須社會得尊重它，一尊重，自然而然待遇會上去，社會要關注它。奧運期間，《北京青年報》採訪了十來個小區，只有一個保安是微笑的。你說咋可能微笑？妻兒老小都在家，兩地分居，節假日人家都休息，他不能。比較正規的公司，平時還要訓練、學習，還要考核，考完啥也沒有，沒有說法，也不知道走那形式幹啥，只有招忙。也沒有人尊重。工資太低，也有很大的職業風險，遇到小偷，萬一傷了死了怎麼辦？又枯燥無味，三點一線的。你說有啥笑的？笑也是假的。

我們一直聊到傍晚，建升的兒子放學回來。很自然地，他談起了兒子的問題，

我現在最困惑的是，孩子上學怎麼辦？這樣會毀了幾代人。如果政策不變的話，到上高中時，就得讓你嫂子回去，帶著孩子上學，娃兒不一定能適應。那年回家，娃兒出一身癢疙瘩，治了很長時間才好。人家不適應，不是梁庄人了。我們可憐，娃兒們這一代更可憐，生活在真空裡。他們到咱們這個年齡，連小時的玩伴都想不起，都四零五碎，越來越孤獨。

這種現象我也覺得不公平。今年的教育部長說，可以接受異地考試，但是要有標準，第一，要有房，要有工作，第二，要有保險，第三，孩子要在這兒上學。說完這句話，又說句混蛋話：各地情況不一樣，「北上廣」三個城市，沒有具體的時間表。等於是放個閒屁。不平等，老百姓沒有權利，那啥時候能他也不能直起腰。就像那年，咱們村裡放電影，兩家為宅基地打架，大家電影都看不成。咱們老支書老興隆上去罵他們，「日你媽，連你們都是國家的，還吵啥吵?!」

我問他最後一個問題，「在外這麼多年，想不想梁庄？將來回不回梁庄？」

想梁庄，咋不想？我夢見過找不到回家的路。回到家裡，家裡那幾間爛房子也找不著了，最後哭醒了。前兩天還在做夢。每次坐上火車，離梁庄越來越近，我就會不斷地想，要是回到家，會先碰到誰，後碰見誰，千萬別說一些讓人家反胃的京味兒話。我可注意得很。我要是從家裡回來，也得說幾天家裡的話，改不過來。

但我肯定不在梁庄住，不會在梁庄蓋房子。我將來根肯定也不扎在這兒，可能會在吳鎮上，你哥的房子旁邊，也弄個房子，每天能給你哥說說話。

有時在這兒還真有個恐懼感。我經常想，如果有個啥事，警察不分青紅皂白把我拉走了，你嫂子去找誰？連個人都找不到。或者想，正走著，誰給你打一頓咋辦？突然生病，倒在路上咋辦？找誰？在吳鎮，我可以找你哥，沒啥說的，他肯定會幫你。就不用想啥原因，心裡踏實。在這兒，雖說有倆朋友，但還沒有到那地步。也有人尊重，但是沒有歸屬感，就好像風箏斷了線。在家還是有種安全感。

1 蟻族：指無法找到工作，或收入很低而聚居在大城市邊緣的大學畢業生。

2 瞧人家：瞧，「請」的意思。

3 不趕：供應不上。

4 二〇一二年七月一日，紅義哥帶著老婆來我家。他得了「網球肘」病，是廚師的職業病，兩隻手腕因長期用力端鍋、炒菜而無法抬起來。電話裡他告訴我，他準備回梁庄，歇幾個月。見面之後，他卻告訴我，他已經應聘了另一家餐廳，第二天就要去面試。短短幾個月中，他瘦了非常多，從一百八十斤掉到了一百三十斤。我問他怎麼回事，手都抬不起來了還要去工作，不是說要歇一下嗎？他笑著說，歇啥歇，哪會敢歇？只要不死，都得幹下去。剛好他也不想在那家餐廳幹了，就以這個為理由把工作辭了。他的胳膊看起來還很正常，但卻不能往上抬，尤其是不能拿重物。吃飯中間，他不停的往吳鎮姐姐家打電話，安排他的兩個孩子來北京的事情。他的一雙兒女，十六歲的女兒和十四歲的兒子，在吳鎮上初中，寄宿在他們的姑姑家。紅義哥告訴我，溫泉村未來一兩年要拆遷了，他的房東，至少能得到幾百萬賠償款。在溫泉村住了二十年、熟悉溫泉村一草一木的「老梁」，也要考慮搬家了。

5 老鱉一：老實人，在農村總是被人欺負、捉弄。

6 英國作家薩爾曼·拉什迪（按，台譯薩爾曼·魯西迪）的《魔鬼撒旦》（按，台譯《魔鬼詩篇》），裡面有對穆斯林的詆毀，引起了全球穆斯林的反對。伊朗穆斯林領袖對其發起了全球追殺令，至今尚未取消。

7 邱娥國，一九四六年出生，一九六七年入黨，南昌市一派出所戶籍民警，榮獲過全國先進工作者、公安部一級英模、全國五一勞動獎章、全國優秀共產黨員等等，被選為「全國勞模」。

8 趙春娥，一九三五年出生，中共黨員。洛陽老集煤場現場工，工作認真，惜煤如金。一九八二年，趙春娥因病去世，一九八三年被國務院追認為全國勞動模範。

9 沒有查到建升所講的徐晉革案件。

10 二〇〇九年九月二十八號，國務院第八十二次常務會議通過《保安服務管理條例》，自二〇一〇年一月一日起施行。第一章總則第五條，「保安從業單位應當依法保障保安員在社會保險、勞動用工、勞動保護、工資福利、教育培訓等方面的合法權益。」

第六章　鄭州

工人在勞動中耗費的力量越多，他親手創造出來反對自身的、異己的對象世界的力量就越強大，他自身、他的內部世界就越貧乏，歸他所有的東西就越少。

——馬克思《一八四四年經濟學哲學手稿》

機器人

二〇一二年一月十六日，鄭州，雨夾雪。我和一位朋友到設在鄭州航空港內的富士康工廠去參觀。朋友是本地通，一路上興致勃勃地給我講了很多關於富士康進入鄭州的「內幕」，譬如政府某領導的強勢支持，對就業工人和提高河南工業能力的預期，零稅收的優惠，對占地上訪農民的打壓，運送蘋果手機的貨車被調包等等，每一個小細節都是一個錯綜複雜、真假難辨的中國傳奇故事。

經過了長達三個小時的等待和交涉，我們才進到富士康的廠區，一位保安隊長全程跟著我們。毫無疑問，這是一個規範的、嶄新的工業區。沿著主道路走，兩邊是幾幢白色的建築物，那是操作車間。路的中間有幾個過街天橋連接著，通向四面八方，就像巨大的網絡。廠區寬闊，有籃球場，有樹，有規劃整齊的花壇和綠地。也許是臨近春節，廠區工人很少。在一個拐彎的不起眼的廠房外面，我看到一群年輕人，這是正處於休息時段的富士康工人。我讓朋友停下車，向保安隊長請求，和工人們聊會兒天。保安隊長猶豫著，但看我已經邁下了車，也就點點頭表示同意。

一個年輕人迎過來，眼睛裡閃著警惕，對我進行詳細的盤問，他是這個車間的車間主任。我說我是大學老師，他表示懷疑，我說我只是想來參觀並了解一下著名的富士康，他不置可否地笑了笑。我們只簡單聊一會兒，他們就回車間工作了。實際上，這樣的對話也無法獲得什麼有效信息，反而是我和他之間這種戒備森嚴的對立方式讓我很感興趣，包括車上那位一直阻攔我們進廠，並且隨時催我走的保安隊長。

到鄭州的富士康參觀、探訪，一方面是長期以來對它就有巨大的好奇心，另一方面也是因為萬科三哥的兒子梁平在這裡打工。這樣一個頑劣少年，如何能夠坐在工廠的枯燥的板凳上，是很值得探究的事情。梁平幾個月前已經離開了富士康工廠，現在在梁東工作的建築公司幹活。

我沒有想到，梁平長得如此像他的小叔小柱。深陷的眼睛，目光逼人，突出的前額，我們那邊人都稱之為「錛顱頭兒」，尤其是那厚厚的嘴唇，他的小叔似乎在他這裡復活了。唯一不同的是，小柱一直是一頭微長的黑髮，梁平卻把頭髮剃得很短，幾乎能夠看到青色的頭皮。我的心為之一顫，幾乎有些憐惜眼前這個神情冷漠的孩子了。

那個頑劣少年梁平是一個很酷的年輕人，和他相處一段時間，尤其是春節在梁庄又和他近距離接觸後，我發現，他的冷漠只是酷的外在表現，有著思慮少的年輕人特有的直接和單純。在一個小飯館裡，梁平斜坐在凳子上，身體朝向另一邊，頭轉向我，說話的時候微微斜睨著，整個身體姿勢有點彆扭。目光冷淡，表達出一種率性，隨時回答問題，又隨時停止，不讓人看出他思考的痕跡。

我上的是信息工程職業學院，學數控模具。其實用處不大。畢業後，被招到鄭州經濟開發區一個工廠，做刀具，它的技術在全國都很先進。當時一個月一千塊錢，一天上十五六個小時班，幹半年，受不了，不幹了。不讓坐，連喝水、吃飯都得小跑去，根本受不了。

跑到深圳，剛好觀瀾那邊的富士康招人，我就去了。我在那兒也幹了半年多。後來，鄭州富士康這邊招人，我又隨著一些工人到鄭州。幹不到三個月，我跑了。太壓抑了，受不了。往那兒一坐，一天十個小時，流水線，一個動作就幾秒鐘，來回不停，完全和機器一樣。往一個槽裡插零件，其他身體的哪個部位都不能動，也沒時間動。

你想歇一下，偷個懶，門兒都沒有。操作機床的人還可以來回動，像其他的，人固定在機位上，根本動不了。還有這評比，那積分，零件損傷都要賠錢。天天有人看著你，有人給你記錄。弄得像軍隊一樣。在那兒每待一天，都像多坐一天牢。我就跑了。到哪兒不是掙錢？受這罪划不來。和我一塊兒去的，差不多都跑了。不幹了。

廠裡倒是有籃球場、電視房、活動室啥的，那你也得有勁有心情啊。一天幹十來個小時，都累得不行，吃完飯回宿舍，拿著手機玩一會兒，連電視都不想看。他要是再組織個活動，還想罵他呢，誰去啊？

工廠大得很，時間也緊張得很。我們廠裡流行個笑話，說是兩個老鄉一塊兒進富士康，被分在兩個不同的車間，一年之內都不會在工廠內碰到個面。這是真的。觀瀾那個廠還算是小的，龍華那個廠大得很。要是大家不聯繫，估計幾年碰不上面都有可能。

我在富士康總共幹了不到九個月，工資始終是基本工資，一千兩百元。加上加班，我最高工資只拿到一千八百元。說是過了三個月的實習期，就可以漲工資，但是，三個月過後，還有六個月的考核期，也只能拿基本工資。離九個月還有幾天的時間，實在堅持不下了，就走了。說是最高三千多元，那可不是好拿的。老闆好說工人喜歡加班，願意加班，說是自願的。你正常時間工資發那麼低，不加班行嗎？

我給你說一下我的工作時間表：

上午　七：四〇～九：五〇，工作

九：五〇～一〇：〇〇，休息
一〇：〇〇～十二：〇〇，工作
中午　十二：〇〇～十三：〇〇，吃飯
下午　十三：〇〇～十六：二〇，工作
十六：二〇～十七：二〇，吃飯
晚上　十七：二〇～十九：四〇，加班

加班費是基本工資小時的一．五倍，法定假日是兩倍。所以，廠裡更願意大家在平時加班，而不願意在雙休日加班。早晨六點半多，就得起來洗漱收拾、吃飯，在廠裡的十二個多小時，除了吃飯時間，可以和同事聊聊天，根本沒有機會說話。工廠根本就不鼓勵工人之間相互來往，那樣會降低效力。

管理非常嚴。富士康走的就是軍事化管理。保安隊就相當於特務連，你說的那個保安隊長就相當於特務連連長。廠裡一般人管不了他們，權力非常大。不知道他們歸誰管？要是逮住工人違規或偷東西，可以隨時打工人。一般是拉到沒有視頻監視的地兒，狠揍一頓，拍拍屁股就走了。你有啥辦法？找誰去告狀？誰給你證明？只有吃個啞巴虧了。

富士康都知道，咋能不知道？就是一個廠裡的，還剛聽說跳一個，可又跳一個，把人嚇得心裡一涼一涼的。好像跳下去還挺輕鬆的。我們宿舍前後欄杆、窗户都掛著一層鐵絲網，把宿舍變成全封閉式的空間。有啥用？想死誰也擋不住。死了不只十幾個，我在那邊的時候都至少超過二十個人了。

不知道他們咋想的。太壓抑了，受不了吧。待的時間長了，真要死人。人都被機器控制了。不過這些人自己肯定也有些問題。有些娃兒們傻，以為跳樓，會給他賠錢。命沒有了，要錢幹啥。

我肯定不跳。大不了走。此處不留爺，自有留爺處。

從富士康出來後，在咱們家裡歇倆月，在鄭州歇倆月。後來看賣純淨水生意不錯，就去給人家送水，也不行。又去房地產公司賣房子，幹銷售，幹三四個月，一套也沒賣出去。最後連生活費都沒有了，就去找我二哥了。想著在他那兒掙個生活費再說。我在他們公司幹施工員，就是監督施工，也有具體技術，像放線啥的。一個月五六百塊錢。樓蓋起來，一年時間，我也差不多都會了。才開始怕人家說閒話，說我二哥開後門。就藏著掖著，不讓人家知道咱這關係，後來他們經理也知道了，說我幹得不錯，把工資漲了，快兩千元了。

工資也不高，但比以前强多了，將來可以考個二級建造師。還算有個希望。

與我的强烈好奇相反，梁平不願過多地談他在富士康的生活，他覺得那段生活枯燥無味，無話可說。他也特別鄙視那些跳樓自殺的人。梁平對我所在意的「網」的象徵性並不在意，他不願意過多去分析自己的心理感受，他感覺更清晰的是他在操作過程中的枯燥和無聊。

在說到工作身體不能動時，梁平扭過身，頭低著，把兩隻胳膊撐在桌面上，胳膊、手腕一動不動，雙手也不動，只有大拇指和食指飛快地繞動著，「你看，就這樣，一個動作就幾秒鐘，來回不停，完全和機器一樣。往一個槽裡插零件，其他身體的哪個部位都不能動。」他的表情誇張、僵硬，就像一個沒有知覺的、肢體呆板的機器人。大家被他唯妙唯肖的表演逗得大笑。

工人工作時間之長，工資水平之低，遠遠超出了我的想像，而這些工廠還是相對規範的一些企業。以我所走到的地方，青島、深圳、廣州、東莞、廈門，大部分工人狀況都差不多。在和廈門幾家外資企業的中層幹部交流之後，我了解到，所有的工廠都只按國家規定的最低工資標準——一千兩百五十元（去年

工廠裡的年輕人

剛漲，以前一千一百五十元，之前九百六十元，八百元等都有過）——給工人基本工資。更多的錢，必須依靠加班換來。這意味著，工人的月工資，在滿勤、幹夠八小時、過一個星期天的情況下，只能拿到一千兩百五十元。所以，當我們在說一個工人一月可以掙到兩千多、三千多的時候，一定要清楚，這是指一個工人每天在流水線上至少要坐十到十二個小時的情況下才能得到的。

一個年輕的工人，他每天必須在廠裡待十個小時以上，才能夠離開車間，回到宿舍。工作是沉默的、枯燥的、機械的、沒有任何生機的。一些歐美外資企業，相對人性化一點，在操作過程中，可以說說話，休息一下，或聽聽音樂，喝喝水。台灣企業和日本企業，走的是日本模式，軍事化管理。講究階層，等級森嚴，丁卯分明，工作要有工作的樣子，不允許說話、聊天，更不允許隨意走動，即使上廁所也得一溜小跑。長時間的加班，再加上這些嚴格的制度都會給工人心理造成一定的壓力。

但是，梁平用他特有的簡單方式來理解這一事件，倒也意外的明朗。他不願意按照我的暗示來思考，也不願意去思考這一事件所蘊含的本質問題，單純自信，滿腹牢騷，但相信前途。抽象的、模糊的前途。我在很多地方遇到過梁平這樣的年輕打工者，他們對所遭遇到的事情朦朦朧朧，並不願意去深究，對自己的命運，尤其是在社會中所處的位置更是很少去考察，他們關注的只是自身，這樣的懵懂和單純反而使他們能夠生存下去。

我最後問他，「將來會回梁庄嗎？」

「回是肯定不回了。我想在縣城買個房。那時候我爸在家裡蓋房子，我不讓他蓋，說在城裡買個房算了。我爸不行，說是在城裡買幹啥？還要交啥管理費、物業費，說太貴。現在後悔死了。咱們縣裡房子現在也買不起了，一平米都快到五千塊了。」

「會在鄭州嗎？」

「肯定不行。你看我二哥，他們倆人都是上班的，都恁艱難，咱肯定不行。」這樣說時，梁平並沒有多少憂鬱，他接受這樣的現實，他對鄭州沒有多少渴望，他對自己的定位也較低。這一點，和梁東那深沉的憂慮成明顯的反差。

孤獨症患者

二〇一一年一月，我到廈門著名的城中村安兜村，去參觀一位鄉村建設者在此創辦的「國仁工友之家」[1]。安兜村的主路是一條彎彎曲曲的窄小道路，約有三四里地，不能通車。左右兩邊是各種小商鋪和小飯店，這些小店往道路裡面延伸，侵占著本來就非常狹窄的道路。道路的上空，被種種奇形怪狀的條幅、標牌所遮擋，使得這城中村一直處於昏暗、潮濕、擁塞的狀態。在這巨大的昏暗中，住著將近十萬之多的外地打工者。

那是我第一次在繁華的城市裡看到如此規模的城中村。它就像一個腫瘤一樣，使得秀麗、乾淨、溫馨的廈門多少有些腫大、扭曲。後來，在深圳的沙河街，西安的德仁寨，鄭州的陳寨，我都看到這樣的城中村。當時，我感嘆於安兜村環境的骯髒，感嘆於政府的遲鈍與疏於管理。一年之後，我的觀點發生了變化，當再回想起那些昏暗、擁擠的村莊時，竟然和西安的二嫂一樣，有一種劫後餘生的慶幸。如果村莊果真拆遷、改造，這數十萬農民打工者又該到何處呢？

我在那兒的幾天，遇到一位年輕的工友，叫丁建設，個頭不高，神情略顯遲鈍。每天晚上下班之後，他從工廠步行四十分鐘左右到「工友之家」，不多說話，很少參與活動，也沒有看到他交到什麼朋友，只是一個人默默坐在房間的角落，坐那麼一個多小時，翻翻報紙，看其他人打球、討論、爭吵，有時候什麼也不幹，就那樣瞇著眼睛，睡著的樣子。九點多的時候，又徒步回去。

我被他的形象深深的吸引。哀愁的、憔悴的、失去了某種主體意志的形象。看到他的那雙眼睛，我總想起卓別林《摩登時代》裡的那個工人和那個賣花姑娘，大大的黑眼圈，黑眼圈裡是巨大的哀愁。這哀愁溢出眼眶，和外面的世界——機器的堅硬和無所不在的孤獨——形成對視。那堅硬的源泉正來自於對這哀愁的主體毫不留情的和貪婪的攝取。

他非常內向。說話聲音很輕，思維不連貫，是那種有些封閉的人所特有的失語。當得知我也是河南人時，他的眼睛裡閃出一絲亮光。他是河南安陽人，三十歲，家裡有兩個弟弟一個妹妹，都在外打工。他現在已經做到段長，每月工資加獎金一千四百多塊錢。

我問他覺得工作怎麼樣？他用一種輕微的自我辯駁的語氣說，「那能咋樣？但凡有辦法，說啥也不要在工廠打工。人就是零件，啥也不能想。沒意思。」但是，他表示他也不會回家，回家沒意思，他不想幹農活，他承認他已經不習慣幹農活了。

我問他是否成家，他的臉不易覺察地紅了，他說他不打算結婚，結不起，結婚也沒意思。

在座談會上，我們大家相互自我介紹。丁建設猶豫著站了起來，說，「我叫丁建設，來廈門快五年了，來工友之家快一年了。在這裡，通過聊天、看書，可以學到想學的東西。能放鬆在工廠的緊張感，在工廠壓力太大。在這裡，還可以義務幫助別人。我很願意來這裡。」

他激動得滿臉通紅，結結巴巴。可以感覺出來，他非常不安，突然置於公眾之下，還可以表達自己，對他來說，應該是很新鮮的經驗。對於許多農民工來說，這都是陌生而新鮮的經驗。那些農民工，最大的四十三歲，最小的十九歲，都特別希望能夠表達自己，在言語之中會使用一些特別光亮且具有公共關懷的詞語。

「工友之家」試圖給在城市打工的年輕農民一種更為開闊的思想。健康向上的生活不只包括使自己更上進，也包括為自己創造更為合理的公共空間。一些年輕人成立了學習小組，互助組，給城中村不識字的婦女上課。有些年輕人回到自己的工廠宣傳，成立類似於工會組織的小組，以維護自己的權益。這些都似乎給這批在城市打工的年輕農民工某些朦朧的希望。

也許，正是這種內在開闊的東西吸引疲倦的丁建設每天往返於這裡。但是，這些理念又好像和他的生命內部沒有真正對接，無法激發他的某種意志力，無法改變他無力的生命狀態。

二〇一二年四月底，在廈門安兜村的「工友之家」，我又一次見到丁建設。聽到我專門為找他而來，他略微有些激動。我說想去他工廠看看，他說不行，根本進不去，工廠不讓外人進。我請他吃飯，他答應了。在飯桌上，他矜持而禮貌，不多動筷，表現出一種强烈的自尊和自持。

他已經有將近兩個多月沒有來「工友之家」了。去年初我在這兒見到的那些頗為活躍的工友們，只有少數幾個還在做志願者，大部分都沒有來了。有的回家結婚了，有的換了更遠的工廠，有的離開了這座城市，有相當一部分覺得沒有什麼意思，對自己的生活沒什麼改變，就不再來了。這也是丁建設的想法。他比我去年見他的時候要健談一些，願意談他的生活。但是，我聽到的第一句話卻與他去年說的話完全相反。那時候，他告訴過我他不想結婚，結婚沒意思。

> 二〇〇六年十一月分來廈門的，當時沒想著賺錢，就想著，一邊工作，一邊解決個人問題，想著來城裡機會多些，其實完全錯了，根本沒機會。我現在可後悔，當時沒有在家時先找一個。不過，在家也不見得能找到。二〇〇七年，追過一個廠裡的女孩子，是閩北的女孩，第一是年齡，差距比較大，我比人家大好幾歲，第二是地方，她是福建南屏的，兩家離得太遠。談了快一年，後來沒有成。人家會跟你跑到北方嗎？肯定不會。我賺錢也很少，根本沒辦法和人家結婚。其實一開始談就有預感，可能成不了。咱收入太低。

人家不願意，我也生氣得很。我生自己氣。恁沒本事，掙不來錢，連個人都留不住。那些比我們早十幾年來打工的，夫妻兩個也在這個廠，在這兒都買了房了。要是現在，肯定不可能。這件事對我打擊大得很，我本來就比較封閉，自卑。從那次以後，再也沒有在廠裡想過這樣的事。我也去過廈門有些地方辦的打工者相親會，去了之後，感覺沒戲，根本在浪費時間。那麼短的時間，誰也不認識誰，又是「打工者」，哪個女孩子願意跟你走啊？不可能。我就不去了。說實話，咱還是自卑，首先咱的生活條件就達不到。

去年回家了一趟，爹媽打電話叫回去相親，親戚介紹的。女孩子結過婚，有一個小孩，就這人家還要求至少有個房子。我回去了，我心裡想著，就這了，趕緊把這事兒解決了。結果，見一面之後，人家再沒有信兒。我心裡可難受，連結過婚帶小孩的都看不上我，你叫我咋想？今年春節我沒回家，也就沒這樣的事了。我父母壓力大，我們兄弟三個，我是老大，我的事要是不解決，下面倆也沒法弄。我二弟也談了一個對象，最近吹了，他心情很不好，與家裡條件有關係。我是心結沒有打開，我個人感覺不是很好，因此有點自卑，怕承受失敗，怕遭受拒絕。

我自己也覺得我心理有問題，來「工友之家」，聽他們說話，還聽一些老師上課，覺得自己有問題。就想著要改變，不能這樣。我買了一些心理學的書，卡耐基的《人性的弱點》、《人性的優點》都有。去年底我又攢錢買了個電腦，在網上看了麻省理工學院的心理課程，還挺有收穫。我個人經歷也算坎坷，能夠聽懂人家老師在講啥。但是，現在事情太多，這些又都放到一邊了，工作太忙，有些事情要處理，心裡亂得很。我覺得，必須把自己的狀態調整到很平靜，看心理課才有效。不然，說啥對你也沒用。

二〇〇八年以前我的底薪七百九十元，二〇〇八年到九百一十元，加上兩個半小時的加班費一個月能拿到一千四百五十元。八小時之內的工資沒辦法生存，必須要依靠八小時之外的加班費才能生活。現在工資稍微高一點，我算老工人了，能拿到兩千多一點。但是，要想再加工資，基本上沒門兒，比我在這兒早幾年的人工資也就這麼多。

要說不適應廈門，也沒有。來這幾年，適應廈門了，主要是生活慣性，習慣了。但還是沒感情。就像一個牢籠，在這邊沒有人情味兒，咱們那邊人，逢年過節門都是敞開的。在這邊，門一關，就是自己。春節更可憐，一個人在家看幾天電視，沒地方去，也不想出門逛。再熱鬧，不是你的，啥意思。商場進不起，超市不敢進，飯館更是不敢去，哪兒也不行。

要走的話，也沒有什麼好留的。關鍵是沒下決心，下了決心就沒什麼。來六七年，也沒啥朋友，工作比較忙，很難有機會結下感情，很少到很好的朋友那種程度，至多就是個朋友。一個流水線的人換得快，根本來不及有感情。我們線上有幾個人，待得時間還算比較長，可是不是老鄉，交往也少。下班之後，也沒說在一起吃吃飯，聊聊天。說實話，我也捨不得花那錢。

我要是離開廈門，就不會再來了，跟咱沒關係。即使是再來，最多就是辦醫保、社保，手續一辦，我就會回家。不過，也不是回我們村裡，我打算到鄭州去，我二弟在鄭州的富士康，他那兒比我這兒强，工資高一些。

我妹妹前段時間也走了，她在廈門待了三四年，掙的那點錢都給家裡了，我弟給家裡的錢少，就是多，一年最多一萬多塊錢，也沒啥用，蓋不起個房子。我是老大，心裡可難受，自己沒有能力，也連累弟妹。

現在出來打工的人都沒有想那麼長遠，他看不到以後是什麼樣子，他看不到希望，所以，過一天是一天。「八〇後」還在想以後怎麼辦？「九〇後」根本不會想以後怎麼辦，只要眼前過得好就行。都是想幹了幹，不想幹就不幹，拍屁股走了。說白了，工資太低，加班又多，非吊死到這兒有啥用？像我們這些年齡大的，就被炕到這兒[2]了。自己心事大，想不開，乾熬煎。

坐在「工友之家」的一個角落裡，丁建設斷斷續續地給我聊他現在的狀況。他的相親經歷，他的工資，他對廈門的感受，他對工作的看法，他還去學習心理學課程。他在努力打開自己，使自己適應這個社會。然而，他的眼睛，還是疲倦而無奈的。他要離開廈門，再在這兒待下去已毫無意義。廈門與他，他與廈門，始終沒有任何關係。他想找結婚對象，沒有可能；他想漲工資，沒有可能；他想交朋友，沒有可能；他想找到光亮，光亮離他還很遠。他像被懸置在半空裡，被鎖在一個封閉的玻璃罩裡，看不到希望，也找不到可以下落的位置。最終，在廈門，他成為一個非典型性「孤獨症患者」。

「農民工」和「新生代農民工」在現代都市的存在方式反而最典型地體現了現代人在精神上的貧乏狀態。這是一個孤獨與疏離的時代。這一批城市流浪者無法戰勝疏離、勞累和孤獨所帶來的摧殘性的憂鬱，無法戰勝無用感、無根感和自卑感。

在與廈門一家電子公司人事資源部的主任聊天時，我問他工人的文化生活是否能夠得到有效的推進，能否對工人的心理空間和生存空間有幫助？這位一直積極參加「國仁工友之家」活動並試圖在工廠實踐的年輕人坦率地回答我，非常非常難。從理論上，並不是所有的老闆都是萬惡的資方，有些老闆也希望工人能夠得到提高，能夠在工廠安心幹活。但是，在實際操作中，會遇到種種困難。這位年輕管理者在廠裡一直鼓勵年輕工友，尤其是高中畢業的人報考自學大專，法律、行政管理、計算機等等。他負責幫助購買書本、幫助選擇學校等具體事務，並且，還經常請一些願意做公益的大學老師或專業人員給工友培訓、做講座，希望能夠激發他們學下去的願望和信心。三年多下來，他這個自考班的學員從二十位減少到五位，只有一位拿到了畢業證。工人流動快是一個原因，一旦換了工廠，沒有了氛圍，就無法堅持下去。另一個重要原因就是工作時間太長，無法保證工人的學習時間。這是最現實的問題。工人必須依靠加班掙錢，一天十個或十二個小時的工作量後，很難再捧起書本去讀書。一個更現實的原因是，即使他們拿了大專證甚或本科證，對他們的職業前途幫助並不是非常大，很多時候，這一努力是無效的。所以，現在，他的這個自考班基本上停滯了下來。

他給我找了十來位工人聊天。其中幾位工人都是大專畢業，有學新聞的、電子的、計算機的、行政管理的，畢業之後，沒有一個從事所謂的專業，都進了工廠。另外幾個則多是初中畢業或高中畢業，畢業後直接來到南方，在不同的工廠之間流轉。在這個工廠，一天工作十小時左右，能拿到兩千到兩千六百元。我問他們是否還想參加自學考試獲得一個文憑，幾位大專畢業的年輕人都略帶嘲諷地笑了。他們都拿過文憑了，有什麼用？其中一個年輕的男孩低聲說，「哪有心情學習啊，我那個拉鋼絲的活兒幹一天下來，都快累散架了。再說，在學校都是個壞學生，成天不摸書，出來再去讀，肯定不行。」

在北京的一所高校，我舉辦了一次工友座談會。在交流中，我發現年輕打工者和中老年打工者的心態有很大不同。

中年夫婦有強烈的願望和清晰的目標，他們就是要給兒女掙錢，讓兒女上學，回家蓋房，等兒女長大結婚，回家抱孫子外孫。對城市，他們有一種外來者心理和暫居心理，並不過多考慮其他事情。

年輕工人卻對自己的未來相當迷茫。在問到一位二十五歲的年輕人將來在哪裡安家時，他頗為躊躇，邊思考邊說，「絕對不會在村裡，也不想在縣城，肯定也不會在北京。極有的可能是，將來結婚，把孩子留給家裡的父母，兩個人繼續在不同的城市打工。」在這樣說的時候，這位年輕人並沒有愁容滿面，也沒有極其心痛，甚至，只是一種描述而已。他們還正處於盛開的年齡，還不甘於命運，活力無論如何也壓抑不住。他們會坦率地談到工資問題，其中一個在食堂當廚師的年輕人，抱怨他們沒有三險，一月三千元，除此之外，什麼也沒有，工作時間也很長。但當問他們是否會去維權時，他們不以為然地笑了，「維啥維，到處都一樣。」他們不會輕易選擇去維權，因為你去「維」了，就意味著你要做好丟失工作的準備。況且，在這個地方「維」，換個地方，還是一樣。

這些年輕人喜歡上網、聊天、打遊戲，喜歡穿著帥酷的劣質衣服，染著黃頭髮，穿著牛仔褲，掙一點錢就去買手機，在城市的大排檔和同伴大聲地聊天、喝酒。他們寧可在城市閒逛，也不會回農村定居。但是，他們的命運也在悄悄發生裂變。如丁建設那樣懦弱膽小的人，被枯燥、壓抑和無望所控制；一些極端脆弱的人選擇了死亡；性格活潑、有決斷力的梁平選擇了逃跑；大部分年輕人繼續留在那裡，熬著時間；還有一些年輕人，則因為各種原因走向崩潰。梁庄的梁歡就是最後一種類型。

梁歡，五奶奶的二孫子，梁安的親堂弟。一個高大、俊俏的男孩。梁庄人都認為梁歡精神上有點問題，魔怔了。在北京和梁安聊天的時候，我了解到一點內情。

二〇〇七年，梁歡在廣州一家鞋廠打工，和同廠的一個女孩子談上了戀愛，那個女孩子是湖北人。二〇〇七年春節，兩個人說好回家各自給父母講，父母同意後，梁歡就到女孩子家去提親、訂婚。回梁庄之後，梁歡就給父母說了這件事，父母一開始堅決不同意，在梁歡的軟磨硬泡下，又想到湖北也不算很遠，就勉強同意了。一家人商量著到女孩家要帶什麼東西，讓村裡哪個長輩去合適。可是，女孩子卻莫名地聯繫不上了。電話突然關機。直到大年三十，那個女孩還是沒有消息。梁歡像瘋了一樣，天天盯著手機，一動不動，每過一會兒，就發出壓抑的嚎叫聲。大年初一，梁歡決定去女孩家裡找她。但是，到那時，他才突然意識到，他根本不知道那個姑娘家的具體地址。他沒有想到他們會失去聯繫，也就沒有費心去問，去記那個陌生的村莊名字。

春節過後，梁歡又回到廣州，回到那個鞋廠，那個女孩卻沒有再來。二〇〇八年夏天，梁歡被父母叫回梁庄相親。他回去了。但是，他的目的不是為相親，而是去找那位姑娘。他跑到女孩家所在的那個縣城，胡亂轉了幾天，又回來了。他曾經想讓梁安和他一起去，被梁安罵了一通。二〇〇八年春節他又去找，依然沒有找到。

好像和這個世界的某種本質聯繫被切斷了，梁歡墮入了沒有過去和未來的時間的黑洞。他衣著整齊，帶著夢幻般的微笑，四處流浪。總是頻繁地在城市間流浪，不停地換工作。幹幾個月，拿著掙到的錢，就不知道到哪兒去了。然後再回來，再出走。工作和相親的機會越來越少，梁歡也越來越深的滑向了異常人生。

二〇一二年春節，我在梁庄看到梁歡的時候，他正和一群比他小得多的男孩子們在一起玩耍。他高大的個頭格外搶眼，看到我時，他的黑眼睛霎時閃亮，朝我露出一個茫然又迷人的微笑。

當青春的激情面對冰冷堅硬的現實時，那一堵圍牆開始發生作用。梁歡看到了那堵圍牆，他在那堵圍牆前倒下，崩潰，失去了自我。在精神的深層，他無所歸依，不知道何去何從，他被阻隔在一個地方，再也無法達到完整的人生。

鳳凰男

在西安的時候，從萬國大哥和萬立二哥那裡已經聽熟了梁東的名字。知道他因為沒房，不能結婚，而為他買房，大哥四處借錢達八萬元之多。萬國大哥五十多歲的人了，不管天寒地凍，拼著老命蹬三輪車。我覺得，這個孩子有點不太體諒他的父親。二哥對大哥和梁東一直不滿意，認為大哥太過偏向梁東，辛苦掙錢供他上學不說，自己上班了，還得他老爹拉三輪車給他掙買房錢。

梁東身上有一種憂鬱的氣質，是那種接受過良好的教育，對問題有深入思考後的憂鬱。他沒有梁平的衝動、單純，那衝動裡面還蘊含著某種樂觀，他也沒有那種無所畏懼的蠻勁兒。梁東身上有一種溫柔，他被這溫柔所束縛，被這溫柔背後所衍生出的世俗生活所深深羈絆，這使他無奈和悲觀。他和他的哥哥梁峰長得非常相似，俊秀、白晰，長長的丹鳳眼，個子不高，單薄瘦弱，有很濃的書生之氣。他說話聲音不大，脖子往前伸著，喉結突出，隨著緩慢的說話聲艱難地上下吞嚥著。目前，梁東在鄭州一家建設管理有限公司上班，做房建監理。

和他的聊天是在鄭州和梁庄幾次完成的。第一次在鄭州見他時，本來約好他的女朋友也來，但等見面之後，卻是梁東一個人來，說女朋友臨時有事來不了。看梁東的神情，我很懷疑人家姑娘根本不願意和他一起來。果然，梁東說他們倆又吵架了，還是為房子的事情。

也不是吵架，就是鬥幾句嘴，心裡都不順。我理解她。

房子已經買過了，是期房，還沒有交。航海西路與秦嶺路買的複式房，五十多平方米。八千多塊錢一平米。其實就是個一室一廳，上面一個小閣樓。當時我和女朋友倆人加起來就有兩萬多塊錢。也想著不讓父母操心，可是不操心咋辦？問誰借？最後還是我爹給我借了七八萬。去銀行刷卡看錢時，真是想哭，也不知道我爹作得啥難？剩下的就都是貸款，我貸了二十年，一個月還兩千五百塊錢。這相當於我必須要還一輩子。壓力很大。讓我爹借錢，我心裡難受得很。我上那五年學，花了多少錢，這出來工作了，還得再花家裡錢。

原來我還想買個經濟適用房，能省一些錢。這得申請，符合條件才行。必須是鄭州户口，滿三年，結過婚，滿二十七歲，還得多長時間納稅證明。為這我和女朋友去辦個結婚證。她有鄭州户口，但還不滿三年，工作時間長度也不符合。最後就沒辦成。為這，俺倆也老是生氣。

她家裡一直想著是房子買好，裝修好，婚在新房裡。哪有錢裝修啊？她就是不高興。我說，你想結結，不想結算了。其實，人家也沒說啥。

俺倆是大學同學，在學校第二年就談戀愛，這都七八年了。她家是縣城裡，條件稍微好一點，父母都有工作，就她一個孩子。大學畢業後，我第一次去她家，人家明確表示不願意。我也理解，要我是家長，我也不願意。人家姑娘長得漂亮，工作又好，又在大專院校教書，又有鄭州户口。我啥也沒有，沒户口，沒錢，沒房，家還是農村的。指望啥讓人家同意？

我倆分手過好幾次。有時是她想分，覺得倆人在一起沒希望，壓力太大。有時是我想分，我壓力也大，一個男的，老讓別人覺得不如女的，心裡也難受得很。有一次鬧得最厲害。她們家裡安排她去相親，她問我去不去，我説，那你去。我想的也比較淡。咱不能拖累人家。死皮賴臉的，沒意思。她其實是試探我，看我不主動，就生氣，説分手。分就分。其實都是氣話。還是有感情，畢竟那麼多年了。不過我知道，她的確也動搖過，一上班，見的人多了，實際的事情考慮多了，自然和只談戀愛時的想法不一樣。

我上學學的是室內設計裝修與管理。專升本，人家上四年，我上五年，還多交學費，為這，我爹沒少為我花錢。我現在一個月也就三千多塊錢吧，沒有三險。私人企業，很少有交三險的。現在都是私企，老闆説了算。有多少人想來還來不了，你還在那兒挑三揀四，肯定不行。所以，雖説工作也算穩定，但焦慮很大。沒有長期的保證，內心不安全。

我這是典型的農村出來的鳳凰男與城市女孩的關係。在以前，人們説，山裡飛出來一個金鳳凰，多寶貴，姑娘家長爭著把姑娘説給他，現實可不是這樣。現在的鳳凰男可是作難死了。看那啥電視劇，《雙面膠》、《結婚時代》，把鳳凰男糟蹋成啥？誰家姑娘還敢嫁給農村出來的小夥子？我是看著看著，就想把電視砸了。農村人都恁不堪？完全是醜化，製造對立。

我心裡也難受。好壞也是大學生。家裡供出來了，有工作了，不但幫不上忙，還得讓家裡再替我操心，真是沒志氣。家裡沒錢，就我爹一個人掙錢，拉三輪，出死氣力。我爹身體不好，經常胃出血，都是累的。他好喝酒，一累就想喝點，身體都垮了。按說，我的工資也夠生活、吃飯了，也應該能給家裡一點。可是，房子壓在人頭上，喘不過氣兒。

沒房子，就低人一等。你再有尊嚴，也沒尊嚴。你再爭氣傲強，也都沒用。你想靠自己爭氣傲强去掙錢買房，連門兒都沒有。

後來，人家家裡就提出條件，先買房子再結婚。不管大小，得有一個。我也想買房，房價不斷上漲，沒個頭，不敢等。另外，長期租房肯定不是個事兒。說搬就搬，說讓你走你就得走，將來有了孩子，也不安定。二〇一二年肯定要結婚，房子今年交鑰匙，人家也二十七八歲了，再拖，說不過去。裝修房子至少又得幾萬元，又是一筆錢，都是愁人事。

說到「愁人事」，梁東的表情並沒有太多的變化，「愁」的地方太多，也就不愁了。他現在也只能是「車到山前必有路」的心態了。在了解到梁東可以考「註冊監理工程師」之後，我長吁了一口氣。「註冊監理工程師」，相當於「註冊會計師」那樣的資格證，非常難考，但是一旦考過，工資就會提高很多，自由度也非常大。梁東現正在準備考試。他的職業還有上升的空間，他將來在生活、家庭和婚姻中的空間可能就會更大一些。

春節在梁庄見到梁東，他正和梁平、梁磊（二哥的孩子，重點本科畢業，在深圳打工）在二哥家的院子外打羽毛球。我問梁東，女朋友來家過年了沒有？梁東笑著說，人家說沒名沒分的，不來。

我們四個人坐在萬立二哥家裡，門敞開著，屋裡和屋外一樣冷。我們就在這零下十來度的房間裡，蜷曲著身體，聊著天。在談到「農民工」及這一稱謂的涵義時，梁東字斟句酌，語氣裡卻又有些激動。

不管從任何人嘴裡說起來都是一個貶義詞。本來只是一個職業而已。為啥叫「農民工」，而不叫「工人」。

它確實有一種歧視。「農民」從來不是個好詞。咱們小時候，爹媽讓上學，不就是想讓你脫離農村，不當農民嗎？為啥，農民可憐，過不上好日子，農民被歧視。但是，農民離城市遠，交鋒不多，人們想起來農民時，覺得農民樸實、厚道什麼的。現在，農民進城的多了，農民和城市直接相遇，那差別就出來了。「農民工」這個稱呼是對進城農民的一種歧視。你看，電視劇從來不說農民工不好，但是，它會說農村婆婆多不好，農村負擔大，農村人不講衛生，不講個人權利，其實都是對應大家心裡對「農民」的負面判斷。

那些電視劇，像《雙面膠》、《新結婚時代》裡面的農民和農村是什麼樣子：貧窮、落後、粗俗，還侵略和毀滅城市人和城市生活。這些形象從哪兒來？

我在網上看到過一個事情，說一個農民工在公交車上，看到一個媽媽帶著小孩，就主動給帶小孩的讓位。小孩要過去坐，媽媽阻攔小孩，說太髒。那個農民工用袖子把座位擦擦，那位媽媽還是不讓孩子坐，給小孩說，太臭。這個事兒不知道是真是假，但是，類似情況肯定是有的。你說，她還是個媽媽，她給孩子的啥教育？她這觀念從哪兒來？

反過來，你說我們是啥？梁平户口在梁庄，這不用說，梁磊户口也在梁庄，他還是重點大學畢業，他到底算啥？你看我的身分證上的户籍寫的是「吳鎮派出所二號」，不明白吧？我二〇〇四年參加高考，考上之後，户口不是轉到鄭州的集體户口上，而是轉到吳鎮派出所，這樣，在算農村户口時，就沒有算上我們這一批學生的户口，算是幫助實現政府的「農轉非」目標。說是農民市民化，其實俺們這樣的大學生占很大比例。都是數字遊戲，自欺欺人。

「吳鎮派出所二號」，多聰明的安排，既非農業户口，減少了農民户籍數字，但也不承認我們是城鎮户口，又符合我們去到城市上大學的實際狀況。這樣，我們就被「懸」起來了。

我媽一直想把我的户口轉回梁庄去，這樣老懸著也不是個事兒。去派出所找，問人家，「派出所二號」到底在哪兒？既然是户籍，那肯定得有個具體地兒。派出所人都笑她，說就在派出所二號嘛。

前一段時間聽說有大學生直接寫信給溫家寶，說大學畢業生這麼艱難，在城市沒有户口，享受不到那些待遇，又把農村户口取消了，沒有補助了。這豈不是太不公平？後來，才有鬆動。你看，我現在，不是梁庄的户口，在梁庄沒有地，但與農村相關的政策補助也還有。我想把户口轉回村裡，派出所還不同意。我聽說湖北那邊，有人想把户口轉回村裡，掏十萬元也不給轉。咱這兒肯定沒有那麼大的資源，但是，萬一將來國家政策變了，有更多優惠了，到時，還給不給我就很難說了。我又不算是梁庄人。

城市戶口沒有，農村戶口也沒有。梁東的身分界定非常模糊。從這個層面講，他連「鳳凰男」都還搆不上資格。梁東又一次提到那些極其流行一時的電視劇，並對這樣強調城鄉對立和蔑視鄉村的觀點表示强烈的憤恨和擔憂。

政府和一些研究人員關於「新生代農民工」的界定非常模糊。如正林、梁東和梁磊這樣，受過良好的教育，在城市漂著，身分證的戶籍還是「吳鎮派出所二號」和「梁庄X組X戶」的年輕人，他們究竟屬於哪一類？難道他們不是「八〇後、九〇後出生的，在城市務工的農民」？他們的位置完全符合這一界定。但他們又不是。

這一身分的迷惑似乎不重要，但在這個時代，它卻又結結實實地充塞在梁東的心靈和現實生活中，無法繞過。

狐狸精

最早對蘭子有真正的感知是一九九二年或一九九三年的春節。正月十六爬靈山拜神，這是穰縣一直有的習俗。靈山頂上有幾座廟，廟裡供奉著不同的神，佛祖、土地神、祖師爺、關公、財神爺、觀世音菩薩，什麼神都有，人們在這裡拜神，祈願，據說靈驗無比。

在一個佛祖像面前，我突然看見蘭子。她跪在那裡，認真地做著動作，燃香，叩首。她的雙眼緊閉，雙手合攏，舉起，停在額頭，停頓片刻，深深地叩了下去，頭觸著那黃色坐墊前面的青石地面。然後，起身，手一直放在額前，再深深地叩首。

那天她穿著一個紅色長至小腿的羽絨服，白晰的臉，漆黑漆黑的眉毛，漆黑的眼珠，在清冷的空氣中，憂鬱至極。熙熙攘攘的靈山，我只看見她，她的美麗，她的孤獨和她的憂傷。那是經歷過巨大變故，蘊藏著無數心事的人才有的深沉與哀慟。

那是蘭子在我心中的定格。她之後在梁庄的出現、離開或再出現似乎都與此哀傷有關。

二〇一二年五月八日，我們在鄭州見了面。蘭子留一頭披肩長髮，她的兩條眉毛仍然是整個人的重點，清晰、突出，顯示著她的性格。但是，她的皮膚竟然是典型的紫膛色，有些粗糙和乾澀。我說起當年對她的印象，她的白晰和她的美麗，她大笑著說，沒有啊，我一直都比較黑。難道我記錯了？

意外地，蘭子很樂意分享她的經歷給我，她有自己的人生觀和生活觀。她對自己的生活和觀念很篤信，反覆地強調一句話：「女孩子一定要自立，不能想著依靠男人怎麼樣，靠誰也不如靠自己。」提到村莊裡和她同歲的玉英——她們一起到北京打工，後來玉英做了一個北京人的情婦，生了孩子，孩子被接走，自己卻被趕走，蘭子非常生氣，「我最反對她那活法，不明不白的，很窩囊。要是我，打死也不會跟著他的。女人得自強。我現在有個朋友，老給我訴苦說，老公出去喝酒不回來，打電話人家還生氣。我告訴她，不要給他打電話。我老公也經常有應酬，我從來不給他打電話。我給我老公說，你要是出去找人了，不要告訴我，我要是知道了，絕不會容忍。他是鄭州市民，家庭也不錯，但他從來沒有嫌棄我，關鍵是我也沒有想著他是鄭州戶口就怎樣。北京戶口我都沒當一回事，他那算啥？」

果然是一個豪爽、清楚的女子。蘭子自己提到了北京的那場戀愛，我表現出強烈的好奇，請她詳細講一講。有一種久遠的羞澀和記憶慢慢爬進蘭子的眼睛，她看著我，「你想聽啊，那可曲折，到時你要是寫書，可一定把它寫進去。」

你說那應該是一九九二年的事吧。那時候，我跟北京那個娃兒正在談戀愛。是咋認識的？

不是當保姆那家。剛到北京，就在豐台區盧溝橋那一帶，幹了不到半年保姆，就不幹了。幹不了，你再勤快，人家還是很警惕，受不了那監視勁兒。出去買菜，剛好看到有飯館招服務員，我就去了。我們那一片是一個軍工廠，那個小夥子是軍工廠的工作人員。比我大五歲，當時我十八歲，他二十三歲。他爹媽都是那個廠裡的職工。他到飯館吃飯，看到我。後來就天天來吃飯，一來而去，就談上了。他一米八幾的個子，長得也不錯，我不到一米六，走在人家身邊，心裡也可美。當時，這種情況怪普遍，北京娃兒好像比較喜歡我們這些外地來的女孩子。和我一起在飯館幹活的兩個姑娘都和北京人好了。不過，就一個成了，結婚了。

一開始我們自己談著，他們家裡人也不知道，我根本沒想著他們家裡會不願意。天天可高興。跟著他一塊兒逛街、看電影、玩兒，有時候，我忙著，他就在飯館的一張桌子那兒坐著，要一個菜，等我下班。那年春天，我倆一塊兒回咱家，在家裡住了好幾天。當時村裡人都來看他，對他印象可好。那個小夥子給人敬菸，讓座，可有禮貌。也會稀罕人，細緻得很，到咱們梁庄，在咱家裡，還給我倒洗腳水，給我洗腳，剪腳趾甲。可自然。所以，我媽也放心。原來怕人家是北京人，嫌棄我，對我不好。

也不知道咋回事，他媽知道了，就跑到飯館裡，給我說，不要跟他兒子好。咱當時小得很，十八九歲，不知道咋處理，還求人家，說我們倆已經好了，他媽可生氣。他就把我帶到他家裡。你想，咱當過保姆，也在飯館幹，可有眼色，到那兒可勤快，買菜做飯洗碗洗衣服，啥都幹。

他媽當啥也沒看見。

有一次，我倆在街上玩，他媽看見了，二話不說，上來就給我一巴掌，嘴裡還不乾不淨罵我，「你這個土鱉，狐狸精，你勾引我兒子。」我當時就傻了，不知道咋辦，心裡可害怕，也不知道跑，就在那兒哭。多少人圍在那兒看，他也氣得不得了，還給他媽講理，他媽連他也罵。

後來我懷孕了。我也老實，想著當時不能結婚，就做了人流。要是我稍微有點心計，我要是不去做，生個孩子出來，那他家不願意也不行了。咱不想那樣，從來就沒想過。做人流後，得休息，工作幹不成了。他讓我住他家。當時實在是傻，想著那個娃兒稀罕我，我住在他家，對他媽好一點兒，總會答應我。我搬過去了。他媽下班，看我在家，上去就把我的東西扔出去，說，「你這個土鱉，不要臉，有人生沒人養的，別想著懷孕了就怎麼著。」這話，我一輩子都記得清楚。

我站在他家院門外面，不知道往哪兒去，又怕那個娃兒回來找不著我，在那兒哭，他媽在院裡罵，可難聽。那個娃兒和他媽吵一架，又讓我回去住。當時太小，在北京無依無靠的，不知道咋辦，心裡也害怕，就又哭著回去了。他媽天天給我白眼，她兒子在家還稍好一點，她兒子不在家時，簡直就沒法說。哪還給你燉個雞做個湯？不可能有。我是啥活都幹，洗涮拖擦，想討她歡心。想想也傻，那時候身體還很虛，為這都落下病根了。你知道我有多害怕，那時候，一聽見他媽的腳步聲，喘氣聲，我就渾身發抖，想趕緊藏起來，不讓她看見。

後來，等身體稍微好一些，我就在附近又找了一家飯館當服務員，從他家搬出來。我是一天也不敢再待下去了。

這就到了春節，我想回家，他和我一塊兒回去。我都不知道他媽後腳跟來了。她到村裡，亂問，我怕她在梁庄吵起來，太丟人了，趕緊叫那個娃兒跟他媽一塊兒回去。就是那年，我去靈山拜佛，真是心裡不美得很，想著佛祖保佑。我不知道以後咋辦？

他媽還有那些親戚為啥不願意？那還用說，肯定因為咱是農村的，他們看見我，一股子瞧不起人的樣子。要說知識，他們家也就是工人，不見得有多少知識。相貌，咱也還算行，拿得出手，配她兒子綽綽有餘。咱也勤快，有眼力見兒，到那兒都搶著幹活，迎來送往也不是死勁頭兒。懷孕那次，我二哥來北京找我，想看看我咋樣。剛好我那會兒出去，他媽以為我哥來找他們要東西，說話可不客氣，說農村人招惹不起，來一個，就來一窩，又說我不是正經人，勾引他家兒子。把我哥氣得不得了。後來，我哥找到我，說咱不受這窩囊氣，北京有啥好？不過咱家裡確實也不爭氣，經常這事那事向我要錢，我沒有那麼多錢，那個娃兒就替我給家裡寄錢。被他媽知道了，又是罵。要說，當年我為啥小學沒上完就出來，就是為供我二哥上學。

說起來太傻，那時候啥也不懂，那個娃兒也粗糙，不知道做什麼措施。為他，我懷孕三次，流了三次，每次都是休息兩三天就出來幹活，端盤子洗碗洗菜，把我身體弄垮了。現在真是後悔死了。

這前前後後拖了有兩三年，他們家裡一直不願意，那個娃兒堅決要願意。就僵在那兒。他們家裡，他爸不說話，都由他媽主事，他外婆、奶奶家裡人也時不時來看看我，罵罵我，有時裝好人還勸我，都是想讓我走。

我說我要回鄭州，那個娃兒說我跟你回。說走就走，他工作也不管了，跟我一塊兒來鄭州。我打工養活他。他有個姑夫在鄭州，比較同情我們倆，算是有個照應。後來，他跟人打架，把對方打傷了。人家告他，他被抓到監獄裡，判一年刑。那時，我一心想著，要是能替他坐牢，我就替他坐。可是，替不了。我就拼命掙錢。晚上回家哭，白天去幹活。那段時間，我是啥活都幹過。最艱難的時候，在地下賭場發過牌。啥地下？就是流動賭場，經常是一天換一個地方，怕公安抓住。我們這些發牌員也得跟著跑，那可危險。但是，工資高，一個晚上五百塊錢。掙了一些錢，全給他買東西了，每星期我都去看他，他可憐巴巴的，就盼我來。看見我，就哭。

在我們來鄭州之前，他媽來找過我們可多次，每次都罵我，最後還打我，說我把他兒子帶壞了。後來，聽說兒子進監獄，他媽簡直氣瘋了，見到我，上來就抓住我，打我幾巴掌，抓住我頭髮，甩我。哭著罵我，說我把她兒子帶到監獄裡了。說的可難聽，說我是個妓女啥的。我就受著。你說咋辦？咱確實理虧，人家娃兒跟著咱來鄭州了，結果，到監獄去了。

他從監獄出來後，他媽就在他面前哭啊，說要不行了你們就結婚，只要你回去。我不回去。我離開北京，就不會再回去了。我知道他媽只是說說，她不會讓我們結婚，她恨不得撕吃了我。我對個娃兒說，不行你先回去也行，工作也不能不要。

他聽我的話，就回去了。一回去，半年沒有來。我心裡就知道咋回事了。聽他姑夫說，家裡給他找了可多對象，他也見了。我就搬了家，我不讓他找到我。不好就不好。

他後來又到鄭州找我好幾次，他向當時的一些朋友打聽。我不見他。他一離開我，我感覺自己反而一下子長大了。原來受的委屈都可清楚，覺得不能再受那委屈。關鍵是，不能讓人家老說咱貪人家是個北京人。北京人咋了？老娘還不稀罕呢。

說起來還是有緣分。那年春節，我從鄭州坐火車回家，在咱穰縣火車站上，看見他也從火車上下來。他是從北京坐火車來的，我倆竟然坐一趟火車回來。他來梁庄找我來了。當時我倆抱著就哭了。真是不知道咋說，心裡難受得很，畢竟在一起那麼多年了。那些年，不知道為他，為他媽，為他是個北京人，哭有多少眼淚。

後來還是不行。他不行，我感覺到他還是有壓力，我也不行，我不想再受他媽的氣。另外，我也開始和我現在這個老公接觸了，感覺能靠得住。

咋說呢？那個娃兒，人是好人，對我沒啥說的。你叔生病，要動手術，一把需要拿一千五百塊錢，家裡沒有一分錢，那個娃兒啥話沒說，把自己的工資取出來，寄回去。我可感動。那時候一千五百塊錢可不是小數目。就是沒有上進心。在鄭州，他姑夫想給他找個啥活幹幹，他不幹。天天閒著，所以才惹事生非，坐了監獄。

你知道嗎？那個娃兒前幾年死了，得肝癌死的。有一天，偶然遇到他姑夫，他姑夫給我說的。他一直好喝酒，我倆在一起的時候，我能管住他。他媽肯定管不住他。他媳婦也改嫁了，兒子留給他媽。我一聽這個消息，跑到當時我們一起認識的一個女朋友那裡，大哭。女朋友不理解，說都分手那麼多年了，跟你都沒關係了，哭恁傷心幹啥。她不知道，後來再想起那個娃兒，覺得就是個親人，想起來可親。你想，從十幾歲就在一起，一直到二十幾歲，那個時候的啥記憶都有他。一聽他死了，覺得心裡像缺了一塊兒，難受得厲害，直想哭。要是我倆在一起，他肯定死不了。

我現在還經常想，有時間了，我一定要再去盧溝橋那邊去看一看，看看那個小飯館，想起來心裡都可親。他媽現在我也不恨，她沒了兒子，也怪可憐的。我也想去看看那個娃兒的兒子，看是啥樣，像不像他。

說到「那個娃兒」去世，蘭子的眼睛又紅紅的，眼淚溢滿了眼眶。她漆黑的眼睛瞇了起來，那漆黑的幾乎連到一起的眉毛也皺了起來，有點憂鬱，但也有說不出來的嬌媚和風情。不管怎樣，這是一個美麗的、有主見的女子，儘管在「那個娃兒的媽」的眼裡，她只是個「土鱉」和「狐狸精」。

蘭子現在還沒有小孩兒。她知道梁庄人傳言她不會生小孩，她堅決地予以否定。她說她和她老公都是主動型的丁克家庭，不要後代。不過，她也承認，她的身體不好，年輕時代的輕率、無知與眼淚傷害了她的身體。

1 廈門國仁工友之家：當代鄉村建設者邱建生創立，是一個工友社區平民教育服務機構。主要開展針對城市外來務工青年的免費教育培訓，並在教育和小組活動中輸入現代公民意識，促進工友群體意識的覺醒和價值認同，增進工友個體社會意識和自我意識的提升。

2 炕到這兒：意指被局限在一個地方，沒有去處。

第七章　南方

一九九一年那是一個春天
有一位老人在中國的南海邊
畫了一個圈
神話般地崛起座座城
奇蹟般地聚起座座金山

——歌曲〈春天的故事〉

我不是深圳人

第一次和梁磊聯繫時，他剛到深圳一家認證公司上班，聽我說要去看他，很高興。幾個月之後，等我真的準備動身，給他打電話的時候，他已經辭職，準備回梁庄。春節期間，我和梁磊在梁庄見了第一面。一個白淨、內向、有主見的男孩子，和他的堂弟梁東的憂鬱、焦慮相反，他的神情有一絲倔强和陰鬱，顯示出生活挫折對他內部精神的擠壓。

二〇一二年五月三日，在深圳南山區下白石洲的沙河街，我見到了梁磊，他懷孕六個月的老婆小敏和他的妹妹梁靜。

梁磊夫妻住在沙河街頭一個典型的「握手樓」[1]裡，他們和另外一對帶孩子的夫妻合租一個兩居室。梁磊房間的簡陋、狹窄和凌亂讓我有點吃驚，我感覺中的梁磊氣質冷漠、時尚年輕，不應該住在這樣的房子裡。

鄰居家不滿三歲的女兒閉著眼睛持續地嚎哭，她的媽媽一直坐在客廳角落一個骯髒的電腦桌前看電腦，不時把女孩拖過去打幾下，女孩的哭聲更大了。梁磊坐在房間裡那已經卷了皮的黑色皮椅上，梁靜坐在門口的小凳上，我和已經懷孕六個月的小敏坐在床邊，開始我們的談話。他們對那個女孩的哭聲都漠不關心，既不煩躁，也不生氣。這哭聲是他們在沙河街這間出租屋裡的正常背景。

上學沒有優勢可言，深圳這邊的小商販或者撿垃圾的可能比你掙得多，只不過，是力氣活。我二〇〇六年重點大學畢業，學機械製造專業。當時已經擴招，所以我們是「先畢業，後失業」。畢業之後換了不少單位，先在安陽一個私人企業，生產光盤的廠子，與香港合作，搖身一變，成外資了。我一個月兩千五百元，拿那邊的工資卻被派到東莞幹活。剛畢業時沒考慮那麼多，只想著與自己的專業相近一些，想著自己有一定的理論基礎，再加上實踐，會好的。但進去之後，發現與我的專業也沒啥關係。幹了半年，我就出來了，到另外一個廠，跑業務，給一個廠子賣機械，與專業也沒啥關係。後來跑到上海，也是在一個機械廠，去了人家就不讓沾設計的邊兒，沒辦法，只好又跳槽。壞就壞在這裡，畢業初那幾年，一心想找個與自己專業一致的。現在看來，不算太正確。

二〇一〇年過完年來深圳，有同學在這兒，到一個認證公司上班，就是按國際標準給產品進行認證，認證之後才能出口，電器產品比較多一些。這業務在珠三角還挺吃香。剛開始看不懂英語簡介，都比較專業。做這個行業兩年之後才可能比較熟悉。這個行業只是一個掙錢的行業，也會做一些假報告。幹一年多，工資一個月四千多塊錢，做的也是機械這一塊，也還行，其實跟專業已經沒關係了。

接著到深圳一個外資企業，也是一個華人從中國出去，再回來，變外資了。這種情況在企業裡很普遍。換湯不換藥，還是按照中國的套路來，他能有多好？在這個公司待半年。怎麼說呢？工廠對工人「很扯」，公司全部由女人管理，親戚老婆情人，各分管一塊，不是小看女性，的確是非常小氣。制度也非常不健全，不人性，加班三個小時以上才給加班費。一個小時才十幾塊錢。有人要走，不讓人家走，去要工資也不給，還把人家手機收了，最後打一一〇才解決。管得也非常嚴，劃分得很細，各種各樣限制工人行動的制度，恨不得把工人綁到椅子上，一天一動不動為她幹活。

整個工廠氣氛很壓抑。你在工廠工作一天，心情沮喪到極點，每次回家都想著第二天我不來了，就是精神折磨。我就想走。我的想法是拿的錢也不多，環境又這麼累，我沒必要承受這樣的壓力。本來幹工作是為了生活，工作不開心，生活也不會開心，那覺得也沒必要。

我爹他們那一代人手裡沒有資源，沒有知識，沒有技術，他們受過苦，覺得再苦也不是苦，只要能掙到錢就行。我們這個年齡不可能像我爹他們那樣：你怎麼欺負我都行，只要你給我錢。我們沒有受過這些苦，也有自己的打算，也不願意別人欺負。觀念不一樣，活著為什麼？不是只為了掙錢，還得活得像個人樣。最起碼，你不能過分。我們對生活有自己的感受和理解。有些事願意做，有些事情不願意做。

「九〇後」可能會更衝動，忍耐力更差，但總體來說，工廠、公司還是制度不健全，欺負工人和職員。大的政策都挺好的，有勞動法什麼的，但是，你一個打工者是個弱勢群體，你能和公司抗衡嗎？你抗衡，你就會被開除。另外有些歧視是隱形的，真要拎出來說，也模棱兩可的。大點的公司有些自己的企業文化，算是比較人道，工作開心，公司也有收穫。小的公司文化的都是「為了企業，可以犧牲工人」。

在這家公司實習期六個月才能轉正。我沒到實習期結束就走了。因為確實挺壓抑的。我現在也是在一家認證公司，是國際機構，美國的，前身是愛迪生一個實驗室，全世界一百多個國家都有分公司，在英國已經上市。算是大公司了。

公司案子多，每天都能加班。加班是好事，你說梁平、我光亮爺和雲姑他們靠加班掙錢，我們也是。你不要以為我們這些人就不想加班，一樣的，好不到哪裡去，也是全靠加班多掙點錢。工作其實我也不挑剔，只要環境稍微好一點，工作壓力沒有那麼大，案子多一點，就可以了。就目前來說，你幹別的也是一樣。我沒有優勢，因為不是學這個技術出身，但是大的方面還有用的，畢竟是大學畢業，各方面素質還是要好些。反過來再說，啥專業不專業，本來就是養家糊口而已。

這個公司和我談的月薪是五千塊錢。上升空間很少，我在技術部門，大家都是幹技術的，領導不走，你就沒機會。工資幾年之內可能不會有調整。除非你換一家比較小的公司，能應聘一個領導職位，工資會稍微好點，但工作又不保險。

我現在倒是有五險一金。但這對我來說沒有實際意義。社保必須交十五年才能取出來，住房公積金也沒用，我們寧可不交。出來打工的，像我們這種狀況，能在深圳待下去嗎？你換城市，再去換這一套東西，非常麻煩。況且，你生病感冒會去醫院嗎？肯定不去，一去肯定就會多花錢。你的那點保險根本不夠。

對於打工的大多數人來說，沒有什麼意義。我問過周邊的人，除了那些已經是公司領導或部門經理的人——三十五、六歲，有房有車，來深圳較早，完成了原始積累，生活穩定——這些東西對他來說就很好。其他大部分人只是買個車，沒有房，不可能在這邊生活。那些東西意義不大。

我現在只能是走一步說一步。我的想法很簡單，有一門技術在手，再攢一點錢，將來做一點生意，小生意也行。這邊生活成本太高，如果能在家裡做生意，即使一個月只掙幾千塊錢，也會好很多。這也是我最近才扭轉過來的觀念，原來我根本沒想過自己將來可能要做生意。我讀書時的理想可從來不是這些。怎麼可能？那時一心想著自己要從事一個高尚行業，要過不一樣的生活，覺得自己又勤奮、又刻苦，人也不算笨，起點也不算低，肯定能混得很好。沒想到會是這個樣子，更沒想到有一天我會想著去做個小生意。

如果房子買在這邊，我肯定會留下來。我們旁邊的房子是兩三萬元一平米，怎麼可能買得起？就是再降一半，還是買不起。即使買了房子，在這邊，也夠嗆。咱們一個老鄉，一個月九千塊錢，在這兒買了房子，要還房貸，孩子還要上學，壓力很大，他比我大很多。萬一失業了，就麻煩大了。不過在深圳的好處是，失業之後一般都很快能找來，工作機會很多。

我們這批人比較尷尬。網上不是說嗎？讓你活得不好，但也死不了。我們一個班三十幾個人，百分七八十都是我這種狀況，那百分之二十比我們强，不是自己强，主要是拼爹媽的背景。幹農民的活，你幹不了，往高的，你又幹不了。我們這種人，是吊在半空上的，上不去，機會很少，下不來，不願放下身段。

回內地也是一樣，只是機會較少。內地的生活質量會比較好一點。整天忙於工作，哪有幸福感？其實幸福只是一種感覺，譬如說兩個人在一起出去玩一玩，回到家裡一家人坐一起吃個飯，看個電視。但是，像我們都比較少出去，你走個路都需要錢，走個路你還需要買瓶水喝，都得消費。

我户口還在梁庄家裡。我們都是農民，只不過不種地而已。只要形勢差一點，還得回去。有一塊地在家，心裡還踏實些。

我們這邊可以辦深圳户口，有啥用啊？我不可能作為深圳市民在這兒生活，我所知道的同學，沒有可以在這兒生活下去的。房子是個首要問題，孩子上學肯定也不行，上個幼兒園還得去找人。所以，還得回家，你的社會關係都在家裡，最起碼不受罪。

平靜早就平靜了，剛出來一兩年有點幻想吧，想得有點大，老是有挫折，解脱不了。從小到大，學習方面沒有落過別人，有點小理想，上過學之後，心裡根深蒂固的烙下一些東西，信心滿滿的，總想著自己畢竟上過學，肯定行。後來才意識到有些東西不是想像那麼簡單，經歷過才知道。

你説我將來在不在梁庄住？這個還真難説。還是不能去預判。百分之八十的可能是不會住村裡，也不太方便。在外面找不到歸屬感的話，總是想回家。你在外面如果有歸屬感的話，可能這種感覺會比較淡一點。現在的中國人，尤其是農民和我這樣的打工者，在哪個城市都沒有歸屬感，家庭也分離，所以才老想著回家。不然哪有春運？

年輕人為啥對村莊事務不關心？你能關心得了嗎？我爹當過幾年村長，我知道情況。說是選舉，選票是怎麼來的？選票那麼多張，寫的都是一個人。大家心裡都知道是什麼樣的。村支書，一個月一百六十八元錢，那麼少，他怎麼給你幹活？他憑什麼給你幹活？貪，是必須的。你關心不關心，事兒都是那樣的。你覺得，以你的力量，你可能阻止貪汙嗎？既然不可能，幹嗎要去白費心？一個村裡，低頭不見抬頭見，有些還是朋友。這不是麻木不麻木的問題。一個農民怎麼去查政府有沒有貪汙？這是根本行不通的。

沒有大的事情推動，沒有日積月累到一定程度的話，農村的情況不可能發生變動。

梁磊始終有些沉悶，似乎有什麼東西他無法放開。他對我寫村莊裡的事表示高度的擔憂，他認為我這樣深的介入不太對頭。「一個農民怎麼去查政府有沒有貪汙？」這個不是問題的問題困擾著所有的中國人。作為一個有想法的大學畢業生，梁磊在思考這樣問題的時候不自覺地認同了目前的現狀並消極地看待一切，也許，對梁磊來說，他看到的、聽到的和他所經歷的，都使他無法找到亮光來支撐行動。他和他的同代人，經歷了這個國度最大的變換，他們在前現代那一刻出生，在「日新月異的巨變」中經歷童年和少年，等長大時，展現在他們面前的已經是一個後現代社會的超越景觀。而此時的他們，感受最深刻的不是景觀的宏大耀眼，而是這景觀背後的支離破碎。「宏大耀眼」可望不可及，「支離破碎」才是他們要面對的。

傍晚，梁磊帶我去沙河街吃小吃，體驗深圳著名的城中村的夜生活。村中道路也是彎彎繞繞，沒有哪一片空地被留出來，樓的間距很窄，樓層又很高，整個村莊潮濕、陰暗，透著陰鬱的氣息。幾個中年男女坐在店鋪中間，在昏暗的燈光下，搓著麻將，那偶爾抬起的看過往行人的眼睛，好像是從中世紀走出來的。懷著一種陰鬱的、冰涼的心情，終於走到了村莊的主路上。街上熙熙攘攘，人頭攢動。各類飯館裡面霧氣繚繞，看不清裡面的人，但聽得年輕的、肆意的陣陣笑聲。路邊各種臨時小攤綿延而去，大排檔也坐滿了人，那羊肉串在長長的鐵爐上「嗞嗞」的響著，一陣陣帶著焦香和糊臭的濃霧也隨之飄起，籠罩著整條街。

街道邊汙水橫流，街道中又摩肩接踵。麻辣的濃香，啤酒的清香，也有肉的臭味、食品腐爛的味道，它們交織在一起，潑辣厚膩。走在其中，人好像被什麼吸力拉回到地面，回到純粹形而下的，然而又是結結實實、可感可觸的世俗生活。而梁磊，彷彿被這的房屋的形態，沙河街的形態和這厚實的味道給束縛了起來。

電話推銷員

梁靜去年剛大專畢業，計算機專業，暫時處於失業狀態。梁磊特別期盼她能找到一份較為穩定一點的工作，這樣，也能找到一個條件相對好點的男朋友。他非常擔心她最終適應不了這裡，那就還得找新的城市去生活。梁靜性格沉悶，對深圳還處於適應和調整的階段。她說話的聲音很低，有一種壓抑著的苦惱。

上三年學等於啥也沒學。計算機專業，等於是沒專業，現在哪個單位還要這專業的人？我嫂子也是學計算機的，畢業比我早兩年，出來就到惠州那邊的電子廠打工，與專業沒關係。俺們一個班的學生都七零八散，畢業之後四下裡亂跑，亂找工作，找到啥幹啥。有許多女孩子都結婚有孩子了。

感覺深圳這邊節奏比較快。在老家那邊上學，不咋說普通話，我適應能力比較差，猛一下說不出來。剛來感覺飯菜可貴，在咱們那邊，中午吃五塊錢的飯，一個月都得幾百塊。這邊翻一倍，這邊工資是比較高，但是，房租又貴，吃飯也貴，算下來，也落不住啥錢。稍微不節約的話，還不如咱們那邊。我剛開始來的時候，想的是雖然消費比較高，但是掙錢多，圖的是拿住錢那會兒高興，說起來一個月能掙那麼多錢，好聽一些。在家那邊，雖然工資低，但是消費也低。

我去年六月分開始找工作，在南陽那邊找。第一份工作做銷售。做保健品銷售，針對中老年。你發傳單，發來客户，先讓人家體驗，成為潛在客户。然後通過各種形式去拜訪。賣產品一般是先接受你這個人，然後才接受你的產品。做到十月分，我業績還算不錯。我這個人比較實心眼，人都是這樣，你要是真心對他好，他也會接受你。

那時我一月底薪七百元，完成基本任務，一月銷售七千元產品，給兩百塊錢獎金，再加上百分三的提成。第一個月就掙了個基本工資，沒賣出去產品。第二個月掙一千一百元，第三月、第四月都是一千兩百元。

我租的房子六十塊錢一個月，住了五個月，電費總共花三十塊錢。房間只有一張床那麼大，有時能凍醒。也是城中村，南陽漢冶村。

我辭職有點衝動，主要是同時來的女孩子都走了，我一個人在那兒，再加上老闆娘對人也太不實在了。老闆娘光為自己著想，人比較多疑，有時候出去跑客户，回來很累，坐在店裡歇一會兒吧，她都會說你。不停地給你找活幹，讓你擦這兒掃那兒，只要你在店裡，就別想坐一會兒。也不讓和同事聊天，看見我們誰和誰說話，眼都瞪著，臉也呆著，可生氣的樣子。後來，就去火車站一家賣電腦的店裡，給人家當會計。那個軟件很容易，去兩三天就會了。老闆還挺好，幹了二十天，給了六百多錢，後來，又幹了五十天，給我兩千一百元。那邊唯一一點不好的，就是沒有假期，一天也離不開人，一個月沒有一點休息時間。不過在賣保健品那邊，說的是可以輪休，也沒有休息過。

過完年和我哥一起來深圳。來之後，先在淘寶一個服裝店做客服，給客户介紹情況。經常加班，有時候很忙，有時候很閒，這邊工資一個月兩千多一點，比南陽那邊好，但感覺沒啥意思。不能鍛煉人，面對機器冷冰冰的，不知道幹啥。有時候想學個軟件，又不能。店裡只有兩個人，一個客服，一個美工。幹有兩個半月，我辭職了。還有一個主要原因，就是店裡不管住，我得找地方住。人家其他家店都管住，他們不管。才開始他們對我說管，要是一開始知道他們不管，我肯定就找其他工作了。在我哥這兒，天天在客廳住著，不方便得很。那家人怪好，就是太不方便。我就想找個管住的地方上班，哪怕工資低點。

明天再去上班，在寶安那邊，是個房地產公司。我看中它管我住宿，但是人家不管吃。一個月一千五百元的底薪。俺們主要是打電話，發傳單，在網上發布信息。也不好做。我去發了一下午傳單，很累，站在路口，晒著太陽，還得受白眼，難受得很。但是，看你圖啥的？對於我來說，一是有住的地方，二是鍛煉人。臉皮厚一點兒，嘴會說一點，做人做事的能力得有吧，比較鍛煉人。我太內向，這樣下去肯定不行，我得改變我自己。我去看過她們的工作情況，一般都是給人家打電話講房子的信息。有人專門收集個人資料，不知道從啥地方買來的信息。按照那電話，一個一個打出去。被拒絕的比例非常高，十個電話有六七個都被掛斷了。對方掛了，這邊也掛了，繼續打下一個電話。不會不高興，人家拒絕太正常了。還有人上來就破口大罵，罵他罵，那也當沒聽見，繼續打下一個。

我媽老想著我咋辦？她老覺得我都二十三歲了，該說婆家了。我哥也是。主要是覺得我沒有一個固定工作，不知道該找個啥人？找個沒知識的人吧，覺得虧了，找個有固定工作的吧，人家又看不上咱，找個和我一樣打工的，又覺得不甘心。我也不知道。走哪兒是哪兒，該是自己的命也跑不了。到哪兒都是一輩子。

我以前從來沒有想到過，那些讓人疲憊而憤怒的房地產廣告電話、保險推銷電話或哪一個什麼銷售電話就是小靜這樣的姑娘打來的。在城市生活中，我們一天要接到多少這樣的電話？恐怕數也數不清。在開車或開會時，在聽到那語速迅快、沒有任何停頓的套話時，在怎麼說「謝謝」也掛不斷時，那憤怒是油然而生的。於是，很多時候，我們選擇了直接掛斷，聽都不要聽，更不用說給他們說一聲「謝謝」。

是的，這些年輕的孩子可能就是我們的堂妹、堂弟或哪一個遠親的孩子。但是，我會怎麼做呢？在知道了自己的堂妹也加入其中的行列後，我會更耐心點嗎？我不知道。我想更多的時候還是會不耐煩的。因為那確實是一種轟炸，確實是一種侵犯。但這是小靜的正常工作。她必須一個個打出電話，這些電話就類似於魔鬼訓練，我內向的小堂妹希望通過此把自己訓練成一個能夠適應城市生活的人。

隔天下午，朋友帶我去參觀深圳書城。據說不去書城，就等於沒來深圳。從沙河街路口搭出租車出去，經過一個轉盤，就上了深南大道。車速馬上快了起來，風掠過耳後，清涼、舒適。平坦、寬闊的大路，兩邊是修剪整齊的景觀樹，遠處是威嚴而設計感極强的樓群。

無論從建築、功能和美學上看，深圳書城都堪稱美輪美奐。廣場寬闊無邊，也熱鬧異常。有各種團體在這裡活動。懷才不遇的搖滾歌手，手拿古老樂器的民間音樂家，公益演出，志願者招募，募捐等等，彷彿多元而開明的文化與生活已經來臨。突然有一種感慨，這些所謂草根的團體和不得意的歌手，其實都屬於這個社會高雅文化的一部分。他們能夠來到這樣的廣場上，去展示自己，並且憂怨地唱著屬於自己的歌，怎麼能是草根呢？

書城裡面是另外一種闊大無邊。高尚的、高雅的生活。讀書會，肯德基快餐，階梯式休息室，瓷器店，各種名吃和名店。冷氣開放，一些孩子在書城裡面玩耍、閱讀，三五朋友在此逛街、聊天、欣賞和吃飯。書城一層樓梯角落種植著名貴的闊葉綠色植物，它們向上伸展，直伸向二樓頂層的地方，生機勃勃，又雍容華貴。頂層一條寬闊直道，一邊直通向鬱鬱蔥蔥的蓮花山，另一邊通向那具有象徵意義的金屬建築。開闊的、開明的、開朗的生活和文明。

是的，這才是深圳。當我們說「春天的故事」、「南方的神話」，當我們說「取得了舉世矚目的成就」時，我們指的是這個深南大道、濱河大道和北環大道的深圳，指的是那富士康加工廠和無數個企業累積出來GDP的深圳。它不包含那擁擠在沙河街上和居住在富士康那帶鐵絲網的宿舍裡面的打工者，不包含梁磊那個出租屋和他所必須面臨的焦慮。

工廠

我最近一次見萬敏哥是一九九二年，他到我教書的鄉下去找我。那時候，他剛結婚，在穰縣賣菜，到我所在的鎮子去進新鮮的蘑菇。他瘦長、黝黑，眉宇間有現實生活所帶來的絲絲焦慮，但是，我們竟然還談了一會兒文學。我剛在一個日報上發一篇小散文，他把它抄寫了一遍，像寶貝一樣帶來讓我看。他寫一手好字。在高中時代，因為會寫文章，會打籃球，能長跑，他贏得無數女生的青睞。他的老婆就是當年迷戀他的小女生。作為一位痴迷的文學青年，從離開學校那一天開始，他的生活就與文學無關了。之後的二十年，他一直在北京、廣西、廣州等城市間輾轉，最後在東莞安定下來，先是做服裝批發生意，這幾年自己開了一個服裝加工廠。

萬敏帶我去快捷酒店旁邊一家當地的早點店吃早餐。早點店裡幾乎可以說是人山人海，一個將近兩百平米的大廳裡全是人，幾十張大圓桌塞滿所有的空間，服務員推著裝滿各種粥的小餐車在桌子間艱難移動。這些坐著、站著和大聲吆喝的人以家庭為單位，老中青幼，七八個人，穿著背心、短褲，坐滿一桌。他們吃著早點，喝著茶，在巨大的嘈雜中從容地聊著天。間或有小兒發出刺耳的哭鬧聲和奶奶低聲的、甜軟的哄勸聲。喧鬧而徐緩。喧鬧是一種生活習慣，徐緩是一種心理狀態。這些人全是當地的房東。每一家都至少兩三套樓房，一套自住，另外兩套出租，一棟四層樓房會租給四個或五個不同的廠子，每年會帶給他們幾十萬的收入。這還不包括村莊固定的分紅。他們不需要任何勞動，只有享受生活。因此，早餐和早茶的時間可以無限延緩。

在平時，萬敏絕不會跑到這樣的飯店裡吃早餐，這種浩大、繁雜、豐富和舒緩的早餐不屬於他這樣的外地人。萬敏們的地點是晚上的大排檔。忙碌了一天后，約幾個同道中人，到「美食大排檔」喝酒聊天，那裡是虎門小老闆們和打工者們去的地方。

走出早餐店，走上馬路，馬路兩旁是一排排四五層的長方形樓房，光禿禿的、呆板的、醜陋的，沒有任何裝飾。萬敏指著這些樓房說，「虎門這地方，推開每一扇門後面都是工廠，每座樓的每一層都是一個小工廠。工廠多得你都想不到。就像這條街上，靠街的這幾十棟樓，全是工廠，估計有幾百家。都是像我這樣的小老闆，搞服裝的。這兩年金融危機，倒了很大一批，有許多人沒撐過去，又變成了一個打工仔。但是，你倒歸你倒，房子從來不會空著。房東的房租不會不要。人家不認你人，到時候了，房租一拿，扭頭就走。你要是沒錢，對不起，那肯定不行。」

我們走進一棟樓，沿著那長長的鐵樓梯往上爬，二樓和三樓的樓梯口，都有一個鐵門把守，鐵門緊緊地關著，鐵門上歪歪斜斜地寫著

夜虎門

「ＸＸ製衣廠」或「ＸＸ印花廠」。萬敏的廠在四樓，樓梯口的牆上寫著四個字：「英雅製衣」。是萬敏的字，剛硬、骨感，但氣有點散，收不住，顯示出字的主人好大喜功的性格。

推開鐵門，「嗒嗒嗒」的機器聲立即傳進耳朵裡。萬敏的服裝加工廠，就是一個簡陋的加工車間。大開間，水泥地，白灰牆，老式玻璃窗，天花板是一些裸露的管道，上面掛著許多個吊扇。迎著門，並排三行縫紉機，約二十幾台，有十來個工人在操作，其餘的機位都空著。萬敏說，「招不來工人，那些熟練工人到處搶著要。另外，也不敢招，招來了沒有活給人家幹，咱還得倒貼錢。」

房間的右邊分三個區間。最靠裡的區間是一個拼起來的大長方桌，桌上堆著紅紅綠綠幾個品種的兒童服裝，幾個婦女，包括萬敏的老婆霞，站在那裡，正低頭檢查並剪去衣服上的線頭。中間一個區間是設計處，一張長桌子上擺著圖紙、衣樣、剪刀、電腦和一些碎的布片。一個相貌秀麗的矮個姑娘正俯著身子拿長尺子在圖紙上比劃著什麼。靠這邊的是熨燙區，一個瘦高穿紅背心黑短褲的小夥子背對著我們，熨斗在衣服上飛快地來回划動著。

車間盡頭有一個用玻璃隔開的小房間，這是萬敏的辦公室，辦公室裡還有一個隱藏的小隔間，有三四平米的樣子，這是萬敏夫婦的臥室。辦公室旁邊還有一個長長窄窄的通道，通道左右共四個宿舍，一個簡單的衛生間。繼續往裡走，是樓房的頂層，一個寬寬的平台，平台靠後有一個低矮的小房間，這是英雅製衣的廚房。我似乎有些明白為什麼虎門這些出租樓都蓋成這麼長的長方形，它適應這些家庭作坊式的小工廠。一條龍服務，吃喝拉撒，在一個樓層內，一個家庭作坊所有的功能都能夠完成。

這些工人似乎根本不關注我的到來，面無表情地掃視我一眼，然後就把頭垂下，繼續著單調而緊張的縫紉工作。年齡較大點的那個男工是監工，他也操作機器，間或站起來去看另外工人的工作狀況，並進行指導。一個穿粉紅橫格T恤的男孩看起來非常時尚，前額頭髮稍長，全偏向一方，是經過仔細打理的樣式，脖子上掛一個菱形的魚狀項鏈，臉龐和神情中還有略微的稚氣。我想和他交流幾句，但他只是朝我微笑一下，沒有停下手中的動作。

其中一個圓臉的小女孩，穿一件紅色圓領T恤，黃色短褲，梳一個小獨辮子，額前稍偏的地方別一個紅髮夾。額頭光光的，略有點「鋛兒」，眼睛黑黑大大的，看起來純樸可愛。我在一旁觀察著她，只見她一隻手撐著一個小布片，另一隻手迅速地在旁邊的筐裡拿起另一布片，兩個疊在一起，放在針眼上，手往前拉，腳快速地蹬著，手再快速把布片往左拉，又是一道縫合，再從筐裡拿起一塊布片，拼到另外一個地方，再縫合，以另外的疊加方式放在一起，這樣，一個衣服的前襟形狀就出來了。她的右手往前一划拉，直接把縫合好的布片推到縫紉機前面的地下，連線都沒有斷，那裡已經堆著厚厚一摞加工過的布塊。她的頭不抬，又拿起另一個布片，快速而又機械地重複著前面的動作。

「這個姑娘和那個燙衣服的小夥子是一對兒。」萬敏指著房間另一頭燙衣服的小夥子，悄悄的對我說。我在虎門的那幾天，一直偷偷觀察這年輕的一對兒。他們在工作的時候，非常嚴肅，一整個上午或下午，他們都能做到互相不看一眼。

霞嫂兼做廚娘。她清晨五點多就要去市場買菜，十點多開始準備午飯，活不多時，年齡大點的女工會過來幫忙，如果活多，她就只能一人做這二十幾口的飯。虎門的春夏秋冬只有熱或更熱之別，在廚房裡轉圈並不是一件享受的事情。霞嫂一邊在廚房裡忙著，一邊向我抱怨，「說是老闆，老闆娘，其實是連工人也不如。人家拿的是淨錢，不管你賠賺。咱這是出苦力，擔大責，到最後還是一場空。不是你敏哥堅持，我是早都不幹了。幹檔口多舒服，雇兩三個服務員看店，生意也熟，坐在那兒，不動彈就能掙錢。你敏哥非要幹，說這是事業。可倒好，錢賠光了，事業還沒見影。」說到「事業」時，霞嫂嘲弄地笑起來，一副夫唱婦隨的樣子。

中午十二點，英雅製衣開飯。兩個大鍋菜，土豆絲，豆角，一大鍋米飯。工人們拿著自己的碗，自己盛飯，自己找地兒吃飯。大部分工人又回到車間，車間有吊扇。那一對小情侶終於走到了一起，端著飯到女生宿舍，門半掩著，其他人自然也就不進去。設計處那個個頭矮小、看起來伶俐聰明的女孩已是一個九歲男孩的母親，大家叫她娟子。此時，也帶著兒子過來吃飯。她的兒子去年來到虎門鎮，插班上三年級。平時，這孩子和他母親一起在萬敏這裡吃飯，晚上也和母親一起睡在廠裡宿舍。這個廠就是他的家。他的父親在另一家工廠做印染技術工，住在那個廠裡的集體宿舍。

下午一點鐘，英雅製衣開工。機器聲音響起，娟子送兒子去補習班，回來繼續畫圖。那個燙衣服的小夥子拿出一個收音機，擱在他面前的窗台上，放起了音樂。這音樂混雜在機器聲中，只漏出微弱的聲音。萬敏帶著我，開著他已經破舊的金杯車，要到鎮上的面料城、輔料城去對色找衣料，找蕾絲邊。一個看起來很簡單的兒童服裝，至少需要一二十種不同料子的布和各種如拉鏈、綉花這樣的配件，這都需要萬敏一一採買。有時買來的布料顏色不符合最初設計的要求，還要再次返工，那就意味著這批活兒他要賠了。

八月的虎門，像下了火一樣。我和萬敏一起去採買原料。車上的空調早已壞了，太陽把前座兩個位置晒得滾燙，坐上去就像坐到燒旺的鐵爐上，屁股發出烤肉一樣的「嗞啦」聲。萬敏帶著我，在面料城、輔料城、蕾絲批發城、物流站和其他地方出出進進。他要挑選各種布料、紗料、蕾絲，要去物流站取回廣州或其他地方發回來的布匹，要去其他地方買我不懂得的什麼輔料。下午五點多鐘，終於轉夠了圈兒，我們坐到車裡，開始往回開。車內像蒸籠一樣，坐進去，頃刻就大汗淋漓。

晚上七點開飯。粥，饅頭，涼拌黃瓜，肥肉熬白菜。吃完飯，七點半多鐘，工人又開始幹活。他們要做工到晚上九點鐘。每個人都神情淡然，吃完飯，自動地坐到機位上，發一會兒呆，就開始幹活了。

我、萬敏，還有昨晚和萬敏一起去廣州接我過來的那個强哥，坐在辦公室裡聊天。隔著玻璃，我看到娟子的兒子在廠裡來往跑動，一會兒到媽媽那裡，一會兒又到縫紉機旁的一個年齡稍大的婦女那裡，有時候，也抓起布片，剪上面的連線。八點多的時候，他自己到後面的宿舍睡去了。

萬敏坐到電腦前，要給我看他的博客，上面記載著他的汶川之行。二〇〇八年汶川地震的時候，他開著自己的金杯車，拉一大車物資，礦泉水，手套，口罩，餅乾等約六七萬塊錢的東西，帶著內弟和强哥，長途跋涉，到汶川救援。

幹事業

別以為我們就沒追求，也總想著為社會做點啥事。

你看這些照片，都是二〇〇八年去汶川路上拍的。當時，每天看電視，我都哭得吃不成飯。那麼多孩子，一下子都沒了。那麼多人咋辦？我就想著，不行，我得出點力。你霞嫂也支持。我就去買東西，快把虎門超市的水搜羅光了，花有六萬多塊錢。你想，那時候，我總共就那百十萬，加上來回路費，三個人的吃喝，下來基本上小十萬了，等於是我總資產的十分之一了。現在想想，可能捨不得，那會兒也不管那麼多了，看見水、餅乾就想買。

我還去弄塊紅布，自己寫上標語：「救援汶川，人人有責」，「汶川，雄起」，掛在車廂的左右兩邊。前面車頭下面也拉上標語：「汶川救援物資」。看這張相片，你哥的字還有往日風采吧。這標語，還很有用，許多收費站都不要過路費。從虎門往汶川去，有兩千公里吧。我和你霞嫂的弟弟，還有强哥，我們三個人輪流開，開一天一夜。到汶川邊上，就有人攔住了。說是車不能進，東西可以放下，他們來統一分配。

我們看著，當時確實緊張，很忙亂，就打消了自己送進去的念頭，不能再給國家添亂。我們自己背著包，在邊緣地方轉了轉。過了幾條河，看那路都斷了，很慘。當時就想，還是得掙錢，要是掙到錢咱就能出力了。

以前開檔口僅僅是掙錢，維持個生活，買個房，買個車，就這。現在是在幹事業。路子是正確的，雖然是辛苦些。這個東西是我要的東西。不管咋著，是個事兒。如果操作好的話，是個事業。只要老闆不胡整，肯定可以發展。錢不是最重要的，但是是衡量一個人成功的很重要的指標。

我說過一句話，沒有三年時間，是不能在製衣行業發言的。在虎門鎮，開奔馳寶馬的，還都是做製衣的。利潤比較可觀，百分之十還是有的，做得好了百分之二十。當地人大部分靠紅利生活，很大的紅利，好的一個人一年分十萬，啥也不用幹，稍微有能力一點點的都會蓋一兩棟房子，出租出去，這是最正常的收入。我這一層一年五萬塊錢，總共四層，一年二十萬，我這家房東三棟樓，一年加上分紅，有百十萬，啥活不幹，屬於是正常的。當地人喜歡貸款蓋房，三兩年就回來了。

但是我們去貸款，肯定不給貸，用房子、車抵押，只能貸七萬塊錢，不可能貸多。超過十萬塊錢肯定貸不來。為啥？你沒保證啊！你是外地人，不保險啊。

大廠數量也不多，但能量很大。有很小的，夫妻倆帶兩個工人，總共五六個人，這種家庭型加工廠能量也大。小的好維持，租一個住房，買幾台機器，不擔任何風險，也沒有本錢，人也比較自由。並且這些小廠好招工，比較靈活，掙錢也快，這也導致大廠缺人。

像咱這種廠，二十來個人，屬於中型的。這種規模的不是很多，比較難做。工人對咱有啥感覺？第一，他得拿到他想要的工資，這點首先得達到，不能低於外面，加班是都加，那沒辦法，整個行業都是這樣，咱只能保證不比人家差；第二，管理人員必須得認可老闆，崇拜老闆。工資是一方面，另外他得看到希望，這一兩天工資他不看重。管理層不是一年的問題，心裡舒心，遇到好的機會，自己也有好的發展。主管級和師傅級的，一起搭檔三年五年很正常。工人隨便流動對工廠影響不大，像士兵一樣，一茬一茬的，這個退了那個又來了。師傅經常流動，那損失太大了。肯定有人打聽他們，他們也打聽別的公司多少錢多少錢。像娟子，也是我挖過來的，原先就認識，這也得給人家許願。工資、兒子和待遇問題，說好了才過來。幹一段時間，覺得老闆可以，她就會待下去。老闆必須得說話算話。老闆很無能，很無聊，可能不要錢都走了。

服裝是個幾千年的行業，有很多技術，我們的衣服像手機是一樣，有歐美標，英國標，中國標，有個國際標準，不是想咋做就咋做，必須按照人家的要求來做。每個國家都有個標準，我們做是按中國標準去做的。以前開檔口賣服裝時，我很瞧不起做服裝的，一進來發現太複雜了。

首先得有設計師。大的設計師中國一個也沒有。真正的大設計師是義大利的、法國的，中國都沒有。但是，中國服裝業真是很發達，每天在中國做出來的服裝夠全世界的人穿幾件。我們一個廠每天都要出幾千件，像我們這種廠何止幾十萬，大廠更不得了。

我們是低檔次的，在一個專門的服裝網站上看圖片，他們組織人在全世界各地去找，參加各種發布會，把上萬個圖片發在網上。娟子看中了，把圖片打印出來，修改，變成自己的設計，其實是模仿。我去買布，做紙樣，打版，打好版之後，到大公司掛版，讓公司挑選。被挑中之後，人家給我們下訂單，我們才去做。不是品牌的，我們可以隨便模仿，大品牌不敢做，人家發現了，把你的東西沒收，甚至把廠都封了，還要負法律責任。但是，模仿利益高。其實，很多廠都在模仿。

我四十時歲開這個廠，絕對是最後一拼，算個事業。那時我手裡有一百萬。和有錢人比，不算個啥，跟普通打工的相比，也還行。堅持這四年，硬是把這錢敗光，才算剛得到門路，找到點訣竅。像我們這種小老闆，十個人中有八個人都失敗，只要能堅持下去，應該都能活過來。現在我最缺的就是錢。要是能找來投資，我這生意就不是這樣了。

我和强哥一直在商量，想搞個聯營公司之類的東西，就是老鄉們在一塊兒，集中財力，做大，一是自己賺錢，二是帶動老鄉也賺錢。你看咱們穰縣，出來就是打工，永遠是打工仔，不能發財，主要就是沒知識、沒想法、目光短，想著有碗飯吃就行。

做事業這一塊，我們不比你們坐辦公室當領導的，他們是誇誇其談，我們是通過自己的努力，自己的實踐來實現的，比較樸素。工廠這邊也是人才濟濟的，也許學歷不高，讀書不多，但是通過長久的實踐學到的東西很多。

現在想一想，從上學到現在，我總想著肯定要做個啥事，一直有這個自信。餓是肯定餓不著，總想著要幹個啥事，不是光為掙錢，還得有個目標，有個追求啥的。如果真幹不了的話，說明你確實不行，咱還老老實實搞咱的服裝批發去。目前來說，我這個路子是正確的，雖然是辛苦些。

萬敏對自己去汶川的壯舉非常自豪，他最高興和最願意談的也是這段經歷，他也坦率的提到他是想去看看有沒有商機，但是，以他那浪漫的理想主義的性格，他肯定把汶川之行作為實現自己理想的機會了。他認為自己放棄已略有規模的服裝批發生意，而去開工廠，是因為這是「事業」，需要智慧、智力，可以實現自己的價值。最重要的當然還是為掙錢，但掙錢並不是他唯一的目標。他反覆強調這一點。

我問他對他的工人怎麼樣？這樣加班工人是不是太累了？他叫起屈來，「不加班肯定不行，活來得時候，誰都得上。不存在你想的啥剝削。咱對他們也不錯。你說，同吃同住，我平時忙成啥樣，錢花了多少，賺了多少，他們也能看見，也大致知道，咱不是那種只顧自己享受不管別人的人。工廠條件都差不多，咱肯定不是最差的。機器少，活少，空間還算大，沒有啥大汙染。管理也鬆，你要是有啥事，請假幹啥都行。工人在小製衣廠更能掙錢，因為老闆缺人，管理不呆板。「像我們這種小廠，工人比老闆强。工人不操心，不管你這個月掙錢還是賠錢，活多還是活少，你都得給我錢。我和霞等於是不拿工資的工人。我還得承擔所有風險，得有想法，得跟人交往，找活兒幹。三險啥的，咱這兒都沒有。只要多給他點工資，啥都有了。」

萬敏肯定有美化自己和替自己辯解的成分。他和工人的關係或者並不如他所說的那麼好。既然成為老闆，在某種意義上就和工人成為對立面，至少，也是統一的對立。不管你多麼討好工人，在工人眼裡，他也只是發錢的老闆而已，真正的親密關係很難建立。但是，因為至今還沒掙到錢，並且倒貼了自己前半生的積蓄，這一現實給萬敏帶來了一些道德資本。他可以理直氣壯的要求工人，並對自己的很多盤算心安理得。一兩天的時間，我明顯看出，萬敏對娟子要更好一些，不但她的兒子可以在工廠吃住，可以隨意玩耍，並且，娟子對萬敏顯然是平等且有決定力的。娟子是設計師，廠裡所有的活兒都是她製版、投標，中標之後，才能夠製作、加工。萬敏最大的任務就是留住娟子，不只是錢，還要投入情感，從親情上感動娟子。

這樣一個家庭式作坊，感情的投入又是必不可少的。否則，工人會很快流失。

我和萬敏說話時，那位疲倦內向的强哥一直聽著。他的動作很少，表情也少，對萬敏說的話幾乎沒有回應，即使說到去汶川，他的眼神也沒有多少起伏。好像他的全身都被累垮了，累麻木了，無法再回應外部對他的刺激。

晚上九點鐘，一直在耳邊響動、也就自然忽略了的機器聲突然停了下來。整個空間安靜下來，空虛突然侵入，讓人莫名害怕。工人們離開自己的操作機位，開始往後面的宿舍走。他們的面部表情好像還被那機器聲所控制，心還按照機器的節奏在跳動，夢遊一般，心神分離。從早上七點到晚上九點，他們沒有離開過這個家庭作坊，除了中午在陽台上看到的陽光和窗戶的光亮，他們在虎門的生活只與這個空間相關。

九歲的打工者

早上九點多鐘，工廠已經在井然有序的運轉。

娟子的兒子也在廠裡，今天補習班休息一天。他穿著綠色的碎花T恤，牛仔短褲，在整個車間飄忽來去，一刻也不停。此時他正躺在一堆布料裡，蹺著二郎腿，雙手抱頭，頭在布堆裡不斷地晃著，以找到最舒服的位置。正在忙碌的娟子朝他大喊，讓他起來。他卻得意地看著我，腿不斷晃動著，很鎮定也很顯擺的樣子。娟子看他不為所動，就過來拉他起來，卻差點被布料絆倒。小傢伙哈哈笑起來，一個鯉魚打挺，跳起來就跑，娟子又去拉他。兒子跑，年輕的母親追，母子倆在車間跑個不亦樂乎。娟子個子矮小，抓不住她靈活的兒子，氣得大叫，但從旁邊看，就像兩個小夥伴在玩逃跑遊戲。娟子看起來還是個孩子呢。車間的工人都被這母子倆的追打逗笑了。這

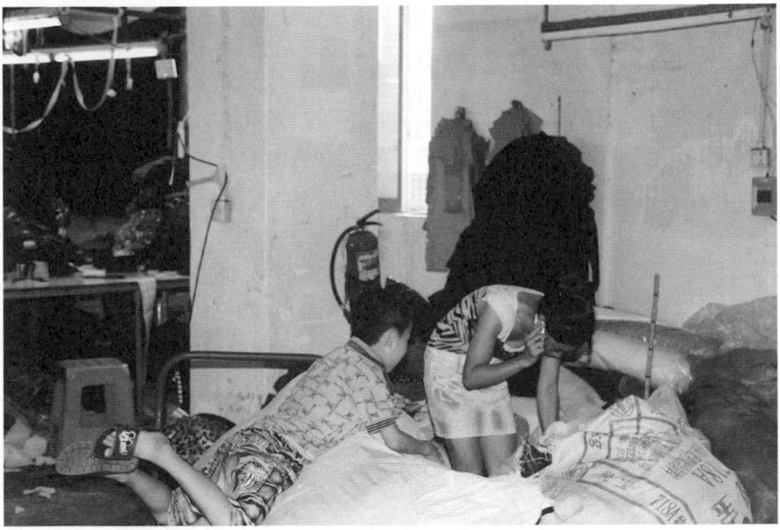

場景，給英雅製衣的簡陋車間帶來了一絲活潑和溫馨。娟子其實只是一個初中畢業生，原來在大廠的時候，跟著一個師傅學習畫圖、設計和製版。經過幾年的不斷學習、實踐，娟子可以自己獨立設計服裝，並且能製出準確的版。萬敏給她的基本工資是一月四千元，再加上年底分紅和平時獎金，娟子一月能拿到五千元，是普通工人的兩倍。

和母親追打一會兒，小傢伙跑到機位這邊，先是依著一個女工，抱著女工的腰，頭靠在她的後背上，回頭向母親做著鬼臉。然後，躺到女工旁邊的長板凳上，又是雙手抱頭，腿蹺著，一付悠閒的模樣。那女工有三十幾歲，一邊幹活，一邊和他說話。我和那女工聊過天。她是甘肅一個縣城的下崗工人，丈夫還在本地縣城上班，她出來打工。家中有一男一女

和母親玩耍的小保義

兩個孩子，都十幾歲，正在上初中。她出來四年，回家兩次。這位女工神情恬淡，說話聲音很低，很溫柔。她對現在的工資並沒有多少不滿，和她一起來的老鄉因為所在的廠子活兒少，工資比她還低。她在外面掙錢，丈夫在家管孩子，也算有妥當安排。

過一小會兒，小傢伙從板凳上一躍起來，拿起剪刀，蹲在女工操作的機器前面，開始幹起活來。地下是一堆縫合好的衣片。為節約時間，女工們都不剪斷衣片之間的連線。小傢伙麻利地拎起這白色的衣片，把中間的線剪掉，再把衣片鋪在地上，然後再剪，剪斷之後，兩隻小手捏起衣片的兩角，兩邊比劃著，摞在前一個上面。他蹲在這堆衣料前，稚氣的臉上顯現出和他年齡不相稱的嚴肅和投入。身體左一下、右一下，拎、剪、捏、對齊，最後放下，非常嫻熟，很快，他面前就摞起一疊整整齊齊的白色衣片。那女工悄聲對我說，娟子擔心孩子老在這兒白吃白住，老闆不高興，就讓小傢伙幹點活。放學回來，作業做完，剪剪連線，活也不重，不會累著。小傢伙幾乎把剪線的活兒給包下來了。但還是貪玩，總是幹一會兒就跑了。

我在他面前蹲下來，笑咪咪地看著他，試圖和他聊幾句。事後回想，在他眼裡，我的笑容估計和童話裡的狼外婆差不多，狡詐陰險。

「你叫什麼名字?」

「錢保義——」他說話的聲音很小很細，末一個字拉長，軟軟的，很好聽。

「錢什麼? 阿姨聽不清楚啊。」

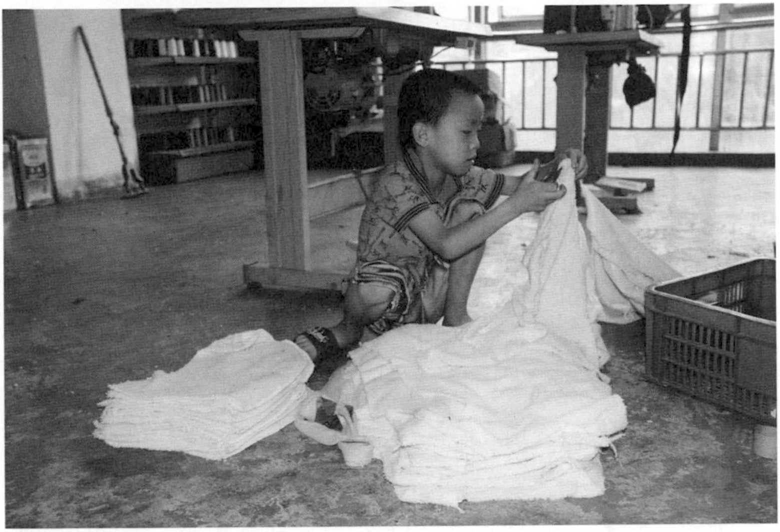

上 正在幹活的小保義
下 小保義躺在布匹上自己樂自己的。媽媽忙的時候，他就在工廠裡玩。

「錢──保──義，保證的保，意義的義。」他仍然蹲在那裡，一隻手還在拎那白色的衣片，另一隻手拿剪刀剪著。

「上幾年級？」

「三年級。」

「會背什麼詩啊？」他的動作停了下來，手裡還捏著衣片，拿眼睛警惕地看著我。

「我不告訴你。」

「給我背兩首，好嗎？」

「我不想背。」

「嗯，我怎麼覺得是你背不過來？」我用激將法激他。

「我會背，就是不背給你──」他很得意地看著我，好像識破了我的祕密，「我知道你是在騙我，騙我背。大人經常這樣騙人，別以為我會被騙到。」

「但是我還是覺得你背不過來。『春眠不覺曉』，會背嗎？」

「誰不會啊？我們一年級就學了。我不背給你。」

「『離離原上草』會嗎？」

「我會，我會背得很快，你聽不懂。」他得意地看著我。他又得意起來，看來快上當了。

「我不信，你肯定不會背。」

「我會——」他睜大眼睛看著我，一股好勝的樣子。

「我覺得你不會——」

「離離原上草，一歲一枯榮。野火燒不盡，春風吹又生。」小傢伙把剪刀、衣片都扔到地上，看著我，用極快的語速背了出來。我幾乎沒來得及聽清楚，他已經背完了。

「那『春眠不覺曉』呢？」

「春眠不覺曉，處處聞啼鳥。夜來風雨聲，花落知多少。」他又一口氣背出來，然後充滿挑戰的看著我，反問我，「你會幾首詩？」

我和他都蹲在地上，他得意的眼神和背詩時的急速讓我忍不住想笑。我裝著思考了一下，逗他說，「我不會。會也不給你背。誰讓你不給我背呢？」

錢保義睜大眼睛，分辨清楚我話的意思，生氣地把頭別了過去，「哼，我說你們大人好騙人吧。光騙人。我媽就老騙我，說出去一會兒就回來了，出去一年也不回來。」

話還沒說完，他突然站起來，朝他母親那個方向跑過去。那裡滿是散亂的布頭、原料、麻袋和一卷卷的布匹。只見他騰起身體，「蹭」地一下子蹦到那放在地上的幾匹布上，準確地落在布的縫隙中間，屁股著地，頭枕在那幾個摞在一起的布匹上，蹺起二郎腿。然後，回頭得意地望著我。

我被他晶亮、閃光的眼睛逼得有些視線模糊。這個九歲的小男孩，年齡最小的打工者，在這嘈雜的車間，在這群工人之間，如魚得水地生活著。

歸零

萬敏已把我這一天的行程安排好。先到强哥的繡花廠看看，中午在强哥的印花廠吃飯，他約了幾個老鄉聊天。下午到幾個稍大一點的服裝廠去參觀。

繡花廠離萬敏的廠不遠。還未進車間，機器的轟鳴聲就傳了過來，「咣噹咣噹」，很有節奏。强哥的繡花廠只有一個狹長的車間，兩排機器，機器平面上平攤著牛仔褲的褲腿。機器上的一排針正在屁股後面的口袋上來回穿梭，兩個女工站在機器前。這兩位女工，個子都很矮小，也很瘦弱。一個是湖南妹子，我跟著她，想和她説話，她一直拒絕我，往機器的另一頭跑。另一個是廣西妹子，她倒是站著不動，願意和我説幾句話，但是，她的方言我又幾乎聽不懂。

車間裡面有一個小房間，算做辦公室。强哥的哥哥坐在沙發上等我們。他看起來要比强哥堅定、樂觀多了。旁邊一個堆了很多雜物的大寫字台前坐著一個年輕人，正在電腦上設計顏色的比例。按這一比例，把線團安在機器的不同部位，就可以自動織出不同的圖案。

中午在强哥的印花廠吃飯。印花廠的生意蕭條。幾個合夥人只有强哥一人懂業務，生意不好，各自都有意見，有人萌生退意。如果倒閉，强哥至少要賠十萬元。

萬敏約了另外一個吳鎮老鄉過來聊天，説他很有故事。這位老鄉，大家叫他山哥。山哥從番禺過來，做手提袋加工，掙過大錢，前年金融危機時工廠倒閉，目前正四處考察，尋找商機。山哥個頭矮小壯實，面相老實，微笑著，表情不多，但也不呆板。

他禮貌性的抿了一口啤酒，夾了一口菜，把筷子放下。雙手抱著一隻腿膝蓋，微微踮著，身體也隨之向後擺動，開始講自己的經歷。

說起來，我出來這幾十年，算是竹籃打水一場空。十三歲開始出門賣鞋底，拿新的換舊的，拿廢料再去鞋廠賣。這種生意你們肯定都不知道了。後來自己開鞋廠，鞋廠賠了。後來開始賣辣椒，賺了一些錢，那辣椒粉裡都摻些紅磚粉，肯定賺。咱們穰縣那兒又與收廢鐵廢銅，很賺錢，主要是收那些違禁東西，才賺錢。後來被國家逮住，東西全被沒收了，還說要坐班房[2]。滿滿一屋子銅錫鋁啊，至少值二十來萬。當時那個錢可是不得了的。實際上凡是收廢品都收那些東西，不收根本賺不來錢。咱是後台不硬，不會搞關係，才被抓住。後來，又花錢找人託關係，才算沒有坐牢。這算把賺的錢全部賠完。你嫂子天天哭，都想著死了算了。

一九九〇年正月到番禺。在家裡生存不下去了，本錢沒本錢，名譽沒名譽了，栽得大了。先是在一家韓國手袋廠裡幹，幹幾年，剛開始去一百多塊錢，慢慢升到六七百。加班時間長，工資也是加班加出來的。幹有八九年，一共存了幾千塊錢。一九九七年收復香港，怕打仗，就回咱吳鎮了。在吳鎮開半年飯店，不掙錢，還把在番禺掙那點錢賠進去了。去他媽那腿，不幹了。

一九九八年又回到番禺。還是在廠裡打工，是一家韓國手袋廠。一年多，摸到了一點門竅，腦子開始活泛。咱這個人好做生意，老老實實打工肯定不行。就借錢自己買了兩台機器，放在家裡，請個人，幫人家加工手袋內部件。加工一套，人家給你多少錢。那個時候，自己開廠的人少得很。我算是比較早的開竅的人。我這個人好琢磨。那時我自己還在廠裡幹活，一是保證有貨源，廠裡有啥活兒幹不完，可以直接拿到我那兒幹，另一個缺啥零件也可以拿出來。有時候，實在幹不過來，還偷偷拿到廠裡讓朋友給做。拿廠裡活，還讓廠裡幹，還讓廠裡出錢。也算不錯了。那幾年掙有十來萬塊錢。在番禺買了房子。番禺那邊，很多外地人，像小老闆、打工的，可多都買了房子，買了房子戶口就可以過去。番禺那邊開發得早。我買了房子，但是戶口沒遷過來，不敢遷。那房子三室一廳，八九十平米，當時只花三萬多塊錢。又添了幾台機器，兒子也接過來上學，算是春風得意了。

實際上，咱當時的本錢還是有限，做不了很多，如果有錢，可以幹得更大。

後來，一個加拿大的老闆來挖我，咱技術不錯，能解決問題，也願意下勁兒管理。到加拿大那個人的廠裡，一月三千六百塊錢，幹了三年。工資算是高的了，算是個高層管理者。工作很簡單，每天把活兒分配分配，下面有車間主管、組長，啥質量啥要求，一說，他們清幹了。我可以自己幹自己的活。我自己那個廠一年收入幾萬塊錢。到二〇〇二年，我自己那個廠都有七八十工人，貨源充足，一年有個十幾萬二十幾萬，總共掙有百十萬塊錢。外來工對咱很信任，都願意到我這兒幹活，都叫我「王老大」，跟當地關係，分局，刑警隊，交通上各方面都很好，沒得說。

二〇〇二年，我又栽了。韓國老闆要的貨，六十五萬塊錢的貨，他把貨收了，人跑了。平時我和他關係不錯，沒想到他會這樣。我開著車到處找，在番禺街上轉，要是找到他，就是要他死，不是活。一直找不到。找政府，政府也不管，它也管不過來啊。那段時間廠子倒閉的可多，老闆都跑了，都是兩三千人的大廠子，在番禺，韓國廠有十多家，倒閉有好幾家。

咋辦？又成零了，光剩機器了。我把剩下的錢給工人發發工資，又幫工人找好廠去幹活。咱用不了人家，也不能不管人家，人都得講信用。咱沒想著跑，想著再翻盤。又開始慢慢給人家加工半成品，本錢少，就少幹點，慢慢發展，一年多又開始做成品了。外單不做，只做內單。這個階段沒人敢接外國人的活了。但是內單小，賺得少。二〇〇四年到二〇〇五年只算是維持工人工資，賺個七八萬塊錢。

二〇〇五年我兒子大腦裡長個蟲，一頭栽那兒，都要活不成了。天天抽，口吐白沫，一開始不知道為啥，到醫院一查，說腦袋裡有個蟲。我聽了，就哭啊，我就這一個兒子，他要是出事了，我和老婆都活不成了。為給兒子治病，我把房子賣了，光他生病都花有十幾萬。當時手裡就幾萬塊錢現金，只有賣房了。好在兒子的病沒留後遺症。

二〇〇九年，金融危機。咱一下子又不行了。可明顯，最具體的就是訂單沒有了，廠又開不下去了。去年到今年，番禺關的小廠非常多，蕭條得很。我把三分之二的機器都賣了，三分之一的機器設備發到湖北，看能不能在那兒繼續做環保袋。想著東山再起。來東莞這個把月，想看看市場行情咋樣。開廠其實風險可大，再多的錢都能被吸進去。我這都五十多歲的人，還得從零做起。你說這世道？真是難說得很。我是小學二年級畢業，基本上算是個文盲。老栽跟頭與不識字肯定有關係。

去年回家蓋了房子，花了二十五六萬。手裡就那麼多錢，再不蓋估計以後就蓋不起了。蓋好之後，給兒子打電話，兒子很生氣，說我閒花錢。我這是為了掙口氣蓋這個房。在外幾十年了，要啥沒啥，沒法混人。咱還是陳舊思想，老是改變不了。

蓋起就後悔了，三五年回家一次，沒人住，房子也要放壞，把本錢都吃進去了，靠啥再起來？不過也不後悔，老了肯定還要回去，到那時，你連個房子都沒有，哭都哭不出來。

比較來說，猛一回老家，很不習慣。農村的生活習慣，風俗習慣清是不習慣。經濟來源很差勁，另外也覺得農村有點髒。我回家，自己給村裡路鋪鋪，路亂七八糟的，橫豎都沒有趟。出去了也沒有人給你閒聊天。老了肯定還是要回去的，六十歲以後，啥也幹不了了，再回去。

我現在再拼搏個十年不成問題。從頭開始，攢點錢，將來回家養老。

山哥的命運可謂比較起伏，從十三歲起，就開始做生意，賠錢，再掙，再賠。先是鑽政府政

上 服裝廠的流水線工位
下 流水線上的年輕工人

策空子，被逮，東西沒收；接著被韓國人騙走貨物，破產；兒子生病，賣房湊錢治病；金融危機又來，資產直接歸零；在吳鎮老家蓋房起屋，變賣機器剩下的錢也花光。到五十多歲，山哥的資產仍然是零。這真是百折不彎的農民。每一次大的危機，他都未能逃過，但他仍然有豪情壯志，還要「再拼搏十年」。因為形勢正在好轉，「這都要感謝政府，原來都是替老闆說話，現在開始替農民工說話，給農民工要錢」。

從强哥的印花廠出來，已是下午五點多鐘。我們到虎門一家在全國已有些名氣的服裝廠去參觀。產銷一條龍，設計、生產、銷售都自己完成。萬敏認識的小夥子是管理外包活的部門科長，在業務上和萬敏有直接聯繫。但是，像萬敏這種小廠，要想接到這樣廠子的活兒，非常難，資質、技術和財力都不夠。

正是吃飯時間，巨大而低矮的車間裡空寂、安靜，無數裝滿布料的的大袋子堆在每一個機器旁邊。車間四面都是窗戶，但卻仍然幽暗。想像著這幾百台機器同時開動時的聲音和盛況。物欲橫流的世界，機器喧囂，人被淹沒在其中，連一聲微弱的嘆息都聽不到。

我們又到益發製衣去參觀。萬敏說，這是他們這行中發展得不錯的小老闆，年收入至少二三百萬，這是將來他的目標。萬敏和工廠老闆的弟弟很熟。那位弟弟不在，我們直接進到車間裡。車間是一個有四五間房那麼大的開放式空間，三排，五十幾台機器。車間放著音樂，歡快的流行歌曲，機器「咔嗒咔嗒」地響，各種聲音交織在一起，非常熱鬧。幾個工廠參觀下來，我發現，所謂大工廠和小工廠其實區別不大，只是空間大一些，機器多一些，活兒更多一些。在工人的工作狀況和工資待遇上，並沒有本質的區別，工人都是靠更多加班來掙更多的錢。

那位弟弟進來，看到我拿著相機，粗暴地把我和萬敏趕了出來，對萬敏做出了並不相識的神情，這使得我們非常尷尬。他們對我這種拿著相機、四處張望的人有本能的警惕。

晚上七點多鐘，我們回到萬敏的工廠。和上午走的時候一樣，工人們各自忙碌著。我看到小保義又蹲在那個年輕姑娘的機器前面，在熟練而又專注地剪那些連線，細心地一層層摞著。他前面，是一堆堆碼得整整齊齊的布片。

眼球出來了

這是一位老鄉在萬敏的工廠裡給我講的故事。他來之後，經過攀談，才知道，我們也算是親戚。他是我妹夫的堂哥，死者是他的親弟弟，叫金。

金人好，務實。掙二十年錢，蓋一座房子，前後一進院，可氣派得很。住了不到一年時間，人就走了。

他初中畢業之後，開始跟著別人在山裡打被套，湖北南漳縣，挑著擔子下鄉，幹了一年多，那時才十七歲。在山裡賣衣服，也跑有幾年。在湖北竹溪擺攤賣衣服。一九九五年在湖北荊門賣電烙餜。在那兒幹有十幾年，也掙了一點錢，最後不敢在那兒幹了。當地一個地痞生意不好，就老琢磨著把他們攆走。有一次金在店鋪，人家上來就打他，把他胳膊都打折了。他那做生意的地方小得很，最多八個平方，上下鋪，上面睡人，排著睡兩仨人，下面賣餜。早晨三四點起來，晚上八九點賣完。被打得幹不成，二〇〇八年的時候，東西轉給別人，回家了。把房子蓋蓋，又蓋了雞舍，在村裡養雞，最後沒掙住啥錢。又到鄭州幹綠化，跟著我那小兄弟幹。後來，爹中風，弟弟說你回來照顧，我給你錢。他心裡不太美。你們都忙著掙錢，叫我照顧老人。這事兒，我是後來才知道的。其實我那個小弟也不是壞心眼，他就想著，讓老爹有個人照顧。二〇一〇年七月分，金就到東莞這兒幹活。從家裡走，他是帶著情緒走的。

在虎門這兒，把房子租賃好，兩間房，對門，一間廚房，一間住人，這邊還算比較發達，大路燈，大馬路。就打電話讓我那弟妹花枝來，做計件工，可以領回家自己做。花枝帶著小孩兒從家裡坐車往這兒趕，前一天晚上九點，在路上發短信還通，再聯繫就聯繫不上了。第二天傍晚的時候，花枝到東莞這邊，找不到地兒，一下子也不知道找誰，就往家打電話，找老鄉的電話，問金說的地方在哪兒。這一片兒有老鄉。耽耽擱擱，等到虎門，已經是半夜了。叫門，一直不開，又到其他老鄉那兒找，也找不著。再回去叫門，又不敢大聲叫，怕引起注意，還是一直不開。一直等到下半夜，也不見人回來，老鄉那兒到處找，都找不到。就想著肯定是出事了。第三天早晨十來點鐘，周邊住的人上班都走了，老鄉們趕緊過來，偷偷把門別開，金躺在床上，已經不行了。估計是給花枝通電話的那個晚上就已經不行了。

所以，我好説，人出來可憐，這要是在村裡，説啥也不會出現這事兒。你一天不開門，大家都會想，這是咋回事了。

門別開後，金身上啥也沒穿，在床上斜躺著。心口烏紫烏紫的，往下陷著。老鄉説，那時就有點味道了。你想，虎門恁熱的天，人死一天兩夜，肯定不行。花枝張著嘴，想哭，老鄉上來把她的嘴捂住，説，千萬別哭，要是把房東惹來了，那可不得了。花枝又把哭聲嚥回去。都不敢吭聲。大家去市場買來冰塊，用塑料把屍體包起來，冰塊放在裡面。咱那兒有十幾個老鄉，可不錯。給家裡打電話，當時我還在家裡。一接住電話，就趕緊到市裡租冷藏棺租車，準備把人拉回來。我們是那天中午十二點多走的，第二天早上四點多到的虎門，人已經去世兩天兩夜。老鄉們十幾個人都在外面站著，輪流一個一個的去，把流出來的水接下來倒掉。怕驚動別人。

我進去之後，感覺味道大得很，甜，腥，難聞哩很，死人氣味很大。金的肚子已經脹多大，臉上不要緊，被子上流一攤血，估計是心肌梗塞，洗完澡，突然不行了。金之前得過病，嘴有點歪，面部神經麻痹。來東莞之前幾個月頭動過手術，頭上有陰影，懷疑是腫瘤，打開頭骨之後，沒問題，又合上。

俺們都是閉住氣進去的。用被子包出來，人抬到車上。從上去到下來連十分鐘都沒有。俺們開著車出來，老鄉們馬上散開，到各個路口，怕人家擋住，原來出過這種事。人死了，被房東發現，房東攔住不叫走，說晦氣，還要賠償他幾萬塊錢。你說人壞不壞？

人裝在屍體袋裡，趕緊拉上走，第二天下午到家。我坐在那個車裡，必須得有個自家人坐在旁邊。花枝哭哭啼啼，小孩太小，不能讓她們娘倆坐。氣味非常大，甜腥味，怪得很，直想反胃。人家司機都有準備，拿著花露水不停在噴。中間有好幾次，我被憋得上不來氣，讓司機在路邊停下來，哇哇吐著，眼淚鼻涕的，把苦膽都吐出來了。後來就是乾嘔，啥也吐不出來。我是想吐也吐不出來，哭也哭不出來。我想著我這兄弟可憐，兩個娃兒，一個十二三歲，一個七八歲，以後日子怎麼過。

回家之後，屍體袋一揭，人都變了，全身都發紫了，變哩都不認得了。眼球都在眼外面了，開始壞了。冷凍棺也不行，主要是到的時候人已經壞了。顏色都變完了，不像個人了，渾身都發了，身體腫多大。這也沒法。冷藏棺也不行，到夜裡就埋了。下身勉强套個衣服，上身都不敢摸，一摸那皮都黏到手上。用毛巾洗臉，皮膚都黏到毛巾上了。真是不像人了。俺們就直接拎著麻繩和褥子把他抬到棺材裡。進來的人都被熏跑了。

當時也沒想著火化還是土埋的事兒。一是怕火化，不想火化在外地，魂連家都找不著。真要是死在家裡，政府非要火化，咱也就火化了。另外一個是想著老父親再看看，娃兒沒了，連人都看不見，那老頭肯定受不了。還有一個，人是暴死，不明不白的，懸在外處，非得回來才算落住根，要不然，魂也沒個著落。都沒在一起商量過，就一心一意想著讓他回來。金在家蓋了十四間房，二〇〇九年蓋的，花有十幾萬，也沒住幾天。我這兄弟，說起來也可憐，一輩子沒享過啥福。這還剛又出去，人就沒了。

金的哥哥用他粗糙的大手抹著眼淚，長聲嘆氣。大家都沉默不語。千里運屍，我們在電視、電影裡看過這樣的情節。但是，這樣的事件，居然就在在我的身邊，就是我所認識的親戚的命運。除開電影那喜劇的、誇張的表達，它要面對一個最具體的問題：那漫長的運屍過程，屍體該有怎樣的變化呢？作為人的那一部分，他還在嗎？

金突然在異地死亡，家裡人連想都沒想，就把他往家帶。他們為什麼要長途奔走，花錢，費時費力，忍受著異味，回到那個村莊？因為村莊是他的家。那個城市，跟他沒有任何關係。葬在那裡，只能是孤魂野鬼。哪怕是相貌丕變，異味沖天，他也要回家。

傷心是如此普遍的存在狀態，以至於我們把它塵封在心裡，以為忘了它。當我們提起它時，眼淚才突然迸發出來，那傷心彷彿剛從黑暗中醒來、萌芽，並慢慢生長。有一天我和一位出版社的編輯談起這本書，講到這個故事。那個年輕的女編輯說起她的表哥。她的表哥在廣州打工，有一天晚上跳河自殺了，因為戀愛的事情。家裡人委派她去收屍，說到她看到屍體情形的時候，她突然捂著臉哭了起來，長髮遮住了她的眼睛，只有肩膀在劇烈的聳動。

二〇一二年的春節，我到金的村莊去看他。金的老婆不在村裡過年，她在外地打工，孩子跟著姥姥住，她就直接回娘家住了。

金的墳就埋在自家地裡，一個孤零零的墳頭，墳邊有一地鞭炮的碎屑。金的哥哥領著我們，在頹敗而又有著喜慶的村莊裡穿行。金的老房子在村東頭，土坯的房子，院牆還沒有塌，但已經搖搖欲墜了。他蓋的兩個長長的雞舍在村頭的地裡，紅磚的高闊的房子，也空空的。牆壁周邊不知被誰家堆著玉米秸稈和菸稈，這些枯萎發白的莊稼葉子簇擁在那裡，有著意外的蕭條和溫暖。

金的新房子臨著村莊的路邊。上七下七的封閉式二層樓房，屹立在那裡，很是雄偉。打開房門，客廳裡堆著淩亂的物品。在淩亂的茶几旁邊，我看到金的遺像。金穿著黃色的軍裝，領上居然還有肩章。頭髮微卷，眼珠裡帶著一點微黃的光澤，嘴巴略有點歪。這是一個還算英俊的年輕人。他透過玻璃相框看著我們，沒有笑容，也沒有表情，就那麼看著。金二〇一〇年夏天去世，享年四十歲。

1 握手樓：形容樓與樓之間距離的狹窄。前面一家站在後面的陽台上，可以和後面一家的人握手致意，深圳俗稱「握手樓」。

2 班房：監獄。

第八章　青島

離棄村落的人們流浪很久了，
許多人說不定死在半路上。

——里爾克《世界上最後的村莊》

小柱

青島是我最早定下來要去的城市，但卻幾乎是最晚去的。到最後簡直是不想去了，我害怕，有點膽怯，有點軟弱。我害怕真的去面對它。青島是小柱丟命的地方。

在西安的那幾天，萬國大哥和萬立二哥，經常提到小柱，他們最小的兄弟，並且幾乎成了一個句式，「自從小柱死之後，我就怎麼怎麼……」，「要是小柱還在活著的話，那肯定就打起來了……」。大哥邊流著淚邊說，「自從小柱死後，我感覺一下子老了，好流個淚」。二哥說，「小柱死之後，我才知道操心。小柱不在了，那清是少了一個胳膊，原來兄弟五個齊刷刷站著，現在少了一個，像缺了一塊兒。」

在北京，見到萬科三哥和梁峰，他們內在的消沉，他們內向的生活，都可以隱約感受到小柱的非正常死亡對他們心理的影響。小柱和關於小柱的一切，對於這個龐大的家族來說，是一個巨大的傷疤。

關於小柱的死亡，我一直有很深的迷惑。我印象中的小柱，活潑、健康、陽光，怎麼可能忽然就軟下身體，倒在地上，再也起不來？夏天，我們在村莊裡，田野上，在湍水岸邊奔跑玩耍。冬天，有月亮的晚上，我們在冰冷的麥場上玩「衝撞遊戲」。兩隊人馬，每一隊的小夥伴都緊緊的手拉著手，相距幾丈遠，高喊著，

大把刀，
要得高，
你的人馬任我挑。
挑哪個？
挑XX。

然後，被挑的那個人拼命衝向對方的隊伍，如果衝散，就把對方的小夥伴領過來一個，作為自己的隊員；如果沒有衝開，自己就留下。我和小柱都是隊伍中的主力，當然，他是主勝，領一個夥伴得勝回朝。我是主敗，經常被扣押。

我想去尋找真相，或者更為接近真實的原因。我想去看看小柱打工的工廠，工作的環境，日常生活，他平時的健康狀況，他最後發病時的情景。我想理出一個線索，離開梁庄之後的小柱，是怎樣走向他的死亡之路？

還有什麼原因？更為隱祕的說不出口的原因？是的，小柱的死是我心中的一根刺，這根刺一直扎在我心裡，越來越深，越來越痛。我童年最要好的夥伴（他比我小了六個月），我的有著很近血緣關係的堂弟，在他生病最後的日子，我曾經回過梁庄，但我沒有去看他。我從村頭那個青石板橋上走過時，哥哥對我說，小柱在家裡，他病得很重，咳嗽一下，血都噴得很高。我沒有去看他。就那麼幾步遠，過青石板橋，向左拐彎，不到十步，就是他家。在哥哥鎮上的診所裡，嫂子要去給小柱打針。我問她小柱情況怎麼樣了，她說，小柱吃不下飯，只能靠輸液和一點流食生活，噴出來的血都有點發臭發腥了。我也沒有和她一起去看小柱。那次回家，我待有七八天時間，我都沒有去看他。

在那之後的不久，一個晚上，小妹打過來電話，說小柱死了。小妹說，小柱死之前，特別想讓人去看他，他對去看他的人們說，我喜歡人多一點兒，都來和我說說話，我不敢睡著，我怕一睡著就醒不過來了。那是二〇〇一年的初夏。那年，我和小杜都二十八歲。我在北京讀博士，意氣風發，他躺在梁庄的家裡，在腥臭中死去。聽到這個消息時，我傷心萬分，眼淚不停地往下掉。我不相信，這樣一個鮮活的、年輕的生命就這樣沒有了，而我們曾經是那麼親密。

可是為什麼，為什麼我不去看他？就只那麼幾步遠。我一直不明白。我不敢承認我的冷漠，我告訴自己，是因為我沒有想到他這麼快就不行了，是因為我根本沒有想到他會死去，是因為我不敢看他最後的樣子，是因為……「因為」什麼也不能說服我自己，我就是沒有去。我不關心他，我對他沒有了感情。他十幾歲出去打工，我十幾歲出去上學，我們的生活越來越遠，也越來越有差距。想起他時，只是故鄉回憶中的美好風景，至於那風景中真實的人和人生，我其實是不關心的。是的，很多時候，當風景中的人走出來，向你伸出求援之手，或者，只是到你的家裡坐一坐，你真的如你想像中的那麼熱情嗎？

青島之行，與其說是為了小杜，不如說，是為了我自己。

氰化物

光亮叔還是那樣一張黝黑大餅子臉，家族遺傳的黑得像油一樣亮的大眼，他的哥哥龍叔和二侄子梁歡都有這樣的眼睛。在膠州萬家窩子的村口見到他，他的打扮頗為整齊。作為梁庄著名的

「溜光蛋」和「場面人」，他仍然不失體面。

我們走進萬家窩子，村口左邊就是一個面積很大的工廠，大門口紅色的大理石面上寫著，「ＸＸ金屬表面加工廠」。這是一個由多家鍍金廠聯合在一起的大廠區，光亮叔和麗嬸就在其中的一個廠上班。

光亮叔的房子在村莊的最邊緣處，一個散發著巨大霉味的，低矮、潮濕、年代久遠的舊院子和舊房子。他和另外一對老鄉夫妻合租這個院子。

麗嬸的相貌變化非常大。在我的記憶中，她是一個俊俏的小媳婦，小個頭，整頭齊臉，風風火火，敢罵敢愛。她和光亮叔屬於自由戀愛，沒有經過媒妁之言和父母同意，私奔到梁庄，和光亮叔過起了日子。眼前的麗嬸，整個人的精神氣質完全變了，臉部變寬變大，有浮腫的感覺，說話上氣不接下氣，呼吸短促，困難。她的面部皮膚似乎有些問題，表情僵硬，不自然。後來，再回想光亮叔，還有他們鄰居夫婦和其他一些鄉親的表情，都有些虛、腫，面部皮膚僵硬，有些微的病態。

鄰居老鄉夫妻男的叫新華，女的叫秀珍。新華看起來非常老實，是那種山裡出來的、沒有見過世面、因此連眼神都有些遲鈍的農村漢子，秀珍稍微活潑一點，笑容展得更開一些。

五點半的時候，麗嬸去萬家窩子幼兒園接他五歲的兒子陽陽。一個白白淨淨的小傢伙，眼睛汪著一團黑，有點憂鬱和寂寞的樣子。一進家門，小陽陽就嚷著要看《李小龍》的碟子，他最近很著迷李小龍。

幾杯酒下去，光亮叔黑黑的臉開始發紅發亮，「一聽說你們要來，我都激動得不行。你說，這些年，誰想起來來這兒看看俺們？我給王家傳有都說過好幾次。可說幾次，你們都沒來。」傳有，是梁庄王家人，最早來青島電鍍廠幹活的梁庄人。為來青島，和光亮叔約了好多次，打了好多個電話，但總是因為這樣那樣的原因，最後又推遲時間。我沒有想到光亮叔會真的期盼我們來。

「現在這兒人少了。原來在青島的梁庄人可多。那時候還在青島郊區，梁峰，錢家萬俊兄弟，王家一群，有二十多人，再加上來來去去的後來的年輕人，至少有四五十人在那一片的電鍍廠待過。中間走了一些。像錢家萬俊現在在浙江，在開挖掘機，梁峰到北京去了，這兒就剩下我、傳有。傳有離我這兒也有二三十里地。其他十幾個人到這旁邊另外幾個縣去了，在大理石加工廠幹活。那大理石廠也是汙染重得很。」

他對我問電鍍廠的情況這一話題，表現出高度的興趣。

你都看見了，村口那工廠名叫「金屬表面加工廠」，其實就是電鍍廠。只要是電鍍廠，都有毒。啥企業？就是一個小的首飾加工廠。通風設備、治汙設備沒有一樣過關的。

你知道啥叫氰化物？劇毒，一個小火柴頭那樣大小，就能叫人死。氰化鉀、氰化鈉，都是劇毒。俺們就是天天跟這些氰化物打交道。我給你講一下幹活工序。先是要用氰化銅，上第一遍銅；然後，過硫酸銅，上光、上面，鍍得面平，亮得能照見人影；最後，定色，全部要用金屬，銀色用銀，金色用金。如果加工銀，用一般銀的話，要加入氰化納；還有如果加厚銀，要加氰化鉀，要能測出來厚度，出來比較白，有厚度，好看。

定色，要是加厚金的話，要加入檸檬酸、檸檬酸鉀，主要是用真金，腐蝕性比較大，屬於貴金屬。你要是身上沾一點，從腳下開始爛，往上爛。屬於純的，提煉出來的。尤其是最後這一道工序，全部是重金屬，吸收多的話，肯定是有毒的。不是我經常說，俺們幹這活，就是慢性自殺。有好幾個老鄉都死到這兒了。原來小柱生病時就想著打官司，肯定是廠裡有問題，後來想著咱也找不來關係，就算了。好好一個人，硬是沒了。

我幹的是最前面的那道工序，前處理。首飾拿來，先去掉上面的油汙、雜物、蝕鏽。把首飾串成串，放在水裡，水裡全是硫酸，鹽酸。要戴兩層手套，裡面戴著線手套，外面戴著膠手套。就這，手套也會被扎爛，藥也會浸進去。說起手套，問老闆們要個手套都難死了，要一回，罵一回，說浪費。再鍍上銅。鍍銅裡面也是氰化物。藥品化在水裡面，然後水裡面通上電，電不打人，變過壓了。之後，再根據要求洗，定色。每一道工序都有毒。只要是電鍍廠的，即使排風再好，也嗆人。

俺們剛來的時候，工廠都沒有引風機（大型的吸力比較大的排氣設備），一個大車間，前面後面各一個大排氣扇，能起個啥作用？連弄硫酸銅都沒有引風，那東西腐蝕性大得很，就是戴著口罩，都嗆鼻子。這些都是貴金屬，劇毒性，必須得有引風，把蒸氣引出去。現在廠裡倒是有引風了，還是不合格。你像我現在的廠裡，鹼性電機一個，酸性電機一個，按環保局規定至少得各兩個大引風，冒的金屬熱氣才能被完全抽走。它這兒就一個。

原來俺們在青島市郊一個區，人家那兒的老百姓清是不讓他們幹了。聽說是萬家窩子這邊老百姓也不歡迎，但是沒辦法，政府要辦，老百姓只能想著，或者也能得點好處。對周圍環境都有影響。汙染太厲害了，周邊簡直是寸草不生。在青島郊區時，俺們周邊就五六個廠，就把周邊的地給燒壞了。你要是把電鍍廠的藥水潑到地裡，草都乾了。土都給你殺壞了。最簡單的道理，一說你都明白，硝酸潑到地上是啥概念？草都能燒著，土也給你燒乾。

說是有治汙設備，真處理過嗎？誰知道?!你知道俺們原來的廠離大海多近。按俺們一天的工作量，那得處理多少氰化物？需要多少東西？它有可能一點兒都不處理，二三里地，直接進入海裡了。要是在咱們那裡，流到湍水，那算是不得了，直接滲到河底下，得幾輩子也去不掉。譬如說鍍金顏色，必須是三四樣混合在一起，才能出來這顏色。化學金，化學銀，化學銅，氰化銅版不能掛到硫酸銅版，中國只有鍍鉻，鋅，鍍鑷等。這些東西哪一樣都是重汙染。

說起來有個汙水處理設備，他說他處理了，環保局來檢查，塞倆錢，人都走了。人們只認錢。他要是塞給我，我也走。反正大家都不管。一開始，連錢都不塞，五百一千，請頓飯就打發了。連啥鱉娃兒專家都收買了，說設備合理，說沒有汙水，都是放屁。吃人家嘴軟，拿人家手短，吃吃喝喝，走的時候還拿倆，他能不說好？

現在政府老是宣傳說，「現在比以前强多了，設備也好」，是，設備是先進了，但是，運行了沒有，誰來管了？俺們這個廠的老闆是韓國人，青島這裡的電鍍廠基本上都是韓國人。別想著他們啥也不懂，啥都知道。他幹這個廠，把當地的官餵肥了，也是欺上瞞下。實際上他的治汙設備不達標，工人工資都不合理。

每隔三年，電鍍廠就都改一遍名，因為外資企業新廠可以免稅。俺們廠從青島郊區搬過來，也改名了，又免稅了。我在這個廠這些年，都改了四次名了，永遠不報稅。這馬上又要改了。這個錢政府沒用到，當地官兒用了。鑽國家空子，老百姓坑苦了，當官的把財發了。你說當官的知道不知道，改個名，連廠址都不動，咋能不知道？

從一九九五年到現在，我和你麗嬸一直幹這個。剛開始來一個月三百多塊錢，想著比建築隊强一點，不晒太陽，冬天也不冷，旱澇保豐收。還能過個星期天。當時誰想著汙染啊、中毒啊，就想著掙個錢就行了。現在想，還不如在建築隊幹呢，在外面幹活，呼吸個新鮮空氣。老闆只講錢，不管人的身體。

那叫咋說呢？咱是想要人家錢哩，人家是想要咱的命哩。咱們來是打工的，他們來是要命的，潑死來活地使你。引風不管，成天在毒氣裡上班。還叫你加班，老闆是生盡千方百計省錢。早晨七點半上班到晚上七點下班，中間一個小時吃飯時間，也沒有食堂，都還得自己做飯吃飯，緊張得很。除去這一個小時，還有十個半小時，八個小時法定工作時間，另外兩個半小時怎麼算？說是一．五倍的加班費，啥時候也沒給夠過，生門兒扣你錢，沒有人去找。有人去說了，老闆說還有的廠連星期天都不休息，你這還有個星期天，你還不滿足？他的意思他還很有人情味兒。原因是啥？俺們這工資是論天的，一天多少錢，一個月多少錢，你要是休星期天了，你就別想拿錢。淨是混帳話。也沒個啥工會，沒有人去說這個話，大家都受下了。

人家連一分鐘都給你算出來。要是早走一分鐘，就會罵。昨天我去給老闆請假，說這兩天不上班，老闆當時把手裡的圓珠筆往地下一扔，使勁又踩又碾，恨得不得了，嘴裡還不乾不淨嘟囔著，肯定是在罵我。我也不管他，反正聽不懂，全當罵他自己。

韓國老闆不好，資本主義國家和社會主義國家就是不一樣，都是講經濟，沒情沒義。不過也不是沒一點情，我在廠裡幹這麼多年，請假也都可以，急事使錢也都借，陽陽還能在這兒上學。但是，對工人態度不好。見當官的也知道笑，環保局，衛生局來檢查也嚇得不得了，來了也是點頭哈腰，吸菸，笑得不得了。

我感覺我現在也有點職業病，一下班就精神得不得了。一到車間，頭暈沉沉的，瞌睡，眼都不想睜。就這一個活，幹了十幾年，確實是個夠。人啊，是個鱉，憋到那兒，也沒辦法。

工資原來一直是六七百塊錢，拿了好幾年，按天算，一天二十三塊錢，不上班沒有錢。那時候工資低，花銷也小，買菜沒有上一元的，小油菜一塊錢三四斤，買壺油二十多塊。現在一斤青菜都好幾塊錢，以前一罐液化氣是三四十塊錢，現在得一百多。你說還叫人活不活？

我現在的工資上全勤帶加班費是二千七百元，你麗嬸一千五。如果廠裡管吃管住，還可以。又吃飯，又住房，陽陽上幼兒園也要花錢，一年花銷也不小。開開門都是一家人，都需要錢。咱還好個三朋四友，還好吸菸好喝酒。一到星期天都有人來找，打牌的，喝茶的，來了也不能不招待。算下來，一年到頭最多能到手兩萬塊錢。話說回來，你就是不幹，回家，還掙不了這兩萬。

要是我一個月工資能再加個一千塊錢，你麗嬸再加個六七百塊錢，那還有個幹頭。廠裡也鼓勵俺們老工人在這兒。他熟啊，不用操心活幹得好不好，這個人好不好的事兒。這個廠裡的工人，有幹六七年的，也有七八年的，估計占廠裡總人數的三分之一。這批人都是像俺們這種年齡大的。年輕人調地方的多，年齡大的不敢調。出來掙個錢是難啊。會混的，還能多掙倆錢。有的在這兒幹幹，還不落啥錢。

現在也還算行。除了上班時間太長之外，五一、清明、十一，國家法定假期，都放假。八月十五還發點東西，兩瓶酒，一壺油。春節一人發兩百塊錢，也還算不錯。有的廠發得多。另外，要是還在廠裡幹，老闆說了，以後一年一個月漲一百塊錢工資。

咱為人好，在這兒幾年，不管大事小事，早晚給人家說，沒有不給幫的。長年攪在一塊兒，都好得很。在這一地方，不管是廠裡還是村裡，問名字沒人知道，你要是問「老梁」，人家都知道。老闆也知道，咱不偷不搶，老老實實上班。

咋不想家裡？誰不知道住家裡美啊。出來為倆錢，想也沒辦法。我認識的老鄉裡面基本上沒有人在這兒買房子。人打工，也不是常法，終究要落屋。在這兒買房子，戶口咋辦？在市裡面買房，也能上戶口。那怎麼辦？咱這打工的也買不起那房子。俺們廠裡那東北翻譯兼車間主任，一個月八九千塊錢，他買房了。咱連想都不敢想。

樹葉總要落到樹根兒，你們是固定工作，俺們這都不固定，今天在這兒幹三個月，在那兒幹幾個月，或者廠都倒閉了。你上哪兒去？

實際上也想回去，就是回去沒門兒。不管咋說，總體也還算行，比在家强。

百度百科的詞條上這樣介紹「氰化物」：

> 氰化物，在英文中稱為cyanide，由cyan（青色，藍紫色）衍生而來。常見的有氰化鉀和氰化鈉。它們多有劇毒，故而為世人熟知。氰化物可分為無機氰化物，如氫氰酸、氰化鉀（鈉）、氯化氰等；有機氰化物，如乙腈、丙烯腈、正丁腈等均能在體內很快析出離子，均屬高毒類。很多氰化物，凡能在加熱或與酸作用後或在空氣中與組織中釋放出氰化氫或氰離子的都具有與氰化氫同樣的劇毒作用。
>
> 工業中使用氰化物很廣泛。如從事電鍍、洗注、油漆、染料、橡膠等行業人員接觸機會較

多。職業性氰化物中毒主要是通過呼吸道，其次在高濃度下也能通過皮膚吸收。口服氫氰酸致死量為0.7～3.5mg/kg；吸入的空氣中氫氰酸濃度達0.5mg/L即可致死。

幽靈

那村口的金屬表面加工廠裡面非常開闊，許多條水泥路縱橫四面，分別通向不同的工廠。光亮叔所在的工廠現在的名字是「欣欣電鍍廠」。站在工廠的大門口，光亮叔讓我等一下，他過去給裡面的人打個招呼。過一會兒他出來，向我搖了搖頭。剛好一個矮胖的穿藍白工裝的人出來，他又跟過去給他解釋，我也趕緊跟了過去。那個人看著我，看到我背的相機，搖著頭說，不行。就沒再理光亮叔，又進到車間裡面。過了一會兒，光亮叔朝我示意，讓我跟著他往裡面走，剛走到車間門口，那個人突然從裡面跳出來，把我們攔住，張著手，做出往外轟的姿勢。

我回到門衛室，光亮叔的臉有點掛不住的樣子，扎著兩隻手，在車間門口進進出出，沒有協調出什麼結果。我想，可能是車間頭頭看到我的相機，誤以為是什麼記者來採訪。我把相機放到門衛室老大爺那兒，空手出來，慢慢蹭到車間門口，往裡面張望著。那個車間頭頭正在車間裡來回巡邏著，看到我，上下打量了一下，沒有發現什麼可疑物品，就把頭扭了過去，往另一邊去。光亮叔趕忙向我招了招手，讓我進去。

一進到車間門口，一股巨大的蒸氣浪朝我沖來。這蒸氣濕度和濃度很高，呼吸一下，就像吸進去一塊冰冷的厚重的濕氈，塞住鼻孔和嘴巴，有猛然窒息之感。我猶豫一下，往裡面又走了幾步。

車間是一個約有兩百平米的大通間，分為兩個區間。左邊是掛飾品的地方。六個婦女，包括麗嬸、秀珍坐在小板凳上，手裡拿著長型的鐵架子，把那些還沒有經過加工的裸色鋁製飾品一個個掛到架子上。她們每個人的身邊都堆著各式各樣的飾品。

右邊是電鍍操作車間。這兩個車間沒有間隔，右邊的操作池把他們自然隔開。麗嬸們離第一排操作池有六七步遠。她們都沒有戴口罩，沒有戴手套，並且，這邊也沒有風扇，更沒有引風機。我挨著麗嬸坐在小板凳上，縮著身體，怕那個車間頭頭再次驅逐我。還好，那個人走來走去，對我都視而不見。坐下來後，空氣濃度似乎更高，有顆粒之感，像在河裡游泳嗆水時吸入的滿腔的沙粒，每一次呼吸都像嗆到什麼東西。麗嬸們若無其事地坐在那裡，相互聊著天，說著家常，一邊飛快地掛著飾品。其他三位婦女都是河南老鄉，年齡最大的有五十多歲，和老公在電鍍廠待了十幾年。

坐在小板凳上，往右邊的操作車間看，覺得像看到了一個異象世界。白色蒸氣從操作池裡裊裊升起，形成一團團霧氣。幾排操作室，形成了幾排團霧，中間有略微的淡薄縫隙。工人的臉在這霧氣中若隱若現，像幽靈一樣。有時只露出一張臉，沒了脖頸，有時露出半個身子，像個恐怖的殘廢人，有時只露出一雙眼睛，那雙眼睛沒有亮光，沒有色彩。

我站起來，慢慢走進那濃霧裡。空氣是濕漉漉的味道，有金屬的質感，硬、澀、鏽，彷彿要把整個口腔鎖住。想咳嗽，咳嗽不出來，想打噴嚏，也打不出來，那帶重量的濕度就附在整個鼻腔、口腔，驅除不掉。站到這個地方，你會明白，空氣汙濁不只是指沙塵暴、垃圾廠、工業廢水的感覺和味道，它還會有這樣沉重的質感。鼻腔裡、口腔裡塞滿濕的各種金屬的感覺是什麼感覺?你很難想像。

第一排操作池做的是第一道工序，去汙、清理、鍍銅，在不同的池子裡分別放入硫酸、氰化銅等各種氰化物，裝滿飾品的掛架放進去，一定的時間後，撈出來就是亮閃閃的、銅色的。後面幾排是技術更高、也更細緻的定色程序。

我看到在操作的工人都沒有戴口罩，手上倒是戴著長長的塑膠手套，腳上穿著膠鞋。他們的幹活頻率並不是很快，幾個操作池的活交替著幹，把架子放進去，再拿出來，換到其他池上裡，在來回倒換的過程中，池子的水也被帶出來，落在膠鞋上，地面上。每看到那掛架被撈起，我心裡就哆嗦一下，我害怕他們的手浸到水裡。而那水珠落地時，我又極其焦慮，害怕萬一把那膠鞋腐蝕了怎麼辦?可是，這欣欣電鍍廠的工人們，安之若素，熟練地放下、撈起、再放下，間隔一段時間後，再撈起，俯下身子，頭伸進濃霧中，細細地檢查著色是否均勻。

霧裡的眼睛、臉、脖子和身體逐漸清晰，他們正在打量我。遙遠、警惕而又陌生的眼神，彷彿我是闖入的外星人。我朝他們笑著，同樣微弱而遙遠。新華也在其中，他看我幾下，沒有任何表情，但也絕不是淡漠，就又繼續幹自己的活。光亮叔在車間內外來回穿梭著，好像在替我站崗，一會兒又朝著相熟的工人介紹我，也向我介紹那是誰。這個車間裡的大部分工人都來自於河南，有少部分來自山東。被介紹的人朝我笑著，表示打招呼。我走到最後一排，問他們的工序是什麼。他們耐心地朝我解釋，這是最後的定色程序，是電鍍工序中技術含量最高的活兒。

這時，一個六十歲左右的人進來了，高大、嚴厲，他進來就拿眼睛朝著整個車間巡視一輪。光亮叔一看見他進來，趕緊拉上我，從後門溜走了。走出車間，又快步走到工廠門口，光亮叔長吁一口氣。我更是長吁一口氣，覺得瞬間人輕鬆了很多，感覺到空氣中充足的氧氣。光亮叔說，「那是我們的韓國老闆。他要是看見你，那非得大吵一場。脾氣壞得很，昨天請假他都氣得拿腳踩筆，罵我是混蛋。」

偌大的廠區幾乎沒有一個行人，間或一兩輛小汽車輕輕滑過。我焦慮地問光亮叔，不是有引風機嗎?為什麼空氣還那麼差?光亮叔說，「就是引風機的條件都達標，空氣也不會有多好。電鍍廠就這樣子，本身屬於高分解高汙染。就這，條件已經比原來好多了。原來只有個排氣扇。」

為什麼大家都不戴口罩?我非常不解，這些金屬的毒素所有的工人都一清二楚，他們等於是天天在毒氣中工作、生活，難道連最起碼的自我保護意識都沒有嗎?

光亮叔笑了，說，「那你可不知道，戴個口罩可著急。車間裡溫度高，又濕，戴個口罩非常憋氣，呼吸不上來，時間長了根本受不了。一般都是剛來的工人天天戴。像俺們這些十來年的老工人，都不戴。習慣了。幹的時間長了，也沒有事。你這是猛一進去，可能有點味兒，時間長了就聞不到了。不過，心裡也清楚，幹這個活兒都是慢性自殺，不是早死，就是晚死，早晚都是一死。」

沿著廠區的外牆，光亮波用電動車帶著我，試圖查探一下工廠的排水系統，想看看那些巨量的廢水排往哪裡了。工廠左右牆周邊是一些石板瓦紅磚搭建的低矮的臨時性建設，有做各種小生意的，也有一部分空置著。石灰牆後面是裸露著的大片田野。正是初冬，田野上光禿禿的，翻整過的莊稼地上的泥土已為淺褐色，再往遠處看，是一條河道，河中和河岸上有一片片乾枯的蘆葦叢。

光亮叔帶我們去見我的一位親戚。我外婆家的，按輩分我要叫他舅舅。這位舅舅一家三口都在電鍍廠上班。去年回家蓋房，他從樹上摔下來，全身癱瘓，變成了廢人，依靠老婆兒子養活。

我們進到院子的時候，癱子舅舅正在鍛煉身體，一隻手撐著輪椅，另一隻努力抬起去抓雙槓。一看我們進去，大聲笑起來，「老二哥，你們可來了。」父親仔細辨認了一番，驚喜地叫起來，「這不是奎子嗎？咋變成這樣了？」

「癱了！你說，咱好端端一個人，變癱子了。」癱子舅舅這樣說著，帶著自嘲。癱子舅舅個子高大，臉部皮膚是一種不健康的灰黑色。他用一隻胳膊靈活地推動著輪椅，讓我們進屋，房門沒有門檻，他直接滑了進去，又用他能動的那隻手忙著給我們挪凳子、找杯子、倒茶，動作都相當麻利。

光亮叔說，「癱子哥，你別忙了，我們坐一會兒就走。」

癱子舅舅馬上提高了聲音，說，「那可不行，早晨起來，你嫂子就去買菜了，你看，菜我都洗好了，麵條也軋好了，就在我這兒吃。」說著，他朝廚房指了指，那裡有一個小軋麵條機。我很驚訝，這樣的身體狀態還能軋麵條？那可是一個大工程，他一隻手，如何配合？

「咱也不能吃閒飯啊。一開始是弄啥也不行，動都動不了，讓你舅母伺候。時間長了，不行。我癱了，不能掙錢。她再不掙錢，光靠兒子一個月那一千多，這一家人都沒法過了。我就鍛煉，弄了個雙槓，又弄個牽引的東西，見天去練。還真有效，半年後，這隻手就能動了。這一個月，他們中午回來還能吃上我給他們做的飯。就是有一條，一鍛煉，又太能吃了。那天，我老婆說，你這解大便不方便，你還吃這麼多。我說，我不吃不行，餓得心慌。

癱子舅舅個子高大，坐在輪椅上，整個身體窩在那裡，很不舒展。他的聲音非常響亮，說話幽默、乾脆，善於自我解脫，「我要是不出這事兒，也可美。一家仨人都能幹。屋裡房子蓋得可好，就一個男娃兒。要是別出這個事兒，過兩年我連小汽車都敢買。以前咱娃兒還有人提親，現在我一癱，連提親的人都沒有了。人家誰願意嫁個家裡有癱子的人？啥也不說，混吃等死，賴一天是一天。要是哪一天實在啥也幹不了了，就一根繩子吊死，不拖累他們娘倆。」說到一根繩子吊死，癱子舅舅好像是在說別人的事情，非常順溜，沒有停頓，也沒有悲傷。

二〇〇〇：一的一

那幾天，每到傍晚五點半鐘，我和光亮叔就到幼兒園去接放學的陽陽。我們在後面走，小陽陽在前面又蹦又跳，每到一個小巷路口，他就扭過來，等著我們，用驕傲的眼神看著我。我看著他，那孤單的小小身影，在長滿青苔的潮濕小巷裡，在異鄉的昏暗中，閃動、跳躍，彷彿隨時都要被某種力量吞噬掉。

我問光亮叔這萬家窩子幼兒園有多少像陽陽這樣的外地孩子，光亮叔「哈」了聲，語氣裡有了得意：

我是個特例。你肯定不相信，這恁大的廠區，估計至少有兩千對夫妻吧，只有陽陽一個孩子在這兒跟著俺倆上學。二〇〇〇：一，你

依在父親身邊的陽陽

光亮叔也夠牛的吧。這兒上班時間太長，早晨七點半上班，下午七點下班，活多了還要再往晚裡加班。人家都沒想到你還有這個事兒。一開始就沒有考慮孩子的事兒。我就去找老闆，我說我家孩子得在這兒上學，得跟著我們倆。娃兒在這上學，你麗嬸不能上夜班，星期天也不能加班，娃兒放學時還得在工廠待一會兒。達到這個條件就在這兒幹，達不到咱就不幹。

一開始老闆不同意，老闆說，你這娃兒為啥不留家裡？人家別人都留在家裡。我說，我媽年齡大了，照顧不了，你叫我幹我就幹，不叫我幹算了。老闆說，人家別人媽年齡不大，就你媽年齡大，那說不過去。老闆一是不敢開這個頭兒，怕其他工人都來找了，那不亂套了。另外也是怕出事。娃兒接到廠裡，萬一出個事，是誰的事，人家也擔當不起。

我說，出事兒是我的，你不用管，但是我娃兒一定得在這兒跟著我。我說我已經丟一個娃兒，我不能再看不住這個娃兒。我去說好多次，去了我就不走，坐在他辦公室。後來老闆同意了。同意了不是他有同情心，「鬼子」根本沒有同情心。他是想著我和你麗嬸都是老工人，人又靠得住，這才同意的。陽陽去，他只讓到門衛室去玩，怕有毒氣，萬一小孩兒出啥問題，他不想負責任。後來，也有咱們老鄉來問我，你是咋弄成的，我就說這種情況。他們也去找老闆，但是不行。新華他們前幾年生了二小子，到三歲的時候，也想著弄來，在這兒上個幼兒園。他們就是在家裡嘟囔幾句，嚇得都不敢去找老闆說。

陽陽天天到廠裡，時間長了，老闆也熟了，還挺高興，掏個十塊二十塊給陽陽，說叫你爸你媽給你買個冰淇淋。有一回，掏二十塊錢，說叫你爸給你買個烤鴨吃吃。陽陽一見我就說，我要買烤鴨，我說，好好，買烤鴨就買烤鴨。

別人說，娃兒在這兒，多麻煩啊，我說，給誰啊？我是誰也不能再給了，不放心。就是省事娃兒，也不行。你五奶奶肯定接受不了，她壓力太大啊。要是再有個閃失，那都活不成了。

我就是命啊，我要是沒出這個事兒，我肯定不在這兒。要是寶兒還活著，今年都二十一了，他是一九九一年農曆十月十二日生的，該說兒媳婦了。我想得很開，社會走到這兒了，人家有的連個娃兒都沒有，咱黃焦泥嘴的，本來啥都沒有，怕啥？社會走到這兒，只要有錢，就行。說忘，那都是騙人的。咋能忘了？一百年都忘不了。寶兒像跟陽陽一樣，白淨，大眼。我還行，主要是你嬸，她都有點迷了，我可不敢，我要是也那樣，這家人都不得了。

那天晚上，他姑夫打電話。當時，是你哥一群人，他們把寶兒撈上來的。一打電話，我當時都難受得不行。麗一聽電話，都軟了，不會動了。我急哩把她抱到車上，趕緊拉回去。錢家立俊也在。最後我給家裡打電話，說明天一早就坐車走。麗哭著說要見人，我說今晚上連明帶夜把人處理了，別叫見。家裡都說冷凍棺都拉來了。我說，不敢見，一見恐怕還要再出人命。五六月的天，一回家不讓埋咋辦？我都想了，別說麗不行，連我都不行了。我也要軟那兒。

後來，俺們兩年都沒回去，不敢回。回家肯定受不了。這中間，你麗嬸也不懷孕，你五奶奶在家裡給俺們要個閨女，算是壓一下。我說不要，你五奶奶哭著說，「可管咋樣，再要一個，是女，是男，都行。農村人沒娃兒不行。」

你麗嬸六七年都沒有幹活，一直在這兒住著，養身體，生孩子。得胃炎病，又得結石病，肚子疼，看著看著臉上烏青色，趕緊拉到醫院，不確診，跑到青島市裡面醫院，叫你做CT，化驗，要辦住院手續，一說得好幾千。我說，「你都沒說出來啥病，就得花好幾千。」後來，就坐火車到德州，咱們有個老鄉在那裡，沾個親戚邊兒，人家也可好，一套檢查下來，也沒有掏錢。檢查出來是尿結石。不用震，米粒那樣大小，就吃點藥。回來就好了。藥錢不到一百多塊錢，回來又買藥幾十塊錢。到青島一說又到好幾千。好爺啊[1]，人生地不熟，沒啥關係，人家捉你也不知道。

到明年，俺們準備回家，你麗嬸肯定不再出來了，陽陽該上小學了，還有那倆女子，她照顧娃們上個學，我先在家裡，看能不能幹個啥。南水北調把咱地也弄沒了，只能做生意。我想著弄個蒸饃機，賣饃，不過都說不行。看看吧，不行了我再出來。

二〇〇〇：一，這倒是我沒有想到過的數據。二千對夫妻只有一對夫妻的孩子跟著他的父母生活，這還是因為，這一對夫妻已經失去了一個兒子，他無法再承擔失去孩子的痛苦。他去求情、要賴，最終，才得來這樣的好事情。而人家工廠，是根本「沒想到你還有這個事兒」的。

那麼，毫無疑問，陽陽是幸運的。光亮叔第一次提起了他死去的大兒子，寶兒，那個十一歲的搗蛋大王。光亮叔的表情平靜，看不出心理的變化，也看不到曾經的傷痛。但是，一到這裡，他的訴説欲望一下子變强了，彷彿一個長期封閉的閘門突然被打開了。

我們正聊著天，麗嬸、新華夫婦回來了。光亮叔馬上不説了，開始和麗嬸一起做飯。秀珍忙著做飯，我招呼新華坐下來，想和他聊會兒天。新華坐在那兒，臉憋得通紅，嘴張著，説不出一句話來，不時扭過頭看他的老婆。秀珍很乾脆，説你來做飯，我和妹子説説話。

新華夫妻兩個孩子，大的是個女兒，今年十三歲，在郭灣那邊上寄宿初中，兒子今年四歲，跟著爺爺奶奶，在鄰村的一個幼兒園上學。兒子一歲時留在家裡，秀珍又出來打工，到現在，他們倆已經三年沒有回家。

秀珍説，「想不想孩子？咋能不想，多通電話，多説兩句。隔兩天就打個電話，問問情況，來這兒掙錢也是為他們。你光亮叔是特例，咱就沒想著讓娃兒來這兒上學，來也帶不了。説不想也不想，時間長了，上班又忙，也沒時間想。廠裡基本上都是夫妻倆，很少一個人在這兒打工的。在這兒過年的人越來越多。我們廠裡有一個男的，來有十來年了，就沒有回去過，有的時候老婆帶孩子來，有時候不來，反正自己不回去。

「就是孩子到入學年齡了，回去的也不多，都想著工資可漲了，捨不得回去。很少有人想著小孩沒人管傷心。也都習慣了。現在的人們出出門，心也野，不想回家。只管掙錢，也不想回家。都想著，管它呢，反正有人照顧。有的沒有大人，大一點就放到寄宿學校。小孩在寄宿學校，一開始還行，後來上網，學習慢慢就不行了。主要還是打工打壞了，沒有培養出感情，也沒有教好，學也沒上成。這也是一方面，不能光怨家長，家長累死累活為誰？娃兒自己沒腦子也不行。「我這女子還行，學習好，一個月回去一次，還幫著照顧她弟，就是以後不知道咋樣。俺們估計暫時不會回去，這邊工資肯定還要漲。你回去了，啥都沒有了。你要是再想來，那都不知道啥樣了。」

晚飯快好了。涼菜已經拌好上桌，燉排骨的香氣四溢在房間裡，麗嬸在炒最後兩個菜。光亮叔用醋、鹽和油涼拌了一個蒜苔，父親他們喜歡吃這種刺激性的菜。陽陽上桌一看，是涼拌蒜苔，就生氣地對媽媽說，我不吃涼拌的，我要吃炒蒜苔。麗嬸和光亮叔都沒有理他。陽陽發現自己的意見沒有受重視，跑回到裡間，爬到床上不下來，眼淚汪汪的。光亮叔喊他，說有炒肉，陽陽賭著氣大聲說，我就要吃炒蒜苔，就要吃炒蒜苔。

他一會兒躺到床上，一會兒下床用腳踢著物品，弄出「呼呼」的聲響。又偷偷朝這邊瞄一眼，似在看我們的反應。我說把他叫過來吧。光亮叔說沒事，小孩子一會兒就好了。過了十來分鐘，陽陽從裡面出來，癟著嘴，誰也不看，跑了出去。

光亮叔站起來，轉了一圈，又坐下來，說，「要是按我以前的脾氣，皮帶早就上去了。這傢伙我就沒打過他。」

麗嬸不時地到院子門口叫，「陽陽，陽陽」，又回來炒菜。過了好一段時間，在看到麗嬸一閃而過的、極端焦慮的眼神之時，我突然意識到看不到陽陽對她來說意味著什麼。我趕緊出去找陽陽。

無邊無際的黑暗。遠處隱約閃現著城市的燈光，近處黑黢黢物體的陰影，非常龐大。陽陽趴在那個養豬場的矮牆上，一聲不吭。我走過去，蹲在他身邊，他的身子抖動著，委屈地啜泣著。讓人沉沒的寂靜與黑暗，「就像那兩個孩子，與世隔離，只有知更鳥聽他們的哭泣。」陽陽，沒有朋友的陽陽，那古老的英國童話中被壞人拋棄在森林裡的兩個姐弟，他們的孤單、哭泣只有森林和大地知道。陽陽也是孤單的。來這兒的兩天，我發現光亮叔們在萬家窩子的這一片聚集區，確實沒有一個小朋友。那些幼兒園裡的小夥伴都朝村莊的另一方向去了，那是萬家窩子居民的新樓區，只有陽陽一人，走向這低矮的、破敗的老屋區。

麗嬸又出來叫陽陽，生氣地對他說，媽給你炒了一碗，趕緊進來吃吧。陽陽仍然一動不動。我試圖抱他進去，他倔強地掙著。我們又在黑暗中站了一會兒，我輕輕地拉了拉他，他順從地跟我回到了屋裡。麗嬸把一個小板凳摜在桌子角，又把一小碗菜放到他面前。陽陽噙著眼淚，在母親的注視下，逐漸安靜下來，他很香的吃著，居然把一碗的炒蒜苔都吃完了。

和前兩個晚上一樣，我和麗嬸、陽陽睡在他們的大床上，光亮叔和父親睡在前院那間空的房子裡。麗嬸給陽陽洗臉，洗腳，換衣服，白底淡藍花的棉布秋衣秋褲，燈光下的陽陽乾淨可愛，很洋氣。陽陽靠牆睡在最裡邊，麗嬸的胳膊圈著陽陽，整個身體也傾斜過去，一動不動的，彷彿要護著兒子，不讓他跑掉，不讓他被什麼東西帶走。陽陽很快就安穩地睡著了，發出小孩子香甜而均勻的呼吸。

麗嬸一動不動。我以為她已經睡著了。但她的呼吸並不均勻。到了十二點鐘，我忍不住問了一下，「嬸子，睡著了嗎？」麗嬸回答：「沒有。」我說，「那聊會兒天吧。」

來這兒幾天，我一直沒有在麗嬸面前提寶兒——她在湍水淹死的孩子，那個十一歲的搗蛋大王。此時，麗嬸直接談起了寶兒去世時的情況，彷彿就擱在心裡，嘴邊，隨時就出來。

自從寶兒出事後，我十二點之前就沒有睡著過。我記得清得很，二〇〇一年五月二十六日，家裡打來電話說，寶兒出事了。打到廠裡。我一聽，當時暈了過去，腦子裡一片空白。一直哭，猛一下接受不了。我們是一九九五年十月十九號從家裡出來。是王家傳有介紹來的。想著出門總比家裡行，就出來了。當時走到XX縣，在那兒倒一趟車，再上車時，我就想著回去算了，捨不得屋裡，捨不得寶兒。要是想著要出這事兒，打死我都不會出來。

我們是二十七號早上往家走的，第二天上午到的家。回家沒見著寶兒。你光亮叔讓他們趕緊埋了，怕我回家受不了。一開始我還打你光亮叔，我埋怨他，罵他，娃兒最後一面都不讓我見，太狠心了。幸虧沒見，要是回家再見到，那是要我的命的，我肯定活不成了。

出事之前，我都有預感，那天加班加到夜裡十來點鐘，我眼睛忽然啥也看不見了，心裡慌得很。還有一個晚上，蚊帳上落一層黑蚊子，厚厚的，一動不動，我看著害怕，就想著有事。

俺們回去，你五奶奶一直在哭，跪在我身邊哭哭，又抱著你叔的腿哭。她是想著內疚。村裡人還怕我埋怨她，你想，我咋能怨她，她比俺們還稀罕寶兒。她養活他的時間比我長。當時也根本沒想著去追究誰的啥責任，水裡的事，誰能說得清？後來，咱湍水又淹死那麼多人，也沒見誰去告狀。

現在，我在屋裡睡著，老是害怕，心裡經常一驚，覺得娃兒在屋裡。回老家住在老院，還感覺寶兒在院子裡。就是現在，感覺他還在，好像還在身邊。幹活時，一想起來，心裡難受得很。這些年不知道哭多少眼淚。

當時老闆還很好，把我叫到辦公室裡，安慰我，說，你還年輕，還能生。我是有陽陽以後才稍好點。原來一直頭低著，不想看人。人家都說，你放點笑臉。誰能放著笑臉？回去我姐們都勸我。你五奶奶不讓我知道，在家抱養個女子，說是給我養的。人家都說，你親不親？我說，咋不親？回去，那女子也給你端水，倒茶，親得不得了。知道我是她媽。

二〇〇三年我得膽囊炎，拉肚子，心裡壓力大，拉的都是白東西，一天去廁所幾十遍。回老家，看好幾回，都說沒事，只算是胃炎。我都憂鬱著我要死，是鼓症。別人都說我是想出來的。你說，能不想嗎？好端端一個娃兒沒了，咋能不想？那兩年，我和你光亮叔一塊兒坐火車從青島回梁庄，一個座上坐了七八個人，我一看，恁難，我就想哭，想死了算了。有一回正在吃飯，吃著吃著暈過去了，趕緊把我送到鎮上醫院。打吊針，回去幾天進了三天醫院。還是寶兒的事兒，思想壓力大。

二〇〇四年，懷上了大女子，我都說流了算了，我天天拉肚子，怕對孩子不好，生下來再有個啥問題咋辦。一生下來，說是個女子，我眼淚流多長。不是我重男輕女，主要還是想著寶兒。給你五奶奶打電話，她也一直哭啊哭啊，心裡不美。生下來只好送給她姨養活，你五奶奶已經養了一個，身體也不行了，到現在，我都沒見過我那女子幾面。不過，女子身體也行。懷著她的過程，天天胃疼，早晨出去跑跑轉轉，解解心焦。我要是不會想，早就死了，成天自己勸自己。現在心裡還像壓個石頭。總覺得有個疙瘩。二〇〇六年，懷陽陽的時候，我也不想要，主要是身體不好。可心裡還想著得有個男娃，算是替寶兒活一場。要是沒個男娃，寶兒就真沒了。生下陽陽，總算鬆了一口氣。你沒看見，陽陽和寶兒像得很。陽陽跟著俺們過，那倆女子都沒跟過俺們生活，不是重男輕女，老家是實在找不到人看了，另外，也是怕再出啥事咋辦。我就說，我就是啥也不幹，也得把陽陽帶在身邊。

我想著我現在也行，倆女兒一個娃，也怪幸福，我這個人也是爭強。我以前身體好得很，從來沒有在家坐著，閒不住，一早晨老早起來做飯，地裡有活趕緊去幹活。就是出個事之後身體才變壞。

成天想想都想死，不想活，想著一死，仨娃可憐。農村人可憐，你說你光河叔是咋死的？還不是憂鬱死的。一下子倆娃都沒了，叫誰受得了。就這人家還不想賠錢。你大奶奶眼睛都哭瞎了。我回家看她，她跟我說，眼一閉，倆娃就在她眼前。孫女孫娃都是她帶大的，連心得很。她也天天不出門，就在家裡哭，眼淚流得多得很。

陽陽可聽話，有時候也任性，他兩三歲時我還打過他。我脾氣壞，急得很。原來寶兒也是經常打，調皮搗蛋，沒少挨打。你光亮叔說別打了，把娃兒打壞了，再上哪兒找？我一聽，眼淚流多長，從那以後，我就不打了。

生陽陽時，一個會看相的人說小孩命硬，要認個乾親壓壓災性，還要找個遠路的，屬虎的。後來一想，傳有老婆是安陽的，也算遠路的，又屬虎，就認給了傳有老婆。震住小陽陽的災性，保佑他長命百歲。

二〇〇〇：一的小陽陽，幸運的陽陽，他一個人在活兩個人，一個人替那至少兩千個小朋友享受父母的關愛。我明白了他幼小的眼神中的憂愁和壓力。他替媽媽拿碗、遞東西，他撒嬌、鬧脾氣，他好像在討好媽媽，又像是在反抗媽媽。他感受到了那無處不在的雙重眼光和雙重情感。當媽媽那悲傷的、含淚的眼睛投向他的時候，一大片陰影立即籠罩著他。他還不明白那是什麼，但是，他一下子安靜了，他又成了媽媽的乖寶寶。

我們來到離萬家窩子三十多里的一個縣城找王家傳有，他在這裡的一家電鍍廠上班。這一群在青島的梁庄人，傳有混得最好。他來得最早，被工廠派到浙江一些地方學習了電鍍技術，成為技術員，現在又是工廠裡的車間管理，工資比光亮叔高很多。

從上午十來點鐘到下午三四點鐘，他們三個人一直在聊梁庄。不管到哪個地方，只要幾個梁庄人聚到一塊兒，說到梁庄的時候最興奮。通常情況是：坐了一天，喝酒、聊天，滔滔的說，說一個又一個村裡的人，一件又一件村裡的事，怎麼也轉不到我的話題上來。到最後，所有的男人都喝醉了，高聲吵啊、罵啊、笑啊，女人們一邊埋怨著男人，一邊竊竊私語著。說得還是梁庄。

傳有喝醉了，摟著父親，叫嚷著，「二叔，你說我到底咋樣，他憑啥欺負我？他憑啥看不起我？」傳有唾沫飛濺，一張大臉紅通通的，光亮叔的黑臉也變成了紅臉關公，跟著傳有在一起罵著。在一旁的我實在弄不清楚他們在說梁庄哪一年陳穀子爛芝麻的事兒。

傳有身材寬廣，結實粗蠻。他的小拇指少了一大截，兩個手腕上有幾個很大的傷疤，說是剛開始幹電鍍，不知道深淺，經常受傷，全是氰化物所賜。他說話有點南腔北調，一喝酒，穰縣的、安陽的和青島的，各種聲音都出來了，攪在一起，不知道究竟是哪裡的口音。說到老婆，一口一個「人家」，「人家身體不好」、「人家非要買個電腦」……很嬌嗔的樣子，這使得肥頭大耳、粗魯直率的傳有有一種意外的可愛。我强拉硬拽，才把他拽回到我的話題上。

幹的時間長了，都了解這些東西。氰化物是世界上發現的化學物質當中，不算輻射的，最毒的，小米粒似的，一分鐘就能把人毒死。你要是在醫院急診門口吃的，未必能救活。毒，吃進去，跟氧氣結合的速度，要高出幾百倍，人最後是缺氧死的。所以廢水都是偷偷排到海裡。

鍍金廠裡面分很多種類，國防裡面，也用鍍金。炮彈什麼，武器都用，工業也用。拿汽車來說，軸承上面鍍的全是鉻。最毒的是鉻。在人體上排洩不出去。人容易得白血病。像我們褲腰帶上的金屬扣，都是鍍金，上面鍍的是鎳，亞洲人一般不過敏，歐洲人對鎳都過敏。

廠裡霧氣都很大，比呼吸新鮮空氣肯定要差一些。從呼吸道進去的，相當於慢性中毒。要是按國家標準來說，根本都不該有這些廠。人家都說造紙廠汙染大，就像咱們湍水上游那個廠，壞了一條河，可和這個比起來，差遠了。後來，環保局要求，過來檢查，其實都是穿一條褲子，拿幾個算完了。

韓國人也不容易，靠換工廠的名字來免稅。說是免稅，還不夠交別的。派出所，環保局，村裡，消防局，都得上貢。一個廠逢年過節，送多少錢。有些知道能嚇死人。以前我們在XX區的時候，一個派出所所長，跑到廠裡，給老闆說，「該給民警發福利了。」老闆明白得很，不用說，那肯定得給，幾萬幾萬給。所以，免交國家的稅了，國家沒得住錢，個人的口袋裝滿了。

這些工人有保險嗎？有合同嗎？十年得有多少休假，有嗎？有這些事嗎？沒有。要麼，直接下達，監督，來查，一個個辦。稅務局能不知道假帳？我們廠裡原來幾十個人，報上去的就十五個人，剩下的都寫成亂七八糟的補助。

工業園用的藥品全是劇毒的和腐蝕性的。是在固定的地方存放，固定的廠家銷售，不讓在市面上流通。國家是要控制範圍的，只要掛牌的電鍍廠，必須通過公安局審批。每個月用多少，得到公安局報個案。但是，都是走私的，哪有從正規途徑弄的？

專家們只是理論，沒有見過有多毒。說要通風，都只是說說。專家來看，一人一千塊錢，說，改正改正，好，改正。就算過關了。我參加可多這樣的會議。專家說，儘量不用貴金屬方面，用檸檬酸金來代替，可以通過代替減少汙染度，不含氰化物，但是，檸檬酸金含量比氰化物金低，前者百分之五十，後者百分之六七十，兩者價格又一樣，所以，廠家選含氰化物金。說得很好，實際運用少，因為出貨率太少啊。特別是外國人，都想著，與我啥相干，我又不在這兒生活。我能省錢就省錢。像俺們廠，就買一瓶檸檬酸金，給專家面子，一瓶兩萬多呢。拿回來扔到那兒，也不用。

每年都有很多安全考試，都是我去考的。衛生方面，安全管理證，消防證，年看考，都是照抄，抄過六十分就行，肯定過關。還有考前串講，統一學習，專家在上面講，下面人該幹啥幹啥。

我在的那個廠最壞。現在是韓國老闆的中國情婦在管著這個廠，她千方百計替老闆省錢。以前老闆還怪好，每個禮拜六給你三百塊錢，讓員工出去會餐。上夜班，老闆還給泡咖啡喝，說辛苦了。有的看見你在幹活，還給你鞠躬。

後來這個情婦來了，不讓老闆請客了，也不讓吃大碗麵了，更不說咖啡了。啥也沒有了，過節費，假期都沒有了。老闆說禮拜天全天全部人加班，她非要給老闆省錢，只用三個人。去年放假放八天，今年假也沒有了。韓國人來都還行，一來二去，被這些情婦們、翻譯們弄壞了。

我現在說起來是個車間管理，啥家兒也不當。以前情婦沒來，廠裡的鑰匙都在我這兒。情婦來之後，想要鑰匙。她也沒給我說，有一次半夜需要加工原料，我去開門，開不開，一問，她說鑰匙換了。我說，換，換罷，我還能多睡會兒覺。她是防我，怕我偷東西。老闆說幾回，人手不夠了趕緊找，這情婦也不說不找，每次有人來應聘，她給人家開工資開得很低，根本都幹不成，變相地不讓老闆招人。

她就是在老闆面前獻寵，讓老闆看，你看，我給你弄八個人，叫他們幹十六個人的活。十六個人的活，讓八個人幹，這不是讓人瘋嗎？人肯定要累死。她不管，她只管少進人多幹活。所以，我常說，自己人壞起來，比外人要壞得多。好幾次我都要走，她不讓我走，我一走就剩七個人，沒有人懂技術，她連工都開不了。

今年夏天，引風機壞了，那個情婦就是不修。天最熱的時候，特別是氰化物那個房間，是劇毒。嗆得都受不了，熱氣往上冒。這樣情況都有一個月。一般情況下，沒進過電鍍廠的人，一進去，都捂著鼻子捂著嘴。不敢呼吸，刺激得很。我直接給老闆打電話，老闆也不管，說讓情婦弄。她還是不修。等到發工資時，情婦對我說，這個月電錢省了不少，以往六千多，這個月是四千多。我心裡說，你媽那個X，都是拿命玩的，你還說省錢了。你說她還是不是人?!

她連水都不讓大家喝。以前送水的是一次送十桶，後來她讓人家一次送兩桶。根本不夠喝。有幾次，沒辦法，只好我出去給大家買點瓶裝水。就是為了節約。前幾天，嫌人家水貴，乾脆不讓人家送了。媽那個X，一心給老闆省，學著坑工人。發工資，老想少算給人家一些。人們都恨她恨死了。

還出了一件事。咱一個小老鄉，俺們叫他飛，才不到二十歲。幹活時間不長，把銅鏈子泡在硫酸裡面，黃銅架全部壞了，那個鏈子值一千六百塊錢。要說扣個三二百塊錢很正常，也算是正常的次品。結果那個情婦誰也沒說，到發工資時，直接扣了飛一千塊錢。一個月滿打滿算還不到兩千塊，等於是那個月的工資沒有了。飛眼淚汪汪來找我，問，「哥，這咋辦?」我說，「飛啊，既然她工資已經都發了，我去也要不來了。那邊的銅版是新換的，該拿拿走算了。」既然他事兒做這麼絕，咱也沒辦法。出門打工，出點次品，罰一千啊，那太厲害了。也太不是人了，太不把人當人看了。她不管你有多不容易。

其實，車間裡的東西她根本不懂。銅版一個月消耗多少，她根本不知道。客不捨得請，工資也不漲，八個人幹十六個人的活，出點不良活一下子就罰一千塊錢，太狠了。這幾個人幹活都挺實在的，雖然人少，也沒有給你搗蛋，一個月給你省一萬多塊錢。她越來越不是人。

你做了初一，我也不得不做初二。既然他事做這麼絕，咱也沒辦法。以前我拿住鑰匙的時候，工人都不拿東西。你這麼狠，我也管理鬆一點，也算虧處有補。三十六個銅版總能騰出來六個，活幹好，也不顯眼。一個銅版也能賣幾百塊錢。大家拿去賣了，錢分分，也算是發工資了。

傳有的話裡有幾個關鍵詞：「韓國老闆」，「中國情婦」，「翻譯」。青島靠海，離韓國近，坐飛機一小時二十分鐘就到了，所以，韓國人多來青島開廠。韓國人需要翻譯，而東北延吉一帶朝鮮族很多，大多精通中文和朝鮮語，因此，這些東北人就來到青島，做翻譯，兼外事聯絡員、工廠監工、特務眼線等任務。這形成了他們的一個職業鏈條。而中國情婦則是普遍特色，大部分暫時充當老闆娘的角色，幫老闆管理工廠。工人恨老闆，但更恨這些「吃裡扒外」的自己人。傳有講到「中國情婦」，充滿鄙夷和憤怒，那憤怒遠遠超過他對韓國「神經」的憤怒。他把那韓國老闆叫「神經」，光亮叔管他們老闆叫「鬼子」。

光亮叔也在一旁激動的插話，「我非常恨這種人。俺們廠裡有老鄉拿廠裡的東西，另外的老鄉給韓國老闆說小話，最後，老闆把老鄉開除了。都是些壞傢伙，硬是給外國人一心，你給他啥門兒。那次新華也受牽連了。我氣得不行，那就是漢奸幹的事！老闆看不見，拿點東西，外國人的東西又咋了。就是中國廠，老闆看不見，你拿一點，也不算啥。那不叫偷。咋，咱受的欺負還不夠？就不興反抗一下？

「後來，那幾個老鄉被開除了。他們找著那個告狀的老鄉，叫他賠錢，叫他下跪。這個老鄉賠了人家幾千塊錢，還請大家吃了一頓飯。後來，夜裡，幾個人拿棍子在路上候著他，把他頭都打爛了，縫了好幾針。新華窩囊，沒去要錢。我說，新華，你不行，你得去要。他說，咋去要？哭成啥了，就差下跪。我說，他幹那壞事，說小話時在幹啥？打他不虧，自己人欺負自己人。

「你不知道，韓國老闆打工人，那可是厲害得很。懷疑工人偷東西，就雇黑社會的人來打河南工人。弄在黑屋裡，臉蒙上，打，菸頭燒，打暈了用涼水潑，醒過來再接著打。後來都上報紙了，那老闆賠了幾十萬。黑社會一點事兒也沒有。就這，有些漢奸還給人家當狗腿子，偷死他都不虧他。」

「漢奸」，光亮叔把這些打小報告的、整治自己人的中國人稱為「漢奸」，卻全然不覺得工人拿廠裡的東西有什麼不對。「那不叫偷。」為什麼？因為工資太低，因為受欺負，因為有理難伸，因為老闆對工人太狠，不把工人當人，還因為，他是外國人。這些因素交織在一起，形成了光亮叔對「正義」、「漢奸」、「偷竊」的新的理解。

傳有講的則是另外一種狀態，「既然你把事做那麼絕，咱也沒有辦法」。這些粗桿子農民工以怠工、偷竊、破壞的方式來彌補損失，以實現他沒有得到的「正義」。美國農民政治學家詹姆斯．C．斯科特把這一消極怠工形式稱之為「農民反抗的日常形式」。[2]這一日常形式不會成為頭條新聞，不會引起劇烈的社會震蕩，但是，卻是一股強大的暗流，這一暗流以隱蔽的、負面的方式存在，怠工、偷盜、破壞、吵架、裝糊塗、裝傻賣呆、誹謗等等都是最基本的方式，它阻礙著農民在城市化過程中的心理嬗變。我們通常會把這些歸結為農民的劣根性，但其實，這卻是一個弱勢群體，一個有強烈的被壓迫感的群體所唯一擁有的反抗方式。他們的反抗只能以匿名的、不合法的方式進行，或者說，這是一種自救式犯罪。

光亮叔講到他們在二〇〇五年所進行的一次公開反抗。那一年，他們星期六、星期天經常加班，老闆不給錢，說是工資裡面就包含著這些錢。有一天，他們幾十個工人就打出租車去青島外資企業管理處告狀，管理處說是市勞動局管，他們就跑到勞動局，勞動局消極推託，他們又跑到市政府接待室，也說是勞動局管，他們就又跑回勞動局，站在勞動局門口，說不處理就不走。這樣，勞動局才派人去調查，開出一張罰單。

待這些工人回去之後，老闆問大家為什麼不上班，其中一個老鄉說，你星期天讓我們上班，不給錢，這不合理。老闆說，「你先回去，反省反省，等通知你再來上班，明天你先來把工資領了。」當天晚上，這個工人就被打了，第二天早晨人們發現他躺在路上，渾身青紫，奄奄一息。過一段時間，又把另外幾個他認為挑事的工人打了一頓。都是在夜裡，一群人呼啦上去，一頓暴打，就跑了。

光亮叔說，「這事都過去一兩個月了，老闆又找到我，說，老梁，你是老員工，據說是你帶的頭。我說，我沒有，你說『據說』，你把人叫來，咱們對個證。他說，這個人不能給你說。我說你不能說我就是我。他問我，那是誰帶的頭，我說不知道，亂哄哄的，看不清楚。他說，這個事不再說了，以後好好幹活。那天老闆找我時，我就想著，完了，這次要幹不成，估計要挨打。挨打我不怕，大不了拼命。他要是開除我了，我還捨不得這工作。主要是我幹的時間長了，工資漲了一些，這要是走了，到別的廠，又得從頭開始。就是到現在，老闆還在追這個根。」

我特別想問光亮叔的也是：「是誰帶的頭？」「通過什麼樣的方式大家就商量好，就不上班了，就去坐出租車了？」我希望光亮叔們能夠找到一種與老闆、工廠對話的方式，這一方式是有組織的、可持續的並且有效的。它不是以「非理性的」、「匿名的」形象，而是以一個現代公民的理性形象出現。但是，和西安大哥們在交警隊門口的抗議一樣，這些事件都只是偶然的、個體的事件，不具有連續性和社會性。

無名之死

你說死人的事兒，那可多，光咱們老鄉就好幾個。李營一個娃兒，叫國子，七竅出血死的，下午幹活好好的，晚上十二點，躺在床上，說是上不來氣，送到醫院裡就死了。鼻子、嘴巴都有血，現在想想，肯定是中毒死的。有人就去說，那你廠裡得賠償。「鬼子」非常硬氣，說，「行，解剖，解剖費我掏，與我有關，我賠，與我無關，解剖費得你掏。」國子他老婆領著兩個娃兒，帶著他爹，從老家趕過來，穿得可爛，他爹頭髮全白了，看著真是可憐人。鬼子說，給你三萬塊錢，就這麼多，你願解剖就解剖，不願解剖就拿著錢走。後來也沒解剖。聽人們說，他老婆害怕萬一解剖出來與人家無關，連這三萬塊錢也沒有了，人財兩空。就把錢拿住了，人火化了。火化完之後，鬼子又假惺惺地給他老婆說，「你可以在廠裡幹，不管你自己掙多少，每月另外給你五百塊錢。」聽著怪誘人，國子他老婆也沒有在這兒幹。根本幹不成，兩個孩子呢，沒人管，就又回去了。

這種事多得很。另外一個也是咱們那兒的，二十五、六歲。他是跟翻譯吵架，翻譯打他一巴掌。吵完之後，回去自己喝喝酒，睡著睡著死了。那臉的顏色都不正常，有人說，酒與毒混在一起了，加重毒性。咱也不懂得。最後賠兩萬塊錢。老闆生的主意，讓那個翻譯跑了。還有一個咱們那兒萬坡的，幹完活回家，坐在那兒看電視，看著看著一出溜死了。都與電鍍廠有關。有關是有關，你又沒有證據，又不是死在廠裡，誰管你？

小柱也算一個吧。騎自行車上班呢，走在路上就歪下去了，就再也起不來了。肯定與電鍍廠有關。當時人們都說，他要是倒在廠裡就好了，就可以要點賠償。當時俺們也想著找廠裡，可是人沒死，也沒在工廠裡倒下，你找人家有啥用？又不敢在這兒治病，那花不起錢啊，就趕緊回家。一回家人家才不管你。梁峰後來為啥不在這兒幹了？與這也有關。他小叔死在這上面，他心裡能美？另外，他的臉經常過敏，可厲害，整個臉都是紅腫的，說明還是有毒。像俺們這樣皮糙肉厚的，沒事。還能扛著。反正在電鍍廠幹，就屬於慢性自殺。特別是那些捨不得吃、身體不好的人。應該多吃豬血、大蒜，能夠過濾一下毒性，不過那也不起啥作用。

我們和光亮叔又到癱子舅舅家聊天。癱子舅舅今天的精神不好，表情有些痛苦，我們說的又是死啊死的問題。坐了一會兒後，我們告辭出來。

村莊寂靜。陽光和煦。田野平整而寬廣，一眼可以望到遠方那鬱鬱樹林掩映的另外一個村莊。光亮叔和癱子舅舅談著死亡，我們聽著死亡，都漠然而隨意，彷彿那是別人的事情，彷彿那不是同一場景中的同一人生。

關於小柱，他的打工軌跡，他的生活經歷，從萬國大哥、萬立二哥、光亮叔和梁峰等人支離破碎的敘述中，我慢慢理出了一些頭緒。

一九八九年，小柱十六歲，那時他剛到北京，在北京的一個煤場上班。卸煤時因用力過猛，小柱從車上摔了下去，摔到下水井裡，把腰給摔傷了，好多天沒有起來，後來煤場不讓他幹了。小柱回梁庄治病。

一九九一年，在河北鐵廠翻砂。那地方汙染很重，如萬立二哥的敘述，「一堆堆鐵在地上燒，鐵沫子亂飛，我們用鐵鍬扒拉，又烤又燒，每個人都像鬼娃兒一樣，嗓子成天像被烤糊了」；在安陽的刨光廠也幹過，也是「鐵沫子滿屋飛，噪音大得很。就是把自行車，手電筒，打磨成光哩。聲音一直響，刺耳刺心，我聽著頭都暈。」在那個廠裡，小杜一直流鼻血。

這中間，小杜還幹過刷漆的活兒，大哥去看他，發現他也沒戴口罩。按照北京梁安的舅舅的話說，幹刷漆和噴漆的活兒，那吐出來的唾沫都是綠顏色的。

一九九二年到北京。當一段保安，在一家乙炔廠幹一段，然後在家具廠上班，抬各種沉重的木材原料。因為打架，被開除。又回梁庄。

一九九三年，又回北京，做保安。一九九五年人口大普查，小杜被抓到。被送到昌平遣送站，然後遣送到安陽。在安陽一家磚廠幹活，有看守看著。小杜逃跑，再也沒有回過北京。（這是當年小杜和我聊天時當冒險經歷講的，梁庄的毅志、豐定都有這樣的經歷。）

一九九五年夏天，小杜到青島電鍍廠，在那裡工作將近六年時間。二〇〇一年農曆二月五日，在去工廠的路上，小杜突然倒地，重病，送回南陽。據二哥的描述，「俺們到南陽車站去接他時，臉都不像樣，都黃著，都沒勁了，老大峰和光亮攙著他，腿都直不起來了。在醫院時，大便都發腥，拉得都是血湯子，最後轉成併發症了。內臟全都壞了。」這是小杜剛發病的情景。

短短不到兩個月，小杜已經到了後期，醫生告知家屬，再治下去也於事無補。小杜回到梁庄家裡，在鎮上開診所的哥哥和嫂子經常去給他輸液。據哥哥和嫂子的描述，「咳嗽一下，血都噴得很高。」「噴出來的血都有點發臭發腥了。」

百度百科上這樣介紹氰化物中毒的徵兆：「死亡迅速者，全身各臟器有明顯的窒息徵象。口服中毒者，消化道各段均可見充血、水腫，胃及十二指腸黏膜充血、糜爛、壞死，胃內及體腔內有苦杏仁味。吸入氰化物中毒死亡者，大腦、海馬、紋狀體、黑質充血水腫，神經細胞變性壞死，膠質細胞增生，心、肝、腎實質細胞濁腫。」

「消化道各段均可見充血、水腫，胃及十二指腸黏膜充血、糜爛、壞死」等，這些徵兆和眾人的敘述有相似的地方，即使不能完全斷定小柱的病症就是氰化物中毒所致，最起碼，也有相當大的關係。但是，誰去認定這些呢？小柱一發病，光亮叔他們就想著要送回梁庄，因為在青島根本無法沒錢醫治。回到南陽，醫生也只按照胃病來治，沒有檢查與氰化物中毒之間的關係。萬國大哥和萬立二哥沒有能力，也找不到門路去告狀，廠裡也像不知道這些事情一樣，裝聾作啞。再說，即使是真去告了，鬧了，最終也可能是人財兩空。因為你沒有死在車間裡，因為電鍍廠的工人，電鍍廠氰化物的蒸氣中毒，不是明顯傷害，它是一點點入侵，一點點破壞，到真正死亡的時候，很難找出理由。

二〇〇一年農曆三月十九日，小柱在梁庄去世。小柱的打工史也是他的受傷史。從十六歲在煤場幹活起，到鐵廠、刨光廠、乙炔廠、家具廠，再到電鍍廠，最後到他倒下的那一天，整整十二年，他一直在汙濁的工作環境中輾轉。他頭頂的天空沒有晴朗過。

這些無名死亡，這些慢性中毒並沒有引起足夠的重視。在青島，在無數個青島，這些事件都只變為家庭的悲傷，變為一種莫名的消沉，沒有在公共層面引起任何的迴響。除非像鄭州那位矽肺工人那樣，開胸驗肺。但即使如此，又怎樣呢？每年仍有無數的農民工矽肺病人產生，他們已喪失勞動能力，被辭退或無聲死亡，又有誰去認真聽他們那艱難的呼吸聲，去關心他們瘦骨嶙峋的身體和無聲無息的死亡？小柱也已經死了十一年，他所在的工廠，從青島市郊搬到萬家窩子，可是，車間的環境改善有多少呢？那蒸騰的、滯重的蒸氣還是如此濃厚地「環抱」著工人們，「環抱」著土壤、空氣和不遠處的大海。

小柱之死，到最後也原因不明。一個無名農民的無名死亡。無論是李營的國子，萬坡的那個娃兒，還是在中國大地各個工廠間流浪並死亡在外的人，所有的死亡都原因不明。

離棄村落的人們流浪很久了，
許多人說不定死在半路上。

四十歲的「老太婆」

在和癱子舅舅閒聊時，意外得知雲姐也在青島。我一下子非常激動。雲姐，二姨家的女兒，她與我媽媽長得特別像。我天然地認為，從她身上，可以找到媽媽的影子。她的善良、溫順，她的笑容、勤勞，都有血緣的傳承和流動。

父親和她通電話時，我隱約聽到那邊雲姐遲疑的、不知道如何表達感情的聲音。和父親約好，我們明天上午去看她。過了二十幾分鐘，她又打過來電話，和父親商量，說能不能下午去看她，她想上午去上班，下午不去，這樣，工廠就不會扣她的全勤。父親問她全勤是什麼意思，雲姐說，就是一個月一天假不請，包括星期六、星期天，這樣，一個月多給五十塊錢。父親一聽，有點生氣，又有點心疼，說，「雲，別上這個班了，你能一個月不歇一天？那人不累死？明天我給你補這個工資。」雲姐囁嚅著，解釋幾句，在父親的堅持下，說那好吧。放下電話，父親不停地感嘆，「一個好女子，命咋恁苦？為五十塊錢，一個月都不休息一天，那會累成啥啊？」

雲姐的丈夫在國慶節期間剛去世。說起雲姐夫，其實我模糊記得他白淨的面孔，很秀氣，和雲姐非常般配。那時候，沒有人想到，他會成為一個酒鬼，真正的、無可救藥的酒鬼。

後來的事情我們知道的都很簡單。表姐夫喝酒太多，逐漸影響身體，不能勞動。家裡、地裡所有的活都只雲姐一個人幹。父親給我講，有一年他經過雲姐的村莊，去看雲姐，發現表姐夫被用繩子拴在屋子裡，他自願的，他怕自己忍不住到去喝酒。雲姐一個人在地裡挖花生，隨身攜帶著乾糧，她三歲多的小女兒就在地頭爬著，跟著母親一起吃乾糧。以後，雲姐出去打工，大家的聯繫也就越來越少了。

雲姐並沒有我想像中的那麼老，略帶枯黃的頭髮束在後面，露出她仍然秀麗的臉。看到我們，她一直「嘿嘿」笑著，似乎找不到合適的話語。她十八歲的女兒甜甜，在十四歲時和她一起來青島，在這裡的一家電子廠上班。

坐在房間裡的小矮凳上，不可避免要說起剛去世的表姐夫。雲姐並沒有特別的傷心，也許這是早就意料到的結局。她拿出相冊，讓我看，說，「人長得可不錯，也有手藝，都想著我找個好家兒，誰知道，他能成這樣？」

俺們是一九九一年結的婚。他人可好，也善良，脾氣也好，就是有這個毛病，非要喝。真要弄到啥戒酒所去治，估計也行。咱也窮，啥也不知道。不喝酒可好，一喝酒翻臉不認人。為他喝酒不幹活，天天吵架，我是一看見他臉紅就生氣。再後來，管你幹不幹，我管不住了，我自己上地幹活。後來大家都出去打工，我倆也出去，一九九二年，到廣州一家電子廠幹活。沒幹多長時間，他就不想幹了，也就是因為好喝酒，到處偷偷欠債喝酒，今天一頓，明天一頓。喊他吃飯，老是騙我，說他吃過了，其實是在老鄉的一個小飯館裡欠錢喝酒。後來，突然非吵鬧著叫我走。原來他已經欠人家一千多塊錢，拿啥還人家啊？那時候工資一個月才兩百多，俺們倆偷偷走了。丟人死了。後來人家還到咱家裡要一次，還是沒有。

回來在家裡又待了兩三年，甜甜八九歲時，家裡沒錢，指望莊稼收的那點錢還不夠他喝酒。想著出來還是會好一點，最起碼他不敢亂欠，俺們又到山西運城磚廠去幹活，那時候我懷著蛋兒。我都不打算再要娃兒，他鬧得不依，非要要，說人家都有個男娃兒。後來我也同意了，想著要是個男娃兒，他可會好了。誰知道還是不行。

我在那兒，一個人要做十幾個人的飯。天天挑水，大缸兩個，得十來挑水才能挑滿；天天還得軋一大盆子麵條；天天蒸饃，蒸兩次，兩大筐。也不知道那時候是咋過來的。也害喜，吃啥都吐，就是吃好的、吃肉不吐，可是又沒有。想吃餃子，一塊錢一碗，捨不得，一直到最後也沒吃上。想吃肉，有一天實在忍不住了，讓他用自行車帶著我，到那個村頭割了半斤滷肉，吃著心裡美成啥。還睏得不得了，光想睡覺，瞌睡得起不來。那非得起來，一群人等著吃飯。你是不知道，真是瘦得跟那鬼一樣，就只剩下個大肚子。不過，生蛋兒時可好生，幾個小時就生下來了。

他一喝酒就睡那兒，喊死都不起來。偷偷預支工資，到代銷點買酒喝，沒有錢了就欠。他一不幹活，我就生氣。幹了一年，就賺了千把塊錢，還欠人家代銷點幾百塊錢。俺們又是偷偷跑了。要不是，連生蛋兒那一千塊錢都沒有。

蛋兒兩歲兩個月時，我又上温州，都說上那兒行。我說那我也去。種莊稼真不行，累死了也落不來啥錢。那天晚上，車離開的時候，娃兒哭得不得了，他也哭得不行。父子倆都在哭。我走之前，娃兒意識到我要走，前後不離我。我也是哭著走的，想著這一家子咋辦？他老喝酒，娃兒誰管？萬一娃兒出事了咋辦？想著離不了家，誰知道一丟也就丟開了。有好幾個春節我都沒回來。在温州服裝廠，一個月能掙個千把塊錢。從温州到家，是一百五十塊錢的路費，捨不得回來。我又想家，又生他氣。盼一年盼一年，老想著他改變了，不喝酒了，身體也好了，一家人在一塊兒，多好。可是到最後落個沒人了，啥也不說了。也不知道咋回事，他們那個村裡的人都酗酒，前後有好幾家的男人都是死在酒上頭。

我只要求你不喝酒，身體弄得好好的，我在外面掙錢，你在家裡，把倆娃兒攏在一起，像個家，這也行。我累死累活心裡高興。不行。喝到吐血，掛水輸液，這幾天算不喝了，一好，就又喝。為他喝酒，把我氣瘋，只差瘋。最後，他也可憐，我也可憐。

他死了也好些，活著也是活受罪。就是他沒吃個啥。這中間好幾年，我氣得就不給他錢。有一年回家，看著屋裡冰鍋冷灶，啥也沒有，心裡可難受，又氣得不行，心裡不暢快。年沒過完我就走了。娃們可傷心，他也不想讓我走。蛋兒對我也沒感情，他兩歲我出去打工，一年就回去幾天，有好幾年還沒有回去。

青島雲姐的出租屋

往裡加膠，一邊兑水，比例得拿準。球的大小是根據眼力。說讓弄二到五毫米大小，就可以弄。不會有多大差別。其實也沒啥危險，就是髒些。我沒有想著到別的廠，怪自由，工資覺得也可以了。生活費二三百塊錢就夠了，有時候，甜甜回來了，割點肉買點菜，我自己就下碗麵條吃點算了。房租一月二百元，衛生費一季度三十元，水費五十元，一個月下來得花去五百多塊錢。剩下的都是自己的。

老闆也精得很。像我們那個活，同樣的量，原來十二個人幹，現在變成四個人幹。這還不說，現在活又增加了，原來每天定量八袋矽膠原料得幹完，現在變為十二袋。都想著趕緊幹完，好歇一會兒，可是不行，你要是幹哩快了，老闆又加量。累得不得了，你先幹完了，第二天老闆又加量。

俺們的活是廠裡最累的，最自由的。幹熟練了，十二個小時的活，十個小時都幹完了。不敢叫老闆知道，老闆又要加量。你知道俺們是咋幹的，一站就站幾個小時，一動不動，只有兩隻手來回動，加料加水。一上午下來，腿都站腫了。站成習慣了，就想著一口氣幹完。

為啥不歇著幹著？你不幹不知道。原因是啥？主要是不想戴口罩，戴幾層，太悶氣。想著趕緊幹完了可以摘下來。這活很髒，非得戴口罩，機器一開，滿屋子都是粉屑。領導一般都不往車間進，我在這個廠四年，領導連一次車間都沒進去過。後來加到一天幹二十五袋，現在可好，又加到五十袋，工資就長了五塊錢。是被人家逮住了。直接減我們兩小時加班時間，原來從早七點到晚九點，現在變為從早七點變為晚七點，少給我們兩個小時加班費。再狠也沒有老闆狠。

去年我還買了一件衣裳，你看，就是身上這個紅毛衣，甜甜非讓我買，太紅了。我都不敢穿。今年我都打算了，啥也不買了，趕緊攢錢，先把房子蓋了。我再惡幹幾年，甜甜再幫我三二年，估計到時能蓋起個房子。

我喜歡乾淨，收拾得乾乾淨淨，買幾樣家具，也算是個人家，我自己也過兩天清氣日子。蛋兒這個娃兒機靈，就是不愛說話。等他大了，他有本事了自己蓋。不過就是蓋了房子，暫時也不會回去。

甜甜真是懂事。我一般不說她。十四歲出來，一直在電子廠幹。她不願在這兒，說冬天太冷了，想到廣州去看看。我不行，我離不開她，在這兒，是個親人。我這個廠還行，我不想走。她在這兒，就是因為我。

我也不花錢，來這些年，就出去吃過一次飯，還是廠裡同事請的。我捨不得，想著任務大，原來得花錢給他治病，我是想著他能好，盼一年盼一年，盼個這。死了也好，我也清氣一下。

蛋兒今年都十歲了，才上小學二年級，在咱們城裡上寄宿班。成績差得很，就不進教室，不寫字。坐不住，在班裡發急，都說有多動症。我也不知道是不是。前段時間，寄宿班的老師來電話，說語文、數學考了三十分。拼音啥也不會。學費貴得很，半年兩千六百元。現在一個月才放一次假，我給他奶奶打電話說，多到城裡看他幾趟，給他買點好吃的。想著沒爸了，可憐巴巴的。蛋兒我有虧欠，有幾年我都沒回去，沒有管過他。現在還是管不了他。

今年春節我是不想回去，這十一剛回去過，再回去，太花錢了。又想著蛋兒咋辦？我和他姐都不回家，他肯定心裡不美。走著說著。

雲姐在敘說的時候，甜甜一直坐在雲姐旁邊，也不說話，就那樣聽著媽媽講。我問甜甜，你還記得你媽不在家過年嗎？甜甜笑著說，「可記得，老覺得她不在家過年，想著叫她回來，她不回來，我那時候都知道她是生我爸的氣。」

我說，「雲姐，你得過個星期天，學著逛逛商場什麼的，也給自己買件衣服。」

雲姐笑起來，「我又不出門，穿啥都一樣，我是一到商場頭都暈。」

「你還年輕，將來還要嫁人呢！」

雲姐的臉「騰」一下紅了，說，「嫁啥人，我是不嫁了，伺候人夠了，我就想清氣。再說，我都老太婆了。」

「俺們那兒都是我這年齡的，老太婆了。」這是雲姐剛才在講述她們車間情況時隨口說出的話，她真的把自己看做是「老太婆」了。雲姐，一九七一年出生，四十歲，典型的「七〇後」。在城市，關於「七〇後」的敘事才剛剛開始，剛剛進入歷史的視野。

無論做什麼，說什麼，雲姐都還是笑笑的。但是，那不是平和、安靜的笑，她的笑有一種懦弱、擔心和害怕，她甚至連對自己的哥哥都有一種過分的感激，她覺得她不配兄長的關懷，因為她太過貧窮，因為她的生活不夠體面。她現在最高興的事就是能夠加到班。她高興加班，因為只有加班，她一個月才能掙到兩千多塊錢。所以，從下午六點下班到晚上九點鐘，那三個小時，是她幹活最舒暢的時候。

我讓雲姐帶我到她的工廠去參觀一下。她說，現在的這個工廠肯定不讓進，管理很嚴，但可以去以前的廠區看一看。沿著村莊外面的一條河，上橋，過一條灰塵漫天的公路，在公路邊，一個有著鐵門的廠子，那就是乾燥劑廠。門口兩隻大狼狗朝我們狂叫，看見雲姐，往後退去，牠們還認識雲姐。雲姐帶我走進空蕩蕩的車間。所謂車間，其實就是一個簡陋的敞開式的操作間。一排像攪拌機那樣的圓方筒橫著，筒旁邊有一個像水管一樣的彎曲管子，還有一個手柄什麼的。旁邊是幾堆堆得很高的袋子，這袋子就是製作乾燥劑的原料。她站在筒面前，給我演示她如何工作。空蕩蕩的簡陋的車間，沒有任何意味，沒有任何生機，也沒有任何色彩。雲姐說，這個車間其實還好些，新車間是全封閉式的，人完全被關在裡面。我想像著機器開動的時候，瘦小的雲姐站在漫天粉屑裡面的情景。我無法想像，因為這車間如此敞開，那粉屑是要飛到外面，飛到公路上，飛到天空中去的。

下雨了。大的雨滴「撲撲」地滴落在地面上，把厚厚的灰塵砸起老高。膠州這邊的灰塵很厚，很細，這是我所沒有想到的。想像中的海濱地方，應該是蔚藍的大海，整潔乾淨的青石路，沒想到和中原的梁庄更相似。坐在小麵包車裡面，雲姐和她的女兒送我，灰色的天空下，雲姐的紅毛衣鮮亮亮的，格外搶眼。她緊緊靠著女兒，彷彿一個迷失的孩子，從身體到精神。她的十八歲的女兒勇敢地迎接著媽媽的身體，支撐著她。還好，親愛的雲姐，她有一個女兒。

這村落裡最後的房屋

必須承認，我一直都想逃跑。逃跑，趕緊回去，回到明亮的、乾淨的、溫暖的和舒適的城裡。在進到光亮叔那低矮陰暗的房間，霉味撲面而來的一瞬間，我就有想逃跑的衝動。這是每到一個地方的第一衝動。我悄悄盤算著回去的日子，原計畫待七天，也許四天也可以，甚或，三天、兩天也可以？無非就是看看工

雲姐在青島工作過的乾燥劑廠

廠，聽光亮哥談談，一天不就完成了嗎？在這兒住一夜不就行了嗎？

其實，每次出行，我都需要鼓起很大的勇氣。並且，越到最後，越沒有勇氣。我越來越拖延出行的時間，害怕出行，害怕行程的開始。我在琢磨，為什麼會如此？當然首先有懶惰的成分。並且，走得越多，這種懶惰、躲避的心態越明顯，這跟我最初的預期相差很遠。我原來以為我會像戰士一樣，愈戰愈勇，愈跑愈帶勁。因為我對我所做的事情充滿探索和思考的興趣，因為我看到越來越多我不知道的人生。但是，我卻越來越失去勇氣，越來越覺得迷惘和厭倦。是的，厭倦。這種厭倦的感覺如此清晰和強大，以至於每次我都需要很大勇氣才能再次走出家門。

相同的風景。相同的命運。如果都是在工廠打工，電子廠、鞋廠、服裝廠，年輕夫婦多在附近租一個小屋，或在附近農村租一個房子。房間裡的風景和生存大同小異。千篇一律的出租屋，除了相對稍好和稍差之外，都是差不多的精神氣質。千篇一律的小型的、簡陋的企業，幾台機器，幾個人，就是一個工廠。至於環境、待遇、汙染和勞動法，那都是不說也罷的話題。

我不勇敢，甚至很膽怯，很貪圖享受。這是一個事實，然而，我竟然並不為這個事實感到悲哀。因為，那的確不是我的生活。我可以安然無恙地逃跑，而不承受任何道義的譴責。這樣一種奇怪的人生，每個人都充滿著巨大的羞恥感，但我們又非常自然地忽略這種「羞恥」。

在光亮叔的房間坐著，潮氣和霉味都很重，只感覺越來越冷，我把放回箱子裡的衣服又拿出來，全部披在身上，把圍巾也緊緊圍在脖子上，還是冷氣逼人。我沒有想到，十月底的青島鄉村，如此的冷。

但是，第二天，第三天，就聞不到霉味了。我跟著他們起床、吃飯、上班，他們進廠，我在外面晃悠，慢慢進入他們的軌道。我意識到，這就是他們的生活，日常的、每天經歷的生活，所以，霉味兒、滯重的蒸氣味兒、害怕中毒和想念孩子的痛苦等等，這些情緒都並不强烈。那就是他們的生活。即使死亡，他們也淡然處之。

幾天時間，我把這萬家窩子也轉熟了。

光亮叔住的這一部分都是低矮的趴趴房。另一邊是嶄新的樓房，萬家窩子的居民大多搬到那邊居住了。村支部是一座兩層的上下二十多間的嶄新樓房，前面是寬敞的水泥院子，一座圍牆，一個大鐵門。光亮叔說，「我們來時啥也沒有，就幾座爛瓦房，現在，多氣派，都是

萬家窩子的早晨

電鍍廠給的錢。支書家兩部車。老百姓還是沒得到好處，最多就是租個房子，一年一兩千塊錢。」

往遠處看，我才注意到，那個小山形狀的是一個新的垃圾場，異味在上空彌散，越呼吸，越讓人窒息。碾壓車在上面一次次來回壓，把垃圾堆壓實，下面用黑色鐵網網住。那幾天，我來來回回從那兒經過，碾壓車一直在上面來回碾壓。

再往前幾十米是一條乾涸的河道，河道兩邊是一叢叢的蘆葦和灌木林，河上有一座老橋。河邊的道路被完全毀掉了，坑坑窪窪，不斷有深陷的大坑出現在路中間。

傍晚七點半左右，萬家窩子完全黑了。我們去工廠門口轉悠，工人三三兩兩從工廠出來。有的騎著自行車、電動車一閃而過，有的借著昏暗的街燈在路邊菜攤買菜。光亮叔跟大家打著招呼，然後，不時地把我拉過去，說這是李坡的誰誰誰，他姨家是咱梁庄的；這是胡寨的誰誰誰，他姑夫是咱們梁庄的；這又是誰誰的什麼什麼。都是穰縣老鄉，大家好奇、驚喜地和我打招呼，有的熱情地邀我去他家坐坐。過去之後，光亮叔會說，就是他，那年兄弟吵架，失手把他兄弟戳死，坐了好多年牢。那個案子轟動很大。在想像中是一個土匪式強悍的人物，沒想到，竟然只是一個瘦弱的中年人。

我們又遇到廠裡的翻譯兼車間主管，第一天我去工廠的時候就是他把我趕出來。光亮叔邀請他到家吃飯，沒想到他真的來了。矮胖的翻譯還不到三十歲，據光亮叔講，他的月工資有七八千塊錢。他已經在縣城買了房子，老婆住閒，每天接送女兒上幼兒園。講起工廠的汙染、老闆與當地官員的勾結及如何逃避政策的管束，這個翻譯也是義憤填膺。當然，他不會講他和工人之間的矛盾。他走後，光亮叔呸了一口唾沫，「說得可美，轉過臉就是狗腿子。」

翻譯坐到九點多，還談興很濃。父親耷拉著頭，已處於朦朧狀態，光亮叔、新華小心陪著，防止自己打出呵欠來。陽陽已經睡熟。麗嬸在一旁給我使眼色，讓我到院子裡去。出來後，她悄聲對我說，「走，咱們到你癱子舅那兒去。」她告訴我，她們幾個婦女一起信主，隔幾天就在一起禱告，學唱讚美詩。光亮叔對此持反對態度，但也不過分阻止她。

癱子舅舅在看電視，為了配合舅母她們，他把電視調成了無聲，只有顏色在他臉上閃爍著。幾位中年婦女，圍在小桌子旁，頭挨著頭，正專心地唱讚美詩：

在那寂靜漆黑的晚間，
主耶穌釘十架以前，
他屈膝在客西馬尼園，
祈禱，「願父美意成全」。
耶穌疲倦傷痛的淚眼，
不看環境只望著天，
十架苦杯雖然極難飲，

然而他說，「你意成全」。

她們唱得走腔撇調，悲苦異常，有河南豫劇苦情戲的味道。看到我們進去，開朗的舅母高聲笑著，拉我坐下，說，「俺們都是瞎唱，你可別笑話。」她們都是來青島才開始信主，不會開譜子，也沒有人教她們，就憑著聽戲聽來的腔調唱了起來。我說，「讓我開個譜子試試吧。」她們很驚喜地看著我。當年的師範生，音樂是必修課。一九八〇年代後期所有的流行歌曲，全部是我自己開譜學唱的。但是二十年過去，我已經成了一個五音不全的人。

這是「父旨成全歌」。我清清嗓子，開了幾句譜，非常不準確，「他屈膝在客西馬尼園」這一句高音無論如何也唱不出。我找了一首曲調較為簡單的讚美詩，「慈父上帝歌」，

上帝待我有洪恩，
真是我慈愛父親。
體貼我軟弱，
安慰我傷心，
晝夜保佑不離我的身。
……

憂愁變喜樂，
患難得安寧，
疑是無路自有光明門。
哈利路亞！
靠著我慈愛父親，福樂來臨。

這應該是中國人自己譜的曲子，旋律熟悉，有點民歌的味道，充滿對苦難的傾訴和某種世俗的喜悅。我唱一句，她們跟一句，她們的神情嚴肅認真，如飢渴的小學生。一會兒，她們就自己唱了起來。這幾位中年農村婦女拍著手，在暗淡的燈光下，專注地看著歌詞，唱著歌，向上帝祈求安慰和體貼，希望「憂愁變喜樂，患難得安寧」。我的癱子舅舅，他龐大的身體坐在輪椅上，如一個被囚禁的巨人，默默地垂著頭。在讚美詩的歌聲中，他睡著了。

唱讚美詩的婦女

唱完歌，已經是十點多鐘。麗嬸帶著我，高一腳淺一腳，順著村莊裡的小巷道，往她那村莊盡頭的家裡走。遙遠的城市朦朧的光，把這村莊襯得更加黑暗、寂寞和安靜。

這村落裡最後的房屋，
像世上最後的房屋一樣寂寞。

想起小柱，想起那些我不認識的死在異鄉的穰縣老鄉，覺得悲傷，但又自然。在這裡住著的人們在經受著和梁庄相同的命運，不只是分離、思念和死亡，而是家園的喪失。這喪失是如此自然，隨著時間一點點剝落，沒有絲毫覺察，但一經外部眼光的審視，這幾近分崩離析的生存立即呈現出它的殘酷。

在萬家窩子住了七天，期間送我來的朋友一直打電話，問我什麼時候走？他說，我都擔心死了，這咋住啊？我一進門，聞到那霉味兒，就想叫你們走算了。我已經聞不到那霉味了，但卻覺得也已忍耐到極限了。是的，忍耐。

沿著來時的路程，我們又上了高速公路，看到了寬闊無邊的蔚藍大海，緩緩低飛的白色水鳥。朋友讓我們住進軍區的幹休所。德國建築，尖頂、紅瓦、白牆，有寬闊的門廊和客廳。花壇裡，幾朵豔紅色的玫瑰花斜伸著，飽滿的花朵，精神抖擻，在一叢低矮的草中央，一朵圓絨絨的、白色的、雅致的蒲公英完好無缺地昂然獨立著。

我沉沉入睡，沒有夢，沒有輾轉。

第二天清晨起來散步，沿著坡路往下走兩三百米，就來到青島的第一海濱浴場。左邊遠處，灰色天空的背景下是半圓弧形的兩棟高樓，金屬灰的，凜然、高尚、動感，充滿著對未來的渴望和想像。江面霧氣滯重，太陽沒有放射出燦爛的萬道光芒，而是蒼茫遙遠，在水天一體處瀰漫著灰色朦朧的光。這是潔淨、溫暖、寬闊的海濱浴場，這是乾淨、有歷史感的青島。

有一天，我翻看相片，看到那天站在青島第一海濱浴場的我。厚厚的眼袋，遮掩不住的疲倦，但是卻很安然，是極度思慮後的放鬆。

我思慮的是什麼呢？我又為什麼那麼如釋重負？其實一切已經開始模糊了。

1 好爺啊：感嘆詞，表示吃驚，不可思議。

2 （美）詹姆斯．C．斯科特：《弱者的武器》，上海譯林出版社二〇一一年版。

第九章　梁庄的春節

當生命的最後一刻來臨，
我們將長眠在她那苦澀的泥土之中。

——雅羅斯拉夫·塞弗爾特《故鄉之歌》

「老黨委」

二〇一一年農曆臘月初十的早晨，「老黨委」奶奶在梁庄去世。享年九十九歲。

「老黨委」是村中人對這位老奶奶傳奇般的家庭統治一種戲謔的稱呼。在福伯家裡，只有一個中心，一個主意，一個思想，那就是「老黨委」。福伯對自己的母親言聽計從。梁庄人愛講一個場景：六十多歲的福伯拉著推車，八十多歲的「老黨委」坐在手推車上，顫微微地從大褂裡面的一個口袋裡掏出藏在手帕裡的錢，給家裡買菜。那時候，她還掌握著家裡的財政大權。

「老黨委」在梁庄聲名赫赫，不只是她的長壽，而是她鐵一般的家庭統治力。早年經濟困難時期，她安排全家的生產勞動，安排每天的飯食搭配，仔細計畫每一分錢的花銷，以應付這十來張都要吃飯的嘴。她要求她的五個孫子和兩個孫女，走有走相，坐有坐姿，絕對不能出去惹事，絕對不能自己找對象，絕對不能打架。凡在外打架者，回來先向她下跪。

在「老黨委」的組織下，福伯家有條不紊，長幼有序，不但安然度過艱難歲月，並且成為那年代村中少有的殷實家庭。「老黨委」一家的孫子孫女們，也總有格外的溫文、通脱和安穩。

但是，她的孫子們對她卻愛怨交織。萬國大哥對「老黨委」奶奶最不滿的就是她的「忍」字訣。當年，他們和老老支書吵架，他們家五個兒子，老老支書家三個兒子，如果打架，輸贏立見分曉。但是，「老黨委」堅決不許。老老支書在村裡大罵福伯，一家人在家裡窩著，聽著，不能出來。萬立二哥認為，奶奶的高壓管理束縛了兄弟幾個的性情，沒有闖勁兒，也不敢冒險。因此，村中其他人都出去做生意，發財了，他們卻還在蹬三輪，沒有發展。埋怨歸埋怨，奶奶在他們心中，依然神聖。提到奶奶或講奶奶什麼事時，他們會肅然一變，敬重異常。

九十九歲，幾乎一個世紀。是為喜喪。

在此前的三天裡，福伯的兒女們已陸續從各個城市回到梁庄。西安的萬國大哥和萬立二哥，北京的三哥萬科一家和梁峰一家，內蒙烏海的四哥萬民一家（四哥在烏海市賣水果，已有八年沒有回過梁庄），深圳的梁磊一家，鄭州的梁平、梁東都回來了。「老黨委」的這個大家族，加上媳婦女婿，外孫裡孫，如今擴展為四十四人，都全部到齊了。

一切都已經準備好。柏木棺材一年年的刷漆，顏色已經發沉發亮，棺材的厚度也是農村最高規格，「四五六棺材」，底四寸厚，側牆五寸厚，頂蓋六寸厚，整個棺材看起來敦厚結實、威嚴大氣。「老黨委」的壽衣在她八十歲的時候就已經準備好，七套上好各色棉料和絲綢做的內衣外衣。

臘月初十的晚上，報小廟。活著的親人們到廟裡（不管是土地廟、觀音廟，只要有神在裡面就行）向神報到，這個人要到陰間了。原來梁庄有官廟，全村人共有的一個土地廟，在韓家後面的一座祖屋裡。二十世紀五六十年代的時候，廟被拆毀，送葬的人就只好在廟後的河坡上，或十字路口行禮，舉行儀式。

萬國大哥扶著八十歲的福伯，穿著長袍孝服，戴著長孝巾，走在最前面。福伯顯得很衰弱，一生對母親唯命是從的福伯，他的眼神裡，有一種突然失去母親的小孩那種無依無靠的神情。福伯手舉一個麥秸扎成的草耙，草耙上夾一張草紙，草紙上寫著「老黨委」奶奶的名字：吳芝秀。孝子賢孫們跟在後面，頭上裹著長長的白布頭巾。每到一個路口，執事都要放一串鞭炮，燒一堆紙錢，又向空中撒大把的冥幣。孝子們跪在地上，哭叫著「奶奶，奶奶」。這是在告訴廟裡的神，奶奶要到那裡了，請神把她收下，也告訴奶奶，這條路可以到達那裡。這一次次的跪哭，一直到村外通向公墓的十字路口。草耙放下，眾人圍著草耙跪哭。然後原路返回。

臘月十一的晚上，報大廟。「老黨委」的外孫女、重外孫女請來幾盤響器。院子裡拉上了幾個一百瓦的大燈泡，燈火通明。來自不同地方的響器相互競賽，你來我往，製造著熱鬧氣氛。

報大廟時的隊伍比昨天大得多。報小廟只是直系親戚參加，報大廟時各地的親屬都已趕來，都要參加報廟隊伍。走在前面的福伯嘴巴張著，啊啊哭著，涕淚泗流，卻沒有聲音。後面是一群孫輩男孩，再後面是嫂子輩和孫輩兒媳，再後面是一些遠房親戚。整個村莊的人幾乎都出動了。沿著昨天的路，來到十字路口，一堆灰燼旁邊，那草耙還在，那夾在上面的草紙也還在。眾人圍著草耙，跪在那裡，哭泣，磕頭，拿著草耙返回。從此世的家到彼世的家，福伯帶領他的子孫，走過這條路，在每一個岔路口，都停下來，燒紙，哭泣，告訴自己的母親，不要走錯路，只有這條路可以到另外一個世界。

五更天，萬籟寂靜，雞不鳴狗不叫的時刻，「送路」的時刻到了。眾子孫帶著草耙，帶著「老黨委」生前用的枕頭、被子、蓆及其他所有物品再次來到十字路口，把草耙和上面的草紙燒掉，這意味著「老黨委」真正到陰間報到了。當天發白發亮的時候，她會看到她的子孫們在哭她，會意識到，她已經死了。她的衣服被子也都燒掉，從此以後，這個人在世間銷戶了。執事朝空中撒著紙錢，喊著，「撿錢啊，撿錢啊」，這是讓一些餓鬼、壞鬼專心撿錢，以防他們打「老黨委」，讓她能夠通暢地到達彼岸。

這位世紀老人，她活著，是一種象徵，一種注視，村莊每個人都能感受到她嚴厲的目光。她死了，一個時代的象徵系統結束了。傳統的農耕文明、家族模式和倫理關係在梁庄正式宣告結束。

臘月十二，清晨六點半鐘，天色微亮。出喪。「老黨委」的子孫們親自抬棺，他們不用假借別人，孫子輩萬國萬立萬科萬民，重孫輩梁峰梁東梁磊梁平，再加上四個孫女婿和重孫女婿，完全可以把棺材抬起來，送到墓中。一路緩慢行走，天色大亮。昨晚睡在各家的親戚都趕來，跟在後面，村莊的人也逐漸出來，跟在後面，走向墓地。

人群稀稀落落地跟著，綿延成一條路線。這是一條古老的路，村莊中的每個人，都會沿著這條路，走向死亡。

一個村莊裡，一個人的死亡也是所有人經歷的一次死亡。一次葬禮就是一次心靈教育，通過哀哭、跪拜、呼喚，在世的人和去世的人，融為一體，共同完成生命的輪迴。在這過程中，觀者的悲涼之感會時時湧現，然而也會因熟悉而產生一種溫馨感和歸屬感。沿著這條路，我們可以找到家，可以走向那裡的親人的懷抱。

勾國臣告河神

「老黨委」奶奶的葬禮辦完，春節也即將來臨。在外打工的人們陸續回來，一場場的酒擺起來，寂寞冷清的梁庄開始有點熱鬧和喜慶的氣氛了。

夏天的軍哥之死及圍繞著軍哥之死所產生的閑話，尤其是關於南水北調占地賠償事件梁庄村民的態度（既憤怒又漠然），我一直非常不解。既然關係到人人的利益，不管大小、多少，都是自己的事自己的錢，為什麼大家都那麼不在意？這不符合梁庄人日常的性格，為了幾十塊錢，兄弟打架，妯娌翻臉，不贍養父母，和鄰居吵架的事比比皆是。

我決定找一個機會以較為正式的方式讓大家談談各自的看法。

借著喝酒之機，我把福伯、父親、萬國大哥、萬立二哥、萬科三哥、萬民四哥、萬青哥和梁磊、梁時（萬青哥的兒子）召集起來，以鄭重的態度對他們說，「今天咱們關起門來都是自己人，隨便說，說自己心裡的真實想法。這件事如果是真的，村委會如果真的貪汙了公共占地面積的錢，你去不去找他們說，去不去告狀？原因是啥？」

「啥『如果』，那清是真的。」萬青哥先嚷了起來，「我這兩年在家裡，啥都知道，我都給他們算過帳了。南水北調占咱隊二十二畝集體地，王家二十五畝，韓家二十二畝，這一共就是六十九畝。一畝賠償一千七百五十元，這都十來多萬了。毀掉的十八眼井都有賠償，一眼井兩萬二。村委說錢先不分，說一方面給村裡修路，另一方面還耕之後，國家毀幾眼，拿這錢再打那麼多井。說得可好，到時誰還記得這事兒？咱們隊裡還有其他錢，老公路上砍的樹錢，蓋房批宅基地給他們送的禮錢，磚廠賃出去的地錢，隊裡每年流動地租出去的錢，都不知道到哪兒了。我算了一下，只這些，就軟三萬塊。」

「既然帳這麼清，你為啥不去說，也不去告？」

「我想著我給人家沒門兒啊，你就是想整，我一個人也見整不犯[1]人家。現在有三個人站起來，就能夠說清楚。但這三個人不好找，出頭時都不想出那個頭。不是怕他，主要是不想得罪人。不想公開、正式地得罪人。在我一個人站起來不起作用的情況下，我是不會站出來的。」

在說到貪汙的時候，萬青鏗鏘有力，但是在說到告狀時，他的聲音立即有點軟弱，中氣不足了。父親帶著自我嘲諷的語氣說：「說告狀，不是逼急了，誰也不會去。人家多抬舉咱，今天送酒，明天請吃飯。村委會也不憨，先把我安置好。把好整官兒的這號人先弄住。」

福伯嘲笑父親，「你看，光正都叫人家賄賂住了，還『老刺頭兒』呢！你可知道了，為啥這兩年村委和你走得近了？主要是糊弄住你，不想讓你出頭。」

「那你咋辦？我生病，人家一聽說，趕緊往醫院去，拿一百塊錢看我，我能咋辦？讓人家把錢拿走？」父親提高了聲音，替自己辯解。

二哥以一種滿不在乎的口氣說，「只要不捉我都行。但是多了肯定不行。大面過得去就行。三畝五畝無所謂。」

四哥說，「咱成年不在家，分到咱這兒也落不住啥錢，咱也不參與內政。捉哩是大家，吃虧了，每個人都吃虧，就算了。」

一向不參與時政的三哥保持一貫風格，「我對家裡沒有意見，只要誰不捉我都行了。過個平靜、平淡生活。你不欺負我，我不欺負你就行了。關係太複雜了，不想參與。」

二嫂在一旁感嘆到，「農村這些事，都是些感情。三十年河東轉河西。咱不想吭聲，又落不到咱這兒，得罪那人幹啥。」

我說，「可是這樣大家也吃虧了啊，憑啥吃這虧？錢再少也是自己的錢。錢可以是小事，權利是大事。這是你們應該得的，是你們的權利。再說，你們不去爭取，只會使情況越來越差。」

「低頭不見抬頭見，告不成，還落一身臊。二大不是一輩子不待人見嗎？啥也沒告成，自己天天挨批鬥。」四哥並不同意我的看法，又拿父親做現成的例子。

二哥說，「啥權利？當官的，落一點吃喝，不然餓死了。你不叫人家貪，指望啥？」

父親說，「弄個新官更不好，肚子在空著，還得吃，貪得更很。」

大哥接著父親的話說，「就是。李營（鄰村）為啥現在比咱們村富？就是人家沒有換過官。爹當完兒子當，三代人都當村支書。都吃飽了吃美了。該為大家辦點事了。」

二哥似乎對大哥的話有點迷惑，「照你這樣說，『世襲』倒是好事了？」

「你想啊，三代人都吃，總有吃飽那一天，就不會恁貪了。」

大哥的觀點頗為新奇，大家就此產生了激烈的爭論。奇怪的是，大家對幹部的貪汙都持一種特別理解和接受的態度，雖然也包含著憤怒和鄙視。

在熱烈爭吵的過程中，梁庄兩個年輕的晚輩，梁磊和梁時一直沒有發言，並且流露出心不在焉的表情。他們對村莊的這些事不感興趣。萬青哥在那兒詳細地算帳時，梁時不滿地瞪著父親，低聲嘟囔著，「就你能，一輩子愛管閒事。」萬青哥對梁時的這種思想也很不滿，認為「現在社會在發展，人們的思想在落後。娃們只管掙錢，不管家。」至於梁磊，很顯然，他對這種探討和爭論的結果持極端懷疑的態度。

我問到，「那就沒辦法了？大家都不願出頭，不願爭取自己的權利，那就都吃虧。」

萬青哥說，「那你有啥辦法？要我說就去告狀，肯定能將他告倒。」

福伯以一個老人的經驗式肯定話語說，「你也別告，肯定告不贏。背後都有關係。」

大哥的火爆脾氣又上來了，「告就告，日他媽，咱一個平頭老百姓，他也不能把咱吃了。」

二哥反駁說，「去去去，就你能，你還想當勾國臣啊？勾國臣可去告玉皇大帝了，最後不還是叫玉皇大帝治住他了。」

「勾國臣咋了？湍水年年淹，就是不敢淹勾國臣，說明他河神也怕了。玉皇大帝拿他也沒法。」大哥別著脖子，虛弱地對弟弟表示抗議。

父親大笑，「可別說勾國臣，他能強過玉皇大帝？玉皇大帝一聲令，國臣不國性命丟。」

話題突然轉了個彎，跑到了雲端裡。勾國臣是誰？還有玉皇大帝、河神？什麼樣的故事？我居然一點兒都不知道。梁時和梁磊也一臉茫然的樣子。

福伯驚訝地叫道，「咦，你們都不知道？我從小都知道，我給你們講講這個故事。」

故事發生在清朝，嘉慶年間吧，只是大約，人們說法不一。吳鎮北頭，河坡上面，就是現在靠梁庄磚廠的那個地方，住著一個叫勾國臣的人。勾國臣是個落第秀才，平日以給別人寫些狀子、賀詞、家書或墓碑銘文為生，家裡很窮，但是卻脾氣火爆，愛打抱不平，好管個閒事，在咱這一片兒還很有點名聲。

咱吳鎮是依湍水而建，整個鎮子就在湍水上面河坡上。河坡地肥得很，適合種西瓜、花生、玉米，這些都是當時老百姓的生活來源。但是，湍水年年漲，百姓年年受災，種下的莊稼十能落一。老百姓很苦。

有一年夏天，勾國臣給人寫結婚喜帖，主家請他喝酒。喝完酒，勾國臣醉醺醺地回來，正碰到鄰居一群人在門口大罵河神，「狗河神，年年上貢，年年淹，還有沒有良心？」湍水那年又淹了，鄰居們辛辛苦苦種的莊稼又打了個水飄。聽著聽著，勾國臣動了氣，日他媽，我天天替人寫狀子，這麼大的冤枉事咋就沒想起來管呢？回到家裡，提筆就寫了一張狀子，向玉皇大帝狀告河神：「告狀人勾國臣，係穰縣民籍，告為河神橫行事。天地人倫，夫妻之道，各司其職，各有其責。河神管天地河流，百姓常貢不敢懈怠，緣何經年暴厲肆虐，糟蹋百姓莊稼生計，有違神之道。百姓如此艱辛，河神何不開眼。國臣既已糊塗，望帝秉公判斷。上告。」

寫完之後，勾國臣把狀子捲起來，塞到牆上的洞裡，就呼呼睡著了。那時候老百姓的房子都是土牆，窮人買不起櫃子，就在牆上挖一些洞，放東西。第二天醒了，勾國臣也忘了此事。

過了一段時間，老婆和勾國臣吵架，嫌他多管閒事又不掙錢，一怒之下，把勾國臣寫的狀子全部燒了。這下可好，勾國臣告河神的狀子被送到了玉皇大帝那裡。

玉皇大帝看到狀子，「噗哧」笑了，「這是哪個國臣，竟敢告河神?!把他捉上來問話。」一群天兵天將就領命而來。

人間的勾國臣突然三魂不服五體，陣陣冰冷。人躺在床上，魂魄已經離開了身體，被天兵天將帶到了玉皇大帝面前。

玉皇大帝一看，只是個白面書生，就問，「大膽勾國臣，為何告河神？人要告神，是不是想造反？」

勾國臣硬著脖子說，「河神年年糟蹋莊稼，你為啥不管？神都這麼不講理，讓人咋活？」

玉皇大帝大怒，「你既沒種地，就沒淹你莊稼，那關你何事？你這麼多管閒事，拖下去重打四十大板！」

勾國臣轉魂回來，五臟劇痛，動彈不得。看到老婆家人在床邊哭得死去活來，親戚鄰居圍了一圈兒在抹眼淚，知道自己已經死過去一次，再活不成了。他告訴老婆，他死後，一定要把他葬到湍水河邊，「玉皇大帝不是說湍水泛濫之事與我無關、不許我告狀嗎？現在，我埋在河邊，河神要是把我淹了，我就可以名正言順地告狀了。」

勾國臣死後，依他囑託，家裡人就把他埋在湍水岸邊最靠近水的地方。說也奇怪，湍水仍然年年漲，年年決堤淹岸，卻始終繞過勾國臣的墳。幾百年過去了，那座墳一直沒塌。

解放前，四幾年的時候，勾國臣的墳還在。我們這些小孩子去看，那個墳丘只剩個小土包，孤零零的，墳的前後、左右都浸到了水裡，墳裡面還滲出些黑的東西來，但就是沒有塌。墳前立著一個石碑，石碑上寫著：「義士勾國臣之墓」。那時候，來看他墳的人可多了。每年夏天，都有許多外地口音的人騎著大馬，趕著牛車，撐著渡船，從很遠的地方來看。後來這墳不知道啥時沒有了。

你們可能都不知道，現在，咱們吳鎮北頭，靠近梁庄的那一片兒，原來都叫「勾國臣」。要是有人問吳鎮人或梁庄人「到哪兒去」，他會說，「到勾國臣幹活去」。要是有人愛管個閒事、好告個狀，吳鎮人或梁庄人就會說，「咋，你也想當勾國臣啊？」

如此生動有趣的故事，我簡直有些驚嘆了。一向拙嘴笨舌的福伯突然變為一個說書人，神采飛揚，把故事講得跌宕起伏。父親在一旁不時補充些細節，大哥二哥也笑得前仰後合。他們從小都知道這個故事。因此，說起勾國臣和玉皇大帝來，就好像他們仍然活著，仍然是現實生活中大家熟悉的人和事。

我突然想到在西安，當萬立二哥聽到老鄉老婆走失的事情時，他非常輕蔑地回了一句話，「管那些閒事幹啥?不是咱們這兒的事，不要管那些事。」我似乎明白了二哥的冷漠從何而來。也許在他心裡，勾國臣的事情就是現實。不是不能、不願，而是不敢，那可怕的懲罰一直都擱在他們心裡，一代代人消化著，最後，一切都變為了「既與我無關，就不關我事」。

黑女兒

臘月二十一的上午十點多鐘，萬明嫂子急匆匆的來找嫂子，說出事了。萬明嫂子妹妹的女兒，今年九歲，被鄰居一個六十多歲的老頭給壞了。

前一天下午，奶奶和小孫女出去，看到鄰居的那個老頭，小孫女很害怕，不願意往前走。奶奶把小孫女拉回家，盤問了一番，才知道這件事。萬明嫂子問做助產士的嫂子能不能鑑定出來，治這個人的罪。

在比比劃劃說的時候，我看到街對面，站著一老一少，一直往這邊張望。嫂子沒有資格做這樣的鑑定。這種事情必須要到穰縣大醫院的婦科去做才可以，也才有法律效用。我提出開車把她們送到穰縣，幫她們找相關熟人。萬明嫂子喜出望外，向那祖孫倆招手，示意她們過來。

奶奶拉著孫女，畏畏縮縮走過來。小女孩兒很艱難地向前挪動著，每走一步，嘴唇都抽動一下，很痛苦的樣子。還沒有上車，就拉著奶奶說要上廁所，她老想小便。一會兒，廁所裡就傳出小女孩兒的呻吟聲。坐在車裡，透過後視鏡，我看到奶奶那張臉，那是世界上所有的愁苦都集中在這裡的一張臉。她的呼吸好似一直沒有順暢地進入過她的胃和胸腔，就吊在嘴巴和脖頸處，下不去，又出不來，哽在那裡，極為痛苦的樣子。

我們到穰縣醫院的婦產科，找到一位醫生朋友，大致說了情況。朋友讓小女孩兒把褲子脫下來，讓奶奶抱著小女孩，她戴上手套，仔細地查看。女孩兒的會陰部已經紅腫和糜爛，每觸動一個地方，她就「啊啊」地叫著。朋友神色凝重，回頭把奶奶批評了一通，又問小女孩小便是否疼痛，小女孩點點頭。診斷結果是「會陰部嚴重撕裂，宮頸受傷，泌尿系統感染，已有合併症」。

她仔細地給小女孩兒清洗了一番，又塗上一些藥。奶奶把小女孩兒的衣服穿上，讓她坐起來。朋友開始問小女孩兒。

妹妹別著急，我問你話，你慢慢想，慢慢說。給我講講是咋回事，回頭咱們把他關起來。

……

那個人咋找你的？

他拿了一盒奶，還有糖，讓我吃。

他碰你了沒？

碰了。他用手摳我那兒。

用手摳你？

後來用身上的東西。他碰我六下，然後，他又把他褲子脫了，把我褲子也脫了，塞到我這裡面。

流血了沒有？

流了，我自己撕點紙擦擦。

紙呢？紙弄哪兒了？

扔茅坑裡了。

他以前碰過你沒有？

碰了。

他都是啥時候找你的？

以前是我奶奶晌午去上街了，我在院子裡看門。大凳子在院子裡擱著，我坐在凳子裡看門，他又來了。他把我叫到屋裡。

你為啥不給你奶說？你咋不罵他？

以前是我不敢告訴我奶奶。

為啥？

……

怕你奶奶打你？

不是，我是怕我奶奶知道，我奶奶又要氣。

你怕你奶奶氣？

是哩。每回我哥哥惹她，我奶奶都不高興。我不想叫奶奶傷心。

你不想叫奶奶傷心？

是哩。

……

九歲的小女孩兒始終以緩慢、平板和遲鈍的聲音回答，這遲鈍在小小的房間裡迴響，像鈍刀在人的肉體上來回割，讓人渾身哆嗦。憤怒逐漸滋生、漲大，充斥著胸膛和整個房屋。我聽到自己的心臟在「通通」地跳，感覺到眼淚流到嘴角的鹹味。九歲的小妹，她還不明白這樣的問話的殘酷性，還不明白這件事對她作為一個女性生命的影響。但從她恐慌的、怯生生的眼神裡，她已經明白，她犯錯了。她不停地往奶奶身上靠，在說話時，也時時看著奶奶，彷彿在根據奶奶的神情來判斷她的話會對奶奶產生什麼反應。

奶奶僵硬地坐在那裡，一直流著眼淚，那花白頭髮重重地扣在她頭上，壓著細弱衰老的脖子。她身上的「氣」似乎被抽走了，無法撐起她極瘦的身體。在聽到小女孩兒那突然轉折的話時，她拿手背使勁擦了一把眼淚，身體稍微放鬆了一點，讓小女孩兒依住了她。奶奶先說起了她的孫兒。

俺們那個孫娃兒犟得很，一回家把書包扔了就跑，不學習就算了，成天和別的娃兒打架，咋打他都不行。成天把我氣得心口疼。孫娃兒是一歲多的時候留在家裡的，今年都十三了。他出手重，沒個準頭，你說，萬一把人家誰打傷了，可咋辦？有時候偷我的錢，偷偷上街打遊戲，一天都不見人影。黑女兒兩個多月的時候，她媽們就出門打工了。也笨得很，都九歲了，還在上一年級，老師留的題都不會做。

我是咋知道的，今兒早，我倆出門，她看見那個老頭，一看見就嚇成啥了，拉著我要往回跑，說奶奶，奶奶，就是他把我褲子脫了。一會兒，她又催著我，說，你去找他事兒，你去找他事兒。現在想想，昨晚上回家，我發現她褲衩上有血，沒有往那兒想，就給洗了。她還叫著她身上疼，她沒說是咋回事，也沒說清楚是哪兒，我也沒在意，想著是胡叫的。我胃疼得很，回來又到處去找她哥，沒顧得管她。他們倆在家裡，我成天都沒顧上管，我自己身體也不好，地裡還有點兒活，她哥也不聽話。我是想著，我一個老婆子也不容易，能顧住他們吃喝就行。

以前那個人就壞，碰人家年輕媳婦。他當民辦老師的時候，騎自行車上街，在路上碰到俺村裡的一個媳婦，他讓人家坐上，說帶人家上街。走到路上，他讓那個女的用手摸他那個地方，那個女的回來給她男的說了。我記得可清，是大年初一，那家男的拿著刀在村裡到處追他要殺他。後來，不讓他幹民辦老師了。

他今年都有六十五歲了吧，也在家和老婆看孫娃兒。俺們兩家在挨著呢。平時俺們兩家關係也不錯，經常來往。我今年五十四歲了，她爺在她爸十幾歲的時候就死了。我守寡這二十幾年了，也沒出啥事。我是真沒想起來，他都恁老了。

村裡還有個年輕娃兒，也壞，智力差，臉上帶傻樣，成天把他那東西露在褲子外面，見女的就胡弄。那個傻子在家，我很小心。天天出門都帶著黑女兒。這段時間公安局把那個壞娃兒關起來了，我就放鬆了。我上街，就是兩三個鐘頭就回來了。昨天上街主要是去包藥，我腸胃不好，成天拉肚子，胃疼。一星期去包一回中藥。我早晨去得早，七點多去，十來點就回來了。我出去老是說，黑女兒，你在屋裡照顧門，我去一下就回來了。都是在門口說的，聲音比較大，他可能就在偷偷聽，聽我走了，他就來了。

才開始一聽黑女兒說，我拿著刀想出去跟他拚命，恁老了，還害人，我拼著自己不活了。黑女兒嚇得哭得不行，抱住我腿不讓我去。娃們可憐，我真要是有啥事，這倆娃咋辦？我還怕她哥知道，他平時可橫，不懂事。就是一條，知道稀罕他妹。誰欺負他妹，他都跟人家打架。

咱也不懂得法律，要說他應該有罪。按娃兒說的這個樣，能治他罪嗎？我不想給她媽說，我就想自己治他罪。我意思是我在屋裡照顧著，我必須得給她媽有交代，只要能治他罪，咋都行。我還怕黑女兒受影響。咱想著，咋著以別的理由把他抓起來，要是別人說了，就說他是因為其他事被抓的。

她媽後天都回來了，今年可說回來過年。她去年都沒回來，今年說早點回來。可咋辦？說啥也不能告訴她媽。一來她媽是個沒文化人，我怕她非拼命不可。她對我不滿，我不怕。她媽脾氣壞，一兩年回來一次，看他們兄妹倆學習不好，成天打。能起啥作用？

小女孩兒叫黑女兒，農村小姑娘最常見的小名。奶奶的眼淚順著臉頰不斷往下流，她語無倫次地說著。有一點她表述得很清楚，她不希望她的兒媳婦和村裡人知道這件事，她想治那個人的罪，又希望最好以別的名義把他抓起來。但是，小黑女兒的媽媽後天就要到家，那怎麼可能？

朋友給黑女兒掛上吊瓶，輸液消炎。我給一位認識的派出所所長打電話。熱情的寒暄之後，說到案子，就猶豫起來。他說那就看你們了，如果你們堅決要告，那就讓孩子公開作證，應該可以。但是，這樣一來，就會鬧得滿城風雨，所有人都會知道，你們得做好承受的準備。說以別的罪行把那人抓起來，那肯定不可能。

我轉過身去問奶奶，奶奶捂著臉又哭起來。萬明嫂子也沒有了開始的那種堅決。朋友告訴我，她這幾年做過好幾起這樣的檢查，最後都沒見報案，主要還是怕丟人，怕女孩子以後受影響。說實話，就我自己而言，從一開始，在內心深處我就有隱約的焦慮，我害怕去報案，雖然理性上我並不同意我這一想法。報案，意味著公開化，公開的羞辱、圍觀、議論和鄙棄。這些事情人們不會忘記，一旦到了婚嫁年齡，一個閒言碎語和傳說就足以毀了她。

商量了一個多小時，沒有任何結果，甚至連報不報案都沒能確定。大家呆坐著，不知道該怎麼辦。黑女兒躺在那裡，先是抽泣著，一會兒就忘記了，依著奶奶，好奇地看著我。輸完液，她站起來，動動身體，想要去看、去摸房間的其他物品。在我給她照相時，她露出了笑容。我教她拍照，她拿著相機給我拍了幾張，自己看了看，開心地笑了。

已是午後四點多鐘，沒有方案，沒有辦法。朋友開了一些清洗的沖劑和藥，囑咐奶奶記著每天給小黑女兒清洗、塗藥，每天輸液。我開車重又把祖孫倆送回到吳鎮。

在通過村莊的路口，她們下了車。奶奶佝僂著背，頂著那頭花白頭髮，拉著小女孩，走在被蛋兒心裡也氣我，晚上睡覺，俺們在一張床上睡，離得可遠，不摟我。我跟他爸吵架，過幾天，他給我說，「媽，都是你幹的事。」他是心疼他爸，氣我跟他爸吵架了。

二〇〇七年放假，回家過年。過完年有老鄉來青島，我就帶著甜甜一塊兒來，那年甜甜十四歲。來這四年，一開始來發六七百塊錢，後來一千多點，都高興得不得了。一年一漲，一年一漲。我在廠裡從來沒有過過星期天，一直是滿天上。節假日不放也都高興，加班有錢。俺們那個車間都是我這年齡的，老太婆了，出來都是為家呢，一天都捨不得休息。

我是在乾燥劑廠幹活。別看那一個個白的圓的顆粒很乾淨，製作過程可髒得很、累得很，你就想吧，就像在麵粉廠一樣，一天下來，渾身白，非得天天洗澡。俺們幹這個活，一個月比人家多五十塊錢灰塵費。一天工作十二個小時，強度很大，至少十個小時是滿打滿幹。你就是不幹活，也不讓出車間，活幹完時，想偷個懶，攤個袋子坐在地上，有時坐在倒膠的桶上。大家都願意加這個班，單指望長白班，一天就四十八塊錢，根本掙不來錢。加班一小時六塊錢，這時候最高興。從早晨七點到幹到晚上九點，一個月能發到兩千七八百塊錢。

滿勤獎是五十塊錢，我今天不去，這個月就沒有了。來這四年，從來沒有請過假，一個小時都不請。天天上班，禮拜天更要上班，不叫加班要求著加班，全指望星期天加班掙錢。一天五十五塊錢，加班都願意。要是說過個禮拜天，大家還不過呢，沒錢，誰捨得過。

幹的時間長了，技術是沒問題。就是熟能生巧的活兒。知道啥時候加膠粉，滾成球。一邊車轍壓出一道道深痕的、泥濘的土路上。黑女兒被奶奶扯著，慢慢往前走，又不時地掙過身子回頭看我。

道路左邊就是高高的河坡。一排排枯樹，遙遠的地平線，構成蒼茫的河岸。湍水沿岸，已經被挖得面目全非，一排大樹下面，是一個巨深的沙坑。那扎在地下的樹根被裸露出來，四處蔓延的根鬚顯示出不顧一切的生命力。這些根鬚如今被架在空中，它們竭力汲取養分的沙土已經被挖走，沒有力量再往下延伸，再次扎根。樹幹正在傾斜，生命在遠離這些大樹。

落日熔金，四野寂靜。深冬的落日，竟是如此的紅，如此的暖。我目送著那一大一小的身影慢慢消失在這紅色的原野和世界深處。

天暗了下去。後天就是臘月二十三，中國的小年夜。零星的鞭炮聲在天空不斷炸響，有些性急的人已經開始放煙花了。那盛大的煙花，在黃昏的天空中，仍然綻放出豔麗的色彩。盛世的色彩和光芒。整個天地都被這盛世所籠罩。

重又返回穰縣。早已和朋友約好去聽穰縣大調。穰縣人喜歡聽戲，尤其是坐茶館喝茶時，如有戲相伴，是一大樂事。當然，現在聽戲的人大多都是五十歲以上的老人。穰縣大調原為鼓子曲，由明清流行的小曲、民歌演變而來。大調樂器由古箏，琵琶和三弦組成。作為古樂器的三弦即將失傳，在穰縣，只有為數不多的人會彈。

這是稷縣文化茶館一角。一間長形的門面房，門口擺幾張矮凳子，圍著桌子坐著十幾個老人，下棋的，聊天的，喝茶的都有，屋裡面靠牆向外坐的是樂隊。駁雜的青色水泥地面，閃著暗沉的光，牆上那個黑色小座鐘歪垂著頭，停在四點十五分上，欲掉未掉的樣子，很讓人焦慮。

彈琵琶的和古箏的兩個中年人表情並不豐富，甚至有點過於呆板。他們兩個原來都是稷縣劇團的，劇團倒閉，成員就組成演出隊，去做各種婚慶、開業等的表演嘉賓，掙一些外快。那個中年人一直帶著羞澀的笑容，輕聲地、拘謹地給我講他的經歷。

一個面容白淨的老人走到一個凳子前，側對著聽眾，坐了下來。他向彈古箏的中年人示意一下，彈古箏者撥出一長串清越、悠長的音調。正在說著、笑著、下棋和吃著瓜子的人立刻靜了下來，轉向了樂隊。

演唱開始了，曲目是〈吉慶辭〉，一首祝壽曲：

> 一門五福三多九如，七子八婿滿窗呼，勝似文王百子圖；壽星老祖雲端坐，左邊仙鶴右邊鹿；仙鶴口噙靈芝草，麋鹿身背萬卷書；韓湘子，何仙姑，鐵拐李身背藥葫蘆，葫蘆裡面有寶物；童兒打開葫蘆看，吐嚕嚕，吐嚕嚕，直飛出九千九百九十九隻燕蝙蝠；童兒身背八個字，上寫著金玉滿堂富祿財富。

這是一段明快的唱腔，曲調簡單，全場人都跟著老人哼唱著，按著節拍上下晃著腦袋，神情陶然。幾位彈者隨著彈奏的快慢、強弱仰俯著身體，手指在弦上飛快地撥動著。三弦的雅致，古箏的清越，琵琶的婉柔，三者配合出的不是〈漁舟唱晚〉那樣典雅脫俗的幽空意境，卻是民間的喧鬧的喜樂人生，透著踏實的煙火味兒來。

一個膚色黝黑的老年農民坐了過去。手掌糙厚，關節粗大，是一個長期在田地勞作的人。咳了幾咳，他示意樂隊開始。他閉上眼睛，一隻手拿著牙板打拍子，一隻手放在腿上，緊緊攥著拳頭，唱岳飛的〈滿江紅〉：

> 怒髮衝冠，憑欄處、瀟瀟雨歇。抬望眼、仰天長嘯，壯懷激烈。三十功名塵與土，八千里路雲和月。莫等閒、白了少年頭，空悲切。
>
> 靖康恥，猶未雪；臣子憾，何時滅！駕長車踏破、賀蘭山缺。壯志飢餐胡虜肉，笑談渴飲匈奴血。待從頭、收拾舊山河，朝天闕。

鏗鏘，有力，又悲涼宛轉。唱者的嗓音嘶啞著，沒有任何技巧，只是拼力從心裡喊出來的。而他也似乎根本不在乎那唱詞是什麼，眼睛一直閉著，完全沉浸在其中。到了最後，一陣舒緩的曲調之後，開始了抑揚頓挫的、完全無詞的尾曲。他持續哼唱著，脖子下端鼓出一個大氣團，上端是憋得紅紅粗粗的筋，這筋在脖頸上不斷地顫動，又保持著那僵硬的鼓起，好似正在撥動的琴弦，發出强力的掙扎。不斷的頓挫、起伏，啊、呀、唉，咿咿啞啞，沒有盡頭。唱者閉著眼睛，不顧一切地、無休無止地吟唱著，那無詞的旋律不斷拉長、回旋、呼喊、訴求，莫名地生出一種哀愁來。

這個沉浸在自創的調子中的老農在訴說什麼？在祈求什麼？那無盡的命運，無休無止的悲傷，還是無窮的忍受之後那天大地闊、悠遠安靜？一時間，我有點迷失：這是怎樣的中國，如此歡樂又有著哀愁的中國？

一個中年漢子的臉漲紅著，看樣子是喝醉了。他坐在一張低矮的小桌前，弓著腰，閉著臉，晃著頭，跟隨著旋律，手指在桌面上敲打著節拍，一下，一下，一下，「梆、梆、梆」，簡短、斬釘截鐵地敲著，好像要把手指敲斷，要把自己的心敲進去，渾然忘記了時間和外部的存在。我彷彿也被他敲了進去，眼角有點潮濕，很想流淚。這吟唱聲把我壓抑了一天的情緒給釋放了出來。我無法忘掉奶奶朝我看時的神情和黑女兒的遲鈍與天真。我知道，和大家一樣，我是把那祖孫倆拋棄了的。我努力了一下，沒有辦法，也就算了。不久之後，我會把她們忘記。

面對奶奶滔滔的淚水和期待的眼神，我甚至有些煩躁。我想逃跑。不只是無力感所致，也有對這種生活本身和所看到的鏡像的厭倦。我不知道該怎麼辦，不知道該做哪一種選擇，不知道那正在趕著回家過年的媽媽會如何面對她的被傷害的女兒。

我只想離開。只想沉浸在這悲涼的曲調之中，以逃避我心中的悲涼和清晰的漠然。就像我和小柱，就像我對待小柱那樣，我們血肉相連，卻又冷漠異常。

我終將離梁庄而去。

1 見整不犯：整不倒。

大陸版後記

土耳其的當代作家帕慕克在凝視他的城市，土耳其的伊斯坦布爾時，他說他的內心充滿了「呼愁」(huzn)。「呼愁」，在土耳其語中，有宗教的涵義。「呼愁」不是某個孤獨之人的憂鬱，而是數百萬人共有的陰暗情緒。用中文來翻譯，「呼愁」或可以用「憂傷」來對應。「憂傷」，憂鬱、傷感、鬱結、凝聚、懷念，與真實的事物和情緒本身已稍有距離，有間隔，有審視的意味。它是一種集體情緒和某種共同氛圍，蘊藏在這個時代的每一處廢墟之中。並且，我們越是決心清除這一廢墟，「憂傷」就越是清晰地存在於生活在這個時代的每個人心中。

是的，憂傷，當奔波於大地上各個城市和城市的陰暗角落時，當看到那一個個人時，我的心充滿憂傷，不是因為個體孤獨或疲憊而產生的憂傷，而是因為那數千萬人共同的命運、共同的場景和共同的凝視而產生的憂傷。憂傷不只來自於這一場景中所蘊含的深刻矛盾，制度與個人，城市與鄉村等等，也來自於它逐漸成為我們這個國度最正常的風景的一部分，成為現代化追求中必須的代價和犧牲。它成為一種象徵存在於我們每個人的心靈中。我們按照這一象徵分類、區別、排除、驅逐，並試圖建構一個摒除這一切的新的自我的堡壘。

然而，如何能夠真正呈現出「農民工」的生活，如何能夠呈現出這一生活背後所蘊含的我們這一國度的制度邏輯、文明衝突和性格特徵，卻是一件非常困難的事情。並非因為沒有人描述過或關注過他們，恰恰相反，而是因為被談論過多。大量的新聞、圖片和電視不斷強化，要麼是呼天搶地的悲劇、灰塵滿面的麻木，要麼是掙到錢的幸福、滿意和感恩，還有那在中國歷史中不斷閃現的「下跪」風景，彷彿這便是他們存在形象的全部。「農民工」，已經成為一個包含著諸多社會問題，歧視、不平等、對立等複雜涵義的詞語，它包含著一種社會成規和認知慣性，會阻礙我們去理解這一詞語背後更複雜的社會結構和生命存在。

複雜性還遠不止這些。農村與城市在當代社會中的結構性矛盾被大量地簡化，簡化為傳統與現代、貧窮與富裕、愚昧與文明的衝突，簡化為一個線性的、替代的發展，簡化為一個民族的新生和一個國度的興起的必然性。我們對農村、農民和傳統的想像越來越狹窄，對幸福、新生活和現代的理解力也越來越一元化。實際上，在這一思維觀念下，「農民工」非但沒有成為市民，沒有接受到公民教育，反而更加「農民化」。

一個詞語越被喧囂著強化使用，越是意義不明。與其說它是一個社會問題，倒不如說它是一個符號，被不同層面、不同階層的人拿來說事兒。人們抱著面對「奇觀」的態度去觀看，既淚流滿面、感嘆萬分，又事不關已、冷漠無情，「只有轟動，而沒有真正的事件」。[1]

我們缺乏一種真正的自我參與進去的哀痛。「當遭遇現代性時，我們失去了『哀痛』

(mourning)的能力。」印度的當代思想家亞西斯・南地認為，「現代性的語言是一種精算術的語言，我們學會了計量得和失，但是卻忘掉了怎樣去緬懷和表達我們的哀痛。」哀痛，就是自我，就是歷史和傳統，就是在面對未來時過去的影子。

用哀痛的語言來傳達憂傷，那共同風景中每一生活所蘊藏的點滴憂傷。哀痛和憂傷不是為了傾訴和哭泣，而是為了對抗遺忘。我試圖發現梁庄的哀痛，哀痛的自我。說得更確切一些，我想知道，我的福伯、五奶奶，我的堂叔堂嬸、堂哥堂弟和堂侄，我的吳鎮老鄉，那一家家人，一個個人，他們怎麼生活？我想細緻而具體地去觀察、體驗和感受他們的所思所做。我想把他們眼睛的每一次跳動，他們表情的每一次變化，他們軀體的每一次搖晃，他們呼吸的每一次震顫，他們在城市的居住地、工作地、日常所走過的路和所度過的每一分一秒都記錄下來。我想讓他們說，讓梁庄說。梁庄在說，那也將意味著我們每個人都在說。從那些新聞和畫面裡，我看不到這些。我們不知道梁庄發生了什麼。

他們歡樂、大笑、熱情、自制，他們打架、示威、反抗、忍受，他們哭泣、冷淡、自嘲。這一切都源於那條河流，幾千年以來它一直默默流淌。靜水深流，形成這個民族共同的哀痛，如此地源遠流長。

每個生存共同體、每個民族都有這樣的哀痛。這一哀痛與具體的政治、制度有關，但卻又超越於這些，成為一個人內在的自我，是時間、記憶和歷史的積聚。溫柔的、哀傷的，卑微的、高尚的，逝去的、活著的，那棵樹、那間屋、那把椅子，它們匯合在一起，形成那樣一雙黑眼睛，那樣一種哀愁的眼神，那樣站立的、坐的、行走的姿勢。

「忘掉哀痛的語言，就等於失去了原本的自我的一些重要成分。」哀痛不是供否定所用，而是為了重新認識自我，重新回到「人」的層面——不是「革命」、「國家」、「發展」的層面——去發現這個共同體的存在樣態。哀痛能讓我們避免用那些抽象的、概念的大詞語去思考這個時代的諸多問題，會使我們意識到在電視新聞上、報紙上、網絡上看到讀到的那些事情不是抽象的風景，而是真實的人和人生，會使我們感受到個體生命真實的哀痛和那些哀痛的意義。

與此同時，必須承認，對於我這樣一個並不堅定的調查者而言，每每離開他們的打工場地和出租屋，我都夾雜著一種略帶卑劣的如釋重負感，無法掩飾的輕鬆。任務終於完成了，然後，既無限羞愧又心安理得地開始城市的生活。這種多重的矛盾是我必須面對的問題，必須解決的心理障礙。還有羞恥。你無法不感到羞恥。一個特別清晰的事實是，我們每個人都是這一羞恥的塑造者和承受者。它不只是制度、政治的問題，它是每個人心靈黑洞的赤裸裸呈現。它是同一場景的陰暗面。

責備制度、批判他人是我們最普遍的反應，但卻唯獨忘記，我們還應該責備自己。我們也是這樣的風景和這樣的羞恥的塑造者。我們應該負擔起這樣一個共有的責任，以重建我們的倫理。路邊倒下的那個老人，超市裡的問題牛奶，馬路上突然下陷的大坑，被拆掉的房屋，都不是與

「我」無關的事物。它們需要我們共同承擔起來，否則，我們的「自我」將徹底地失落。

如果不能對「自我」提出要求，那麼，這樣的生活還將繼續。我們也不可能擁有真正的情感和深沉的哀痛。

我聽說，為了改變村莊的落後面貌，許多地區正在大規模地推行新型農村社區建設。我也聽說，梁庄，可能將和鄰近兩個村合併到一起，政府蓋幾棟高層建築，把梁庄村民遷到樓上，騰出耕地，把村莊化為良田。實際上，中國大地上許多個「梁庄」正在被拆解並重新組裝。

那麼，梁庄原來的房屋、道路、坑塘、溝溝坎坎和一些公共空間將徹底消失；那在每家院子裡的和村頭溝邊的樹——棗樹、苦楝樹、楊樹、椿樹、榆樹、槐花樹、杏樹、梨樹、核桃樹，它們生長在村莊的角角落落，把梁庄掩映在大地之中——都將消失；那種在院子裡的各色花草，花嬸家的刺瑰花、大麗花、月季花，玉花家的向日葵、指甲花、牡丹花，也都將消失；那原野上孤獨的墳頭和墳頭上那孤獨而鬱鬱葱葱的松柏也將消失。梁庄的人，將與泥土、植物、原野再無關係，他們將進入高樓，變為大地的寄居者。梁庄將對面不相識，將永遠被困在高樓。是這樣嗎？想到這些時，疼痛慢慢淹沒我的整個身心。

這並非只是一種緬懷和感傷，而是對這一合併、打破、重建本身的質疑和憂慮。「併村」真的可以「還地」嗎？這「地」是還給誰的？如何重建？在什麼基礎和前提下重建？誰做的論證？農民是否願意？為什麼願意？為什麼不願意？這一切，都是在語焉不詳的情勢下進行的。冠冕堂皇的理由可以遮蔽權力欲望、資本推進和更為複雜的利益博弈，也為「拆」、「建」等中國當代生活中最常見的粗暴詞語找到遮羞布。我尤其擔心的是，以「發展」為名，農民又一次成為犧牲品。在這其中，每一個人都被綁架。

有許多人說我們現在走的路正是台灣當年走過的路。台灣的工業化比我們早二十幾年，但是，在已經完成工業化了的台灣，村莊及傳統文化仍然活在大地的角角落落。那裡的村民、民眾活在大大小小的廟裡，他們有種類繁多的佛祖，媽祖、大道公、關帝爺、財神爺、玄天大帝、觀音菩薩、土地公，他們祈求祖先的保佑，在廟裡祈禱、許願、玩耍、聊天、學習、商量村事。傳統文化和傳統生活以積極的方式影響他們的心靈。在台江一個村莊的廟裡，主人帶我們到大道公像面前，讓大家拜一拜。然後他開始向大道公稟報，說，「大道公啊，今天是大陸那邊過來的人參觀，我給你說一下，希望你能保佑他們平安健康。」他如此自然地向大道公訴說，就好像大道公還活著，還在關注著、庇佑著他的生活。那一刻，我感覺到他的幸福、安穩和踏實。至少，在這個村莊，在這座廟裡，他是有根基的、被庇護的人。

不是直接地否定和放棄，而是努力去開掘新的、但又不脫離自我的生存之道。他們在努力以自己的形象去建構一種生活方式，實際上，也是在建構自己的文明方式。中國的文化傳統和存在方式，顯示出它巨大的容納力、活力及獨特性。

如果過去和未來，傳統與現代，都只被作為「現在」的附庸和符號而利用（就像不斷被拆掉的老城區、古建築和不斷再建的仿古建築和仿古景點，嶄新的「古代」，讓人悲愴的滑稽），那麼，我們的「當代」將被懸置在半空中，無法對抗並生成新的歷史洪流。如此單薄而脆弱的當代，怎麼可以建構開明、敦厚、合理的社會和人生？

我喜歡梁庄在的感覺，我為我能站在母親的墳頭思念她而感到深刻的幸福，因為它使我感覺我生活在自己的大地上，是我自身，它是獨一無二的，那裡有屬於我的、一直流淌著的河流。我還曾經幻想著，我能夠把在台灣找到的苦楝樹的種子，種到梁庄老屋前的院子裡。如果它能夠生根、發芽、成長，那麼，春天來的時候，我將再次看到那淡紫色的束束小花，再次聞到那渺遠的清香。

「我那聳立在平原上的故鄉，它像是撲滿一樣保存著我們的回憶。」

然而，一切都將永遠的失落。

我要衷心感謝梁庄的親人們，感謝我所訪問的所有打工者。他們誤工誤時，想辦法給老闆請假，他們到處打電話聯繫，陪著我去找其他老鄉和夥伴。他們發自內心的熱情和對我的支持，使我感覺到，梁庄，還是他們心中的神聖家園。因為有了梁庄，我們才有根本的親近和親情。我無以回報。

感謝穰縣的朋友們和在各地幫助過我的朋友們。不管各自的生活軌跡如何不同，在這樣一個公共的交叉點上，我們為共同的事物奔走，為可能的美好激動、感嘆。這意味著，我們的生活、我們的社會還有希望。因為我們還沒有使自己完全熄滅。

必須說明的是，書中城市裡面所涉及的部分地名、人名和人物關係都做了技術性處理，除了一些顯而易見的原因之外，我不希望大家進行絕對的對位。梁庄裡的中國，只是我所看到的和我所理解的梁庄和中國，我不希望引起不必要的誤解和爭論。

感謝我的家人們，他們一如既往地、全身心地支持我。我要特別鄭重地感謝我的父親，這本書有他的勞動和汗水。

謝謝。

1 漢娜·阿倫特一九六一年八月十六日給勃魯門·費爾特的回信，就耶路撒冷對納粹艾希曼審判過程中，記者的報導傾向和聽眾的心理特性所產生的感嘆。《耶路撒冷的艾希曼》：倫理的現代困境》，吉林人民出版社二〇一一年版，第一二三頁。

台灣版後記

二〇一二年四月的一天，我跟隨大陸的一個鄉村建設團體，從廈門坐船經金門，又坐飛機到台北，目的是了解台灣的鄉村和鄉村建設團體的動作方式。彼時台北正陣雨過後，天空遼闊，空氣清新。經過街市，看緩坡急彎、窄小繁華的街道，兩旁紅綠廣告牌和店鋪牌，此起彼伏，像極繁複而有旋律的人生。嶄新的金屬高樓中間夾雜著時光久遠、爬滿綠色植物的灰色小樓，時尚商店旁邊就是傳統小吃屋、大排檔，它們相依而存，各自適宜，親切自然。登時就喜歡起來。

在台灣的第一個晚上，聽到的一個核心詞語是「在地」。所謂「在地」，除卻其中隱約包含的政治意味，也指向重新認識自己生活的世界，發揚、創造自己的文化。它是台灣知識分子發起、參與的一個運動，試圖喚醒台灣普通居民的在地意識，包括對在地植物、在地生活和在地生態的再認識。而「在地」運動在鄉村，常常意味著重新發掘鄉村固有的人文資源和地理資源，使其既能夠成為改善生活的可能，同時，也成為重新恢復鄉村的自然之美，重建人與自然親密關係的契機。「在地」，在這樣一個全球化時代，或許恰恰是一個生存共同體建構自我的方式。以自己的方式發光，那麼，才可能擁有與世界抗衡與共存的能力。

與此同時，在大陸，「故鄉」、「鄉愁」也正在成為時代的核心詞語。和「在地」一樣，關於它們的討論並不簡單指向懷舊、思鄉和某種「桃花源」情結，而是有著非常具體的現實和政治意味。「誰人的故鄉不淪陷」，這句流行語不只是反諷和自嘲，也是一種真實的心理焦慮和即將失去最深依靠的危險感。「故鄉」，再稍微具體一點，「村莊」，正在以加速度消失，據數據統計，每年大陸消失的村莊至少四十萬個，這已經是五年前的統計數字，今天可能更快。與此同時，仍然還在大地上存在的「村莊」變得不倫不類，而更多的村莊，處於破敗和毫無生機的境地。村莊，作為中國最基本的社會組織結構，正處於行將消解的前夕。

我們在多大意義上能夠重返自己的文明，以尋找能夠穿越現代生活的活力和內部的自我空間？這是當代大陸和台灣所共同面臨的問題。

二〇〇八年七月四日，我以「梁庄女兒」和「歸鄉知識分子」的雙重身分，重新站在我的故鄉——「梁庄」——的村頭，希望能夠通過我的眼睛和視野，描述一個普通當代鄉村的生存情景和生命狀態。整整五個月時間，我在梁庄的村頭、田野和村後的湍水閒逛，在我的五奶奶、芝嬸、趙嫂和堂叔堂哥家吃飯、聊天，一起消磨時光，我看到我故鄉的親人們千瘡百孔的生活和精神，感受他們的悲哀、幸福、堅韌和脆弱，同時，也看到曾經長滿荷花的坑塘變成黑色的淤流，看到很多政策、觀念在村莊的合力下變為最無意義的存在。二〇一〇年，我寫出了《中國在梁庄》。

二〇一一年，我又沿著梁庄人進城打工的足跡，輾轉很多城市，去尋找他們，看他們如何在城市生活，而城市又以怎樣的邏輯和結構，塑造他們在這個時代的形象。最終，寫出了《出梁庄記》。

「梁庄」，中國北方一個最普通的村莊，既不大也不小，既不窮也不富，它的命運既是個體村莊的命運，但也確實能夠代表相當一部分村莊的普遍命運。而那些進城的「梁庄農民」，猶如吉普賽人，在中國大地上遷移、流轉，匍匐在灰塵中，飄蕩在城市陰影中，他們的表情是如此沉默，難以辨認，但又如此清晰，世間所有的生活都匯聚在那裡。

我希望寫出他們的姿態、表情，哪怕是一個眼神、一滴眼淚，我希望能夠讓這一群體的生命和情感浮出歷史地表，以抵擋我們過於輕盈的政治敘事和斷裂式的文化發展。

我希望台灣的朋友們，能通過這兩本書，進入中國北方的遙遠的「梁庄」，去感受梁庄裡的一個個生命，他們如何在這塵土飛揚的大地奔走，如何哭泣、歡樂、悲哀和幸福，同時，又如何被社會的政治話語和制度所挾裹、拋棄並最終塑造出「農民」和「村莊」的外部形態。我希望，你們能夠對梁庄的堅韌和脆弱、殘酷和溫暖有所感觸，進而思考我們每個人的生活，思考我們的「家」，思考鄉村、大地、故鄉之於我們的真正意義和價值。

謝謝你們的閱讀。

在美濃，我訪問了音樂家林生祥先生，我在北京曾聽過他的音樂會，非常喜歡他的現代民謠式旋律和溫柔質樸的歌聲。林生祥平時就住在美濃。但他說，他並不覺得自己是「返鄉青年」，他就是美濃的一分子。最初的他喜歡搖滾音樂、重金屬，在一次美濃的廟會上，他被自己的鄉親轟下了台，這對他刺激非常大。他開始想，他和這片土地到底是什麼關係？這片土地上有什麼？他想起從小在喪禮上聽到的哭歌、在廟會上看到的戲劇，那才是他們的生活啊。他走訪一些音樂老人，重新拾起幾乎失傳的傳統樂器，月琴，以美濃客家傳統音樂作為自己音樂的最基礎，同時，也收集台灣原住民的音樂，融合進自己的音樂之中，最終，創造了獨具一格的新民謠體。他越來越自由，感到找到了自己，「為什麼我要這樣做，那一定是跟我們的生命有很深的關係，我們的身體與這裡的土地、氣候，與每一的細節都是自然應合的。我知道我用了什麼元素，那就在我的血液裡。」

林生祥拿著吉他，唱了一首新歌〈母親〉——他的忠實搭檔鍾永豐為老母親寫的一首詩，他譜曲。他閉著眼睛，輕撥慢唱，歌聲悠長，彷彿在溫柔地向這片大地，向自己的母親傾訴心中的愛。

傍晚的時候，我們在美濃街道上閒走，坐在街道旁邊乾淨的小吃店外面，吃當地的一種粉，豆腐和花生在一起磨出來的食品，非常可口。

美濃的傍晚，安靜、闊大又家常、溫暖。遠處蒼翠的青山連綿，壯麗的晚霞鋪排在天空和山脈的連接處，灰藍、火紅交織在一起，綠色的稻田、長長的石橋、各種野生的茂密的植物。美濃是自在的。我明白了他們為什麼要反對建築大型水庫，他們愛他們的家，愛美濃的天空和大地。

在台中南投縣埔里鎮的桃米生態村，意外地發現了一排苦楝樹，小小的橢圓形的青色果實，在鬱綠的樹葉間靜靜懸掛。我驚喜地問桃米生態村的創始人廖先生，這在台灣是不是也叫苦楝樹？它是不是開紫色的小花？廖先生說，這就是苦楝樹。我幾乎迫不及待地告訴他，在我老家的院子裡，也曾經有這樣一棵苦楝樹，後來，我們離家走了，它也不知道被誰連根挖走了。

廖先生在被雨水打濕的泥土上撿拾落下來的苦楝種子，濕潤的已經變黑了的苦楝樹籽。他用紙包小心地了包起來，交給我，說，不知道是否它們成熟，但是，希望這些種子能夠在你的家鄉生根、發芽、開出花來。

我問他為什麼要在這生態村種這些樹？他說，這有特別的涵義，一九九九年的台灣地震對當地居民的影響非常大，不但經濟上遭受損失，在情緒上，也找不到生存的希望，地震對地理和整個生態的破壞使他們看不到自己家園的美好之處，有一種普遍的悲觀感。苦楝樹，從字面上看，它蘊含一種涵義，是苦澀的戀家的滋味，栽種苦楝樹，是希望能夠喚起在地居民對家的情感。

苦澀的戀家的滋味。我想念梁庄老屋門前的那棵苦楝樹，春天的風吹過，那淡紫色的小花隨風揚起渺遠的香味，那正是苦澀的戀家的滋味。

那是怎樣美麗、哀愁又讓人嚮往的滋味。

人間文學04

出梁庄記

作者 梁鴻
執行編輯 蔡鈺淩
校對 陳莉雯、蔡鈺淩
封面設計 蔡佳豪
內文版型設計 黃瑪琍
排版 仲雅筠
發行人 呂正惠
社長 林怡君
出版 人間出版社
台北市長泰街五十九巷七號
電話 (02)23370566
傳真 (02)23377447
郵政劃撥 11746473・人間出版社
電郵 renjianpublic@gmail.com
定價 四五〇元
初版一刷 二〇一五年七月
初版二刷 二〇一五年十月
ISBN 978-986-6777-88-2
印刷 崎威彩藝有限公司
總經銷 聯合發行股份有限公司
新北市新店區寶橋路二三五巷六弄六號二樓
電話 (02)29178022
傳真 (02)29156275

國家圖書館出版品預行編目資料
出梁庄記 / 梁鴻作. -- 初版. -- 臺北市：人間, 2015. 07
440面；14.8 x 21 公分. -- (人間文學；4)
ISBN 978-986-6777-88-2 (平裝)

855 104007439